KNAUR

JENNIFER WILEY

CLIFFWORTH ACADEMY

BETWEEN LIES AND LOVE

ROMAN

KNAUR

Besuche uns im Internet:
www.knaur.de

Hat dir dieses Buch gefallen? Lesetipps und vieles mehr rund um unsere romantischen Lieblingsbücher findest du auf Instagram: @knaurromance

Aus Verantwortung für die Umwelt hat sich die Verlagsgruppe Droemer Knaur zu einer nachhaltigen Buchproduktion verpflichtet. Der bewusste Umgang mit unseren Ressourcen, der Schutz unseres Klimas und der Natur gehören zu unseren obersten Unternehmenszielen. Gemeinsam mit unseren Partnern und Lieferanten setzen wir uns für eine klimaneutrale Buchproduktion ein, die den Erwerb von Klimazertifikaten zur Kompensation des CO_2-Ausstoßes einschließt. Weitere Informationen finden Sie unter: www.klimaneutralerverlag.de

FSC www.fsc.org
MIX
Papier | Fördert gute Waldnutzung
FSC® C083411

Originalausgabe Oktober 2023

Ein Imprint der Verlagsgruppe
Droemer Knaur GmbH & Co. KG, München

Dieses Werk wurde vermittelt durch die Günter Berg Literary Agency.
Redaktion: Michelle Stöger
Covergestaltung: SO YEAH DESIGN, Gabi Braun
Coverabbildung: © Collage unter Verwendung von Motiven von Shutterstock.com
Illustrationen im Innenteil von Shutterstock.com: Rosen von Gizele, Kleeblätter von wawritto
Satz: Adobe InDesign im Verlag
Druck und Bindung: CPI books GmbH, Leck
ISBN 978-3-426-53036-8

2 4 5 3 1

Bei manchen Menschen lösen bestimmte Themen ungewollte Reaktionen aus. Deshalb findet ihr am Ende des Buches eine Liste mit sensiblen Inhalten.

Für alle, die nie damit aufhören,
an ihren größten Traum zu glauben.
Meinen haltet ihr gerade in den Händen.

PROLOG
VADA

Zweifel sind hartnäckig und kennen keine Gnade. Sie greifen nach mir, lassen mich nicht mehr los, und ich kann sie ebenso wenig abschütteln wie die Gedanken an *sie*. Immer wieder sie und ihre blauen Augen und dieses Gefühl von Geborgenheit, das sie in mir auslöst und bei dem ich mir trotzdem nicht sicher bin, ob es Bestand haben wird.

Salziger Wind peitscht mir ins Gesicht. Normalerweise fegt er meinen Kopf frei, aber heute funktioniert es nicht. Ich stehe an den Klippen, auf denen die Cliffworth Academy erbaut wurde, und fühle mich vom Abgrund angezogen. Unter mir tost das Meer. Die Wellen brechen sich immer und immer wieder an den steinigen Felsen. Mein Herz wird dasselbe Schicksal ereilen, wenn ich mit meinen Zweifeln recht behalte und das, was ich die letzten Wochen gefühlt habe, in Wahrheit reine Illusion gewesen war. Hier, an dem Ort, an dem sie und ich so viele Stunden verbracht haben, an dem ich mich ihr geöffnet und ihr mein Herz geschenkt habe, wiegen diese Zweifel umso schwerer.

Ich weiß plötzlich nicht mehr, ob dieser Ort, der mir eigentlich Licht bringen sollte, nicht doch nur Dunkelheit für mich bereithält.

KAPITEL 1
VADA

Mein Stift wackelt in meiner Hand. Bei jedem Schlagloch muss ich mich regelrecht daran klammern und irgendwie versuchen, meine Notizen nicht zu verschmieren. Vermutlich sollte ich das mit dem Tagebuchschreiben im Bus lassen, aber mein Kopf ist so voll, mein Innerstes so aufgewühlt, dass ich ohne dieses Ventil wahrscheinlich überlaufen würde.

Als mir der Stift beim nächsten Schlagloch aus der Hand fällt, entfährt mir ein Seufzen. Keine Chance, meinen Tagebucheintrag zu beenden. Ich klappe notgedrungen das in Leder gebundene Buch zu und sehe aus dem Fenster, vor dem sich bereits die Küste von Nordwales erstreckt – sattgrüne Wiesen, raue Klippen, dahinter tiefblaues Meer, das vom Wind aufgeschäumt wird. Der National Express folgt der engen Straße. Ich sitze direkt hinter dem Busfahrer, der über den Radiomoderator schimpft, weil er die Fußballleistung von Swansea City schlechtgeredet hat. Gedämpft vernehme ich auch das Gespräch von zwei älteren Fahrgästen, die ein Stück weit hinter mir sitzen. Sie sprechen Walisisch, sodass ich nichts verstehe. Ein Teil von mir wünscht sich, aufmerksamer zuzuhören und vielleicht irgendein Wort aufzuschnappen, aber nach einer vierstündigen Reise, während derer ich von Cardiff aus zweimal umsteigen musste, habe ich dann doch keine Motivation mehr und will einfach nur noch ankommen.

Es ist unwirklich, dass ich mich vor wenigen Stunden erst von meiner Mum verabschiedet habe. Sicher ist sie selbst bereits unterwegs. Nach Nordirland, um endlich mal wieder

Thomas zu besuchen. Um ihm zu sagen, dass ich nun in Nordwales bin. Zu gerne hätte ich es ihm selbst erzählt, aber dank gestrichener Telefonate und eingeschränkter Besuchskontakte hatte ich nicht den Hauch einer Chance. Die Zusage für die Cliffworth Academy kam vor zwei Monaten, fünf Tage zuvor habe ich Thomas das letzte Mal gesprochen.

In meinem Magen breitet sich ein flaues Gefühl aus. Dass Mum nun allein in unsere Heimat Belfast fährt und ich sie nicht begleiten und unterstützen kann, belastet mich sehr. Ich hoffe, sie kommt klar. Ob *ich* so ganz ohne sie klarkomme, weiß ich allerdings noch nicht. Schon jetzt spüre ich den Druck, den die kommenden sechs Wochen an der Akademie mit sich bringen werden.

»Der nächste Halt ist deiner«, lässt mich der Fahrer wissen. Tatsächlich ist die Haltestelle, nach der ich mich beim Einsteigen erkundigt hatte, nun angeschrieben. Kurz darauf stoppen wir. Ich hieve meinen rostroten Koffer von der Gepäckablage und steige aus.

Der weiße Bus fährt sofort davon, und ich brauche einen Moment, um mich zu orientieren. Laut Google Maps sind es rund fünfundzwanzig Minuten Fußweg von der Haltestelle aus. Ich halte mich nach links, Richtung Küste, und befinde mich schließlich auf einer in die Jahre gekommenen Straße, die sicher nicht oft befahren wird. Um mich herum erstrecken sich wilde, knöchelhoch gewachsene Wiesen, und in der Ferne erspähe ich eine Schafherde, aber keine Menschen weit und breit. Den Koffer ziehe ich hinter mir her, auch wenn die schlechten Straßenverhältnisse es mir nicht leicht machen. Immer wieder bleibt ein Rad am rissigen Asphalt hängen. Doch das alles nehme ich in Kauf. Die Landschaft wird etwas rauer, und immer mehr Felsen und Klippen prägen das Küstenpanorama. Dann taucht endlich das Ziel meiner Reise hierher auf: Mauern aus dem sechzehnten Jahrhundert, die auf einer dieser Klippen thronen, als würden ihnen das Land und der Ozean darunter gehören. Große, turmartige Gebäude, die in den wolkenbedeckten Himmel ragen, so alt und ehrwürdig wie ihr Ruf. Endlich erhebt sich die Cliffworth University vor mir in scheinbar greifbarer Nähe, auch wenn mich noch immer einige Meter von ihr trennen. Einige Meter und die Frage, ob ich dort überhaupt aufgenommen werde, denn ohne Stipendium werde ich mir ein Studium dort niemals leisten können.

Mein Blick wandert zu den drei abseits gelegenen Gebäuden vor den Türmen der Universität, die trotz geringerer Größe nicht weniger anmutig auf den Klippen sitzen und über eine Steinmauer mit Torbogen ragen. Das muss sie sein, die Cliffworth Academy. Dort wird das Auswahlverfahren für die Stipendien stattfinden. Es ist der Ort, an dem meine Träume beginnen – oder enden werden.

Dunkelblaue Fahnen mit dem goldenen Wappen der Akademie wehen im Wind und heißen mich willkommen, und ich stelle mir vor, wie sie meinen Namen rufen: Vada, Vada, Vada. Ein tosender Beifall dafür, es überhaupt an die Cliffworth Academy geschafft zu haben.

Ich überwinde die letzten Meter auf Kopfsteinpflaster, das sich durch meine dünnen Schuhsohlen drückt, und mache vor dem Torbogen aus moosbesetztem Stein halt, der in den Innenhof der Akademie führt. Stimmengewirr dringt an mein Ohr. Ich bin offenbar nicht die Erste, und das ist eine Tatsache, die Übelkeit in mir aufkommen lässt. Weil mir allzu deutlich bewusst wird, dass ich hier niemanden kenne und noch nie mit fremden Leuten und ohne meine Mum gelebt habe.

Ich nehme all meinen Mut zusammen und trete durch den Torbogen in den Innenhof, der von alten Steinmauern und Wiesen umrahmt wird. Drinnen führen Wege zu den zwei kleineren Gebäuden der Akademie. Das größere liegt zu meiner Rechten und wirft seinen Schatten auf uns. Die Augenpaare aller Anwesenden sind auf mich gerichtet. Als ich auf sie zugehe, gleicht mein Gesicht hoffentlich dem einer Pokerspielerin. Ich richte meinen dünnen Cardigan, unter dem ich eine verspielte Rüschenbluse trage. Gedeckte Farben, wie es von der Akademie gewünscht war.

»Dann waren wir wohl doch nicht die Letzten«, empfängt mich ein Mitbewerber, der mit schnellen Schritten auf mich zukommt. Sein dunkelblaues Polohemd spannt ein wenig an der Brust. Er lächelt breit und mustert mich freundlich. »Wir dachten schon, wir wären vollzählig.«

Eine zweite Person nähert sich, lächelt mich mit dunkelroten Lippen an. Sie passen perfekt zu ihren rotblonden Haaren, die sie zu einem eleganten Knoten hochgesteckt und mit einer dunklen Schmetterlingshaarspange verziert hat.

»Wir sind auch eben erst angekommen«, erklärt sie. »Da hatten sich die anderen schon zusammengetan. Also dachten wir, wir gründen unsere eigene Clique.« Sie streckt mir die Hand entgegen. »Ich bin Charlotte, das ist Grayson.« Sie deutet auf den Jungen mit dem Polohemd, dann zu den anderen drei Leuten, mit denen sie zusammengestanden haben und die mich neugierig anschauen. Die beiden Jungs wirken etwas schüchtern, während das Mädchen mit den Korkenzieherlocken mich unverfroren mustert. »Ruby, Alfie und Amar«, stellt Charlotte sie vor. Ich schüttle ihre Hände und versuche, mir die Namen zu merken. Alfie ist der blasse Junge, der gerade seine Brille zurechtschiebt, Amar hingegen hat olivfarbene Haut, füllige Wangen und schwarze Haare, die er in die Stirn gestylt hat. Er nimmt mir sofort den Koffer ab und stellt ihn zu den anderen Gepäckstücken, die an der Mauer neben dem Torbogen aufgereiht sind.

»Danke, echt nett von dir.«

»Klar, kein Ding.« Amars Lächeln zittert ein wenig, sicher vor Aufregung. In diesem Moment finde ich es mehr als sympathisch, dass es ihm genauso geht wie mir, auch wenn ich noch versuche, meine Nervosität zu verbergen.

Verstohlen sehe ich mich um. Hinter der Gepäcksammlung befindet sich das große Akademiegebäude, das mit seinen imposanten, teils efeubesetzten Mauern nahezu märchenhaft aussieht. Einige Meter von mir entfernt befindet sich eine Tür in der Hausfassade, die geschlossen ist.

»Mit dir sind wir vierzehn«, verkündet Ruby, deren Blick aufmerksam umherhuscht, während meiner an einer kleinen Steinmauer im Innenhof hängen bleibt. Darauf sitzt eine einzelne lesende Person, vertieft in ein Buch, als würde sie das geschäftige Treiben um sie herum nichts angehen. Sie hält ihren Blick gesenkt. Ihre Beine sind übereinandergeschlagen, und ihre schwarzen Locken wehen im Wind. Einzelne Strähnen fallen ihr auf die dunkelbraunen Wangen, aber auch daran scheint sie sich nicht zu stören. Sie liest einfach … die vollen Lippen vor Konzentration ein wenig geöffnet.

Ruby tritt näher an mich heran, ihre Korkenzieherlocken kitzeln mich ein wenig, so dicht steht sie neben mir, damit ich sie im Stimmengewirr um uns herum verstehen kann. »Keine Ahnung, wer sie ist. Sie ist ungefähr zehn Minuten vor dir angekommen, hat stumm ihr Gepäck abgestellt und sich auf diese Mauer gesetzt.« Auch die anderen kommen nun näher, um sich an unserem Gespräch zu beteiligen. »Wir haben versucht, sie in Empfang zu nehmen, aber sie hat nur stumm gelächelt und auf ihr Buch gezeigt. Seitdem sitzt sie da und redet mit niemandem.«

»Mit diesem Verhalten wird sie die Akademie nie bestehen«, mutmaßt Grayson. »Kommunikation wird hier großgeschrieben.«

»Woher weißt du das?«, frage ich ihn, kann meinen Blick jedoch nicht von ihr abwenden. Ich bin wie in einen Bann genommen von der Ruhe und Gelassenheit, die sie ausstrahlt und die mir fehlt. Jeder Muskel meines Körpers scheint zu brennen, während meine Beine weich wie Pudding sind. Ich bin kurz davor, durchzudrehen. Im Innern schreie ich vor Aufregung und sehne mich danach, meine Eindrücke in meinem Tagebuch festzuhalten, damit mein Kopf nicht überquillt.

»Mein Bruder ist an der Cliffworth«, beantwortet Grayson meine Frage und holt mich damit zurück ins Hier und Jetzt.

»Dein Bruder ist wirklich an der Uni?«, kommt es ehrfürchtig von Charlotte. »Mit Stipendium?«

»Ja, mit einem Vollstipendium für die gesamte Studienzeit.«

»Wow«, haucht Alfie. »Dann war er zuvor auch an der Akademie?«

»Vor zwei Jahren. Aber er spricht nicht darüber. Ich habe *alles* versucht, um Informationen aus ihm herauszubekommen, aber keine Chance.«

»Klingt ziemlich mysteriös«, meine ich. »Dein Bruder will doch sicher auch, dass du dieses Sommerprogramm packst. Da wären ein paar Tipps hilfreich gewesen.«

»Weißt du denn, wie viele von uns es wirklich schaffen können?«, will Alfie wissen.

»Ich weiß nur, dass alle Stipendien für das gesamte Jahr hier an der Akademie vergeben werden. Das ist also unsere einzige Chance.«

Vor allem für diejenigen von uns, die sich die Uni sonst nicht leisten können. Wie ich. Rund neuntausend Pfund pro Jahr kostet ein Platz an der Uni, noch mal etwa achttausend Pfund sollten jährlich für die Lebenskosten eingeplant werden, und beides liegt damit *weit* außerhalb meiner Möglichkeiten. Ich habe also nur diese eine Chance, um meinen Traum zu verwirklichen. Diese Tatsache ist mir Ansporn und erfüllt mich gleichzeitig mit Panik. Der Anblick der gewaltigen Türme der Universität, die neben der Akademie in den Himmel ragen, verstärkt meine Befürchtungen und Hoffnungen nur noch. Kurz blitzt mein Bruder Thomas vor meinem inneren Auge auf. Mit seinen dunklen Augenringen und der knochigen Haut, die ich einfach nicht mit ihm in Verbindung bringen will. Seine ausgemergelte Erscheinung bricht mir jedes Mal das Herz, weil sie mich daran erinnert, was meine Familie verloren hat.

Charlotte und Ruby beginnen eine Unterhaltung über das Gebäude neben uns, das im Stil der Renaissance gehalten ist, und über Fakten zu dessen Erbauung im Jahr 1544, der Nutzung durch einen Gutsherrn und der Umgestaltung in die Akademie. Themen, zu denen ich nichts beitragen kann.

Ich will mich gerade an Grayson wenden, um ihn weiter über seinen Bruder und das Leben an der Cliffworth auszufragen, da öffnet sich die Tür in der Hausfassade, und eine Frau mittleren Alters tritt heraus. Ihre Haltung erinnert an die einer Ballerina, ist absolut gerade und ein wenig einschüchternd, was durch ihre strenge Hochsteckfrisur und ihren grauen Blazer betont wird.

»Macy Moore?«, fragt sie mit Blick auf ein Klemmbrett, das sie in den Händen hält. Alle Gespräche verstummen, und suchende Augenpaare schweifen über die Anwesenden.

»Der Bücherwurm«, flüstert Ruby.

Tatsächlich ist das Mädchen auf der Steinmauer aufgestanden, stopft seinen Lesestoff etwas unbeholfen in seine schwarze Umhängetasche, hüpft von der Mauer und geht schließlich auf die Frau zu. Alle Augen sind auf Macy gerichtet, doch sie erwidert keinen der Blicke. Sie sieht einfach zu

Boden, ihr schwarzes Haar kämpft immer noch mit einer Windböe.

»Kommen Sie bitte mit«, fordert die Frau mit dem Klemmbrett sie auf.

Macy folgt ihr in das große Akademiegebäude, die Tür schließt sich, und ein paar Sekunden lang könnte man eine Stecknadel fallen hören.

»Was meint ihr, was passiert?«, wispert Charlotte schließlich.

»Ich schätze, das Auswahlverfahren geht schon los«, vermutet Ruby und wirkt zum ersten Mal nicht vollkommen selbstsicher.

Niemand von uns führt die Gespräche von eben fort. Sie sind regelrecht aus unseren Köpfen gefegt. Wir starren auf die Tür. Als sie sich nach rund zehn Minuten wieder öffnet, erwarte ich Macy, doch von ihr ist nichts zu sehen. Stattdessen tritt erneut die Frau mit der Hochsteckfrisur heraus und ruft Dahlia Abba auf. Eine Bewerberin mit schwarzem Hidschab folgt ihr.

Als Nächstes wird ein Junge namens Jacob Murray hereingerufen, dann ein gewisser Ian Gordon. Keiner von ihnen kommt zurück in den Innenhof, jeder Einzelne bleibt im Gebäude. Meine Beine werden immer weicher. Immer intensiver kreisen meine Gedanken um die Frage, was mich gleich erwarten würde.

Und dann vernehme ich: »Vada McGowen.«

Ich schlucke. Grayson nickt mir aufmunternd zu. »Du schaffst das«, formt er lautlos mit den Lippen.

Ich streiche mir meine Haare hinter die Ohren und hoffe, dass mein Pony nicht absteht, wie er es immer dann macht, wenn ich eigentlich einen souveränen Eindruck hinterlassen möchte. Dann folge ich der Frau in das kühle Gebäude, weg von den Gesprächen der anderen, weg von meinem rostroten Koffer, der noch immer neben dem Torbogen steht, und hinein in meine mögliche Zukunft.

Wir durchqueren eine Eingangshalle mit Gemälden, die das Meer und die Klippen zeigen, und betreten dann einen kleinen, quadratischen Raum, der durch kühle Steinmauern besticht, jedoch durch einen Teppichboden etwas Gemütlichkeit bekommt.

»Setzen Sie sich doch«, weist mich die Frau an und zeigt auf zwei dunkelbraune Lederstühle, hinter denen sich ein alter Apothekerschrank samt Lehrbüchern und Lexika befindet.

Ich nehme auf dem rechten Stuhl Platz und ringe mir ein Lächeln ab.

»Vada McGowen also«, wiederholt mein Gegenüber mit einem weiteren Blick auf ihr Klemmbrett. »Ich bin Mrs Walsh.«

Sofort zuckt mein Lächeln vor Nervosität. Melanie Walsh ist die Leiterin der Cliffworth Academy. Sie wird am Ende dieses Sommerprogramms darüber entscheiden, wer das Stipendium an der Uni bekommt. Sie hält alle Fäden in der Hand. Und ich bin von nun an ihre Marionette, die versuchen wird, es ihr recht zu machen und sie zu beeindrucken.

»Es freut mich sehr, hier zu sein«, setze ich an, stolz darauf, dass meine Stimme nicht zittert, obwohl ich das Gefühl habe, gleich umzukippen.

»Bevor Sie die anderen und mich besser kennenlernen und das Programm startet, gibt es noch einige Formalitäten zu klären«, informiert mich Mrs Walsh und greift nach ein paar Unterlagen. »Hier finden Sie die Datenschutzinformationen und Verschwiegenheitserklärungen. Sie verstehen sicher, dass unsere Sommerakademie und dieses Auswahlverfahren diskret behandelt werden müssen, um die Chancengleichheit auch für die zukünftigen Teilnehmenden gewährleisten zu können.«

»Natürlich.«

»Mit der Verschwiegenheitserklärung versichern Sie, dass Sie keinerlei Informationen über die Akademie nach außen tragen werden – weder während Ihres Aufenthalts noch danach.« Sofort kommt mir Graysons Bruder in den Sinn. Hat er deswegen nichts gesagt? Weil er es nicht darf? »Ein Verstoß würde bedeuten, ein möglicherweise erworbenes Stipendium mit sofortiger Wirkung zu verlieren«, erklärt Mrs Walsh und bestätigt damit meine Theorie.

»Ich werde mich daran halten«, erwidere ich.

»Sehr schön. Dann bitte ich Sie hier um eine Unterschrift.« Sie reicht mir einen Füller. Ich überfliege die Dokumente und unterzeichne.

»Dies hier ist eine Datenschutzvereinbarung«, fahrt Mrs Walsh fort und reicht mir weitere Papiere. »In dieser werden Sie darüber informiert, dass wir uns im Zuge dieses Auswahlverfahrens das Recht vorbehalten, videogestützte Auswertungen vorzunehmen.« Ich nehme mir einen Augenblick Zeit, um die Vereinbarung zu überfliegen, ehe ich auch diese unterzeichne. Nichts, was hier steht, könnte mich davon abhalten, meinen Platz an der Akademie anzutreten.

»Kommen wir zu den Teilnahmebedingungen. Für die gesamten sechs Wochen müssen Sie sämtliche elektronischen Geräte abgeben. Keine Handys, keine Tablets, keine Laptops. Auch das dient der Chancengleichheit. Es besteht natürlich jederzeit die Möglichkeit, die Akademie freiwillig zu verlassen – ohne Anspruch auf ein Stipendium an der Cliffworth University, versteht sich.«

»Ich bin bereit, all diese Regeln zu beachten.«

Mrs Walsh nickt zufrieden. »Dann bitte hier noch mal

eine Unterschrift. Ihre elektronischen Geräte können Sie nach dem gemeinsamen Abendessen abgeben.«

Erneut nehme ich den Füller und unterzeichne das Dokument, das danach von Mrs Walsh in einen schwarzen Kasten auf dem Apothekerschrank geworfen wird.

»Dann heiße ich Sie an der Cliffworth Academy willkommen, Ms McGowen.«

Sie reicht mir die Hand und besiegelt damit, was ich gar nicht recht fassen kann: dass ich zu den zwei Prozent gehöre, die in das Auswahlverfahren an der Cliffworth Academy aufgenommen werden. Ein Ritterschlag, überhaupt in die letzte Runde zu kommen und wirklich um das Stipendium kämpfen zu können.

Mrs Walsh weist auf eine Tür, durch die ich hindurchgehen soll, bevor sie die nächste Kandidatin hereinruft. Ich höre noch den Vornamen Penelope, dann stehe ich in einem langen düsteren Flur. Der rote Läufer und die Kerzenhalter an den Wänden vermitteln ein bisschen den Eindruck eines Spukschlosses und nicht von der Sommerakademie einer Eliteuni. Mit gedämpften Schritten gehe ich auf den einzigen Ausgang zu. In die schwere Holztür wurde ein filigranes Klee-und-Rosen-Muster eingeschnitzt. Ich lege meine Hand auf die Klinke aus kühlem Messing und öffne die Tür. Sie führt mich in einen großen Saal mit Bogendecke. Zuerst fällt mir die lange Tafel aus Holz auf, die – wie auch der Boden dieses Raumes – von einem roten Läufer geziert wird. Danach wandert mein Blick zu einer Leinwand, die am Ende des Raumes angebracht wurde. In der Nähe haben sich einige meiner Mitbewerber versammelt, offenbar um eines der zahlreichen Gemälde zu inspizieren, die an den Wänden hängen. Ich erkenne sofort das Porträt von Idris Clifford, dem bärtigen Gründer der Cliffworth University. Ich mustere die etwas streng wirkende Mimik, die so gar nicht zu dem

Visionär passt, den ich in Idris Clifford sehe. Aber wenn es noch das Originalgemälde ist, kann ich ihm diesen Gesichtsausdruck auch nicht verübeln, immerhin musste er dafür sicher stundenlang posieren.

Schulterzuckend wende ich mich ab, dann erst wird mir bewusst, dass ich beobachtet werde.

Ich blicke direkt in die stechenden hellblauen Augen von Macy Moore, die etwas abseits auf einem der Plätze am Tisch sitzt. Sie hält erneut ihr Buch in der Hand und mustert mich vorsichtig. Ihre Augen sind so hellblau, dass sie fast weiß wirken, und doch bin ich sicher, einige dunklere blaue Tupfen darin zu erkennen. Selten habe ich so schöne Augen gesehen. Sie haben fast etwas Hypnotisches.

»Hi«, sage ich etwas atemlos und ernte ein zaghaftes Lächeln.

»Hi«, sagt auch sie. Ihre Stimme ist glockenhell, gleichzeitig aber ganz leise.

KAPITEL 2
MACY

Die anderen stehen immer noch in einem Grüppchen zusammen und sehen immer wieder zu mir herüber. Zu der Aussätzigen. Als hätte ich nicht längst durchschaut, was dahintersteckt. Sie möchten die vermeintlich Schwächste verunsichern und ahnen nicht, dass in meiner Ruhe eigentlich Stärke liegt. Sie ist kein Schutzschild, sondern ein Schwert. Weil ich jede und jeden von ihnen genau betrachten und lesen kann. Wie diesen blonden Typen, der sich immer wieder arrogant durchs Haar fährt, als wäre er allen überlegen, obwohl er es eigentlich aus Unsicherheit tut.

Nur eine hat sich dieser Gruppe nicht angeschlossen, sondern steht nun vor mir und sieht mich an. Ihr *Hi* hat mich überrascht, ich habe es absolut nicht kommen sehen.

Sie deutet mit einem Kopfnicken auf mein Buch. »Was liest du da?«

Ihr haselnussbrauner Pony reicht bis an ihre Augen, was es schwerer macht, sie zu analysieren. Die Augen verraten immerhin das meiste über einen Menschen.

Sie setzt sich neben mich, und allein *dafür* bekommt sie einen Sympathiepunkt von mir. Weil es leichter wäre, sich einfach dem Grüppchen anzuschließen. Hier zu sitzen, fern der anderen, sich derjenigen zu nähern, die einsam und seltsam wirkt, ist ein mutiger Schritt. Das muss ich anerkennen.

Ich zeige ihr meinen Bucheinband. Kurzgeschichten von Oscar Wilde.

»Scheint gut zu sein, so vertieft, wie du darin bist.«

»Es hilft mir dabei, mich zu fokussieren«, antworte ich

und klammere mich an das Buch. »Neue Leute sind nicht so mein Ding.«

»Das habe ich mir gedacht.« Sie mustert mich vorsichtig und streicht dabei ihren Pony aus dem Gesicht. Endlich kann ich ihre Augen sehen: braun und vertrauenerweckend. Ich erkenne keine Geheimnisse darin, keine bösen Absichten. Zumindest erst mal nicht. Manche sind sehr geübt darin, ihre wahren Absichten zu verbergen, und können hervorragend schauspielern. Aber irgendetwas sagt mir, dass ich bei ihr ein gutes Gefühl haben kann.

»Ich bin Vada.«

»Macy«, erwidere ich und nehme ihre Hand, schüttle sie und komme mir ein wenig unbeholfen vor.

»Ist kaum zu überhören, dass du aus Wales kommst.«

»Ja, ich weiß. Meinen Akzent bekomme ich nie ganz weg.«

»Solltest du auch nicht versuchen«, entgegnet Vada zu meiner Freude. »Ich mag ihn.« Ihre Aussage lässt darauf schließen, dass Vada selbst nicht aus Wales kommt, zumal mir *ihr* Akzent eher irisch vorkommt. Doch ich traue mich nicht, nachzufragen. Schon gar nicht, als eine weitere Person den Saal betritt und sich direkt den anderen anschließt. Die Konstellationen unter ihnen sind ein bisschen andere als die bei der Ankunft im Innenhof.

»Du liest also gerne Oscar Wilde?«

Ich zucke mit den Schultern. »Eigentlich mag ich alle Klassiker. Virginia Woolf, Charles Dickens, Jane Austen. Manchmal lese ich auch gerne Fantasy oder Lyrik. Aber Oscar Wilde mag ich am liebsten. Ich finde es beeindruckend, wie er in so jungen Jahren zu seiner Sexualität stand.« Ich kaue auf meiner Unterlippe, habe das Gefühl, zu viel gesagt zu haben. Aber ihre Augen blitzen kurz auf, werden noch eine Spur wärmer. Es hilft mir, mich zu entspannen, obwohl ich in einem Raum voller Menschen sonst immer gehemmt bin.

»Jane Austen mag ich auch gerne.«

Im Lauf der Zeit ist mir Jane Austen zwar zu trendy geworden, aber Werke wie *Stolz und Vorurteil* werden immer zu meinen Lieblingsbüchern zählen.

Die schwere Holztür geht erneut auf, und die nächste Mitstreiterin kommt herein. Ihren feuerroten Lippenstift erkenne ich sofort. Ich habe sie eben mit Vada reden sehen, und sie steuert direkt auf uns zu.

»Der erste Schritt ist geschafft.« Sie setzt sich uns gegenüber an den Tisch. Auch wenn sie mir keine Beachtung schenkt, ihr Blick nur einmal zu mir huscht, spanne ich sämtliche Muskeln an. Sie stört das Aufflackern von Vertrautheit, das ich eben noch gespürt habe.

»Nach mir wurde Grayson reingerufen, er sollte also auch gleich zu uns stoßen.«

Ich gebe der Unsicherheit nach, schlage mein Buch auf und lese in einer der Kurzgeschichten, auch wenn ich mit einem Ohr das Gespräch der beiden mitverfolge.

»Ziemlich streng, das mit den Handys, findest du nicht? Ich habe schon überlegt, noch schnell meinen Eltern zu schreiben, damit sie sich keine Sorgen machen, aber ich habe keinen Empfang.«

»Dann wäre das mit der Kommunikation sowieso schwierig geworden«, meint Vada. »Ich habe meine Mum zum Glück schon vorgewarnt, dass ich nicht sicher bin, ob ich mich melden kann.«

Die Rothaarige seufzt schwer. »Dann wohl keine Podcasts für mich, obwohl ich nicht so richtig verstehe, wieso es diese Einschränkung gibt. Ich finde eigentlich nicht, dass durch die Nutzung von Handys Chancenungleichheit entsteht. Nicht, wenn alle eins haben.«

»So sind eben die Spielregeln«, sage ich und bereue es sofort, weil ich dadurch die Blicke auf mich ziehe.

Wieder öffnet sich die Tür, ein breitschultriger Typ kommt herein – sicher dieser Grayson. Er steuert auf uns zu, fährt sich grinsend durch die hellbraunen Haare, die danach trotzdem wie geleckt zur Seite fallen. Der perfekte Seitenscheitel. Schwiegermutters Liebling, könnte man meinen, doch irgendetwas an seinem Lächeln gefällt mir nicht. Ist es zu großspurig?

»Geht das Abenteuer also endlich los«, meint er und lässt sich auf den Stuhl neben der Rothaarigen fallen. »Das werden unglaubliche sechs Wochen, das habe ich im Gefühl.« Grayson sieht zu mir und hebt eine Augenbraue. »Hey, Büchermädchen. Wie heißt du noch mal?«

»Macy«, murmle ich. Ich schwanke zwischen dem Wunsch, mich in eine ruhige Ecke zu verziehen und den Blicken zu entkommen, und dem Wissen, dass ich das nicht die nächsten sechs Wochen so machen kann. Er hat recht, jetzt geht es wirklich los, und ich wusste, worauf ich mich einlassen würde. Meine Chancen auf ein Stipendium sollen nicht kleiner werden, nur weil Gruppenaktivitäten und Small Talk nicht mein Ding sind.

Etwas verstohlen schaue ich zu Vada, die sich gerade erneut ihren Pony aus dem Gesicht streicht. Er fällt ihr jedoch sofort wieder über die Augen. Sie lächelt, als könnte sie das besagte Abenteuer kaum noch abwarten, und das ist ansteckend. Ich schlage mein Buch zu und lege es auf die Tischplatte. Nah genug, damit ich es noch mit den Fingern berühren kann, aber weit genug weg, dass ich nicht sofort wieder danach greife.

»Wie heißt ihr?«, will ich wissen, woraufhin sich die beiden als Grayson und Charlotte vorstellen.

Kurz darauf treten noch zwei weitere Bewerberinnen in den Raum. Ruby, die mich bei meiner Ankunft angesprochen hat, gesellt sich zu uns, die andere geht auf die zweite

Gruppe zu. Es ist mir schon fast ein wenig zu voll am Tisch, aber ich bleibe sitzen, ziehe es durch.

»Mrs Walsh machte einen freundlichen Eindruck«, sagt Ruby und zupft an einer ihrer Korkenzieherlocken, die sie in einem Dutt trägt. Nur ein paar Locken zieren ihr blasses Gesicht. Dunkle Augenringe zeichnen sich darauf ab, als hätte sie vor Nervosität eine schlaflose Nacht gehabt, aber in ihrem Blick liegt Wachsamkeit. Vielleicht ist es eine ähnliche Wachsamkeit wie bei mir. Vielleicht ist auch sie dabei, herauszufinden, wem sie vertrauen und nahekommen kann und wer Unbehagen in ihr auslöst. Ich bin Menschen gegenüber per se vorsichtig. Nun, da es um meine Zukunft geht, bin ich mir durchaus darüber im Klaren, dass dieses Unbehagen angebracht ist wie nie. Wenn ein Preis winkt, werden Menschen schnell zu Raubtieren, und ich möchte nicht das Zebra sein, das nicht mitkriegt, wie sie sich anschleichen und mich bei lebendigem Leib verspeisen. Ich bin lieber vorbereitet.

Je mehr Leute den Raum betreten, desto mehr nimmt die Geräuschkulisse zu. Man unterhält sich, lernt sich kennen. Ich selbst bin irgendwie dabei und irgendwie auch außen vor, weil ich nur reagiere. Immerhin: Auch wenn ich passiv bin, bin ich anwesend und habe mich nicht in die Ecke mit den Polstermöbeln verkrochen, die mir zurufen, dass sie perfekt wären, um weiter mein Buch zu lesen.

Schließlich betritt Mrs Walsh mit dem letzten Teilnehmer, der schnell auf einen freien Platz huscht, den Saal. Die Gespräche verstummen augenblicklich, was für meinen Kopf eine Wohltat ist.

»Nachdem wir die Formalitäten geklärt haben, können wir sicher alle eine kleine Stärkung gebrauchen«, erhebt sie die Stimme. Dabei deutet sie auf die Tafel, an der nun auch die Letzten Platz nehmen. Wie auf ein Kommando öffnet sich eine weitere Tür, die sich neben dem Pult befindet und zuvor von den anderen Teilnehmenden verdeckt wurde. Eine Frau mit weißem Bob kommt mit einem Servierwagen herein und beginnt, Suppenterrinen, tiefe Teller und Wasserkrüge zu verteilen. Ein himmlischer Duft breitet sich aus.

»Guten Appetit«, wünscht Mrs Walsh, die sich entgegen meiner Annahme nicht zu uns setzt, sondern den Raum mit der anderen Frau verlässt. Wir sind wieder allein, und ich weiß nicht, was ich besser gefunden hätte: ein von ihr geführtes Abendessen, bei dem die Konversation nicht uns überlassen wird, oder unter uns zu sein.

Ich fülle meinen Teller, der daraufhin den vertrauten Geruch von Cawl verströmt. Der Eintopf schmeckt genauso, wie ich ihn kenne und liebe: Kartoffeln, Karotten, Fleisch und Steckrüben. Fast wie zu Hause. Nur dass dort beim Essen genießerische Ruhe herrscht, während die Geräuschkulisse hier nicht abbricht. Kennenlerngespräche und das Klappern von Löffeln sorgen für Unruhe.

Grayson spricht über den Cawl seiner Mutter, den er noch besser findet, obwohl ich das kaum für möglich halte, weil der Cawl auf meinem Suppenteller genau das richtige Verhältnis von Salz und Würze besitzt. Irgendwo am Tisch wird über Rugby geredet und darüber diskutiert, ob die Dragons beim letzten Spiel nun verdient gewonnen haben oder nicht. Ein Gesprächsthema, zu dem ich nicht viel beitragen kann, an dem mein Vater aber jede Menge Freude hätte. Rugby ist so was wie seine Religion.

Charlotte und Ruby sprechen über die Kleidung der anderen, obwohl ich den Eindruck gewinne, dass Ruby eigentlich nicht wirklich Interesse an diesem Thema hat. Während Charlotte durch ein extrovertiertes Äußeres auffällt, ist Rubys Look eher schlicht. Ich sehe nur eine einzelne goldene

Kette mit einem Anhänger, der im Kragen ihrer Karobluse verschwindet.

Mein Blick fällt auf Vada neben mir. Sie ist ebenfalls in kein Gespräch verwickelt, sondern hört nur angeregt zu. Offenbar interpretiert sie meinen Blick als Anreiz für eine Unterhaltung, denn kurz darauf lehnt sie sich etwas näher zu mir.

»Was möchtest du an der Cliffworth studieren?«

»Soziologie. Die Erforschung von sozialem Verhalten hat mich schon immer fasziniert. Vor allem, weil ich selbst nicht immer so gut in diesen sozialen Interaktionen bin«, gebe ich zu und wundere mich dabei selbst über meine Offenheit.

Zu meiner Überraschung lächelt Vada. Zwischen ihren Schneidezähnen ist eine Zahnlücke, die ihrem Gesicht sofort Charakter gibt. »Du schlägst dich doch ganz gut.«

Ich sehe mich um, seufze leise. »Findest du?«

»Es geht nicht darum, sofort beste Freunde zu finden. Es ist okay, sich erst mal ranzutasten.« Ich sehe wohl nicht sehr überzeugt aus, denn ihr Lächeln wird noch ein wenig breiter. »Was meinst du, warum ich dich angesprochen habe?«

»Gute Frage«, erwidere ich.

»Weil du mir sympathisch bist.«

»Bin ich das?« Sofort mustere ich sie ein wenig mehr und versuche zu ergründen, ob sie diese Aussage wirklich ernst meint, aber nichts an ihrem Lächeln gibt mir Grund zum Zweifeln.

»Jemanden, der sich so in Bücher vertiefen kann, muss man doch mögen.«

»Du warst mir auch sofort sympathisch«, entgegne ich. Es ist keine dieser Floskeln, um dem anderen das Kompliment zurückzugeben, sondern die reine Wahrheit. Dabei stehe ich Fremden sonst eher skeptisch gegenüber.

»Wusstest du schon immer, dass du an die Cliffworth willst?«, fragt Vada.

Mein Herz flattert nervös, aber ich drücke das Gefühl weg. Es ist nur eine Frage, auf die ich eine Antwort habe. »Seit ungefähr einem Jahr«, antworte ich und schiebe alle Bilder, die in meinem Kopf auftauchen wollen, beiseite. Von verbrannter Asche, von Schuld, von meiner leiblichen Mutter. »Ich kenne jemanden, der hier studiert hat, und so bin ich auf die Idee gekommen, mich zu bewerben.« Ich schlucke bei der Halbwahrheit, versuche, mir nichts anmerken zu lassen. »Und du? Was möchtest *du* studieren?«

»Jura. Ich will Anwältin für Strafrecht werden.«

»Wieso gerade dieser Bereich?«, fragt Grayson, der unser Gespräch offenbar mitangehört hat. Wäre mir das aufgefallen, hätte ich nicht so viel Privates von mir preisgegeben. Das behagt mir nicht.

»Es ist ein sehr persönlicher Grund«, erwidert Vada. Sie blickt kurz auf ihren Suppenteller, weicht Graysons bohrendem Blick aus. Ich finde es gut, dass sie ihre Grenzen wahrt und es ihm nicht sagt, auch wenn ich mich frage, ob sie es mir vielleicht verraten hätte – fernab von den Ohren anderer. Aber wer wäre am ersten Tag schon so mitteilsam? Ich selbst würde mich nie direkt öffnen können, schon gar nicht bei privaten Themen. Ich würde dann ohnehin schnell bei meiner leiblichen Mutter landen. Bei Theodora Price und den Gründen, wieso ich hier bin …

Unwillkürlich schlucke ich, der Cawl schmeckt sofort ein wenig bitter.

»Ich möchte Leuten helfen«, sagt Vada, die offenbar in Gedanken noch bei ihrem Wunsch ist, Jura zu studieren, während mein Gehirn sich mal wieder verselbstständigt und sich in eine Gedankenspirale nach der anderen gestürzt hat. Typisch.

»Ich auch«, antwortet Grayson und richtet sich ein wenig auf. Er scheint souverän und selbstbewusst, was seine breiten Schultern noch betonen. Damit wirkt er so ziemlich wie das Gegenteil von mir, die eher eingesunken auf ihrem Stuhl sitzt und nun stumm der Konversation lauscht.

»Aber ich möchte lieber große Brötchen backen«, redet er weiter. »Mein Bruder und ich wollen später eine eigene Kanzlei gründen, spezialisiert auf Wirtschaftsrecht.«

»Dann willst du auch Jura studieren?«, hakt Vada nach. Begeisterung liegt in ihrer Stimme und in ihren Augen. »Das ist *so* cool. An meiner Schule gab es kaum jemanden, der sich dafür interessiert hat. Die meisten halten Jura für staubtrocken. Die haben nur die Paragrafen im Kopf.«

»Dabei ist deren Anwendung doch das Spannende.«

»Ganz genau. Echte Menschen, echte Schicksale. Es wäre so toll, einen Einblick in die richtige Fallarbeit zu bekommen. Mit erfahrenen Leuten zusammenzuarbeiten, die wirklich wissen, wovon sie sprechen.«

»Würde mir gefallen, mit dir zusammen den Campus unsicher zu machen«, sagt Grayson und grinst breit. Seine Zähne sind blitzweiß und stehen in Reih und Glied.

»Das wäre nicht schlecht«, erwidert Vada, ehe sie sich wieder einen Löffel Cawl nimmt.

»Stellt euch vor, wie es wäre, täglich so zusammenzusitzen«, mischt sich Charlotte ein, die bereits mit dem Essen fertig ist und ihren Lippenstift nachgezogen hat. »Zusammen essen, lachen, gute Gespräche führen …«

Ich weiß nicht, ob sie mich miteinbezieht oder nur Grayson, Vada, Ruby und sich meint, aber die Vorstellung, ein Teil davon zu sein, verursacht ein unerwartetes positives Kribbeln in meiner Brust. Es macht mir zwar Angst, aber bin ich nicht auch deswegen hier? Um über meinen Schatten zu springen? Mehr über mich herauszufinden? Meine Komfortzone zu verlassen?

KAPITEL 3

VADA

Mittlerweile sind die Teller vor uns leer, und ich fühle mich angenehm satt. Nach der langen Anreise ruft alles in mir nach einem warmen Bett, auch wenn ich vermutlich zu angespannt wäre, um einschlafen zu können. Den unruhigen Blicken der anderen nach zu urteilen, fühlen auch sie, dass nun wohl noch etwas passieren wird. Wird Mrs Walsh eine Rede halten, die Zimmeraufteilung verkünden oder uns eine Einweisung geben? Zunächst kommt allerdings die Frau mit den weißen Haaren zurück und räumt die Tische ab. Auf ihrem Namensschild steht Winifred Bell. Ihr Lächeln ist großmütterlich, und ich versuche, es freundlich zu erwidern, auch wenn meine Mundwinkel zucken in dem Versuch, meine Nervosität zu überspielen.

Neben mir sitzt Macy, eine Hand wieder an ihrem Buch, das aus ihrer Umhängetasche schaut. Sie spielt mit dem Einband. Vielleicht ist es ihre Art, mit Aufregung umzugehen, während ich selbst noch keine richtige Strategie gefunden habe.

Plötzlich ertönt ein lautes Knacken, Charlotte schreckt heftig zusammen und stößt ihr Wasserglas um, das aber zum Glück leer ist. Ein Beamer ist angegangen und wirft nun ein grelles Licht auf die Leinwand vor uns, kurz darauf erscheint das Wappen der Akademie.

»Willkommen an der Cliffworth Academy«, ertönt eine Stimme vom Band, die nach Mrs Walsh klingt. Dann folgt ein Cut. »Ian Gordon«, verkündet die Stimme, und im selben Moment wird das Bild eines jungen Mannes auf die

Leinwand geworfen. Er hat dunkelblonde Haare und markante Kieferknochen. Ich drehe mich nach links. Fünf Stühle von mir entfernt sitzt er. Alle Blicke sind nun auf ihn gerichtet, huschen zwischen ihm und der Leinwand hin und her. Er geht erstaunlich cool damit um, so viel Aufmerksamkeit zu bekommen.

Das Bild auf der Leinwand verändert sich. Es dauert einige Sekunden, ehe wir verstehen, was wir da sehen. Auch Ian braucht einen Moment, bevor er reagiert. Nun wirkt er doch ein wenig angespannt und reibt mit den Handflächen am Stoff seines Ärmels. Vor unseren Augen prangt eine Auflistung seiner akademischen Leistungen. Alles Bestnoten, überall volle Punktzahl, dazu eine Empfehlung eines hochrangigen Politikers. Keine ehrenamtlichen Tätigkeiten.

Kurz bin ich irritiert, dass sie uns derart sensible Daten sehen lassen, doch im selben Moment fallen mir die unterschriebenen Dokumente ein. In den Unterlagen zum Datenschutz stand, dass sie alle Daten im Rahmen des Bewerbungs- und Auswahlverfahrens offen und ohne Einschränkung nutzen dürfen. Nur habe ich bei meiner Unterschrift nicht an *so etwas* gedacht.

Wieder folgt ein harter Cut. »Hallo, mein Name ist Ian Gordon«, beginnt nun ein Videoclip, in dem ein Ian aus früheren Tagen zu uns spricht. Er steht vor einem alten Gebäude, möglicherweise einer Schule – er trägt jedenfalls eine Schuluniform. Der schwarz-rote Stoff samt Krawatte lässt ihn erwachsener wirken als das braune Hemd, das er heute trägt. »Die erste Frage, die Sie sich sicherlich stellen: Wer ist Ian Gordon, und wieso sollte er die Chance haben, sich an der Cliffworth Academy zu beweisen?«

»Ist das sein Bewerbungsvideo?«, flüstert Ruby.

Niemand antwortet ihr, denn wir alle starren wie gebannt auf die Leinwand, auf der Vergangenheits-Ian von seiner

Schullaufbahn erzählt und dabei sein überzeugendstes Zahnpastalächeln präsentiert. Neben mir schluckt Charlotte schwer. Ich sehe kurz zu ihr. Die roten Haare heben sich stark von ihrer Alabasterhaut ab. Sämtliche Farbe ist aus ihrem Gesicht gewichen, während meine regelrecht glühen. Der Leinwand-Ian macht irgendwelche Kung-Fu-Übungen und erklärt, dass er nicht nur etwas im Kopf hat, sondern auch seit Jahren daran arbeitet, eins mit seinem Körper und seinem Geist zu werden. Es ist beeindruckend und ein wenig einschüchternd.

Ian, der zuvor etwas unruhig auf seinem Platz hin und her gerutscht war, lächelt nun wieder. Vielleicht, weil ihm klar ist, dass sein Video einen bleibenden Eindruck hinterlässt. Kein Wunder, dass er für dieses Programm ausgewählt wurde. Ich hätte ihm mit seiner selbstsicheren, fokussierten Art vermutlich sofort ein Stipendium gegeben, auch wenn seiner Präsentation vielleicht eine persönliche Note fehlt.

Bei diesem Gedanken spüre ich einen Kloß im Hals. Wenn sie die Bewerbungsvideos aller Teilnehmenden zeigen, dann auch *mein* Video. Das Video, bei dem ich über Thomas gesprochen habe. Das persönlichste Thema, das ich habe und das ich in meiner Bewerbung erwähnen wollte, weil es mein Antrieb ist. Mein Motor. Aber es war ganz sicher nicht geplant, es vor wildfremden Leuten breitzutreten, mit denen ich in den nächsten sechs Wochen meinen Alltag teile.

Ich greife nach meinem Wasserglas, will den Kloß wegspülen, aber es ist leer, und ohnehin wäre ich mit Wasser gegen das Gefühl nicht angekommen.

Auf der Leinwand werden die nächsten Videos abgespielt. Dahlia Abba, die mir mit ihrem Hidschab schon zuvor aufgefallen ist, stellt sich vor. Sie hat eine beeindruckende Liste an Nebenaktivitäten. Auch sie hat den Wunsch, Jura zu studieren, um später im internationalen Recht zu arbeiten. Dann folgt Lennox Duncan. Ein schmächtiger Lockenkopf mit guten Noten und Empfehlungen von sämtlichem Lehrpersonal an seiner Schule. Ein Einzelkind aus einer Künstlerfamilie, das Soziologie studieren möchte. Charlotte ist danach an der Reihe, die sich sichtlich versteift, während sie auf der Leinwand von ihren zahlreichen ehrenamtlichen Tätigkeiten und ihrer Leidenschaft für Psychologie erzählt. Ihr Monolog wird etwas schneller, als sie berichtet, dass sie unbedingt bei Roseline Watkins, einer Professorin an der Cliffworth University und einer Koryphäe im Bereich der Humanpsychologie, studieren möchte. Es ist beeindruckend, wie sie dabei quirlig und ehrgeizig, aber absolut reif rüberkommt. Hätte ich in meinem Video darüber gesprochen, dass es einer meiner größten Träume ist, von dem ehemaligen Landesrichter Franklin Gust unterrichtet zu werden, der an der Cliffworth lehrt, wäre ich wohl eher als Fangirl wahrgenommen worden.

»Vada McGowen«, verkündet die Stimme nun, und meine Gedanken setzen sofort einen Punkt. Stattdessen wird mir übel.

Ich spüre jeden einzelnen Blick auf mir, obwohl ich keinen davon erwidere. Stattdessen starre ich stur auf die Leinwand, wo mein eigenes Gesicht mir nun entgegenlächelt. Meine Haare sind so seidig glatt, wie es sonst kaum der Fall ist. Ich habe sie mit Tonnen von Haarspray gebändigt, um den Frizz und den störrischen Pony in den Griff zu kriegen und wenigstens dieses eine seriöse Bewerbungsbild hinzubekommen. Ich trage einen grauen Blazer, dazu eine weiße Bluse und goldene Ohrringe in Blütenform, die meiner Großmutter gehörten und die ich schon immer geliebt habe. Ein Haarreifen, der den Goldton aufgreift, rundet mein Erscheinungsbild ab.

Als meine Noten auf der Leinwand erscheinen, entspanne ich mich für einen Moment. Ich bin stolz auf meine Leistungen und die Empfehlungsschreiben unseres Schulleiters, ebenso wie auf die Liste meiner ehrenamtlichen Tätigkeiten.

»Zwei Jahre lang wöchentliche Arbeit in einer Suppenküche?«, murmelt Ruby ungläubig an unserem Tisch. »Und dann noch freiwillige Unterstützung im Sozialprogramm einer Jugendhaftanstalt? Sehr ambitioniert.«

Kurz empfinde ich ein Hochgefühl, weil ich offenbar einen genauso professionellen Eindruck hinterlasse wie die anderen, doch dann beginnt mein Vorstellungsvideo, und das Gefühl weicht schlagartig wieder Übelkeit.

»Ich könnte eine Vielzahl an Dingen aufzählen, die mich für die Teilnahme am Auswahlverfahren der Cliffworth Academy qualifizieren, und vielleicht ist es genau das, was Sie hören wollen«, sagt mein Video-Ich. »Immerhin sollte ich jetzt meine Vorzüge herausstellen und Ihnen meine Leistungen präsentieren.«

Der Dreh ist so lange her, dass ich den genauen Wortlaut vergessen habe. Ich mag mein Auftreten in dem Video, bin selbst beeindruckt von meiner entschlossenen Miene. Doch dann folgt der Part, vor dem ich mich fürchte und den ich niemals vergessen könnte. Dazu habe ich ihn viel zu oft geübt.

»Eine Wiederholung dessen, was in meinen Unterlagen steht, ist hier sicher von wenig Interesse. Wenn Sie die richtigen Leute für die Cliffworth Academy auswählen möchten, dann geht es ja vor allem darum, Ihnen einen Eindruck zu vermitteln, mit welchem Menschen Sie zusammenarbeiten würden.«

»Da bin ich ja mal gespannt«, wirft Ian höhnisch ein.

»Was Sie von mir erfahren sollten, sind meine Motivation und die Antwort auf die Frage: Wieso? *Wieso* will ich das hier? *Wieso* kämpfe ich um den Platz an der Cliffworth Academy und um ein Stipendium für Ihre Uni – und für keine andere?« Mein Video-Ich hält ein Foto von Thomas in die Kamera. Darauf hat er noch keine dunklen Augenringe. Er wirkt glücklich und jung … eine Version von ihm, an die ich mich kaum noch erinnern kann. Die Erinnerung an meinen glücklichen Bruder ist fast völlig der fahlen Version von heute gewichen. Als ob es einen Vorher- und einen Nachher-Bruder gäbe. Einen Wir-lebten-glücklich-in-Nordirland-Bruder und einen Deine-Familie-ist-nach-Wales-geflüchtet-und-sieht-dich-kaum-noch-Thomas. Einen aus der Zeit, bevor er den Fehler seines Lebens beging, und einen, der sein Leben kaum noch leben kann.

»Das *Wieso* ist mein Bruder«, fährt mein Video-Ich fort. »Mein Bruder und jeder Jugendliche da draußen, die von der Justiz im Stich gelassen wurden, obwohl sie Besseres verdient hätten. Eine bessere Verteidigung, eine Chance. Jemanden, der ihnen zuhört und sich für sie einsetzt. Mein Bruder hatte so jemanden nicht, als er vor vier Jahren verhaftet wurde. Sein Anwalt hat einfach zugesehen, wie der Prozess und damit die Zukunft meines Bruders den Bach runterging.«

Kaum jemand sieht noch zur Leinwand, alle starren mich an. Und ich hasse es. Hasse es, auf dem Präsentierteller zu sitzen und Thomas' Geschichte zu erzählen, obwohl es *seine* Geschichte ist. Obwohl er sie, wenn überhaupt, selbst erzählen sollte.

Es ist ein gutes Video, dessen bin ich mir bewusst. Ich liebe jedes meiner Worte, spüre sie in der Tiefe meines Herzens, aus der sie fließen. Spüre die Leidenschaft für dieses angestrebte Studium mit jeder Faser meines Körpers. Aber gleichzeitig ist da eine unfassbar große Scham. Weil das hier außerhalb meiner Kontrolle ist. Weil alle mich ansehen … so wie früher.

Macy lehnt sich zu mir und ist mir plötzlich ganz nah. Ihr Mund ist direkt an meinem Ohr, und ihr Atem hinterlässt eine zarte Gänsehaut, die mich kurz aus meinem Tunnel holt.

»Zeig es ihnen nicht«, flüstert sie, die Gänsehaut wird stärker. »Zeig ihnen nicht, dass es dir unangenehm ist.«

Ians Lippen sind zu einem süffisanten Lächeln verzogen, als würde ihm gefallen, dass ich betroffen aussehe oder vielleicht sogar blasser geworden bin. Als würde er bereits überlegen, wie er sich das zunutze machen und gegen mich verwenden könnte.

»Okay«, erwidere ich und versuche, mich zu fangen.

Darüber, dass das Video allen gezeigt wurde, hatte ich vielleicht keine Kontrolle, aber ich kann zumindest entscheiden, wie ich darauf reagiere. Ob ich den anderen meine Verletzlichkeit zeige oder nicht. Macy hat recht.

»Ein gutes *Wieso,* wenn ihr mich fragt«, sage ich im nächsten Moment laut in die Runde, um meine Anspannung zu überspielen.

»Ich fand's stark«, bekräftigt Charlotte und lächelt mich an.

Macy neben mir nickt zustimmend, ein paar andere tun es ihr gleich.

Auf der Leinwand flackert das nächste Foto auf, Jacob Murray ist dran. Mit mir sind sie durch.

Ich lehne mich zurück und falle dabei regelrecht gegen die harte Lehne meines Stuhls. Ich habe es überstanden, aber ich fühle mich erschlagen. Gleichzeitig bin ich froh, eine gewisse Contenance gewahrt zu haben. Ian scheint niemand zu sein, vor dem man Schwäche zeigen sollte. Schon gar nicht am ersten Tag.

»Danke«, flüstere ich Macy zu. Einige Sekunden sehen wir uns an, ich blicke in ihre hellblauen Augen, die diesen Dank voller Wärme annehmen. Ihre Augen erinnern mich an einen Wintermorgen, wenn der Schnee noch ganz frisch und die ganze Welt still ist – wenn es nur dich und diese weiße Decke aus Ruhe gibt, die dich einhüllt und dir zuflüstert, dass alles gut werden wird.

»Gern geschehen«, sagt sie leise und streicht sich verlegen eine Haarsträhne hinters Ohr, ehe sie den Augenkontakt löst. Ein wenig zu abrupt für meinen Geschmack, weil ich die Ruhe gerne noch länger genossen hätte.

KAPITEL 4
MACY

Die Stimmung im Saal ist zum Zerreißen gespannt. Ich konnte mit Spannungen dieser Art noch nie besonders gut umgehen.

Immerhin bestand mein Video hauptsächlich aus belanglosem Gerede über meinen Wunsch, das menschliche Verhalten zu analysieren. Nichts, was Hyänen wie Ian gegen mich verwenden könnten. Denn das hat er vor. Ich habe es in dem Blick gesehen, den er Vada zugeworfen hat. Als wären in seinem Kopf bereits lauter Pläne aufgeploppt, wie er sie wegen ihres Bruders verunsichern oder heruntermachen könnte.

Die Präsentation wird beendet.

»Wozu haben sie das gemacht?«, fragt Charlotte.

»Um uns einzuschüchtern?«, mutmaßt einer, ich glaube sein Name ist Lennox. Der aus der Künstlerfamilie, der auch Soziologie studieren möchte. Seine Stimme gleicht der einer Maus.

Grayson sieht grimmig auf Ians blonden Hinterkopf. »Damit wir wissen, mit wem wir es zu tun haben.«

Die Tür neben dem Pult geht auf, und Mrs Walsh tritt heraus. Ihr Gesicht ist ernst, passend zu der Stimmung im Raum. »Nachdem wir uns alle etwas besser kennengelernt haben, möchte ich Sie nochmals herzlich willkommen heißen an der Cliffworth Academy.« Ihr Blick schweift über die Tische. Sie scannt jedes einzelne Gesicht und kontrolliert, welchen Eindruck ihre kleine Darbietung hinterlassen hat. Ich bemühe mich um einen möglichst neutralen Ausdruck, um mir meine Irritation wegen der Videos nicht anmerken zu lassen. Mit einer kleinen Spur von Stolz stelle ich fest, dass es Vada ebenso tut. Ihre Finger umklammern noch immer die Stuhlkante, und ihre Knöchel treten weiß hervor, aber da ist purer Kampfgeist in ihren braunen Augen.

»Wie jedes Jahr freue ich mich sehr, so viele junge Menschen für dieses Sommerprogramm begeistern zu können. Dies hier ist ein Ort, an dem Sie wachsen können. Ihnen muss bewusst sein, dass die Cliffworth Academy den Grundstein für Ihren gesamten akademischen Werdegang legen kann. Überzeugen Sie hier, können Sie am Ende dieses Programms sicher mit einem Vollstipendium für die Cliffworth University rechnen. Da Sie nun hier sind, muss ich Ihnen sicher nicht sagen, wie begehrt unsere Studienplätze sind. Immerhin gehören Experten wie Peter Pritchard und Roseline Watkins zu unserem Lehrstuhl, die mit Franklin Gust als leitendem Professor für Rechtswissenschaften unser Lehrangebot auf das höchste Niveau bringen. Nicht ohne Grund konnten wir als Uni elf Member of the Senedd sowie unzählige Landesrichter und Topanwälte hervorbringen. Rund fünfundneunzig Prozent unserer Studierenden knüpfen noch während der Unizeit hervorragende professionelle Kontakte und machen eine steile Karriere, denn wir setzen auf jahrelange Vernetzung auch über die walisischen Grenzen hinaus.«

Diesmal sind die entschlossenen Mienen um mich herum sicher keine Täuschung. Auch ich spüre den Willen, genau das zu schaffen, durch meine Adern fließen. Nicht umsonst zählt die Cliffworth zu den Top drei der walisischen Privatunis. Dort studieren zu können wäre ein Privileg, das die meisten sich ohne das Stipendium sicher nicht leisten könnten. Nicht umsonst ist die Teilnahme an der Akademie so beliebt. Die Bewerbungsquote steigt jedes Jahr, aber immer gibt es nur ein paar ausgewählte Leute, die es überhaupt in die letzte Runde schaffen und sich für das Stipendium beweisen können.

»Jeder von Ihnen hat sich durch hervorragende Noten und besonderes Engagement für dieses Auswahlverfahren qualifiziert, und jeder von Ihnen wäre eine Bereicherung für unsere Studiengänge Jura, Soziologie und Psychologie.« Mrs Walsh blickt in die Runde, zum ersten Mal seit unserer Ankunft wirkt sie nicht vollkommen autoritär, sondern mit einem leichten Lächeln auf den Lippen. Als wäre sie jetzt schon stolz auf ihre Auswahl an Teilnehmenden. Dann räuspert sie sich. »Doch wir wären nicht so erfolgreich, würden wir nicht genau prüfen, wer in unseren Reihen aufgenommen wird. Wir unterrichten nur die Besten, und so verstehen Sie sicher, dass wir in den nächsten Wochen genau hinschauen werden, wen wir für geeignet erachten. Gehen Sie also davon aus, dass wir Sie innerhalb dieser Akademie auf Herz und Nieren testen werden.« Es überrascht kaum, aber es löst Unruhe unter uns Neuankömmlingen aus.

»Am Ende dieser Akademie werden wir sieben Stipendien vergeben«, verkündet Mrs Walsh.

Um seine Chancen auszurechnen, muss man wahrlich kein Mathegenie sein. Vierzehn Leute im Programm, höchstens sieben Plätze. Die Hälfte von uns wird leer ausgehen.

»Sie werden gleich Umschläge bekommen, die Sie bitte erst auf mein Kommando öffnen.«

Kurz darauf geht Mrs Bell herum und verteilt dunkelblaue Umschläge, auf denen das Wappen der Akademie gedruckt ist. Jeder von uns bekommt einen.

»Sie dürfen sie jetzt öffnen.«

Ich löse den Kleber und ziehe eine Karte aus dem Umschlag. Eine dunkelrote Rose ist darauf abgedruckt.

»Ein Kleeblatt«, murmelt Charlotte.

»Habe ich auch«, erwidert Grayson.

Ich scanne die Karten der anderen. Es scheint nur diese beiden Symbole zu geben: die Rose und das Kleeblatt.

»Jeder von Ihnen sollte nun in einer Gruppe sein: alle, die ein Kleeblatt gezogen haben, gehören zu den Clovers. Die mit Rose zu den Roses«, erklärt Mrs Walsh, ehe die Gesprächskulisse zunehmen kann. »Verstehen Sie sich an der Akademie als Bezugspersonen. Sie werden zusammenleben, zusammen lernen und auch gemeinsam Aufgaben bestreiten müssen.«

Vada starrt auf ihre Karte. Ein grünes Kleeblatt, keine Rose. Sie hebt ihren Kopf, unsere Blicke treffen sich. Es sind nur ein paar Herzschläge, nur vier oder fünf Sekunden, aber jeder einzelne davon ist ein kleiner Stich, weil ich tatsächlich enttäuscht bin. Enttäuscht, dass ausgerechnet die Person hier, bei der ich mich instinktiv am wohlsten gefühlt habe, nicht in meiner Gruppe ist. Auch in Vadas Augen sehe ich Enttäuschung aufblitzen – zumindest denke ich das. Zu viele verschiedene Emotionen flackern über unsere Gesichter, weil niemand von uns eine solche Regelung erwartet hatte.

»Nehmen Sie die Einteilung ernst. Denn nur die Gruppe, die am Ende mit ihren Leistungen überzeugen kann, qualifiziert sich für die Stipendien«, sagt sie und lässt damit die Bombe platzen. Ich spüre den Aufprall, höre die Explosion im losbrechenden Stimmengewirr. Zwei Gruppen à sieben Leute, sieben Plätze fürs Stipendium.

Wieder sehe ich zur Karte in Vadas Hand.

Nur eine von uns wird es an die Uni schaffen.

Der Schock sitzt uns allen, aber besonders mir, in den Knochen. Als wir uns für die Cliffworth Academy beworben haben, in all den Bewerbungsrunden und Interviews, waren wir immer Einzelkämpfer. Etwas, was mir gut steht. Ich verlasse mich gerne auf mich selbst, niemals auf Dritte. Dass meine Zukunft nun von anderen Menschen abhängig sein soll, ist für mich noch unbegreiflich, und innerlich bin ich nicht nur frustriert, sondern auch wütend.

»Verdauen Sie das erst einmal und kommen an«, sagt Mrs Walsh, die die umgeschwenkte Stimmung sicherlich ebenso wahrgenommen hat. Der Unmut über die Aufteilung ist allgegenwärtig. »Den restlichen Abend können Sie Ihre Häuser beziehen und sich noch ein wenig näher kennenlernen. Morgen um acht Uhr erhalten Sie hier in der Halle einen Überblick über den Ablauf in den nächsten Wochen. Vorher steht Ihnen ab sechs Uhr ein Frühstücksbüfett zur Verfügung, an dem Sie sich stärken können.« Ihr Lächeln ist viel zu strahlend. »Mrs Bell steht draußen bereit, um Ihre digitalen Geräte einzusammeln und Ihnen die Gegebenheiten in den Gruppenhäusern zu erklären. Ich wünsche Ihnen einen schönen Abend.«

Sie verlässt den Raum, die Gespräche nehmen sofort zu. Spekulationen und Wut über die Aufteilung, erste Eindrücke zur Leiterin. Ich folge den anderen nur stumm nach draußen, denn mein Kopf ist viel zu voll. Ich kann nur immer daran denken, was diese Gruppe, die Roses, für mich bedeutet. Es fühlt sich plötzlich an, als würde ich viel zu enge Schuhe tragen und müsse nun einen Marathon laufen.

Seufzend trete ich nach draußen und hebe meine schwarze Reisetasche. Sie ist viel zu schwer, weil ich trotz der gut sortierten Bibliothek, die es hier geben soll, nicht auf meinen Büchervorrat verzichten wollte.

»Alles okay?« Vada tritt neben mich. »Diesmal wirkst *du* ein wenig blass.«

Ich nicke etwas unbeholfen. Insgeheim freut es mich, dass sie noch mal auf mich zukommt, aber ich kann es angesichts meiner inneren Anspannung nicht richtig zeigen.

»Wirklich schade, dass wir nicht in derselben Gruppe sind, oder?«

»Ja«, erwidere ich leise. »Finde ich auch.«

Aus dem Augenwinkel sehe ich, wie Ian seinen Koffer greift. Seine Karte ragt aus seiner Hosentasche und offenbart eine Rose. War ja klar, dass ich ausgerechnet mit *ihm* in einer Gruppe bin.

Mrs Bell sammelt bereits die ersten Geräte ein. Alle werden von ihr in einer Liste eingetragen und mit Nummer versehen, ehe sie in einen großen, mit Samt ausgekleideten Koffer gelegt werden. Notebooks, Tablets, Handys – die Liste ist lang. An dem Koffer hängt ein Schloss, das schließlich einrastet.

»Komisches Gefühl«, sagt Charlotte, die nun auch neben uns tritt. »So gar nicht erreichbar zu sein.«

Vada lächelt milde. »Vielleicht fällt es gar nicht ins Gewicht, wenn wir ohnehin so viel zu tun haben. Und unterhalten können wir uns auch gegenseitig, es wird schon keine Langeweile aufkommen.«

Plötzlich taucht Ruby hinter Vada auf und legt ihr einen Arm um die Schulter. »Mit *wir* meinst du doch wohl die Clovers, oder? Nicht die Konkurrenz.« Ich weiche ihrem fast boshaften Blick aus. So viel zu einem entspannten Ankommen hier.

»Ich sehe da eine Rose auf deiner Karte«, spricht sie mich an. »Du solltest also besser zu den Leuten aus deiner Gruppe gehen.«

Charlotte verdreht die Augen. »Ruby, lass den Blödsinn. Man wird ja wohl trotzdem noch miteinander sprechen dürfen.«

»Hast du nicht gehört, was Mrs Walsh gesagt hat? Wir sollen die Einteilung ernst nehmen. Ich für meinen Teil habe das vor. Denn entweder bekommen *wir* das Stipendium oder die anderen. Das ist eine ernste Sache.«

Vada kommt nicht dazu, etwas zu erwidern, weil Mrs Bell

sich lautstark räuspert und unsere Aufmerksamkeit fordert. Ich bin froh darum. Keinesfalls will ich Auslöser irgendwelcher Streitigkeiten sein. Schon gar nicht am ersten Tag.

»Es wird Zeit, die Häuser zuzuteilen.« Ihre Stimmfarbe ist viel wärmer als die von Mrs Walsh, sie legt sich beruhigend auf meine angespannten Nerven. »Hier im Hauptgebäude finden sich beide Gruppen zusammen ein, um am Unterricht und an den Mahlzeiten teilzunehmen. Ihr habt auch Zugang zu unserer großen Bibliothek, die rund um die Uhr geöffnet ist. Morgen bekommt ihr eine ausführliche Übersicht über diese Räumlichkeiten. Für heute ist nur wichtig, wo ihr schlafen werdet.« Sie zeigt auf die zwei Häuser, die ich schon bei meiner Ankunft gesehen habe. Sie liegen etwas abseits, am Rand des Innenhofs. Im Vergleich zum Hauptgebäude wirken sie ein wenig trist, was vielleicht an den fehlenden Efeuvorhängen liegt, die dem Hauptgebäude einen Farbtupfer verleihen. Einzig die grüne Wiese, die zwischen den beiden Häusern liegt, und das Meer, das man hinter der Mauer des Innenhofs erkennen kann, sorgen für ein wenig Farbe.

»Rechts sind die Clovers untergebracht, links die Roses«, erklärt Mrs Bell. »An den Eingängen findet ihr ein Sicherungsschloss, das ab heute Abend aktiviert werden wird. Die Codes dazu befinden sich an einer Pinnwand der jeweiligen Häuser. Merkt euch den Code gut, um reinzukommen.« Mrs Bell lächelt aufmunternd in die Runde. »Die Bettenaufteilung bleibt euch überlassen, und ihr könnt euch in den Häusern frei bewegen, ebenso wie hier auf dem Gelände. Wir legen während des Auswahlverfahrens aber Wert auf Diskretion, also betretet bitte nicht den Campus, auch wenn es verlockend sein mag. In den Sommerferien sind nur wenige Studierende dort, aber wir wollen vermeiden, dass ihr euch mögliche Vorteile in diesem Wettbewerb verschafft, indem ihr euch mit den Studierenden dort austauscht.«

Der Turm der Universität ragt hinter den zwei Häusern in den Himmel. Die dunkelblauen Fahnen wehen im salzigen Wind.

Hier beginnt also die Reise. Es ist ein wenig schade, dass wir uns den Campus nicht näher ansehen sollen. Auch wenn ich die Argumente verstehe, ist es seltsam, so nah dran zu sein und trotzdem keinen Blick auf eine mögliche Zukunft werfen zu dürfen.

»Von Mrs Walsh werdet ihr morgen bei ihrer Einführung weitere Infos bekommen. Ich denke, für heute reicht das erst mal. Es war eine lange, aufregende Anreise, also bezieht in Ruhe eure Häuser und schlaft euch aus, bevor es morgen richtig losgeht.« Sie nimmt den Koffer mit unseren Geräten und lässt uns allein. Für einige Sekunden herrscht bedeutungsvolle Stille.

Erst Ian wagt es, sie zu durchbrechen. »Roses, mir nach!«

Am liebsten würde ich mich verweigern und ihm sagen, dass ich auf sein Kommando nicht höre, aber die Ersten setzen sich in Bewegung, und ich will nicht die Einzige sein, die außen vor bleibt.

Ich murmle Vada und Charlotte ein »bis dann« zu und bemühe mich, aufzuschließen. Eine Mitbewerberin mit langen schwarzen Haaren, die kurz vor mir losgegangen ist, lässt sich von mir einholen. Ich erinnere mich an ihr Bewerbungsvideo, in dem sie erzählt hat, wie es gewesen ist, zweisprachig aufzuwachsen. Ich mochte ihre ansteckende Energie.

»Hey. Du gehörst auch zu meiner Gruppe, oder? Ich bin Poppy.«

»Macy.« Schon jetzt ist mein sozialer Akku am Erschöpfungslimit. Der Wunsch, allein zu sein, wird stärker, was jedoch angesichts der sich versammelnden Leute nicht möglich ist.

Vor dem Haus der Roses bleiben wir stehen. Vom Eingang aus haben wir einen umwerfenden Ausblick auf das Meer. Direkt hinter der Mauer des Innenhofs türmt es sich hinter gigantischen Klippen auf und zieht mich förmlich an. Doch fürs Erste konzentriere ich mich auf das Gebäude, das dem rustikalen Mauerwerk nach zu urteilen ebenso aus dem sechzehnten Jahrhundert sein muss wie das Hauptgebäude der Akademie und auch die Universität.

Ein perfekter Ort zum Lesen und Lernen, mal abgesehen von den fremden Gesichtern um mich herum. Unsere Gruppe besteht aus drei Frauen und vier Männern: Dahlia, Poppy und ich stellen uns zueinander und sehen zu den Männern neben Ian. Einer, ich glaube sein Name ist Owen, hat rotes Haar und einen dichten roten Bart, sodass er von uns allen am ältesten aussieht. Er mustert alle ein wenig abschätzig. Die anderen beiden Männer, Lennox und Alfie, lächeln ein wenig zurückhaltend. Alfie rückt seine Brille gerade und wird ein wenig rot, als er gemustert wird. Ein Umstand, den ich sofort sympathisch finde. Ich hatte noch nie etwas für Überheblichkeit übrig.

Für Gruppen eigentlich auch nicht.

Vor allem nicht, wenn man nicht die Chance hat, sich die Mitglieder selbst auszusuchen.

KAPITEL 5
VADA

Das Haus der Clovers ist von innen viel gemütlicher, als es die Außenfassade vermuten lässt. Von der Eingangstür gelangen wir direkt zu einer Garderobe, daneben hängt ein Pinboard, an dem der Sicherheitscode und die Essenszeiten hinterlegt sind. Von sechs bis acht Uhr gibt es Frühstück, Mittagssnacks stehen zwischen zwölf und dreizehn Uhr bereit, das Abendessen folgt dann um neunzehn Uhr. Neben dem Pinboard gibt es die nächste Tür, die in einen größeren Raum führt.

Wind pfeift durch die Ritzen der Steinmauern, was durch viele Wandteppiche in einem milden Grün abgemildert wird und farblich zu den Kleeblättern passt, die immer wieder auftauchen: mal als Symbol auf einem der Wandteppiche, mal eingeritzt in eine der Säulen, die dem Raum etwas Struktur geben. Wir finden uns alle ein, betrachten die gemütlichen Ohrensessel, die vor einem offenen Kamin stehen. Links daneben gibt es einen rustikalen Esstisch mit sieben Holzstühlen, an einer der Fensterfronten steht zusätzlich eine kleine Holzbank mit einem Korb Decken und ein paar Taschenlampen, die sicher nützlich sind, falls wir doch mal spätabends die Hauptbibliothek aufsuchen müssen. Sogar ein Teewagen steht bereit, der für eine wohlige Atmosphäre sorgt.

Vom Gruppenraum aus erreichen wir einen weiteren Flur, von dem diesmal vier Türen abgehen. Zunächst betreten wir die kleine Bibliothek, um uns dort kurz umzusehen. Hier tanzt ein wenig Staub auf den Regalen, den wir mit unserem Eintreten aufwirbeln. Während der Gemeinschaftsraum mit den Wandteppichen und Sesseln zum Entspannen einlädt, hat die Bibliothek eher etwas Rustikales. Rund fünfzehn dunkle Regalbretter füllen den Raum, und zwei Tische aus demselben schweren Holz stehen vor einer großen Fensterfront. Der Staub kitzelt in meiner Nase, trotzdem kann ich den wundervollen Geruch von ledrigen Einbänden und Pergament wahrnehmen. Zu gerne würde ich mich noch etwas näher umsehen, doch ich verschiebe das auf später, denn die anderen sind schon dabei, wieder in den Flur zurückzugehen, um die drei anderen Räume zu inspizieren. Wir finden ein großes Badezimmer und zwei Schlafräume vor, die wir nach den Geschlechtern einteilen und uns dazu entschließen, sie sofort zu beziehen. Angesichts der später werdenden Stunde und meiner zunehmenden Müdigkeit von der Anreise halte ich es für eine gute Idee.

Unser Schlafraum ist im Vergleich zum restlichen Haus eher minimalistisch. Die Wände sind aus Stein, hier hängen keine Wandteppiche oder Bilder, dafür gibt es drei große Fenster, die jedoch mit schweren blauen Vorhängen versehen sind, die farblich zum gemütlichen Teppichboden passen, der im gesamten Raum ausliegt. Hier drin stehen fünf Einzelbetten samt Nachttischen und zwei Schränken. Ich ergattere ein Bett direkt am Fenster. Anders als die Roses haben wir keinen Meeresblick, können jedoch die grünen Wiesen im Innenhof betrachten und einen Teil des anderen Gruppenhauses sehen.

»Es ist schön hier.« Charlotte hat sich für das Bett neben meinem entschieden und testet gerade die Matratze. Ruby hingegen bezieht das Bett direkt an der Tür, und unsere vierte im Bunde, Penelope Jones, nimmt sich eines der Betten an der gegenüberliegenden Wand. Das Bett neben ihr bleibt frei.

Ich betrachte Penelope. Ihre Braids sind zu einem hübschen Knoten geformt, sodass ihr ebenmäßiges Gesicht zur Geltung kommt. Ihr Lächeln ist noch etwas zaghaft, während sie beginnt, ihre Sachen auszupacken, aber ich erinnere mich daran, dass sie im Bewerbungsvideo eher aufgeweckt wirkte. Vermutlich muss sie noch warm werden.

»Ist es wirklich okay für dich, dass du dieses Bett hast?«, frage ich sie. Im Gegensatz zu uns anderen ist sie weit von den Fenstern entfernt und in der dunkelsten Ecke des Raumes.

»Das Bett ist perfekt. Ich schlafe nicht so gut, wenn es hell ist. Zu Hause habe ich Rollos, die die Fenster richtig abdunkeln, aber die Vorhänge hier werden bestimmt nicht denselben Effekt haben.«

»Vermutlich nicht.« Der Stoff ist samtig und schwer, aber irgendwelche Spalte entstehen beim Zuziehen doch meistens.

Charlotte packt allerhand Schminke und Schmuck aus ihrem Koffer und legt alles auf ihrem Nachttisch ab. »Ich hoffe, wir können hier gut schlafen. Nichts ist schlimmer, als übermüdet in irgendwelchen Prüfungen zu sitzen. Zumal ich nicht weiß, wie viel Zugang zu Kaffee wir haben.«

»Auf dem Wagen im Gemeinschaftsraum habe ich nur Tee gesehen«, erwidert Penelope. »Was mir persönlich aber auch lieber ist. Von Kaffee bekomm ich Herzrasen.«

»Und ich ohne.« Charlotte lacht.

»Vielleicht wirst du Kaffee brauchen«, schaltet sich zum ersten Mal Ruby ein, die gerade ihr Kissen inspiziert, als würde sie erwarten, Haare einer Vorgängerin auf der Bettwäsche zu finden. »Ich schnarche ziemlich.«

»Oh Mann«, murmelt Penelope.

Charlotte hält Ohrstöpsel hoch. »Was meinst du, wieso ich die dabeihabe?«

»Gut mitgedacht.« Ruby lässt von ihrem Kissen ab und

sieht sich ein letztes Mal um. »Ich bin soweit fertig und gucke mir noch etwas die Bibliothek an.«

»Warte.« Penelope lässt ihre Reisetasche auf den Teppichboden sinken. »Ich komme mit.«

Ruby sieht zu Charlotte und mir. »Wie sieht's mit euch aus?«

»Ich sortiere das erst noch fertig ein, weil ich es sonst heute sicher nicht mehr mache«, meint Charlotte und deutet auf die Sachen auf ihrem Nachttisch. Sie hat wirklich viele Accessoires dabei.

»Ich auch«, bestätige ich, auch wenn mein Koffer schon fast geleert ist.

»Dann bis später.«

Die beiden lassen uns alleine, im Flur höre ich Stimmen. Ich denke, eine davon gehört Jacob. Er hat hier die dunkelste Stimme von allen.

»An so etwas wie Ohrstöpsel habe ich gar nicht gedacht«, sage ich, kaum dass sie den Raum verlassen haben.

»Wenn du sie brauchst: Ich habe genug und kann dir welche geben. Ohne kann ich inzwischen gar nicht mehr schlafen. Ich habe zwei Brüder, die schnarchen«, ergänzt sie auf meinen fragenden Blick hin. »Und die Wände unserer Wohnung sind so dünn, dass man sie ohne Probleme hören kann.«

»Sind deine Brüder jünger oder älter als du?«

»Ich bin achtzehn, sie sind beide sechzehn. Und ziemliche Unruhestifter.«

»Was genau machen sie?«

»Streiche spielen. Es hat mal harmlos begonnen, aber inzwischen haben sie einen Prank-Kanal im Internet, und dadurch werden ihre Aktionen immer krasser. Was das angeht, bin ich froh, hier mal meine Ruhe zu haben.«

Charlotte sortiert ihre Ohrringe, dann sieht sie mich mitfühlend an. Schon klar, was jetzt kommt. Ich überspiele den Moment, indem ich die letzte Kleidung in mein Schrankfach lege, dann klappe ich den leeren Koffer zu.

»Ist das, was du in dem Video über deinen Bruder gesagt hast, wahr? Ist er wirklich im Gefängnis?«

»Ist er. Aber ich rede nicht gerne darüber.«

»Verstehe ich«, murmelt Charlotte, und ich bin ihr dankbar, dass sie nicht weiter nachbohrt. »Es war echt nicht in Ordnung, dass Mrs Walsh uns diese Informationen gegeben hat.«

»Nein.« Auch ich fühle dieses brennende Gefühl von Unrecht in mir. »Aber wenn das die Regeln in diesem Programm sind, dann bin ich bereit, sie zu akzeptieren.«

»Genau wie ich. Auch wenn ich noch nicht ganz weiß, was ich von den bisherigen Regeln halten soll.«

»Die Gruppenaufteilung?«, frage ich seufzend. »Ja, damit hat wohl niemand gerechnet.«

Charlotte starrt auf die Ohrringsammlung in ihrer Hand. »Meinst du, irgendjemand von uns kann sich das Studium ohne Stipendium überhaupt leisten?«

»Hm. Ich denke, niemand, der sich auf das Vollstipendium bewirbt, macht das nur aus Spaß. Hoffe ich zumindest.«

»Das hoffe ich auch … doch wenn wir das Stipendium alle so dringend brauchen, bedeutet das einen ziemlichen Druck für alle. Es ist scheiße, wenn das hier die einzige Chance für uns ist und dennoch die Hälfte von uns leer ausgeht. Meine Eltern dachten, glaube ich, ich hätte das Stipendium durch meine Aufnahme in die Akademie schon in der Tasche.«

»War nicht schwer, das zu glauben, wo so viele sich hier bewerben und so wenige angenommen werden. Da hat man sich irgendwie schon als Gewinnerin gefühlt.«

Charlotte verzieht ihre roten Lippen. »Falsch gedacht. Aber wir schaffen das schon.«

»Ja, wir schaffen das«, wiederhole ich, dann schiebe ich den Koffer unter mein Bett und lasse mich auf die Matratze sinken. »Wo lebt denn deine Familie?«

»Wir wohnen in England. In York.« Daher also ihr auffallender britischer Akzent.

»Ganz schön weit von zu Hause weg.« Dagegen kommen mir die Meilen zwischen meiner Mum und mir fast schon lächerlich vor. Die Entfernung von Thomas und mir hingegen …

»Die Cliffworth ist ja auch nicht irgendeine Uni«, unterbricht Charlotte meine Gedankengänge. »Das ist mir die Entfernung wert.« Das kann ich wirklich gut nachvollziehen, auch wenn mich die Sehnsucht nach meiner Familie auffressen würde. »Wo wohnst du?«, fragt sie mich.

»In Cardiff.« Es zu sagen, fühlt sich noch immer ungewohnt an. Auch nach vier Monaten möchte ich instinktiv Belfast antworten.

»Da war ich auch schon! Wir haben vor einem Jahr eine Rundreise durch Wales gemacht, als klar war, dass die Cliffworth in meiner Top drei der Unis ist. Mein Dad wollte unbedingt hin, weil er ein Fan von *Doctor Who* ist.«

»Wir sind erst vor Kurzem dorthin gezogen. So richtig heimisch fühle ich mich dort ehrlich gesagt noch nicht.«

»Oh. Wo habt ihr denn vorher gelebt?«

»Nordirland.« Allein es auszusprechen, fällt mir schwer. Der Umzug, dieser Neuanfang, war nötig, aber verdaut haben wir ihn noch nicht. Dafür verbindet uns noch zu viel mit Belfast. Die guten Erinnerungen meiner Kindheit wie die schlechten Erlebnisse der letzten Jahre.

»In Irland war ich auch schon mal mit meinen Eltern, aber ich war leider etwas zu jung, um mich genau daran zu erinnern.« Sie zuckt unbekümmert mit den Schultern. »Warst du schon mal in England?«

»Ich war eigentlich noch nie irgendwo«, gebe ich zu. »Von dem Umzug nach Wales einmal abgesehen, war ich die Jahre zuvor immer nur in der Stadt, in der ich aufgewachsen bin. Urlaub ist zu teuer«, murmle ich. Geld ist nichts, worüber ich gerne spreche, weil es, bevor Thomas inhaftiert wurde, nie ein wirkliches Thema in unserer Familie war. Damals konnten wir uns immerhin noch etwas mehr leisten. Mum hatte noch ihren Job und war nicht depressiv. Thomas noch bei uns. Wir noch eine richtige Familie.

»Das kenne ich.« Charlottes Seufzen ist schwer. »Es klingt, als wäre ich viel rumgekommen, aber meine Eltern haben richtig hart gekämpft, um uns diese Reisen zu ermöglichen. Und ich musste ganz schön zurückstecken. Kein Mensaessen, kein Taschengeld, immer nur gebrauchte Kleidung. Das fand ich am schlimmsten. Ich wollte auch gerne mal ausgiebig shoppen gehen und die neuesten Sachen tragen. Ich habe mich dann irgendwann damit beschäftigt, alte Kleidung mit Accessoires und Make-up aufzupimpen, um wenigstens nicht negativ aufzufallen.« Sie deutet auf ihr Sammelsurium an Kosmetika. »Meine Mum arbeitet bei *Boots* und bekommt Rabatte, dadurch hatte ich immerhin den Luxus, ab und zu von ihr Make-up geschenkt zu bekommen.«

Ich will gerade etwas erwidern, als die Tür aufgeht. Penelope streckt den Kopf durch die Tür. »Kommt ihr ins Gemeinschaftszimmer? Grayson will eine Versammlung.«

»Jetzt noch?« Ich brauche keine Uhr, um zu wissen, dass es inzwischen schon spät geworden ist. Die Umrisse vom Haus der Roses sieht man vom Fenster aus inzwischen kaum noch, und große Müdigkeit von der Anreise und der Aufregung des heutigen Tages übermannt mich. Alles in mir schreit danach, endlich schlafen zu gehen. Aber ich weiß auch, dass wir uns als Gruppe einspielen müssen.

»Die anderen sind schon da.«

»Okay, wir kommen.«

Ich nehme mein Tagebuch aus meiner Tasche und verstaue es im Bezug meines Kopfkissens. Dasselbe Versteck wie zu Hause. Ein Stück Heimatgefühl.

Dann gehen Charlotte und ich in den Gemeinschaftssaal.

Wir sind die Letzten, die im Gruppenraum eintreffen, und nehmen die Holzbank an einem der Fenster ein.

»Ich denke, wir sollten uns besprechen«, verkündet Jacob Murray. Er sitzt direkt neben Grayson und hat seine dunklen Lippen zu einer harten Linie geformt. Er will Jura studieren und hatte schon im Bewerbungsvideo ein recht dominantes, selbstsicheres Auftreten. Im Gegensatz zu mir kann er bereits ein Praktikum in einer Kanzlei für Familienrecht vorweisen.

»Vielleicht sollten wir uns erst mal kennenlernen?«, fragt Charlotte.

»Wozu?«, erwidert Jacob sofort, als wäre dieser Vorschlag absolut abwegig. »Wir haben doch alle die Videos gesehen.«

»Aber es geht doch nicht nur um Fakten«, widerspricht Charlotte. »Wir sollten nicht nur die Namen und die Noten voneinander wissen. Es geht doch um weit mehr als um das.«

Ich nicke, Penelope ebenfalls.

»Vor allem, wenn wir jetzt wirklich eine Gruppe sind«, sage ich. »Wenn wir das hier nur zusammen bestehen können, müssen wir uns aufeinander verlassen können.«

»Ich verstehe nicht, wieso sie uns aufteilen«, meldet sich nun Amar zu Wort. Er wirkt viel unsicherer als bei meiner Ankunft, als er mit Alfie zusammen Grayson nach seinem Bruder gefragt hat, und ich kann es ihm nicht mal verdenken. »Es ist doch kacke, dass meine Zukunft jetzt von Leuten abhängt, die ich gar nicht kenne.« Er beißt sich auf die Lippe. »Nichts für ungut.«

»Wieso? Es stimmt doch«, erwidert Ruby. Sie sieht abschätzig in die Runde. »Mrs Walsh hat uns damit doch alle kalt erwischt. Wer rechnet schon mit so etwas?«

»Hat dein Bruder das nie erwähnt?«, fragt Amar Grayson.

»Er sagt mir in Bezug auf die Akademie gar nichts. Aber angesichts dieser Verschwiegenheitserklärung ist es auch kein Wunder, oder? Er riskiert sicher nicht sein Stipendium.«

»Ich finde, diese Regel ist ziemlich schlecht durchdacht«, meint Charlotte. »So können sie sich ja gar nicht die Stärksten von uns auswählen, sondern müssen immer auch vermeintlich Schlechtere mitziehen, nur weil sie in einer Gruppe sind. Wo ist da der Sinn hinter?«

»Der Gedanke ist mir auch schon gekommen«, sagt Penelope. »Aber ich denke, eine Antwort darauf finden wir erst, wenn wir wissen, wie die Akademiestrukturen funktionieren. Was sie von uns verlangen.« Sie spielt mit einem ihrer Braids.

Grayson zuckt mit den Schultern. »Vielleicht suchen sie ja bewusst Leute, die gut mit anderen zusammenarbeiten können. Die Cliffworth steht immerhin für Vernetzung, oder? Die Leute, die dort studieren, arbeiten meist noch über Jahrzehnte hinweg zusammen. Ich habe gehört, dass bereits einige Anwaltskanzleien aus der Cliffworth hervorgegangen sind und diese pro Jahr mehrere Praktikanten aus der Uni zulassen. Vielleicht will man einfach sichergehen, dass wir in einer solchen Hierarchie bestehen können.«

»Vielleicht«, murmle ich, mein Herz macht einen kleinen aufgeregten Hüpfer. Nicht allein auf meine eigenen Leistungen setzen zu können, ist noch beängstigend, aber allein die Erwähnung der Praktika zeigt mir wieder, dass ich es schaffen will. Die Cliffworth ist die richtige Uni für mich – wo das Jurastudium nicht nur das Auswendiglernen von Theorie bedeutet, sondern wo den Studierenden die Chance gegeben wird, sich direkt in der Fallarbeit zu beweisen und zu wachsen.

»Wir müssen also zusammenhalten«, schließt Jacob. »Und die Roses im Auge behalten.«

»Im Auge behalten?«, frage ich. »Wie meinst du das?«

»Was glaubt ihr, wie die sechs Wochen hier ablaufen werden? Dass wir uns fröhlich viel Glück wünschen und jeder einfach sein Ding macht? Das sind Wunschvorstellungen, aber die Realität wird ganz anders aussehen.« Jacob steht auf und tigert im Raum umher. Für diese späte Uhrzeit hat er viel zu viel Energie.

»Wenn wirklich nur *eine* Gruppe die Stipendien bekommt, dann gleicht das Ganze hier einem Krieg. Dann wird jede Gruppe gewinnen wollen.«

»Wir reden immer noch von einem Sommerprogramm einer angesehenen Uni«, erwidere ich. »Nicht von irgendeiner Militärbasis.«

»Es geht um die Zukunft, oder nicht?«, fragt Ruby. »Wir alle haben Gründe, wieso wir auf die Cliffworth wollen.«

»Mit Stipendium«, ergänzt Amar leise.

»Genau. Wir alle haben Gründe, wieso wir uns für dieses Stipendium beworben haben. Du schließlich auch, oder, Vada?« Ich weiß sofort, dass Ruby auf mein Bewerbungsvideo anspielt. Ich spüre erneut Hitze in meine Wangen schießen, aber ich mache das, was Macy mir eben geraten hat, und lasse es mir nicht anmerken. Ich starre einfach nur zurück, bemüht um ein astreines Pokerface.

»Lasst uns abwarten, wie der Tag morgen verläuft und was auf uns zukommt«, schlägt Charlotte diplomatisch vor. »Dann können wir auch viel besser einschätzen, wie wir uns einbringen sollten und wie stark unsere Konkurrenz ist.«

»Gute Idee«, meint Penelope, die sich bereits müde die

Augen reibt. »Und wir sollten langsam schlafen gehen, damit wir morgen fit genug sind.«

»Okay, dann besprechen wir uns morgen noch mal.« Grayson nickt, die Ersten stehen auf. Nicht alle gehen in die Schlafräume. Jacob und Ruby bleiben sitzen und reden noch.

Wir anderen hingegen machen uns bettfertig und legen uns schließlich hin. Ich höre, wie Penelope sich im Bett hin und her wälzt, und auch ich finde erst keine Ruhe, obwohl mein Körper schwer in die Matratze sinkt und meine Augen brennen. Aber der Gedanke, dass mein Kampf um die Zukunft nun richtig losgeht, ist zu aufregend. Genau wie die Frage, wie gut ich noch darin bin, mich auf andere Menschen zu verlassen. Früher war ich es. Früher waren Gruppenaufgaben nie eine große Sache für mich, ich bin darin sogar aufgeblüht. Ich war schon immer gerne unter Leuten und habe mich in Gruppen eingebracht. Aber das war eben früher. Bevor mein Vertrauen von so vielen Leuten missbraucht wurde … bevor ich gelernt habe, mich auf meine Ziele zu fokussieren. Ich allein.

Vielleicht ist es jetzt genau das Richtige, dass ich keine Wahl habe und mich wieder auf andere einlassen muss. Ein Neuanfang, ganz wie Mum und ich es vorhatten. Ich kann nur hoffen, dass es diesmal, wo der Preis so hoch ist, nicht schiefgeht.

KAPITEL 6
VADA

Egal, wie ich mich positioniere: Das Meer ist nur ein verschwommener blauer Teppich in der Ferne, der größtenteils vom Haus der Roses verdeckt wird. Trotzdem kann ich nicht aufhören, aus dem Fenster unserer kleinen Bibliothek zu sehen. Allein dem Meer nah zu sein, fühlt sich unwirklich an. Wie der letzte Beweis, dass dieser Aufenthalt hier in Nordwales wirklich kein Hirngespinst, sondern Realität ist. Meine Finger fahren über das Papier meines Tagebuchs, in dem ich die letzten zwanzig Minuten all meine Eindrücke des ersten Tages festgehalten habe. Es hat leider nur unwesentlich dabei geholfen, mich von ein paar meiner Gedanken zu befreien. Mein Kopf ist erschöpft von der ersten Nacht, weil Ruby tatsächlich schnarcht und ich mir irgendwann von Charlotte Ohrstöpsel geben lassen musste. Hinzu kamen meine lauten Gedanken, die unaufhörlich um den heutigen Tag kreisen. Ich wüsste zu gerne, was mich erwartet.

Die Tür zur Bibliothek geht auf. Charlottes Blick streift durch den Raum und bleibt bei mir hängen. »Ach, hier bist du. Die anderen sind alle schon los zum Frühstück. Keine Ahnung, ob ich etwas runterbekomme. Ich bin eigentlich viel zu nervös. Aber wir setzen uns besser auch in Bewegung, oder? Die Einführung beginnt ja bereits um acht Uhr.«

Ich klappe mein Tagebuch zu und springe von der schmalen Fensterbank. Charlotte begleitet mich in den Schlafsaal, wo ich mein Tagebuch wieder in meinem Kopfkissenbezug verstaue. Sie selbst kontrolliert den Sitz ihres Dutts ein letztes Mal im Spiegel.

»Meinst du, das Frühstück ist gut?«, frage ich, auch wenn ich nicht sicher bin, wie viel Hunger ich habe.

»Das Abendessen hat mich ziemlich überzeugt, also würde ich sagen, die Chancen stehen gut. Bei einem Programm wie diesem hier wird es wohl kaum nur Porridge geben.«

Ich schnappe mir meine Tasche. »Wäre aber gar nicht schlecht als Grundlage. Meine Mum jedenfalls schwört darauf.«

»Echt? Meine könntest du damit jagen.«

Draußen ist die Luft angenehm kühl. Eine gewisse Feuchtigkeit liegt darin, als hätte es in der Nacht geregnet, auch wenn ich keinen Regen gehört habe. Vielleicht hat Rubys Schnarchen es übertönt.

Der Frühstückssaal ist bereits voll. Die lange Tafel, an der wir gestern noch saßen, wurde in zwei geteilt – einen Tisch für die Roses, einen für uns. Dahinter wurde ein Büfett aufgebaut, das mit Getränken, Obst, Joghurtspeisen, Baked Beans, Bacon, Eiern, Würstchen, Räucherfisch und Laverbread bestückt ist und somit keine Wünsche offenlässt.

Charlotte starrt das Büfett an, als hätte sie nie etwas Schöneres gesehen. »Okay. Vielleicht bekomme ich doch etwas runter.«

Sie geht sofort zum Kaffee, ich lege mir Eier und Baked Beans auf meinen Teller und nehme mir sogar etwas Laverbread, auch wenn mir das trotz der vier Monate, in denen ich nun schon in Wales lebe, noch immer suspekt ist. Dann setzen wir uns zu Penelope und Grayson an den Tisch. Beide haben ihre Teller bereits geleert.

»Wie war eure erste Nacht?« Graysons Frage sorgt dafür, dass Penelope, Charlotte und ich uns gleichzeitig ansehen und Grimassen schneiden. »So schlimm also?«

»Es klang zeitweise, als würde man neben einer Kreissäge liegen«, antwortet Penelope. Charlotte prustet los und spuckt ein wenig von ihrem Würstchen über den Tisch. Grayson kann gerade noch ausweichen.

»Sorry. Aber der Vergleich mit der Kreissäge war wirklich passend.«

»Sie sprechen doch nicht etwa von dir, oder, Vada?« Graysons Grinsen ist ansteckend.

»Natürlich nicht. Es war Ruby, die uns nicht hat schlafen lassen.«

»Mit Jacob war es ähnlich. Und Amar redet im Schlaf.«

»Irgendetwas Spannendes?«, fragt Penelope.

»Das meiste war unverständliches Zeug, aber ich denke, es ging ums Essen. Kein Wunder, dass er der Erste beim Frühstück war.«

Tatsächlich sitzt Amar bereits nicht mehr am Tisch, sondern betrachtet die Gemälde. Ich entdecke auch Macy, sie sitzt neben der mit dunklen Haaren – Polly? Poppy? Ich erinnere mich noch an ihr Bewerbungsvideo, in dem sie davon gesprochen hat, wie es war, zweisprachig aufzuwachsen, weil ihre Mutter aus Tokio und ihr Vater aus Wales kommt.

Diesmal liest Macy nicht. Sie trinkt etwas, das nach Grapefruitsaft aussieht, und spielt gedankenverloren mit ihren Locken.

»Wisst ihr, was noch schlimmer ist als die nächtliche Geräuschkulisse?«, höre ich Grayson sagen. »Die harten Matratzen.«

Auch ich spüre sie in meinen Knochen, aber ich habe in einem so alten Haus auch nichts anderes erwartet.

»Vielleicht sollten wir bei den Clovers eine morgendliche Gymnastikstunde einführen«, überlegt Penelope. Das Grinsen, das sie dabei zeigt, suggeriert, dass es als Scherz gemeint ist, aber Charlotte springt sofort darauf an.

»Oder Yoga«, verkündet sie überschwänglich und stellt den Kaffee ab. Die Tasse ist schon ziemlich leer für die Kürze der Zeit, sie hatte wohl ziemlichen Entzug. »Eine kleine Session von zwanzig Minuten, noch vor dem Frühstück, und man startet direkt viel produktiver in den Tag.«

»Nicht, wenn der Schlaf hier immer so schlecht ist«, murmelt Grayson.

»Ich hätte früher ja auch nie gedacht, dass mir das mit der Bewegung am Morgen gefallen würde, aber ich habe vor sechs Monaten damit angefangen, und es hilft wirklich.« Sie nippt erneut an ihrem Kaffee. Grayson, Penelope und ich tauschen Blicke, die noch nicht dieselbe Begeisterung an den Tag legen wie Charlottes Worte. Ich habe nichts gegen Sport, tatsächlich habe ich früher sogar regelmäßig Hurling gespielt, dann aber irgendwann die Freude daran verloren. Mannschaftssportarten waren einfach nicht mehr so mein Ding und andere Themen haben meine Zeit beansprucht.

»Schauen wir erst mal, was für Anforderungen diese Akademie an uns stellt«, versucht Grayson, Charlottes Euphorie zu stoppen. »Wenn es so wird, wie ich es mir vorstelle, werden wir vermutlich um jede Minute Freizeit froh sein und einfach mal entspannen wollen.«

»Yoga ist ja auch sehr entspannend, Grayson. Nur zu blöd, dass wir keine Handys oder Tablets haben. Mit passender Musik kommt man viel besser in den Flow.«

»Ich könnte singen«, schlägt Penelope vor und stimmt sofort ein paar furchtbar schiefe Töne an. Grayson hält sich die Ohren zu.

Lachend nehme ich eine Gabel von meinem Rührei und verschlucke mich fast, weil plötzlich die Tür aufgeht. Offenbar waren Charlotte und ich viel später dran, als ich dachte, denn Mrs Walsh sowie eine zweite Frau und ein Mann betreten den Raum. Es ist Punkt acht Uhr, die Gespräche verstummen. Charlotte und Penelope, die eben noch gelacht haben, werden nun ein wenig ernster.

»Guten Morgen zusammen. Ich hoffe, das Frühstück war nach Ihrer Zufriedenheit.« Einige nicken bestätigend. »Ich möchte Ihnen nun die Menschen vorstellen, die diese Akademie in den nächsten sechs Wochen mit mir gestalten werden. Den Leiter der Universität, Mr Roberts.« Ein älterer Herr mit Halbglatze nickt uns förmlich zu. »Und Mrs McDaniels. Sie ist Mitglied in unserem Prüfungsausschuss.« Diesmal bekommen wir ein freundliches Winken von der Frau mit den strähnigen grauen Haaren. »Außerdem Mrs Bell, die Sie gestern ja bereits kennengelernt haben. Sie versorgt uns mit frischen Mahlzeiten und unterstützt mich ab und zu bei organisatorischen Angelegenheiten.« Mrs Walsh tritt noch einen Schritt vor. »Auch wenn Sie sich für spezifische Studienfächer interessieren, ist uns als Uni eine umfassende Bildung in allen Bereichen wichtig. Jede Woche werden wir uns einem Themengebiet widmen. In den ersten Tagen lernen wir uns ein wenig kennen, danach folgen die Themen Literatur, Geschichte, Ethik und Politik.« Einige von uns werden unruhig, doch niemand spricht. Keiner wagt es, Mrs Walshs Monolog zu unterbrechen und damit Gefahr zu laufen, Infos zu verpassen. »Sie erwarten dabei Unterrichtseinheiten sowie Gruppen- und Einzelaufgaben, damit wir uns einen Überblick über Ihre Allgemeinbildung, Ihr Lernverhalten und auch Ihre Persönlichkeit verschaffen können.«

Ich greife nach meinem Wasserglas, weil mein Mund mit einem Mal ganz trocken wird. Mich in Sachen Politik zu beweisen, wird nicht schwer, immerhin befasse ich mich auch privat viel damit und liebe es, mir Parlamentssitzungen im Fernsehen anzuschauen und die einzelnen Reden zu bewerten. Aber Geschichte? Sofort kommt mir meine verstaubte Geschichtslehrerin in den Sinn, der ich zu Schulzeiten nie wirklich zugehört und bei der ich nur durch viel Auswendiglernen die Prüfungen geschafft habe. Auswendig gelerntes Wissen, das sicher schon wieder aus meinem Kopf geflossen ist, weil ich mich stattdessen mit anderen Themen intensiver befasst habe.

Mrs Walsh gibt Mrs Bell ein Zeichen, kurz darauf springt der Beamer an, und eine Zeittabelle erscheint auf der Leinwand hinter ihr. »Der Sonntag steht Ihnen immer zur freien Verfügung. Erkunden Sie die Umgebung, lernen Sie, gönnen Sie sich eine Auszeit. Es ist Ihnen überlassen, wie Sie diesen Tag nutzen möchten. Montag bis Samstag erwarten wir jedoch vollen Einsatz von Ihnen. Wir treffen uns an diesen Tagen von acht bis siebzehn Uhr im Unterrichtssaal, den wir Ihnen gleich noch zeigen werden. Dort werden Sie in die jeweiligen Themenbereiche eingeführt und müssen sich Aufgaben stellen. Einige davon setzen auch Ihr Engagement in den Abendstunden voraus, daher gehen wir davon aus, dass Sie die Zeit nach dem Unterricht für Vorbereitung und Nachbereitung nutzen werden. In der Mittagspause von zwölf bis dreizehn Uhr können Sie kurz durchschnaufen und sich stärken. Mrs Bell stellt Snacks und Sandwiches bereit. Das Abendessen findet immer um neunzehn Uhr statt. Die Zeiten finden Sie aber noch mal zur Übersicht in Ihren Häusern.«

Mrs Bell drückt auf ein weiteres Zeichen von Mr Roberts eine Taste, und die nächste Tabelle erscheint: eine Übersicht über die Themenabfolge, genau in der Reihenfolge, wie Mrs Walsh sie zuvor aufgezählt hat.

Woche 1: Kennenlernphase & Kommunikation
Woche 2: Literatur (Mrs Walsh)
Woche 3: Geschichte (Mr Roberts)
Woche 4: Ethik (Mrs Walsh)
Woche 5: Politik (Mr Roberts)
Woche 6: Auswertung

»Mrs McDaniels wird die Einzel- und Gruppenaufgaben mitbetreuen und ab und zu dem Unterricht beiwohnen«, erklärt Mrs Walsh und übergibt das Wort damit an ihre Kollegin. Sie hat eine freundliche Ausstrahlung, viel weniger streng als ihre Vorgesetzte, aber die Ernsthaftigkeit in ihren Augen zeigt, dass sie ihre Aufgabe gewissenhaft angeht.

»Jeder Einzelne von Ihnen hat es an jedem Tag in der Hand, wie Ihre Gruppe in diesem Wettbewerb abschneidet«, beginnt sie, und sofort legt sich Anspannung über den Raum. Es wird unheimlich still. »Bringen Sie sich in einer Unterrichtswoche ein, gibt es pro Woche bis zu fünf Punkte für Ihre Leistung. Für jede schriftliche sowie mündliche Einzelaufgabe können pro Person zusätzlich fünf Punkte geholt werden. Je höher die Punktzahl, desto mehr haben Sie überzeugt. So haben Sie stets die Möglichkeit, Einfluss auf den Ausgang dieser Akademie zu nehmen. Dies gilt auch für die Gruppenaufgaben, bei denen die Gruppe, die eher überzeugt, fünf zusätzliche Punkte erhält. Pro Woche können die Teams also in der Regel bis zu fünfundsiebzig Punkte erreichen. Ab Woche zwei präsentieren wir Ihnen jeden Samstag zum Abendessen eine Übersicht über den aktuellen Punktestand im Wettbewerb.«

Wir Clovers sehen uns an. Unser Gespräch von gestern wird immer präsenter. Jetzt, wo wir die Spielregeln kennen, verstehe ich erst richtig die Tragweite des Ganzen.

Die Roses zeigen ebenso entschlossene Gesichter, obwohl ich sicher bin, dass in uns allen ein Sturm tobt. In Gruppen anzutreten verunsichert uns alle. Kurz sehe ich zu Macy, deren sonst so stechend blaue Augen gerade ein wenig glasig wirken, als sie auf die Leinwand starrt. Sie hat mir gesagt, dass sie nicht gut ist in sozialen Interaktionen. Sie muss unglaublich verunsichert sein, und für einen sehr flüchtigen Moment will ich das als Vorteil sehen. Will glauben, dass ihre Unsicherheit ein Punkt für uns sein könnte. Doch dann treffen sich unsere Blicke. Exakt drei Sekunden, die mein Innerstes komplett verwirren. Weil ich weiß, dass sie meine Konkurrentin ist, weil es den Clovers in die Hände spielt, wenn sie unsicher ist, und trotzdem denke ich einen Moment darüber nach, dass ich ihr gerne gut zureden würde, so wie sie es nach meinem Bewerbungsvideo getan hat.

»Jetzt wird es Zeit, Ihnen die Örtlichkeiten zu zeigen.« Mrs Walsh holt mich zurück ins Hier und Jetzt. Stühle schrappen über den Boden, die Ersten stehen auf. Auch Macy ist bereits aufgestanden und steht nun etwas versteckt hinter Poppy.

Vom Speiseaal aus geht eine Tür zur Küche ab, aus der wir Mrs Bell schon haben kommen und gehen sehen. Auf der anderen Seite des Raumes gibt es eine zweite, etwas versteckte Tür, die zu den Toiletten führt.

Mrs Bell beginnt, das Frühstück abzuräumen. Mein Teller ist noch voll, ich habe kaum etwas angerührt. Ich hoffe, das bereue ich später nicht.

»Wir beginnen auf dem Innenhof.« Wir folgen Mrs Walsh, Mrs McDaniels und Mr Roberts den schmalen Flur entlang, den wir bereits gestern passiert haben, und landen in dem Eingangsbereich, durch den wir reingeholt wurden. Durch die große Flügeltür treten wir nach draußen.

Hier erzählt uns Mr Roberts von der Entstehung der Akademie vor rund dreißig Jahren, während die Uni selbst bereits 1831 gegründet wurde. Dabei blicken wir auf die Mauern der Cliffworth University. Es ist Motivation und Verunsicherung zugleich, dem Ort so nah zu sein, der unsere gesamte Zukunft beeinflussen könnte. Ich bin nicht die Einzige, die ein wenig ehrfürchtig auf den Turm schaut und dabei viel zu wenig von Mr Roberts' Monolog über die Historie der Uni mitbekommt. Mein Kopf jedenfalls ist viel zu sehr damit beschäftigt, mir vorzustellen, hier zu studieren. Wirklich zu den Besten der Besten zu gehören, wie es Mrs Walsh mehrfach gesagt hat.

Mrs McDaniels übernimmt die Führung, die wieder zurück im Gebäude fortgesetzt wird. »Sie werden gleich sehen, dass viele der Räume miteinander verbunden sind. Es wird Ihnen am Anfang vielleicht noch etwas verwirrend vorkommen, aber nach ein paar Tagen finden Sie sich bestimmt zurecht. Wenn Sie auf dem direkten Weg in den Unterrichtssaal möchten, halten Sie sich bitte hier rechts und nehmen diesen Eingang.« Sie zeigt auf eine Tür, eingebettet in eine kleine Nische, in der auch ein goldener Barockhocker steht. Mrs McDaniels schlüpft durch die Tür, wir anderen tun es ihr gleich und landen im Unterrichtssaal. Das Erste, was ich sehe, sind ein alter dunkler Holzboden und vierzehn Einzeltische und Stühle, dann die großen Fenster mit Blick auf den grünen Innenhof, was für eine helle, freundliche Atmosphäre sorgt. Hier hängen keine Bilder oder Wandteppiche, dafür thront eine Statue in Form einer Eule am Ende des Raumes.

»Die Sitzplätze wählen Sie bitte frei aus. Aber zunächst möchte ich Ihnen noch weitere Räume zeigen, die Sie alle in den nächsten Tagen besuchen werden.«

Wir folgen ihnen durch eine zweite Tür, direkt neben der Statue, und landen in einem kleinen Flur, von dem fünf Türen abgehen. Eine Toilette, ein kleiner Raum mit einem Einzeltisch und zwei Räume mit gemütlichem Teppichboden und zwei runden Tischen, die eindeutig für Gruppenaufgaben gedacht sind. Mrs Walsh zeigt uns einen kleinen Raum, der mit dem Kopierer und vollgestopften Regalen erst wie ein Abstellraum aussieht, jedoch ein Notfalltelefon beinhaltet, mit dem wir die Akademieleitung rund um die Uhr erreichen können. Dann gehen wir durch die fünfte Tür und betreten den Kern dieses Hauses: die Bibliothek. Die Magie, die von der Fülle an Büchern ausgeht, springt mich geradezu an. Es sind so viel mehr Bücher als in der kleinen Bibliothek in unserem Haus. Die dunklen Regale reichen bis zur Decke, weshalb an einigen Regalbrettern Holzleitern angebracht sind. Auch hier finden sich große Tische, die für Gruppenarbeiten gedacht sind. Gemälde von mir unbekannten Personen hängen in goldenen Rahmen an den Wänden und verleihen dem Raum etwas Majestätisches.

»Auch wenn Sie in Ihren Häusern eine kleine Auswahl an Büchern finden, ist der Hauptbestandteil unserer Werke hier«, erklärt Mrs Walsh. »Die Bibliothek steht Ihnen 24/7 zur Verfügung und ist frei zugänglich. Ich bitte Sie, die Bücher in die Liste am Eingang einzutragen, sollten Sie damit die Bibliothek verlassen.«

Macy steht einige Meter neben mir und hat den Mund leicht geöffnet, während sie sich euphorisch umsieht. Wenn *ich* schon die Magie dieses Raumes fühlen kann, muss es für jemanden wie sie, die so im Lesen aufgeht, schier überwältigend sein.

Doch es bleibt nicht viel Zeit, um sich genauer umzusehen. Wir verlassen die Bibliothek durch eine große, dunkle Flügeltür, in deren Holz Efeumuster geschnitzt sind, und befinden uns dann wieder im Eingangsbereich.

»Was verbirgt sich hinter dieser Tür?«, fragt eine der Roses – ich glaube, ihr Name ist Dahlia. Sie deutet auf eine Tür, direkt neben dem Raum, in dem wir die Verträge unterzeichnet haben.

»Da befindet sich mein Büro«, sagt Mrs Walsh. »Sie können mich dort täglich von acht bis neunzehn Uhr aufsuchen, sofern ich nicht bei Ihnen im Unterricht bin. Scheuen Sie sich nicht, sich bei mir zu melden, sollte es Probleme geben.« Sie zeigt uns den Raum nicht, stattdessen sieht sie auf ihre Armbanduhr. »So viel erst mal zu den Räumlichkeiten.

Den Tag heute möchte ich gerne mit Einzelgesprächen beginnen, um Sie direkt noch etwas näher kennenzulernen. Der offizielle Unterricht beginnt dann morgen.« Mr Roberts verabschiedet sich von uns, während wir anderen zurück in den Unterrichtssaal geführt werden.

»Warten Sie bitte hier, während wir die Einzelgespräche führen. Owen McGregor macht den Anfang.« Der rothaarige, bärtige Typ von den Roses tritt nach vorne und verlässt mit den beiden Damen den Raum.

Kaum fällt die Tür hinter ihnen ins Schloss, bricht die Anspannung aus uns anderen heraus. Wir beginnen sofort, über die Einzelgespräche zu spekulieren, während sich der Saal in zwei Gruppen spaltet. Die Roses nehmen auf den Stühlen in der Nähe der Tür Platz, während wir Clovers uns rechts zusammensetzen.

Es dauert nicht lange, ehe Mrs McDaniels zurückkommt – ohne Owen. Stattdessen ruft sie Macy auf. Auf dem Weg zur Tür sieht sie starr geradeaus, obwohl sämtliche Blicke auf sie gerichtet sind.

Nach Macy folgen Jacob und Charlotte. Im Raum wird es immer stiller, der Redefluss versiegt, je länger es dauert. Gerne würde ich irgendetwas tun, um mich abzulenken, aber ich habe nicht das Gefühl, dass es mir gelingen würde. Zu viele Gedanken drängen sich auf, zu viele geflüsterte Spekulationen dringen in mein Ohr und lassen mich ebenfalls durchspielen, was nun auf mich zukommt. Und dann bin plötzlich ich an der Reihe und betrete mit Mrs McDaniels den Raum mit dem Einzeltisch, den wir eben noch gezeigt bekommen haben. Darin sitzt bereits Mrs Walsh mit ihrem Klemmbrett, das auf ihren übereinandergeschlagenen Beinen liegt.

Ich setze mich auf den freien Stuhl ihr gegenüber. Mrs McDaniels bleibt als stille Beobachterin im Hintergrund.

Mrs Walsh blättert durch Unterlagen. »Sie wollen also Jura studieren. Was, denken Sie, qualifiziert Sie dafür? Was sind Ihre persönlichen Stärken, Ms McGowen?«

Sorgfältig lege ich mir meine Worte zurecht. »Nun, ich denke, was mich besonders für das Jurastudium qualifiziert, ist meine Leidenschaft. Ich habe einen persönlichen Bezug zu diesem Fach, dementsprechend sind mein Wille und mein Durchsetzungsvermögen groß. Darüber hinaus fällt es mir leicht, mit Menschen in Kontakt zu kommen, was sicherlich hilft, um das Vertrauen potenzieller Klienten zu gewinnen. Und ich lerne schnell.«

Mrs Walsh zieht eine Augenbraue ein wenig höher als die andere. »Was würden Sie als Ihre Schwächen bezeichnen?«

»Ich bin perfektionistisch«, antworte ich wie aus der Pistole geschossen.

Die Augenbraue hebt sich höher. »Vergessen Sie diese vorgefertigten Floskeln für Bewerbungsgespräche, die Schwächen als potenzielle Stärke formulieren. Ich erwarte absolute Ehrlichkeit und eine realistische Einschätzung. Also, was sind Ihre Schwächen?«

Die Antwort steckt mir im Hals fest, denn wenn ich wirklich ehrlich sein will, weiß ich nicht, ob es mir letzten Endes nicht negativ ausgelegt wird. Doch Mrs Walsh lässt mir keine Wahl, denn sie würde eine Lüge sicherlich erkennen, und das wäre dann definitiv mein Aus.

»Meine Leidenschaft«, sage ich leise. »Sie ist wie ein Motor, der mich voranbringt, aber manchmal spüre ich, dass diese Leidenschaft zu Druck und Zwang wird, und dann werde ich verbissen und starrsinnig und bekomme einen Tunnelblick.«

»Erzeugt Ihre Teilnahme an der Akademie einen Tunnelblick?«

»Zurzeit noch nicht.« Ich sehe zu meinen Füßen. »Doch

sechs Wochen sind lang, und fernab von meiner Familie wird der Druck sicher steigen.«

»Sehen Sie diesen Druck auch bei den anderen?«

»Ich kenne sie noch nicht gut. Aber ja, ich denke, wir alle sind hier, weil wir einem Traum nachjagen, und mit Träumen kommen immer gewisse Erwartungshaltungen und die Angst vor Enttäuschung oder Versagen. Da ist Druck sicher bei jedem ein Thema.«

»Wie würden Sie Ihre bisherige Rolle bei den Clovers beschreiben?«

»Schwer zu sagen nach nur einem Tag. Aber ich verstehe mich mit den meisten gut.« Meine Finger fahren über den Saum meiner Bluse. Ich muss dringend meine Nervosität in den Griff bekommen. Es ist doch nur ein Gespräch … ich muss einfach ich selbst sein.

»Welche Rolle haben Sie für gewöhnlich in sozialen Gruppen?«, fragt sie weiter.

»Ich bin meist mittendrin. Ich sage gerne, was ich denke.«

»Und schwimmen nicht mit dem Strom?«

»Nicht immer«, gebe ich zu.

Mrs Walsh notiert etwas, doch aus meiner Position heraus kann ich es nicht lesen. Somit habe ich keine Ahnung, ob ich gerade gut oder schlecht abschneide.

»Es gibt viele gute Unis fürs Jura. Wieso gerade die Cliffworth University? Wieso wollen Sie dieses Stipendium?«

»Sie haben gesagt, dass hier nur die Besten aufgenommen werden«, antworte ich, meine Stimme wird ein wenig zittriger vor Aufregung. »Und ich will zu den Besten gehören. Ich habe Ihnen ja bereits erzählt, wie wichtig mir das Studium ist, aber noch wichtiger ist es mir, dass dieses Studium eine gewisse Qualität hat, damit ich wirklich erfolgreich werde. Und ich denke, wenn ich von Leuten wie Franklin Gust lerne, dann habe ich eine Chance dazu.«

»Sehr schön. Dann kommen wir zu Ihrer ersten Aufgabe. Ich möchte, dass Sie bis morgen ein Essay darüber schreiben, was Sie außer einem Stipendium aus Ihrer Zeit an der Akademie mitnehmen möchten. Was wollen Sie lernen? Wer möchten Sie nach diesen sechs Wochen sein? Morgen früh werde ich alle Essays nach dem Frühstück einsammeln. Sie können den restlichen Tag dazu nutzen.«

»Verstanden.«

»Das wäre es dann für heute. Ich freue mich auf die nächsten Wochen mit Ihnen, Ms McGowen.«

»Ich freue mich auch.«

Ich folge Mrs McDaniels aus dem Raum. Sie bittet mich, durch die Bibliothek zu gehen und mich bis zum Ende der Gespräche mit niemandem, der noch nicht drangekommen ist, zu unterhalten. Erst als sie losmarschiert, um die nächste Befragung zu beginnen, wage ich, wieder richtig zu atmen.

Ich habe es geschafft. Zumindest die erste Hürde. Fehlen nur noch ein Dutzend.

KAPITEL 7
MACY

Die Bibliothek der Roses lädt dazu ein, in der eigenen Welt zu versinken. Ich habe mich für einen Platz am Fenster entschieden, mit Blick auf das Meer, das unter dem Regen der letzten Stunden aufgewühlt ist. Auch jetzt prasseln letzte Regentropfen gegen die Fensterscheibe und befeuern damit Gedanken an meinen Essay, der halb fertig vor mir liegt. Es ist lange her, dass ich eine solche Arbeit mit der Hand geschrieben habe, aber es ist schön, mal wieder meine Handschrift zu nutzen. Die Gedanken fließen nicht so sehr wie vor dem Computer, umso mehr habe ich aber das Gefühl, wirklich jedes Wort sorgfältig zu wählen. Schon allein, weil ich es vermeiden will, Wörter oder ganze Passagen durchzustreichen und Mrs Walsh damit so etwas wie Unkonzentriertheit zu vermitteln.

Ich sehe auf meine enge Handschrift. Es ist schwer zu sagen, wo ich in sechs Wochen sein möchte und was ich lernen will. Es gibt so vieles, und doch fällt es mir schwer, es in Worte zu fassen. Die Gedanken sind da, sie sind klar in meinem Kopf. Der Wunsch, mich im sozialen Kontext herauszufordern und dadurch sicherer zu werden. Über mich hinauszuwachsen. Mich von der Einzelkämpferin aus Unsicherheit zu jemandem zu entwickeln, die die Einsamkeit nur sucht, weil sie sich danach sehnt und nicht, weil sie vor etwas davonläuft. Aber es ist so verdammt schwer, dafür die richtigen Worte zu finden und anderen zu zeigen, wie es in mir aussieht. Ich war noch nie sonderlich gut darin. Und dann gibt es natürlich noch den zweiten Grund, weshalb ich mich speziell für die Cliffworth University interessiere und was ich mir von meinem Aufenthalt erhoffe. Frieden schließen mit meinen Taten und mit ihr – mit Theodora Price. Doch immer, wenn ich auch nur versuche, darüber nachzudenken, laden sich so viele Schuldgefühle auf mein Herz, dass ich unmöglich etwas darüber schreiben kann.

Poppy und Dahlia, die an einem der Tische gesessen und selbst an ihren Essays gearbeitet haben, strecken sich und beginnen, ihre Sachen einzupacken. Sie haben mich gefragt, ob ich mich zu ihnen setzen will, aber ich musste allein sein mit meinen Gedanken.

»Schluss für heute.« Poppy kommt auf mich zu. »Wie läuft es bei dir?«

»Ich bin irgendwie blockiert«, murmle ich und verdecke meine Schrift, damit sie die Einleitung meines Essays nicht lesen kann. Gedankengut zu teilen, das noch nicht vollends formuliert ist, widerstrebt mir.

»Vielleicht würde dir etwas frische Luft guttun?«

»Jetzt, wo der Regen nachgelassen hat, wollten Poppy und ich ein bisschen die Umgebung erkunden. Du kannst mitkommen, wenn du willst.«

Will ich?

Ich mustere die beiden, die mir offen begegnen und immer wieder versuchen, mich miteinzubeziehen, obwohl ich es ihnen nicht leicht mache. Da sind keine schlechten Schwingungen, nur Unsicherheit. Eine Sekunde lang sehe ich wieder auf die Blätter auf meinem Tisch und denke an meinen Essay und an mein Vorhaben: mich herausfordern. Das bedeutet, Gelegenheiten wie diese anzunehmen.

»Wieso nicht«, entscheide ich. »Vielleicht hilft es ja wirklich dabei, den Kopf frei zu bekommen.«

Ich sage ihnen, dass sie mir fünf Minuten geben sollen, in denen ich in den Schlafsaal gehe, meinen unfertigen Essay in meinem Nachttisch verstaue und mir eine Strickjacke überziehe. Niemand anderes schließt sich uns an, und ich bin froh darüber.

Die Luft ist kühler als heute Morgen. Der Gehweg, der die Häuser und das Haupthaus verbindet, ist voller Pfützen. Dunkle Wolken hängen noch am Horizont, sodass keine Sonnenstrahlen hindurchkommen. Das triste Wetter tut der Schönheit dieser historischen Gemäuer jedoch keinen Abbruch. Trotz der Mauern des Innenhofs hört man das Rauschen der Wellen, die daran erinnern, dass das Meer ganz nah ist.

»Zum Wasser?«, fragt Poppy, als habe sie meine Gedanken gehört.

Neben unserem Haus befindet sich ein Durchgang in der Mauer des Innenhofs. Es sieht aus, als wäre dort früher einmal ein kleines Tor gewesen, das nun nicht mehr existiert. So gelangen wir leicht zu den Klippen. Es sind einige Schritte, die die Mauer vom Abgrund trennen, doch bereits vorher sieht man auf das offene Meer. Die Wellen tosen und schlagen schaumig gegen die Felsen. Es gibt kaum etwas, das so beruhigend und kraftvoll ist, einen jedoch gleichzeitig ehrfürchtig vor Respekt werden lässt.

»Sieht aus, als gäbe es dort hinten einen Strandabschnitt.« Dahlia zeigt nach links. Treppenstufen sind in die Felsen eingelassen und führen nach unten.

»Meint ihr, wir dürfen da hin?«, fragt Poppy.

Dahlia zuckt mit den Schultern. »Nirgendwo stand etwas Gegenteiliges.«

Kurz entschlossen gehen wir an der Mauer entlang und steigen die Treppen hinunter. Der Weg führt uns direkt zu einem grobkörnigen, windgeschützten Strand. Von hier unten wirkt alles so gigantisch und wir ganz klein.

»Meint ihr, die Studierenden kommen manchmal hierher?« Poppys Augen strahlen, als sie sich umsieht. »Das wäre ein guter Ort, um zu lernen.«

Ich gebe ihr recht, auch wenn ich die Aussicht von der Klippe lieber mag. Dann, wenn das Meer zu meinen Füßen ist, als hätte ich diese Naturgewalt unter Kontrolle, obwohl das eigentlich nicht der Fall ist.

Wir setzen uns in den feuchten Sand. Poppy und Dahlia unterhalten sich über ihre Essays. Ich lausche ihren Erzählungen zu den Texten, aber es fällt mir schwer, mich wirklich an der Unterhaltung zu beteiligen. Es ist der Stoff, aus dem mein Essay bestehen sollte. Denn ich mag Poppy und Dahlia, trotzdem kann ein großer Teil von mir es kaum erwarten, endlich wieder allein zu sein. Raum zu haben. Nachzudenken. Ganz in Ruhe, nur für mich, weil ich nur dann richtig sehen kann.

»Habt ihr eure Uniträume schon mal hinterfragt?«, will Dahlia wissen.

»Wie meinst du das?«, gebe ich zurück.

»Zu Hause werde ich oft gefragt, wieso ich das hier tue. Wieso es keine *normale* Uni sein kann. Eine, die nicht so teuer ist, dass ich ein Stipendium brauche. Und eine, bei der ich mehr vom Leben habe, als nur zu lernen und mich zu beweisen.«

»Ah«, brummt Poppy. »Die kritischen Stimmen, die einem einreden wollen, dass man kein altersgerechtes Leben führt, weil man ehrenamtlichen Tätigkeiten nachgeht, anstatt sich auf Partys abzuschießen.«

»Wie geht ihr mit solchen Äußerungen um?« Meine Mum hat früher auch öfter mal gefragt, wieso ich mich nicht mit Freunden treffe oder rausgehe, anstatt meine Nase in Bücher zu stecken, aber irgendwann hat sie damit aufgehört. Ein halbes Jahr, maximal, bis sie verstanden hat, dass ich damit klarkomme. Meistens jedenfalls.

»Ihnen immer wieder sagen, dass der Wunsch von mir selbst kommt«, antwortet Dahlia. »Viele gehen automatisch davon aus, dass meine Eltern mich irgendwie zu einer Eliteuni drängen oder mich unter Druck setzen würden, obwohl sie diejenigen sind, die mir immer die freie Wahl lassen – in allem, was ich tue.«

Poppy rümpft die Nase. »Ziemlich scheiße, wenn Leute dir deine Mündigkeit absprechen wollen.«

»Kenne ich kaum noch anders.« Dahlia klingt eine Spur verbittert. »Sei mal eine Frau, die einen Hidschab trägt. Dir wird ständig unterstellt, dass es nicht dein freier Wille ist, sondern irgendetwas, was dir aufgedrängt wird. Dabei ist es *mein* Körper, *meine* Religion und *meine* Entscheidung.«

»Ich finde es gut, dass du zu dir stehst«, sage ich. »So sollte es immer sein.«

»Deswegen habe ich mich so auf die Akademie gefreut. Und es ist ein Grund mehr, wieso ich es auf die Cliffworth schaffen möchte: Gleichgesinnte. Leute, die dieselben Vorstellungen vom Leben haben und gerne lernen. Die etwas erreichen wollen und bereit sind, dafür Zeit zu opfern. Vielleicht auch auf Erfahrungen zu verzichten, die gesellschaftlich verbreitet sind, aber die nicht meine sein müssen. Ich will lieber meine eigene Geschichte schreiben.«

Poppy grinst. »Ein guter Ort, um damit anzufangen.«

Wir sehen raus auf die Wellen, deren Rauschen Poppys Aussage unterstreichen. Am Horizont brechen wieder erste Sonnenstrahlen durch die Wolkendecke.

Dahlia und Poppy reden weiter über ihre Erfahrungen mit Vorurteilen, und ich nehme jedes dieser Worte auf. Überraschenderweise genieße ich es nun, mit ihnen hier zu sitzen. Auch wenn ich mich nicht mehr viel beteilige, ist es aufregender, als ich dachte, sich als Teil von etwas zu fühlen.

Fast bin ich enttäuscht, als die Sonne schließlich so tief hängt, dass wir zum Abendessen aufbrechen.

Heute steht walisische Lauchsuppe auf dem Speiseplan, zu der Wasser und knuspriges Brot gereicht werden. Während ich die Suppe hinunterschlinge, lausche ich den Gesprächen am Tisch, die nun, wo so viele Leute integriert sind, weniger persönliche oder gesellschaftskritische Züge annehmen.

Als wir schließlich alle wieder ins Haus gehen und dort ein Wettstreit zwischen Ian und Owen entbrennt, die sich im Armdrücken besiegen wollen und den Gemeinschaftsraum in eine Arena mit grölenden und jubelnden Zuschauern verwandeln, wächst mein Bedürfnis wieder, mich zurückzuziehen.

Ich schleiche mich einfach davon, hole meine Unterlagen und verlasse das Haus, um erneut durch das Loch in der Steinmauer zu huschen. An den Klippen kann ich durchatmen, mich freier fühlen. Hier setze ich mich, hole Stift und Papier und finde endlich die Worte, die ich zuvor nicht greifen konnte. Ich schreibe über mich und dieses Gefühl der Einsamkeit, bei dem ich mir nicht sicher bin, ob es ein Schutzpanzer oder eine wärmende Decke ist. Bei dem ich mir nicht sicher bin, ob ich sie suchen, festhalten oder loslassen soll. Aber ich habe sechs Wochen, um es herauszufinden, und für den Moment, mit der Naturgewalt zu meinen Füßen, bin ich bereit, mich auf die anderen einzulassen. Ich will es wenigstens versuchen.

Wie es hingegen mit dem Abbau meiner Schuldgefühle und meiner leiblichen Mutter aussieht, weiß ich noch nicht. Die Last ist zu erdrückend, die Gedanken sind zu schwer und verworren.

KAPITEL 8
VADA

Ich sitze in einem der gemütlichen Sessel und genieße die Ruhe, die sich im Gemeinschaftsraum ausgebreitet hat. Die meisten der Clovers sind wohl ähnlich erschöpft wie ich von der neuen Umgebung und dem langen Tag, obwohl wir nichts anderes gemacht haben, als an unseren Essays zu arbeiten und das Gespräch mit Mrs Walsh zu führen. Aber diese ständige Anspannung und die Frage, was wohl auf uns zukommen mag, steckt uns in den Knochen, und das Haus bietet bei sieben Leuten einfach wenige Rückzugsmöglichkeiten. Charlotte hat sich eben aus der Not heraus mit Peelingmaske und Lotionen im Badezimmer eingeschlossen, um sich zu entspannen, was aber nur zu einem Streit mit Ruby geführt hat, die in der Zeit duschen wollte.

Zu gerne würde ich einfach schlafen gehen, aber so müde mein Körper auch ist: Mein Geist ist damit beschäftigt, an Mum und Thomas zu denken. Daran, wie es Mum wohl in Belfast ergeht und wie der Besuchskontakt war.

Ruby kommt aus dem Badezimmer, ihre Locken sind nun in einen Handtuchturban gewickelt.

»Das Wasser war schon kalt«, murrt sie.

Amar, der am Tisch sitzt und über seinem Essay gebrütet hat, sieht auf. »Ihr könnt nicht schon am ersten Tag einen Streit anfangen. Wir müssen zusammenhalten, schon vergessen?«

»Sag *ihr* das«, zischt Ruby und lässt sich auf den Sessel neben mir fallen. »Sie hat doch das Bad blockiert. Total egoistisch.«

»Wir müssen uns einfach alle noch aneinander gewöhnen«, versuche ich zu vermitteln. »Es nützt keinem, wenn wir uns wegen solcher Kleinigkeiten an die Gurgel gehen. Schon gar nicht, wenn morgen der erste richtige Unterrichtstag startet. Wer weiß, was uns erwartet? Wir müssen einfach alles geben und dürfen uns nicht ablenken lassen.«

»Gut, dass du das sagst.« Jacob steht plötzlich vor mir, unter dem Arm noch ein Buch aus der Bibliothek. Er ist der Einzige aus unserer Gruppe, den ich noch gar nicht einschätzen kann. Er wirkt immer so unglaublich verbissen. Auch jetzt ist sein Kiefer aufeinandergepresst, und er fährt sich nervös über seine kurz geschorenen Afrolocken, als wäre er im Inneren rastlos. »Ich bin auch sehr dafür, uns auf den Sieg zu fokussieren.«

»Das mache ich«, erwidert Ruby, die begonnen hat, mit dem Handtuch ihre Haare trocken zu drücken.

»Jeder Essay bringt Punkte«, sagt Jacob, der mitten im Raum stehen bleibt. »Wie wäre es, wenn wir morgen ein paar der Roses ablenken und zufällig einer der Essays verschwindet?«

Ruby grinst, ich hingegen starre ihn nur ungläubig an. Hat er das gerade wirklich vorgeschlagen?

»Interessante Idee«, meint Ruby.

»Interessant? Du meinst wohl beknackt.«

Jacob hebt eine Augenbraue. »Hast du einen anderen Vorschlag?«

»Habe ich: einfach besser sein. Denn dann müssen wir nicht zu unfairen Mitteln greifen.«

»Das hier ist ein Wettbewerb. Da muss man mit so was rechnen.«

»Was, wenn du erwischt wirst und das Konsequenzen für uns alle hat? Hast du daran schon mal gedacht?«

Amar schluckt. »Sie hat recht. Wir sollten nichts machen, was uns Ärger einbringt.«

Jacob verdreht die Augen. »Ihr glaubt doch wohl nicht, dass die anderen auf fair spielen werden, oder? Bei Leuten wie Ian im Team? Ihr habt ihn doch gesehen, als die Bewerbungsvideos gezeigt wurden. Er ist verschlagen, sicher geht er gerade ganz ähnlichen Überlegungen nach.«

Ich stehe auf und stelle mich direkt vor Jacob. »Ich traue Ian auch nicht, aber wir werden nichts machen, was die anderen dazu veranlassen könnte, sich an uns zu rächen. Nicht, wenn wir alle unweigerlich mit drinhängen. Klar?«

Jacob steht plötzlich so nah vor mir, dass ich Lauch in seinem Atem riechen kann. »Wüsste nicht, dass du hier zur Anführerin gewählt wurdest.«

»Wurde ich nicht«, zische ich. »Genauso wenig wie du. Aber wenn du eine Abstimmung über die Sache willst: nur zu. Hol die anderen, und wir entscheiden zusammen. Ich bin sicher, sie sind meiner Meinung.«

Jacob fordert mich mit seinem Blick heraus. Instinktiv will ich mich aus seiner Nähe und dem Lauchgeruch befreien, weil beides dafür sorgt, dass eine unangenehme Gänsehaut über meine Arme kriecht. Aber ich werde ganz bestimmt nicht tatenlos dabei zusehen, wie Jacob mit solchen Überlegungen *meine* Zukunft gefährdet.

»Was ist denn hier los?« Grayson kommt in den Raum und stellt sich zwischen Jacob und mich.

»Nur eine kleine Meinungsverschiedenheit«, weicht Jacob aus. Grayson ist größer und breiter als er, weswegen Jacob einen Rückzieher macht.

»Na los, erzähl ihm von deinem tollen Plan«, presse ich hervor.

Mir ist klar, dass wir uns nicht direkt am ersten Tag in die Haare bekommen sollten, auch wenn Jacob es mir mit seinem Verhalten nicht leicht macht. Und schon gar nicht sollte ich diesen Kampf ausfechten, wenn mein Energielevel ohnehin so gering ist. Langsam habe ich Kopfschmerzen. Alles in mir sehnt sich nach frischer Luft und einer Mütze Schlaf, aber ich stehe weiter neben Grayson und lausche, wie Jacob ihm seine Idee präsentiert. Eine Idee, die zu meiner Erleichterung auch bei Grayson keinen Anklang findet.

»Na schön«, meint Jacob, nachdem Grayson ebenfalls seine Bedenken geäußert hat. »Aber sagt hinterher nicht, ich hätte euch nicht gewarnt.«

Er geht weg, und ich bin froh darum, doch auch die Distanz zu ihm bringt kaum Erleichterung. Ich bin viel zu müde, um irgendwelche Diskussionen zu führen, und gleichzeitig erschüttert von den Auswirkungen, die solche Streitigkeiten haben könnten. Wir müssen uns doch eigentlich vertrauen, wo wir unsere Zukunft gemeinsam in den Händen halten. Ich bin mir nur nicht sicher, wie ich Leuten wie Jacob vertrauen soll, wenn er schon zu Beginn zu solchen Mitteln greifen würde.

»Ich bin kurz draußen«, murmle ich, presse mich an Grayson vorbei und trete ins Freie.

Die salzige, abgekühlte Luft trifft mich sofort und ist für meinen Kopf wohltuend. Die Sonne ist hinter dem Ozean verschwunden, nur noch ein paar letzte Strahlen helfen mir, mich zu orientieren, als ich über den Weg stolpere.

Ich gehe am Haus der Roses vorbei und finde einen Durchgang in einer Mauer, der mich direkt zu den Klippen führt. Das leise Rauschen der Wellen klärt meine Gedanken. Welle für Welle, stetig und ruhig. Ich trete noch einen Schritt vor … und schreie so laut ich kann, bis die Frustration von mir abfällt.

»Kein guter Abend?«

Ich mache einen Satz nach hinten.

Links von mir sitzt Macy. Ihre langen Haare sind zu einem hohen Zopf gebunden, der im sanften Wind weht, und ihre Füße baumeln über der Klippe. Neben ihr liegt ein Buch, das sie nun, in der Dämmerung, nicht mehr lesen kann. Stattdessen ist sie scheinbar dazu übergegangen, einfach hier zu sitzen und aufs Meer zu sehen. Ich kann es verstehen. Der Anblick der untergehenden Sonne, die sich im Meer spiegelt und die Wellen geradezu funkeln lässt, ist atemberaubend. Ich dachte immer, die Küste von Nordwales sei rau, aber gerade wirkt sie eher malerisch auf mich. Es fehlen nur noch Boote, die mit den Wellen kämpfen und den letzten Sonnenstrahlen entgegensegeln.

Trotzdem schaue ich wieder zu Macy, die mich neugierig mustert. »Ich habe dich gar nicht bemerkt«, sage ich entschuldigend. Wäre mir klar gewesen, dass ich nicht alleine bin, hätte ich mich sicherlich nicht so gehen lassen.

»Das ist das Wunderbare an der Dunkelheit. Man verschwindet einfach.« Diese ruhige, besonnene Art, mit der sie diese Worte ausspricht, lässt mein Unbehagen wegen meines Schreis ein wenig schrumpfen. Ebenso wie ihr vorsichtiges Lächeln und der Versuch, eine Bindung zwischen uns aufzubauen.

»Gefällt es dir hier nicht?«, fragt Macy betroffen.

»Doch. Die Akademie ist toll. Ich dachte wohl nur, dass das Zusammenleben mit den anderen einfacher wäre. Aber da wusste ich ja auch nichts von dieser Gruppenaufteilung.«

»Mir war zum Glück von Anfang an klar, dass das mit dem Zusammenleben für mich eine Herausforderung wird, also bin ich jetzt nicht überrascht.« Macy lacht leise. »Eigentlich läuft es dafür nicht schlecht. Ich habe immerhin schon freiwillig Zeit mit den anderen verbracht. Meine Mum wäre sicher stolz.« Kurz bin ich mir nicht sicher, ob sie das ironisch oder ernst meint, ehe sie ein Glucksen ausstößt. Dann mustert sie mich schmunzelnd. »So wie du dastehst, sieht es aus, als wärst du mit der Klippe verschmolzen.«

»Soll das eine Aufforderung sein, mich zu setzen?«

»Wenn du das willst …«

Mich zu setzen und zur Ruhe zu kommen fühlt sich gerade sehr verlockend an, aber ich weiß nicht, ob es so klug ist, nach so einer Diskussion mit Jacob ausgerechnet mit jemandem von den Roses zusammen gesehen zu werden. Trotzdem will ich eine Auszeit. Vielleicht will ich sogar dieses Gespräch mit Macy, denn mir gefällt ihre verhaltene, aber wache Art.

Unsicher sehe ich mich um. Wir sind von der Mauer geschützt, und die Dämmerung tut ihr Übriges. Niemand kann uns sehen, wenn die anderen nicht gerade nach mir suchen, also lasse ich mich neben sie plumpsen. Meine Füße über der Klippe baumeln zu lassen, traue ich mich nicht, daher nehme ich den Schneidersitz ein.

»Gute Entscheidung«, sagt Macy. »Das ist der perfekte Ort, um durchzuatmen. Und wer seinen Frust *so* rausschreit, braucht das.«

»Hätte ich gewusst, dass jemand da ist, hätte ich ganz sicher nicht geschrien.«

»Hättest du trotzdem tun sollen.« Macys Finger greifen nach einem Stein, der sich vom Felsen gelöst hat. »Ich glaube, die Menschen sind viel zu oft damit beschäftigt, ihre Emotionen zu unterdrücken, dabei kostet das dann viel mehr Energie, als sie einfach einmal kurz rauszulassen.«

»Vielleicht hast du recht.« Wie oft war ich in den letzten Jahren wütend und habe es in mich hineingefressen? Bis es irgendwann aus mir herausgeplatzt ist. »Früher habe ich manchmal in mein Kissen geschrien. Aber es ungedämpft zu tun, hat schon etwas Befreiendes.«

»Lieber machst du es jetzt, als dass es vor den anderen aus dir herausbricht.« Ich weiß nicht, ob sie dabei an Ian denkt, aber er kommt mir sofort in den Sinn.

»Macy«, sage ich leise, »ich wollte mich auch noch mal bei dir bedanken.«

Sie sieht mich verdutzt an. »Wieso? Weil ich gesagt habe, dass du mit mir hier sitzen kannst? Es ist ja nicht meine Klippe.«

»Nicht deswegen. Wegen des Videos.« Macys volle Lippen formen sich zu einem überraschten O, dabei fühlt es sich absolut richtig an, ihr noch mal zu danken. Weil ich diesen Moment trotz unserer unterschiedlichen Gruppen ganz gewiss nicht vergesse. Ohne sie wäre ich vielleicht vor allen in Tränen ausgebrochen. »Du hast mir damit sehr geholfen. Wenn ich mir Ian so ansehe, ahne ich vielleicht noch nicht mal *wie* sehr.«

»Gern geschehen.« Die Sanftheit in ihrer Stimme löst pure Wärme aus. In diesem Moment weiß ich zumindest, dass sie ihre Worte genauso meint, wie sie sie sagt. Mit einer Aufrichtigkeit, nach der mein Herz sich nach den letzten Jahren in Irland geradewegs verzehrt. Ich habe zu viele unehrliche Menschen getroffen. Zu wenige, die wirklich meinen, was sie sagen.

»Dafür hast du dich ja zu mir gesetzt«, erwidert Macy und holt mich damit aus meinen Gedanken.

»Eben?«, frage ich irritiert.

»Nein, am ersten Tag. Die anderen haben sich alle zusammengetan, aber du hast dich dazu entschieden, zu mir zu kommen. Das war unerwartet.« Ihre hellen Augen blitzen auf. »Aber auch unheimlich nett.«

»Wie schon gesagt: Du warst mir eben sympathisch.« Macy lächelt, als würden ihr diese Worte wirklich etwas bedeuten. Kurz überlege ich, noch etwas dazu zu sagen, aber ein angenehmes Schweigen breitet sich aus, und so bleibe ich stumm.

Ein paar Minuten hört man nur die Wellen.

Dann blickt Macy hoch zum Himmel. »So helle Sterne wie hier habe ich noch nie gesehen.«

Ich muss ihr recht geben. Die Sterne heben sich hier geradezu magisch von der Dunkelheit des Himmels ab. Ich kann mich nicht daran erinnern, wann ich das letzte Mal überhaupt so einen freien Blick auf den Sternenhimmel hatte. In Belfast waren die Lichter der Stadt viel zu hell und haben alles von dieser Magie geschluckt. Genau wie in Cardiff.

»Kennst du dich aus mit Sternbildern?«, frage ich.

»Nein. Für Astronomie habe ich mich noch nie wirklich interessiert. Aber ich mag es, die Sterne zu sehen.«

»Ich auch«, seufze ich. »Ich mag diese Unendlichkeit.«

Zu meiner Überraschung lacht Macy leise. »Ehrlich gesagt, denke ich immer eher an *Endlichkeit,* wenn ich Sterne sehe.«

»Wieso denn das?«

»Weil ich den Gedanken beruhigend finde, dass wir das Universum nicht überdauern. Das macht den Moment viel greifbarer.«

»Hm. Im Sinne von *Lebe den Augenblick?*«

»Vielleicht.« Ich kann nicht anders, als sie anzusehen. Zu ihr und ihrem wehenden Pferdeschwanz. Sie wirkt wie die Herrin über diese Klippen – so ruhig wie die Felsen, so leicht wie der Wind … vielleicht sogar so unergründlich wie das Wasser zu ihren Füßen.

»Ehrlich gesagt habe ich so meine Probleme mit dem Motto«, redet sie weiter. »›Lebe den Moment‹ wird oft mit Aktivität gleichgesetzt. Reisen, Freunde treffen, Abenteuer, Rastlosigkeit.«

»Und das siehst du anders?«

»Ich meine damit eher Momente wie diesen.« Ihr walisischer Akzent wirkt heute noch ausgeprägter als am ersten Tag. Vielleicht, weil sie gerade entspannt ist. Sie wirkt jedenfalls sehr im Einklang mit sich und ihren Gedanken. »Es geht darum, innezuhalten. Darum, eins mit sich und der Welt zu sein.«

»Klingt nach einer gesunden Definition«, stelle ich fest. Es erscheint mir jedenfalls erstrebenswerter, die Momente in einem selbst zu suchen, als sie von äußeren Faktoren abhängig zu machen.

»Wie ist es bei dir?«

»Ich weiß nicht … früher gehörte ich wohl eher zur ersten Kategorie«, gebe ich zu. »Ich habe jedes Treffen mit Freunden und jede Party mitgenommen, und das sind Erinnerungen, die mir viel bedeuten und an die ich mich wohl auch noch in Jahren zurückerinnern werde. Mein früheres Ich hätte über meinen Ehrgeiz und meine Leidenschaft für Jura vermutlich den Kopf geschüttelt. Aber es wusste eben auch noch nicht, was ich heute weiß.«

Macys blaue Augen werden größer. »Nämlich?«

»Dass man auch in den grausamsten, traurigsten Momenten Sinn finden kann«, erwidere ich leise. Nie hätte ich gedacht, dass ich mich beim Aussprechen dieser Worte so verletzlich und stark zugleich fühlen könnte. »Einen Grund, weiterzumachen, auch wenn alles in dir nach Aufgeben schreit.« Kurz flackern Bilder vor meinem inneren Auge auf. Thomas in der Presse. Eine hasserfüllte Meute vor dem Gerichtssaal, die verlangt, ihn jahrelang wegzusperren. Freunde, die keine Freunde waren. So viele Tränen. »Ich möchte *wirklich* Jura studieren, möchte wirklich etwas bewegen«, spreche ich weiter und versuche die Flashbacks abzuschütteln. »Und dafür gebe ich vielleicht einige Momente auf, aber ich gewinne andere hinzu. Nur deswegen habe ich die Möglichkeit, nun hier an der Akademie zu sein. Nur so konnte ich an den sozialen Projekten arbeiten und dort wirklich helfen. Das bedeutet etwas.«

»Ich mag es, wenn Menschen ihre Bestimmung finden. Ich denke, dass jeder eine hat.«

Ergriffen schlucke ich. Wenn sie wüsste, wie sehr ich diesen Glauben daran brauche, dass dies hier so etwas wie mein Schicksal ist. Es würde bedeuten, dass alles, was meine Familie und ich durchmachen mussten, endlich Sinn ergibt.

»Ich hoffe, dass die Cliffworth meine Bestimmung ist«, sage ich und fühle mich sofort schlecht. Weil daran unweigerlich Macys Scheitern geknüpft wäre. »Aber wie immer das hier ausgeht: Wenn ich in ein paar Jahren meine alten Tagebücher lese, werde ich hoffentlich denken, dass sich all das gelohnt hat.«

»Du schreibst Tagebuch?«

»Schon seit ich neun bin. Erinnerungen sind vergänglich, und ich möchte sie festhalten.«

»Du konservierst sie.«

Sofort lächle ich. »Ein schöner Gedanke. So habe ich das noch nie gesehen.«

»Früher habe ich aus genau diesem Grund gezeichnet. Eine Zeit lang habe ich es auch mit Poetry-Slams versucht, aber am Zeichnen hing ich wirklich.«

»Und du hast damit aufgehört?« Ich kann mir nicht vorstellen, so was aufzugeben. Das Tagebuchschreiben gehört zu mir. Es ist mein Ventil.

»Ich habe mir vor zwei Jahren das Handgelenk gebrochen und konnte einige Wochen nicht zeichnen. In dieser Zeit ist mir das Hobby irgendwie abhandengekommen.«

»Vermisst du es gar nicht?«

»Wenn ich drüber spreche, schon. Dann hänge ich dem Gefühl, das ich beim Zeichnen hatte, nach.« Macy schluckt so laut, dass ich es hören kann. »Ich weiß nur nicht, ob es an der Nostalgie liegt oder ob es wirkliches Vermissen ist. Wenn es noch eine Leidenschaft wäre, hätte ich inzwischen wohl den Drang gehabt, wieder loszulegen.«

»Oder du hast dich einfach zu sehr an den jetzigen Zustand gewöhnt«, überlege ich.

»Vielleicht.« Macy atmet nachdenklich aus. »Vielleicht probiere ich es noch mal.«

Das Schweigen, das nun zwischen uns herrscht, lasse ich für einen Moment zu. Ich lasse mich einfach fallen in Macys Worte über das Leben im Hier und Jetzt. Diese Ruhe, die ich in diesem Moment in mir spüre, muss ich als Nährboden für die nächsten Wochen sehen. Ich muss mich an den Gedanken klammern, dass meine Träume schon irgendwie ihren Weg finden. In direkter Nähe zu den Universitätsmauern ist es leicht, an dieser Hoffnung festzuhalten. Bis ich wieder darüber nachdenke, dass diese Hoffnung von so vielen Faktoren abhängt. Von so vielen Leuten. Auch Leuten wie Macy. Wenn sie verliert, siege ich. Wenn sie siegt, ist meine Hoffnung dahin.

Sofort beiße mir auf die Lippe, gehe das Gespräch durch. Habe ich zu viel gesagt? Mich angreifbar gemacht?

»Ich denke, ich gehe mal schlafen«, entscheide ich mich dazu, diese kleine Auszeit abzubrechen, auch wenn ein großer Teil in mir noch sitzen bleiben und weiter mit Macy reden möchte. Irgendwie mag ich diese Leichtigkeit, die von ihr ausgeht. »Morgen wird bestimmt ein langer Tag.«

»Ja, vermutlich schon.«

Macy lächelt mir zu, und es wirkt so aufrichtig, dass mein Entschluss sofort wieder schwankt. Die Ambivalenz in mir ist schwindelerregend. Als wüsste mein Körper genau, dass ich dieses Gespräch hier weiterhin brauche, weil es mich dazu gebracht hat, ein wenig Abstand von dem Druck in mir zu nehmen. Oder von den schweren Gedanken an morgen. Nur weiß mein Verstand, dass genau diese Gedanken an morgen der Grund sind, wieso ich gehen sollte. Weil noch niemand von uns abschätzen kann, wie dieser Kampf zwischen unseren zwei Gruppen ablaufen wird, und ich will nichts tun, was uns einen Nachteil verschafft. Egal, wie wohl ich mich in Macys Nähe auch gefühlt habe.

»Vielleicht zeichnest du bald ein Bild vom Meer«, murmle ich noch, als ich aufstehe. »Und beginnst wieder damit, deine Erinnerungen festzuhalten.«

Macys Mundwinkel zucken. »Gar kein so schlechter Gedanke.«

Ich nicke ihr zu und verlasse die Klippe, auch wenn die Wärme und die Ruhe, die ich eben noch verspürt habe, bei jedem Schritt, den ich mich von Macy entferne, wieder verebben.

KAPITEL 9
MACY

Ich mag das Frühstück, weil die meisten Menschen dann noch zu verschlafen sind, um viel zu reden. So werde ich meist nicht in komplizierte Gespräche verstrickt. Zu Hause verbringe ich die Zeit am Morgen am liebsten mit einem Buch und Porridge mit Salted-Caramel-Sauce, genieße die ersten Sonnenstrahlen und das Gefühl, dass dieser Tag noch voller Möglichkeiten ist. Ein starker Kontrast zum Abend, wenn man über den Tag reflektiert und neue Kraft tankt. So wie gestern mit Vada.

Automatisch wandert mein Blick zu ihr. Sie sitzt mit den anderen Clovers zusammen und unterhält sich mit Charlotte und Grayson, während ich noch am Frühstücksbüfett stehe.

Mir bleibt nur die Distanz, obwohl ich die Nähe gestern überraschend angenehm fand. Es war leicht, sich mit ihr zu unterhalten, vor allem unter dem Aspekt, dass ich eigentlich die Einsamkeit gesucht hatte.

Ich nehme mir Grapefruitsaft und Porridge, dann setze ich mich neben Lennox, der bereits Räucherfisch isst und dabei mit dem Ärmel seines Sweatshirts spielt. Er ist neben mir der ruhigste von uns Roses, was ihn mir persönlich sehr sympathisch macht.

»Nervös?«, fragt in diesem Moment Poppy, die ebenfalls am Tisch sitzt.

Lennox zieht eine Grimasse. »Nervös ist gar kein Ausdruck. Ich bin nicht so gut darin, mich in Unterrichtsstunden einzubringen.«

»Vielleicht hilft der Gedanke, dass das hier ein Gruppencontest ist und deine Leistungen nicht allein entscheiden«, versucht Poppy ihn aufzumuntern.

Ich empfinde diesen Gedanken nicht als beruhigend, weil ich meine Zukunft gerne allein in der Hand halten würde.

»Ja, versuchen wir, ruhig zu bleiben.« Lennox nimmt endlich eine Gabel Räucherfisch und kaut unnachgiebig, als würde er mit jedem Bissen sein Mantra unterstützen wollen.

Dahlia kommt zu uns, auf ihrem Tablett steht eine Schüssel mit unterschiedlichen Flocken, Cerealien und Joghurt.

»Habt ihr das eben gesehen?«, fragt sie aufgebracht und erntet damit sofort unsere Aufmerksamkeit.

»Was denn?«, fragt Poppy.

»Dieser Jacob von den Clovers hat mir den Weg versperrt und Witze über mich gemacht.«

Poppy sieht betroffen zu ihr. »Wir haben es nicht mitbekommen. Sonst hätten wir dir zur Seite gestanden.«

»Alles gut, mit so jemandem werde ich schon fertig«, murrt Dahlia, während sie sich setzt. »Obwohl ein Teil von mir gerne Ian auf ihn hetzen würde.«

»Nur ist Ian nicht viel besser«, sage ich und sehe zu ihm. Sein Lächeln ist noch so arrogant wie an Tag eins. Er sitzt am Kopf des Tisches, als wäre er hier der Boss, und allein das mag ich nicht. Dass er der Ansicht ist, er würde hier über die Leute bestimmen.

»Ich mag ihn auch nicht«, sagt Dahlia. »Aber wenigstens hat er etwas Einschüchterndes und kann sich somit gegen die anderen behaupten. Wenn ihr mich fragt, ist er der Einzige von uns, vor dem Jacob wirklich Respekt hat.«

»Ach, in den nächsten sechs Wochen machen wir Jacob schon fertig«, entgegnet Poppy, und wir stimmen ihr direkt zu, auch wenn ich sofort wieder zu Vada sehe. Zu Vada, die gerade über etwas lacht und dabei ihre Zahnlücke offenbart. Ich mag sie wirklich, diese Zahnlücke. Genau wie ihre Angewohnheit, ihren störrischen Pony aus dem Gesicht zu streichen, nur damit er danach wieder auf ihre Wimpern fällt. Mein Magen knotet sich für einen kurzen Moment zusammen. Mit unserem Sieg für eine Niederlage auf der Gegenseite zu sorgen ist ein trostloser Gedanke.

Um acht Uhr finden wir uns alle im Unterrichtssaal ein. Ich hadere mit der Wahl des Sitzplatzes: Bin ich in der ersten Reihe, fällt es mir erfahrungsgemäß leichter, etwas zu sagen, weil ich die anderen dann besser ausblenden kann. Mit Leuten wie Jacob oder Ruby hinter mir, die mir ihre Blicke in den Rücken bohren, ist das allerdings auch kein behaglicher Gedanke. Am Ende orientiere ich mich an Poppy, die sich in der dritten Reihe einfindet, und setze mich daneben. Ein positiver Nebeneffekt ist, dass Vada eine Reihe vor mir sitzt. Charlotte reicht ihr gerade ein Haargummi, mit dem sie sich einen hohen Pferdeschwanz bindet. Zu gerne würde ich etwas zu ihr sagen. *Hallo* vielleicht. Es nach dem Abend gestern nicht zu tun, fühlt sich seltsam an, aber ich gebe meinem Wunsch nicht nach. Als sie mich entdeckt, ist *sie* es, die mir einen leisen Gruß zuflüstert – leise genug, damit die anderen es über die Gespräche um uns herum sicher nicht bemerken, aber es ist dennoch wirkungsvoll, weil es mir sofort ein wenig Sicherheit gibt. Vor allem, weil ich nun nicht selbst entscheiden muss, wie wir uns nach gestern Abend verhalten.

Mrs Walsh betritt an der Seite von Mr Roberts und Mrs McDaniels den Raum und lenkt den Fokus auf die wichtigen Dinge: den Unterricht, meine Zukunft, und irgendwie auch auf meine leibliche Mutter, die mich hergeführt hat.

»Guten Morgen.«

Mrs Walsh geht durch die Reihen und sammelt die Essays ein, dann stellt sie sich wieder vor uns.

»Damit wir uns alle noch ein wenig besser kennenlernen, starten wir heute gleich mit einer Gruppenaufgabe. Die Roses machen den Anfang und kommen mit mir und Mrs McDaniels, während die Clovers bei Mr Roberts bleiben und in der Zeit einen Fragebogen zu ihrem angestrebten Studienfach ausfüllen. Danach wird gewechselt.«

Mrs Walsh und Mrs McDaniels weisen uns Roses an, in einen der Räume mit den kreisrunden Tischen zu gehen. Vom Fenster aus hat man einen tollen Weitblick auf die Wiesen und Felder unterhalb der Klippe, auf denen gerade Schafe grasen. Das mag ich so an Wales: Es gibt mehr Schafe als Menschen. Deren fügsames und ruhiges Temperament mochte ich schon immer.

Alfie ist der Letzte, der den Raum betritt. Mrs McDaniels und Mrs Walsh kommen nicht herein, dafür schließt sich hinter uns die Tür.

Verwirrt sehen wir uns an und scannen die kahlen Steinwände und den runden Tisch mit sieben Stühlen. In der Ecke steht ein kleiner Wagen mit Getränken und ein paar Büchern, ansonsten finden wir nichts: keine Instruktionen, keine weiteren Hinweise.

»Was soll das?«, fragt Ian und runzelt die Stirn. »Habe ich irgendwas verpasst? Hat Mrs Walsh gesagt, was wir machen sollen?«

Owen schüttelt den Kopf. »Hat sie nicht.«

»Sicher kommen die beiden gleich zurück«, erwidert Lennox.

Ich bin mir nicht sicher, denn dann hätten die doch die Tür offen gelassen, oder?

Alfie rückt seine Brille wieder richtig auf die Nase, sein sonst blasses Gesicht hat nun einen nervösen Grünstich.

»Komm, wir holen uns etwas zu trinken«, sage ich zu ihm, und wir gehen zum Getränkeausschank, um uns Wasser zu nehmen.

»Sie hat gesagt, dass es eine Gruppen*aufgabe* ist«, sagt Ian, sichtlich ungeduldig. »Sie werden also irgendetwas von uns verlangen.«

»Vielleicht geht es um die Bücher dort«, überlegt Dahlia. »Sie sind immerhin neben dem Mobiliar das Einzige hier im Raum.«

»Guter Punkt.« Owen ergreift die Initiative und nimmt eins.

Poppy und Ian nehmen die anderen. Zusammen blättern sie sie durch und suchen nach Hinweisen.

»Nichts«, sagt Ian schließlich. »Keine Notizen.«

»Bei uns auch nicht«, meint Poppy und mustert nachdenklich das Buch in ihrer Hand. »Aber es ist ein Buch über Rechtswissenschaften.«

»Und das hier ist Psychologie.« Ian schielt zu Owens Buch. »Und Soziologie.«

»Wirklich?«, mische ich mich ein und bereue es sofort, weil mich nun alle ansehen. »Also zu jedem angebotenen Studienfach ein Buch.«

»Das erklärt aber trotzdem nicht, was wir damit machen sollen«, murmelt Alfie, der noch immer ein Glas Wasser in der Hand hat. Seine Gesichtsfarbe bessert sich langsam.

»Es muss irgendein Test sein«, mutmaßt Dahlia.

»Okay, dann teilen wir uns jetzt erst mal nach Studienfächern auf«, schlägt Owen vor. »Um eine Übersicht zu haben, wer was studieren will.«

»Mit welchem Zweck?«, fragt Poppy skeptisch.

»Mrs Walsh hat gemeint, dass es darum geht, uns kennenzulernen«, erwidert Owen. »Und die Woche heißt *Kennenlernen & Kommunikation.*«

Ian nickt. »Okay: lernen wir uns kennen und kommunizieren miteinander.«

»Was, wenn es falsch ist?«, fragt Alfie.

»Besser, als gar nichts zu machen«, antwortet Owen. »Also los.«

Ich bin froh, dass Ian, Poppy und Owen das Ruder in die Hand nehmen, weil ich mich viel zu verloren fühle, um irgendwas ansagen zu können.

Wir setzen uns in Bewegung und ordnen uns ein. Lennox, Poppy und ich zu Soziologie. Owen und Dahlia zu Jura. Alfie und Ian zu Psychologie.

»Vielleicht erzählt jeder, wieso er oder sie sich für das Studienfach interessiert«, schlägt Owen vor. »Ich wusste schon mit zwölf Jahren, dass ich einmal Anwalt werden möchte. Damals habe ich mit meinem Dad immer *Suits* geguckt und habe danach freiwillig Rechtsbücher und Paragrafen gelesen. Da war die Sache irgendwie klar.«

»Ich will ins internationale Recht«, erklärt Dahlia. »Weil ich die Zusammenhänge zwischen Staatssystemen, ihrer Gesetzgebung und der Anwendung der Gesetze verstehen und mich einbringen möchte.«

Reihum erzählen wir, wieso wir uns für die entsprechenden Studiengänge interessieren. Einiges ist schon aus den Bewerbungsvideos bekannt, während andere Aussagen neue Erkenntnisse bringen. Nie wäre mir in den Sinn gekommen, dass Ians Großmutter zu Lebzeiten psychisch erkrankt war und er daher Psychologie studieren will. Dass jemand, der sonst so selbstsicher und fast arrogant auftritt, etwas Persönliches mit uns teilt, überrascht mich.

»Was nun?«, fragt Owen, als wir alle etwas gesagt haben.

»Sollen wir noch darüber reden, wieso wir an die Cliffworth wollen?«, überlegt Lennox, die Skepsis gegenüber seinem eigenen Vorschlag ist jedoch nicht zu überhören. Letztendlich haben wir das alle schon in unseren Bewerbungsvideos gesagt.

»Wir suchen noch mal den Raum ab«, schlägt Ian vor. »Vielleicht haben wir doch etwas übersehen.«

Wir wollen gerade loslegen, als sich endlich wieder die Tür öffnet und Mrs Walsh und Mrs McDaniels hereintreten.

»Vielen Dank«, sagt Mrs Walsh, als hätten wir irgendetwas geleistet. Es fühlt sich nicht so an. »Das war interessant.«

»Was genau?«, fragt Ian irritiert.

»Wer bei den Roses die Führung übernimmt, wer sich einbringt und wer eher mitläuft«, erklärt Mrs McDaniels, und ihre Worte lösen sofort ein Brennen in mir aus. Weil ich mich nicht eingebracht habe. Weil es genau solche Gruppenaufgaben sind, bei denen ich mich nie richtig einbringe. Ich bin nun mal niemand, der anführt.

»Es ging zum einen darum, einen Einblick in die unterschiedlichen Persönlichkeiten zu bekommen«, führt Mrs Walsh nun fort. »Und zum anderen wollten wir herausfinden, wie Sie sich verhalten, wenn Ihnen keine konkrete Aufgabe gestellt wird. Ich bin gespannt, wie es den Clovers ergehen wird.«

»Sie dürfen jetzt eine halbe Stunde durchatmen. Die Clovers sitzen noch an den Fragebogen, bitte betreten Sie den Unterrichtssaal also erst, wenn die Tür offen ist, damit wir niemanden stören.«

Die beiden Damen entfernen sich wieder, und wir sehen uns etwas ratlos an. In jedem Gesicht kann man dieselbe Frage ablesen: Haben wir jetzt gut oder schlecht abgeschnitten?

Owen atmet zischend aus. »Ich gehe frische Luft schnappen. Wer weiß, was uns bei diesem Fragebogen erwartet.«

Ein paar schließen sich ihm an, andere gehen in die Bibliothek. Draußen regnet es, also ziehe ich mich zurück in den Speisesaal, weil es der einzige Ort ist, der mir einfällt, um meine Gedanken zu dieser Aufgabe zu ordnen. Doch als ich an einem der Holztische Platz nehme, sind diese Gedanken eher wie Seifenblasen. Nur ab und zu bekomme ich eine gefasst, und sie entfernen sich immer weiter weg von der Aufgabe, immer weiter weg von dem Fragebogen. Viele dieser Seifenblasen tragen Theodoras Namen. Den Namen meiner leiblichen Mutter, die in meinem Kopf mehr ein Schatten als eine reale Person ist und dennoch ihren Platz einfordert – ob ich will oder nicht. Ich sollte nicht überrascht sein, immerhin bin ich genau aus diesem Grund hier. Immerhin war sie einer der Gründe, wieso ich mich für die Cliffworth Academy entschieden habe. Weil ich dachte, es würde mir helfen, hier zu sein. Helfen zu verstehen, zu begreifen, vielleicht meine Gefühle zu ihr zu sortieren und Schuld abzulegen. Aber ich fühle mich nur noch verwirrter als vor einem Jahr, als ich ihren vollen Namen und in der gleichen Sekunde das Wort *verstorben* gehört habe. Als ich meinen Namen in ihrer geschwungenen Handschrift gelesen habe und dachte, jeden Moment ohnmächtig zu werden. Fast kann ich wieder das Feuer riechen, als wäre es nicht ein Jahr, sondern nur einige Sekunde her, seit ich diesen Brief verbrannt und dabei zugesehen habe, wie die Handschrift in Flammen aufgeht und zu Asche zerfällt.

Ich schlucke unwillkürlich und lege meine Hand auf die Brust, die sich in diesem Moment ein wenig enger zieht, wie immer, wenn ich diesen einen Gedanken zulasse: Ich habe einen Fehler gemacht. Und nun ist es zu spät. Zu spät, um sie kennenzulernen, zu spät, um meinen Groll gegen sie abzulegen, und zu spät, um meine Entscheidung, ihren Brief zu verbrennen, zu hinterfragen. Zu spät, um zu lesen, was sie mir hatte sagen wollen.

Zu spät, zu spät.

Doch nun bin ich hier und frage mich, ob sie damals in demselben Raum gesessen hat wie ich gerade?

Ob ihr jemals in den Sinn gekommen wäre, dass ihre leibliche Tochter, die sie als Baby abgeschoben hat, einmal auf ihren Spuren wandeln würde, um herauszufinden, was sie über diese ganze Sache denken soll?

KAPITEL 10
MACY

Die ersten Tage an der Akademie vergehen rasant. Wir haben viele Gruppenaufgaben, dafür wenige Unterrichtstage mit den Clovers, sodass ich Vada und die anderen meist nur zu den Essenszeiten zu Gesicht bekomme und zusehe, wie Charlotte, Penelope und Vada immer mehr zu einer Clique zusammenwachsen. Sie scheinen sogar ihren ersten freien Tag zusammen verbracht zu haben. Ich konnte jedenfalls gestern von der Wiese aus sehen, wie sie mit Decken und Sandwiches die Akademie verlassen haben und erst kurz vor dem Abendessen zurückgekommen sind, während ich versucht habe, mich mit Büchern bei Laune zu halten, obwohl mein Kopf meinte, den freien Tag mit Grübeleien über Theodora Price verbringen zu müssen. Über Theodora und den Brief und die Frage, wie in aller Welt ich meinen Frieden damit schließen soll.

»Isst du das Würstchen noch?«, fragt Alfie und reißt mich damit aus meinen Gedanken. »Es gibt keine mehr, und deins liegt seit zehn Minuten auf deinem Teller und wird von dir missachtet … es sieht schon ganz traurig aus.«

Ich schmunzle. »Nimm es dir ruhig. Mein Magen ist heute eh komisch drauf.«

»Sicher bist du nur nervös, weil heute die erste richtige Woche losgeht«, sinniert Alfie.

»Kann sein«, murmle ich, auch wenn ich mir sicher bin, dass das Ziehen in meiner Magengegend allein mit meinen Gedankenkarussells zu tun hat.

»Beeilt euch lieber mal«, schaltet sich Dahlia ein, die bereits ihren Platz verlässt. »Der Unterricht beginnt gleich. Zu spät kommen wäre gar nicht gut.«

»Wo sie recht hat«, murmelt Alfie und stopft sich in Windeseile das Würstchen in den Mund, bis er aussieht wie ein Hamster. Dann stehen wir auf und folgen den anderen in den Unterrichtssaal. Mrs Walsh kommt bereits wenige Minuten später, als wir gerade unsere Plätze eingenommen haben. In der Reihe vor mir sitzt wieder Vada, die ihre Haare heute zu zwei Space Buns trägt. Sie wurden sicher von Charlotte gemacht, die ihren eigenen Dutt immer ähnlich stylt.

»Guten Morgen.« Mrs Walsh tritt nach vorne. »Heute beginnen wir mit dem nächsten Wochenthema: Literatur.«

Sie schafft es mit diesem einen Wort tatsächlich, alles andere aus meinem Kopf zu fegen und pure Euphorie auszulösen. Dieses Thema ist mein Spielfeld, und ich muss es nutzen. Egal, wie viel Überwindung es mich auch kosten mag. Egal, wie schwitzig meine Hände schon bei dem Gedanken sind, mich gleich aktiv am Unterricht zu beteiligen.

»Literatur mag kein zwingender Bestandteil Ihrer zukünftigen Studienfächer sein, und doch ist sie allgegenwärtig. Immerhin ziehen wir seit Jahrhunderten einen Großteil unseres Wissens daraus. Durch Literatur lernen und reflektieren wir, und daher ist es mir stets ein persönliches Anliegen, dass die jungen Menschen, in die wir Zeit und Mühe investieren, um ihnen eine exzellente Bildung zu ermöglichen, eine gewisse Affinität zur Literatur haben.« Mrs Walsh geht ein paar Schritte, ihre Absatzschuhe klackern über den Boden. »Dafür müssen Sie nicht ein Buch nach dem anderen verschlingen. Sie müssen auch nicht zwingend gerne lesen. Aber Sie sollten sich der Bedeutung bestimmter Werke bewusst sein und sich dafür öffnen.« Niemand sagt einen Ton, nur wenige nicken mit dem Kopf. »Beginnen wir mit einer Übersicht der einzelnen Werke, die mir besonders wichtig erscheinen.«

Vier wundervolle Stunden folgen, in denen wir uns über

Bücher und ihre Interpretationsmöglichkeiten unterhalten. Wir stellen Thesen darüber auf, was die Verfasser der Werke wohl gemeint haben könnten, und ich liebe alles daran. Ich liebe es, dass ich mich traue, meine Meinung zu Hemingway zu sagen, und dass wir über drei meiner Lieblingsbücher sprechen: *Stolz und Vorurteil*, *Das Bildnis des Dorian Gray* und *1984*. Ich spüre deutlich Blicke auf mir – von den Roses als auch von den Clovers. Es verunsichert mich sehr, ich spreche danach etwas zögerlicher und sage nicht alles, was ich zu sagen hätte, aber ich bin stolz auf mich, weil ich mich überwinde.

»Das war ein sehr schöner Einstieg in das Thema«, schließt Mrs Walsh letztlich die erste Diskussionsrunde ab. »Mir ist klar, dass es immer schwierig ist, über Bücher zu sprechen, denn nicht jeder kennt alle Werke, also können sich nicht alle am Gespräch beteiligen. Mir ist es daher wichtig, auch mehr über Ihren persönlichen Bezug zur Literatur zu erfahren. Deswegen werden Sie in den nächsten Tagen die Unterrichtseinheiten mitgestalten: Wir starten mit Einzelreferaten. Suchen Sie sich ein Buch aus – ganz egal, welches – und erzählen Sie uns, wieso Sie ausgerechnet dieses gewählt haben. Sie haben bis dreizehn Uhr Zeit, mir Ihre Wahl mitzuteilen. Bereiten Sie dann bitte bis morgen früh Ihr Referat von maximal dreißig Minuten vor. Die Reihenfolge der Referate wird ausgelost. Heute vor dem Abendessen erwarte ich ein grobes schriftliches Konzept zu Aufbau und Inhalt, damit die Referate im Nachgang nicht mehr angepasst werden können. Nun wünsche ich Ihnen jedoch eine schöne Mittagspause, Sandwiches und Snacks stehen wie immer bereit.«

Mrs Walsh verlässt den Raum.

Poppy dreht sich sofort zu mir um. »Du warst der Wahnsinn! Das hat uns bestimmt Punkte eingebracht.«

Eine Meinung, die Ruby und Jacob von den Clovers auch zu teilen scheinen, denn sie sehen mich an, als habe ich sie persönlich angegriffen. Ich drehe eine meiner Locken ein, um diesem unguten Gefühl Luft zu machen, aber es bringt nicht wirklich etwas.

»Kommst du mit, etwas essen?«, fragt Poppy.

»Ich weiß noch nicht, ob ich Hunger habe«, murmle ich, denn Ruby mustert mich noch immer viel zu feindselig. Dabei geben wir doch alle nur unser Bestes.

»Na gut, du weißt ja, wo du uns findest.«

Poppy und Dahlia stehen auf, verlassen den Unterrichtsraum und gehen Richtung Speisesaal. Ich hingegen klopfe an die Tür zu Mrs Walshs Büro.

Sie sitzt bereits an ihrem Schreibtisch, der mitten im Raum steht. Anders als der Unterrichtssaal, hat sie lediglich ein Fenster, dafür hat dieser Raum durch die Stehlampen, die zwei Bücherregale und einige Fotos und Gemälde eine persönlichere Note als die restliche Akademie.

»Ms Moore. So schnell habe ich noch nicht mit Besuch gerechnet. Wie kann ich Ihnen helfen?«

»Ich wollte Ihnen nur den Titel meines Buches nennen.«

Ihr Lächeln ist breit, als sie mich bittet, näher zu kommen. »Mir ist Ihre Leidenschaft für Literatur nicht entgangen, also sollte ich wohl nicht überrascht sein, dass Sie sich so schnell für ein Thema entschieden haben. Über welches Buch wollen Sie sprechen?«

»*To the Lighthouse* von Virgina Woolf.«

»Interessante Wahl. Ich bin gespannt.«

Ich nicke ihr zu, weiche jedoch ihrem Blick aus. Mit Erwartungshaltungen anderer konnte ich noch nie gut umgehen. Ich hasse das Gefühl, wenn sich diese Erwartungen dann in meinen Kopf pflanzen und ich sofort Angst habe, diesen nicht gerecht zu werden, obwohl es eigentlich um meinen eigenen Anspruch gehen sollte. Nicht um den von anderen. Ein Leitsatz, der mir früher immer Kraft gegeben hat. Nur bin ich mir in diesem Moment sehr bewusst, dass dieser Satz hier an der Akademie an Aussagekraft verliert. Ich bin nun mal nicht hier, um meinen eigenen Ansprüchen, sondern denen der Uni gerecht zu werden. Ob sich beides deckt, kann ich jetzt noch nicht einschätzen.

Ich verabschiede mich von Mrs Walsh und setze mich wieder in den Unterrichtssaal.

Das Grundkonzept für mein Referat aufzusetzen ist spielend leicht. Ich brauche eine halbe Stunde, bis ich einen roten Faden in meinen Gedanken habe, dann eine weitere halbe Stunde, um diesen roten Faden auszuformulieren. Die größere Baustelle wird sein, das Ganze vor versammelter Mannschaft vorzutragen. Ich werde wohl meinen ganzen Mut zusammennehmen und später Poppy, Lennox oder Dahlia fragen, ob sie meinen Vortrag anhören können.

Doch erst mal packe ich meine Sachen zusammen und suche den Speisesaal auf. Offenbar bin ich spät dran, niemand der Roses oder Clovers ist noch beim Mittagessen, dafür räumt Mrs Bell bereits den Tisch ab. Auf einem Tablett auf dem Tisch der Roses liegen noch zwei Welsh Rarebit. Der Käsetoast riecht verlockend.

Mrs Bell bemerkt mich. »Du bist spät dran. Die Mittagspause ist schon vorbei.«

»Tut mir leid. Ich war so vertieft in meine Vorbereitungen fürs Referat …«

»Ah ja, das erklärt, warum die meisten ihr Essen runtergeschlungen haben und danach in der Bibliothek verschwunden sind.« Sie lächelt verständnisvoll und deutet auf die Käsetoasts. »Greif ruhig zu. Wenn es dich nicht stört, dass ich währenddessen abräume?«

»Das stört mich überhaupt nicht.«

Ich setze mich, und Mrs Bell holt mir einen frischen Teller. Der Toast schmeckt himmlisch, aber für Käsegerichte hatte ich auch schon immer eine Vorliebe. Nichts ist besser als überbackenes Essen.

»Wärst du früher gekommen, hättest du vielleicht noch etwas Bara Brith abbekommen«, sagt Mrs Bell, die dazu übergangen ist, den Tisch der Clovers abzuwischen.

»Vielleicht sollte ich beim nächsten Mal erst Pause machen und dann arbeiten, wie es der Plan vorsieht.«

Sie lacht leise. »Nun, du bist bei Weitem nicht die Erste, die die offiziellen Zeitpläne vergisst, wenn Aufgaben von Mrs Walsh winken. Das kenne ich schon zur Genüge.«

Interessiert sehe ich zu ihr auf. »Klingt, als wären Sie immer hier, wenn die Akademie stattfindet.«

»O ja, seit fast zwanzig Jahren.«

»Schon so lange?«, frage ich erstaunt.

»Außerhalb der Akademie gehe ich Mr Roberts und Mrs Walsh auch an der Uni zur Hand. Ich leite dort die Mensa.«

»Verstehe.« Ich verfalle in Schweigen und beiße nachdenklich in meinen Käsetoast, während ich zusehe, wie Mrs Bell das schmutzige Geschirr auf einem Servierwagen stapelt. Sie erinnert mich an meine Englischlehrerin. Auch sie hat eine warme Stimme und immer ein Lächeln auf den Lippen, das einem suggeriert, dass man ihr vertrauen kann.

»Wenn Sie schon so lange hier mitwirken«, ich bin darauf bedacht, die richtigen Worte zu wählen, »dann kennen Sie also auch alle, die in den letzten zwanzig Jahren an der Akademie teilgenommen haben. Richtig?«

»Ganz genau. Ich vergesse niemals ein Gesicht. Alles hier oben gespeichert.« Sie tippt gegen ihre Stirn und lacht ein raues Lachen. Dann wackelt sie zu meinem Tisch und beginnt, auch diesen abzuwischen. Nur die Stelle, an der ich sitze, wird ausgespart.

Der Toast liegt ein wenig verloren auf meinem Teller, meine Gedanken fahren plötzlich Karussell und landen sofort wieder bei Theodora.

»Darf ich Sie etwas fragen?«, entscheide ich mich. Das Karussell bringt leichten Schwindel mit sich.

»Aber sicher. Alles, was du möchtest.«

»Kennen Sie … kennen Sie eine Theodora Price?« Unwillkürlich halte ich den Atem an, während ich sie genau beobachte: jede Reaktion einfange. Kurz sieht es aus, als würde sie in ihrem Kopf kramen, doch ihre Stirn bleibt in Falten gelegt.

»Nein«, bestätigt sie meine Befürchtung. »Ich denke nicht. Wer ist sie?«

»Nur jemand, der auch schon mal hier teilgenommen hat«, winke ich ab. »Vor ungefähr neunzehn Jahren.«

»Nun, das ist lange her. Bei Namen bin ich furchtbar vergesslich, nur Gesichter kann ich mir merken. Wie sah sie denn aus?«

Vielleicht wie ich, will ich sagen, aber eigentlich weiß ich das nicht mit Sicherheit. Eigentlich weiß ich kaum etwas, was Theodora betrifft, mit Sicherheit. Nur dass sie an der Akademie war, dann an der Uni, irgendwann am Anfang ihres ersten Jahres schwanger geworden ist, mich bekommen und abgegeben hat und ich über Umwege zu meinen Eltern kam. Und ich weiß, dass Theodora sich siebzehn Jahre nicht gemeldet hat.

Sofort tauchen die Bilder vor meinem geistigen Auge auf. Eine überfordernde Mischung aus dem Geruch von Asche, dem salzigen Geschmack meiner Tränen und dem Anblick einer grazilen Handschrift mit meinem Namen auf einem Briefumschlag, der Feuer fängt. Immer mehr zu Asche zerfällt.

»Macy, du musst das nicht tun. Du kannst ihn auch aufbe-

wahren – für den Moment, in dem du dich umentscheidest.« Die Stimme meiner Mum ist sanft, aber ich höre kaum zu. Der Wind im Garten rauscht in meinen Ohren, während ich auf den Brief starre. Auf diese Handschrift, in der mein Name und meine Adresse steht, als wäre es eine Kleinigkeit, obwohl es mir alles verrät, was ich wissen muss. Obwohl es alles ist, woran ich denken kann: Wenn sie wusste, wo ich wohne, hätte sie mich kontaktieren können. Nicht mit einem Brief aus einem Krankenhaus, sondern richtig, mit einem Anruf oder einem Besuch. Mit vernünftigen Erklärungen, wieso sie mich damals nicht wollte, und vielleicht hätte ich ihr dann zugehört. Vielleicht hätte ich es zugelassen, dass sie sich in mein Leben schleicht, obwohl sie vor siebzehn Jahren entschieden hat, kein Teil davon sein zu wollen. Aber so? Mit einem lächerlichen Brief? Ohne Vorwarnung?

»Ich will nicht wissen, was sie mir zu sagen hat«, presse ich hervor. Die Flammen in unserer Feuerschale sind längst entfacht. Sie sind alles, was ich gerade brauche. Alles, was ich gerade will. Dieses kleine Stückchen Macht, das mir bleibt. Ich höre nicht auf die Einwände meiner Eltern, höre nicht auf ihre Sorgen und Bedenken. Ich gehe einfach zur Feuerschale, spüre die Hitze der Flammen und werfe den ungeöffneten Brief hinein. Es dauert keine drei Sekunden, eher er zu brennen beginnt. Ehe er kleiner wird … zu Asche zerfällt, zerfällt, zerfällt. Ich liebe alles an diesem bisschen Genugtuung. Dem Gefühl von Kontrolle, die ich über diese Situation zurückgewinne.

»Schätzchen.« Meine Mum nimmt mich in den Arm, als hätte ich Trost nötig, obwohl ich mich absolut gut fühle.

Theodora Price gehört nicht in mein Leben. Es war ihre Entscheidung, und so soll es bleiben. Mich interessiert es nicht, was sie zu sagen hat oder wieso sie mir nach all den Jahren plötzlich schreibt. Was könnte sie schon nach dieser ganzen Zeit wollen?

Ich starre auf die Asche, doch diesmal spüre ich einen Klumpen in meinem Magen, weil diese Frage sich in meinem Kopf plötzlich anders anfühlt. Darin echot. Weil die Frage auf einmal lauter ist als das Dröhnen in meinen Ohren, lauter als das Rauschen des Windes. Was hat sie gewollt? Wieso kam der Brief aus einem Krankenhaus?

Der Klumpen in meinem Magen verkrampft noch weiter, als eine Windböe etwas von der Asche aufnimmt und verstreut. Die Worte meiner Mutter werden einfach davongetragen. Verschwinden. Für immer. Für immer, immer.

»Was … was habe ich getan?« Meine Stimme ist nur ein Flüstern.

Ich kämpfe gegen meine Erinnerungen an, während der Käsetoast vor meinen Augen verschwimmt. Räuspernd greife ich nach einem Glas Wasser, um die Kontrolle zurückzugewinnen.

»Ist nicht so wichtig«, antworte ich Mrs Bell endlich.

Eine Lüge, die sie offenbar durchschaut. Ihr Blick wird jedenfalls fürsorglich, während sie den Tisch weiter schrubbt.

»Tut mir leid, dass ich dir nicht weiterhelfen kann. Du könntest Mrs Walsh fragen. Sie ist schon genauso lange Akademieleitung und weiß sicher mehr.«

»Schon okay. Es war auch nur Neugier, nichts weiter.« Ich beiße wieder in meinen Toast, hauptsächlich, um nichts weiter sagen zu müssen.

Mrs Walsh einfach nach Theodora Price zu fragen, ist unmöglich. Sie hat nichts Mütterliches, nichts Vertrauenerweckendes an sich. Sie flößt mir viel zu großen Respekt ein. Ohnehin weiß ich nicht, welche Informationen ich mir eigentlich erhoffe. Es macht ja doch nichts ungeschehen.

Ich verabschiede mich von Mrs Bell und mache mich auf den Weg zu unserem Haus, um dort hoffentlich auf die anderen zu treffen und mit ihnen mein Referat durchzugehen.

Gerade, als ich das Hauptgebäude verlassen will, laufe ich in jemanden hinein. Mein Körper weiß schon vor meinem Verstand, dass es Vada ist. Vielleicht weil ich den blumigen Duft wahrnehme, der mir schon bei unserem Gespräch auf der Klippe aufgefallen ist.

Überrascht starrt sie mich an, ihre Augen noch runder und größer als ohnehin schon. Unsicher sieht sie sich um, aber außer uns ist niemand hier. Niemand kann uns im Schutz der Eingangstür sehen. Und wenn doch, würde es wie ein normaler Zusammenstoß wirken. So was kann passieren.

»Sorry. Ich war in Gedanken«, erkläre ich.

»Ja, ich auch.« Vada lächelt, aber es wirkt ein wenig zittrig.

»Bist du auf dem Weg in die Bibliothek?«

»Ja, das Referat will ja vorbereitet werden.«

»Ich wollte mich heute Abend ein bisschen an die Klippen setzen. Noch ein wenig entspannen. Falls du auch Lust hast?«

Ich bereue meine Worte sofort. Nicht, weil ich die Einladung nicht ernst gemeint habe, sondern weil ich instinktiv weiß, dass sie ablehnen wird. Und mit Ablehnung konnte ich noch nie so gut umgehen. Ironisch, wo ich doch schon viel Erfahrung damit gemacht habe.

»Schon gut«, sage ich, noch ehe Vada antworten kann. »War eine blöde Idee.«

»War es nicht«, erwidert sie und überrascht mich damit. Noch mehr überrascht mich ein Ausdruck von Bedauern in ihren Augen. Es springt mich förmlich an, als würde sie wirklich gerne zusagen. Als würde sie mit sich ringen. Wir kommunizieren stumm, ordnen die Situation ein – jede für sich. Ich war schon immer der Meinung, dass die Augen eines Menschen eine ganz eigene Sprache sprechen, und hinter Vadas Iriden tanzt eindeutig ein gewisses Interesse. Wir haben unser Gespräch an der Klippe beide genossen, ich habe es mir nicht eingebildet. Aber ich erkenne auch die anderen Nuancen darin. Die Unsicherheit, das Zögern. Schon klar. Sie ist eine Clover, ich eine Rose. Allein hier zu stehen und zu reden fühlt sich verboten an, wieso sonst sollte ihr Blick erneut umherhuschen und die Umgebung abscannen? Wieso sonst vermeiden wir es vor den anderen, uns auch nur länger anzusehen, oder trauen uns nicht, uns richtig zu begrüßen? Ruby hat es am ersten Tag formuliert: Wir sind Konkurrentinnen. Es liegt in der Natur der Sache, dass das zwischen uns steht.

Diesmal ist es *mein* Lächeln, das zittert. »Viel Erfolg bei deinem Referat.«

»Dir auch«, flüstert Vada beinahe, ehe ich gehe.

KAPITEL 11
VADA

In den letzten Monaten war ich niemand, der mit anderen gelernt hat. Zwischen Thomas' Prozess, weggebrochenen Freundschaften und Umzugsvorbereitungen war da nicht viel Energie, um mich noch weiter mit anderen auseinanderzusetzen, obwohl ich früher immer sehr sozial war. Ich hatte einen großen Freundeskreis – auch wenn sich inzwischen regelrecht meine Eingeweide verknoten, wenn ich die frühere Clique als *Freunde* bezeichne. Sie haben mich unterstützt, wenn ich von meinen Zielen gesprochen habe. Damals noch in Medizin, nicht in Jura. Als ich noch die perfekte Balance zwischen Lernen und Leben hatte. Ich konnte stundenlang in meinen Kursvorbereitungen versinken und abends auf Partys gehen. Plötzlich meine Freunde zu verlieren bedeutete, mich danach nur noch auf das Lernen zu konzentrieren, allein, um mich abzulenken. Um alles zu vergessen.

Nun sitzen wir Clovers bereits seit zwei Stunden zusammen in unserem Haus und gehen die Einzelreferate durch, und ich liebe das Gemeinschaftsgefühl, das dadurch entsteht. Jeder kommt an die Reihe, sein Referat vorzustellen. Bücher wie *Winnie Poo, Alice im Wunderland* und *Hamlet*. Es ist alles dabei, und wir versuchen, so gut es geht, an den Referaten zu feilen. Bei manchen ist es der rote Faden, der optimiert werden kann, bei anderen fehlt es noch an der persönlichen Note.

Am Ende haben wir alle Referate erarbeitet, mit denen wir als Gruppe zufrieden sind. Bleibt nur zu hoffen, dass wir besser sind als die Roses. Bei der Leidenschaft und Belesenheit von Macy wird es schwer, sich zu behaupten.

Macy.

Vor dem Fenster tritt langsam die Dämmerung ein. Nicht mehr lange, bis es richtig dunkel wird. Wir haben schon einundzwanzig Uhr, Macy sitzt sicher schon auf den Klippen. Wenn sie nach meiner Abfuhr überhaupt hingegangen ist? Schon die ganze Zeit versuche ich dieses bleierne Gefühl in mir zu ignorieren, das mir zuschreit, dass ich hätte zusagen sollen. Dass ich so einen Abend auf den Klippen mit intensiven Gesprächen mit Macy brauche, weil es beim letzten Mal so wohltuend war. So entschleunigend.

»Vielleicht sollten wir langsam schlafen gehen«, sagt Penelope in die Runde. »Damit wir morgen bei den Referaten wirklich unser Bestes geben.«

Einige nicken. Amar, der Nervöseste von uns, sagt, dass er seinen Text ein letztes Mal durchgehen will. Die anderen stehen auf, um in die Schlafräume zu gehen. Ich jedoch hadere mit mir.

»Alles gut?« Charlotte mustert mich vorsichtig. »Du wirst doch jetzt nicht etwa auch nervös, oder? Dein Referat ist wirklich super geworden.«

Unsicher beiße ich mir auf die Lippen. Ich sollte wirklich ins Bett gehen und Macy und die Klippe vergessen. Aber eine Stimme in mir verlangt etwas anderes. »Ich denke, ich gehe noch kurz eine Runde Luft schnappen«, höre ich mich sagen. »Dann schlafe ich nachher besser.«

»Alles klar.« Da ist kein Misstrauen in Charlottes Augen. Sie glaubt mir einfach, dass es um einen simplen Abendspaziergang geht und verschwindet. Nur noch Amar und ich sind im Gemeinschaftsraum, aber er beachtet mich gar nicht, weil er erneut in sein Referat vertieft ist und es murmelnd durchgeht.

Ich laufe an ihm vorbei und trete nach draußen. Fast hoffe ich, dass die kühlere Abendluft meine Gedanken klärt und mir die Idee, mich wieder mit Macy zu treffen, aus dem Kopf fegt. Aber meine Füße bewegen sich wie von selbst zum Haus der Roses, um daneben durch die Öffnung in der Mauer zu schlüpfen. Vielleicht ist Macy ja auch gar nicht da. Vielleicht ist es wirklich nur ein harmloser Spaziergang, bei dem ich nicht das Gefühl haben muss, etwas Verbotenes zu tun.

Doch schon als ich durch die Öffnung in der Mauer gehe, sehe ich sie. Sie sitzt wieder da, die Füße über dem Abgrund und betrachtet das stimmungsvolle Abendrot, das den gesamten Himmel erleuchtet. Fast sieht es aus, als würde es brennen. Auf der Meeresoberfläche spiegelt sich das Farbenspiel. Macy hat ein Buch in der Hand, neben ihr steht eine kleine Lampe, die jedoch noch nicht brennt.

Sie zuckt zusammen, als ich mich nähere. Ihre Augen werden größer, als hätte sie mit meiner Ankunft nicht gerechnet. Ich bin ja selbst ein wenig überrascht.

»Du bist doch gekommen …«

Ich setze mich neben sie. Sofort umgibt mich wieder dieses Gefühl von innerer Ruhe, bei dem ich nicht sicher bin, ob es dieser Ort in mir hervorruft oder Macy. Aber es ist genau das, was ich gebraucht habe.

»Ich hoffe, es ist okay?«

Macy blickt mich abschätzend an, und für einige Sekunden bin ich mir nicht sicher, was sie denkt. Ob sie sich freut, mich zu sehen, oder ob ich besser ferngeblieben wäre.

Dann nickt sie lächelnd. »Klar.«

»Du sitzt schon eine Weile hier, oder?«

»Zwei Kapitel in meinem Buch, einen inneren Durchgang meines Referats und ungefähr zwanzig Minuten, in denen ich einfach den Moment genossen habe. Das Meer ist heute so ruhig, wirklich sehr idyllisch.«

Sie hat recht. Kein Wind ist zu hören, kein Preschen der Wellen.

»Lief es gut mit dem Referat?«, frage ich, um irgendwie ein Gespräch anzufangen.

»Da es um Literatur geht, bin ich sehr zufrieden.«

»Das habe ich mir fast gedacht. Welchen Roman hast du dir ausgesucht? Lass mich raten: etwas von Oscar Wilde?«

»Er war in der engeren Auswahl, aber ich habe mich dann für Virgina Woolf und *To the Lighthouse* entschieden. Er gehört schon lange zu meinen Favoriten.«

»Ich muss gestehen, dass ich das Buch nie gelesen habe.« Ich ernte einen überraschten Laut von Macy, die dieses Versäumnis offenbar ernst nimmt. »Was genau ist so besonders daran? Oder soll ich deinen Vortrag abwarten, um das herauszufinden?«

»Es ist die Erzählweise. Es geht weniger um das, was Figuren sagen oder tun, sondern vielmehr um die einzelnen Wahrnehmungsprozesse. Als wäre der Text aus der Sicht von einzelnen Beobachtern geschrieben. Davon habe ich mich immer angezogen gefühlt.« Sie schaut in die Ferne, als wäre es ihr unangenehm, diese Tatsache zuzugeben. »Außerdem ist es spannend, dass sich daraus so viele verschiedene Interpretationen zu der Entwicklung der Figuren ergeben. Du kannst zehn Leute, die den Roman gelesen haben, in einen Raum stecken und darüber diskutieren lassen, und alle zehn werden unterschiedliche Überlegungen dazu haben.«

Macy über Bücher sprechen zu hören, hat etwas Hypnotisierendes. Als würde ich in jedem ihrer Worte ein Lächeln hören, das sich auf mich überträgt.

»Wovon handelt dein Referat?«, fragt sie.

»*Moby Dick*. Schon als Kind fand ich die Handlung faszinierend: die Schiffsbesatzung, der Kampf mit dem Wal und das Leben auf dem Meer, das ich schon immer interessant fand. Das Buch hat mich beim Erwachsenwerden begleitet, und plötzlich habe ich auch die Inhalte verstanden – dass es eben nicht nur eine Abenteuergeschichte ist.«

Macy schmunzelt. »Es ist schon krass, wie man von einem auf den anderen Tag plötzlich Zusammenhänge versteht, die man vorher nicht gesehen hat.«

»Ja. Dinge wie die Überlegenheit des Menschen und die Globalisierung. Ich habe das Buch nach und nach kritischer gelesen und gemerkt, dass es vieles auf der Welt gibt, mit dem ich nicht einverstanden bin.«

»Das Rechtssystem zum Beispiel?«, hakt sie nach.

Ich nicke, in Gedanken bin ich sofort wieder bei Thomas. »Das ist einer der Punkte, bei denen ich versuchen möchte, etwas zu verändern. Oder wenigstens meinen Teil dazu beizutragen.«

»Mir gefällt dein Referatsthema.«

»Dein Thema ist auch klasse. Und wenn die anderen wüssten, dass wir uns von den Referaten erzählen, würden sie uns lynchen.«

»Und teeren und federn.«

»Oder von der Klippe stoßen.«

»Genau. Mit einem Stein zum Beschweren.«

Wir beginnen gleichzeitig zu lachen. Es ist eigentlich ein befreiendes Gefühl, aber es bringt gleichzeitig auch Verunsicherung mit sich. Ich weiß nicht, ob es richtig ist, hier zu sitzen und über unsere Referate zu reden, wenn wir morgen damit gegeneinander antreten. Vermutlich sollten wir das alles hier nicht tun.

Macy mustert mich. »Wieso siehst du gerade aus, als wäre dir das Lachen im Hals stecken geblieben?«

»Es ist komisch, dass es nur eine von uns an die Uni schaffen kann. Findest du nicht?«

»Tja, es ist wohl gar nicht so unklug, sich um seine Gruppe zu kümmern, anstatt sich an Leute zu gewöhnen, die man danach vielleicht nicht wiedersieht.« Ihr Lächeln verebbt. »Ist das der Grund, wieso du heute Abend erst nicht kommen wolltest?«

»Ja.« Mein Herz sackt ein wenig tiefer, die Leichtigkeit des Moments ist verflogen. »Du hast es doch auch gesagt: Es ist eigentlich falsch, was wir hier machen.«

»Ich sagte unklug, nicht falsch«, stellt sie klar. »Es wäre aber genauso unklug, nicht mit Leuten zu reden, die einem sympathisch sind, nur weil irgendeine Gruppenaufteilung das vorschreibt.«

»Auch, wenn wir eigentlich gegeneinander antreten? Und nur eine von uns es schaffen kann?«

»Das macht es komplizierter, aber nicht unmöglich. Nicht, wenn wir beide unser Bestes geben. Wir entscheiden schließlich nicht darüber, wer am Ende das Rennen macht.«

Ich will wirklich glauben, dass es so einfach ist.

»Hast du einen Plan B?«, frage ich. »Was machst du, wenn du kein Stipendium bekommst?«

»Die Cliffworth ist zu teuer, um sie selbst zu finanzieren, aber es gibt eine kleine Uni bei uns in der Nähe, an der man auch Soziologie studieren kann. Das Angebot ist bei Weitem nicht so attraktiv wie hier, aber beide Unis sind in der Nähe von Ruthin und damit in der Nähe von meinen Eltern. Von hier bis zu ihnen fährt man nur eine Stunde.«

»Das ist wirklich nah«, sage ich erstaunt. »Die meisten würden wohl so weit wie möglich von zu Hause weg, um sich abzunabeln.«

»Fremde Orte verunsichern mich, meine Eltern hingegen geben mir Sicherheit.«

»Das kann ich verstehen.« Meine Familie war früher auch ein Sicherheitshafen für mich. Ist sie manchmal noch. Aber das nimmt ab, wann immer Mum wieder eine ihrer depressiven Episoden hat, sie wegen Geldmangels weint, oder wenn uns nach den Besuchen bei Thomas klar wird, dass nichts mehr so wird, wie es einst war.

»Dann willst du wegen der Nähe zu deinen Eltern an die Cliffworth?«, frage ich, um mich von den trüben Gedanken abzulenken.

»Es ist ein zusätzliches Argument. Aber ich habe auch alle Unis, die Soziologie anbieten, verglichen, und die Cliffworth schneidet sowohl von der Lage, den Lehrbeauftragten als auch den beruflichen Erfolgschancen nach dem Studium am besten ab.«

Ich mustere Macy, die mir in diesem Moment ausweicht und stattdessen raus auf die Mauern der Uni schaut, deren Umrisse in der Dunkelheit versinken.

Ich habe das Gefühl, dass sie eigentlich gerne noch mehr sagen möchte, aber ich bohre nicht nach. Sie hat das Recht, Dinge für sich zu behalten.

»Ins Juraprogramm aufgenommen zu werden, wäre eine Ehre«, sage ich daher nur. »Solche Chancen gibt es nicht so oft.«

»Was ist mit dir, hast *du* einen Plan B?«

»Keinen, der mir meinen Traum erfüllt. Mir ist bewusst, dass mir die Cliffworth viele Türen öffnen würde. Bei Franklin Gust zu lernen wäre ein Privileg. Ich habe gehört, dass er jedes Jahr Studierende auswählt, mit denen er eng zusammenarbeitet und die ihm assistieren dürfen. Stell dir nur vor, er würde mich unter seine Fittiche nehmen. Wie viel ich von einem ehemaligen Landesrichter lernen könnte.« Ich seufze. Es ist nicht schwer, sich in der Euphorie und der Hoffnung zu verlieren, aber ich sollte realistisch bleiben. »Aber selbst wenn ich es nicht an die Uni schaffe, bin ich trotzdem bereit, für meinen Traum hart zu arbeiten und dafür zu sorgen, dass er sich erfüllt. Es wird nur vermutlich schwieriger werden.«

»Du brennst wirklich dafür«, erkennt Macy. »Das bewundere ich.«

»Bei einer Familiengeschichte wie meiner kommt die Leidenschaft von allein.«

»Willst du vielleicht darüber reden?«

Sie gibt mir Zeit, mir ihre Frage durch den Kopf gehen zu lassen.

Eine Antwort darauf zu finden, ist nicht leicht. Ein Teil von mir würde Macy gerne alles erzählen, mein Herz öffnen und mich ihr anvertrauen. Bei einer Geschichte, in der Leidenschaft und Schmerz nah beieinanderliegen, ist Leid vorprogrammiert. Die Geschichte einer verzweifelten Mutter, die mit der Verurteilung ihres Sohnes und der aufdringlichen Presse nicht zurechtkam. Eine Geschichte über Gerüchte in der Schule und in der Stadt, die uns ans Haus fesselten und schließlich nach Wales vertrieben haben, weil wir den tuschelnden Stimmen und den anklagenden Blicken entkommen wollten. Es liegen mir so unendlich viele Worte darüber auf der Zunge. Aber ich bin nicht in der richtigen Stimmung, um diese Büchse der Pandora zu öffnen.

»Ich denke, heute ist kein guter Tag dafür.«

Macy nickt wissend. »Das verstehe ich. Wenn dir in den nächsten Wochen der Sinn danach steht, dann bin ich da und höre zu.«

»Danke. Das bedeutet mir viel.«

Eine Weile schweigen wir. Wir sehen zu dem dunklen Fleck, zu dem das Meer geworden ist. Würde ich nicht das leise Rauschen hören, nicht das Salz riechen und auf meinen Lippen schmecken können, würde ich fast vergessen, dass wir uns direkt auf einer Klippe in Wales befinden – nicht irgendwo auf einer Wiese in Cardiff oder in Nordirland.

»Was hältst du von der ersten Woche hier?«, nehme ich schließlich das Gespräch wieder auf.

»Hm. Ich mag es, dass der Unterricht in Themenblöcke aufgeteilt ist, denn so kann man sich ein bisschen vorbereiten. Aber da ist so ein Funkeln in Mrs Walshs Augen, das mir sagt, dass da noch viel auf uns zukommt.«

»Du scheinst eine gute Menschenkenntnis zu haben«, stelle ich fest.

»Einer der Vorteile, wenn man introvertiert ist. Ich verbringe viel Zeit damit, meine Umgebung zu analysieren, die Menschen, mich selbst und die Auswirkungen, die mein Verhalten haben könnte. Ich gebe zu, manchmal ist es auch anstrengend, so zu sein und ständig alles im Kopf durchzugehen. Aber ja, es hat auch Vorteile. Ich bin ganz gut darin, zu beobachten, weil ich auch ganz gut darin bin, unsichtbar zu sein. Eine ideale Kombi.«

»Dafür, dass du von dir behauptest, unsichtbar zu sein, bist du mir aber ziemlich schnell aufgefallen.« Die Worte rutschen mir einfach so raus, und die Ehrlichkeit dahinter brennt kurz auf meinen Wangen. Es so offen zu formulieren, hatte ich nicht vor.

Vorsichtig sehe ich zu Macy, die sich eine Haarsträhne aus dem Gesicht streicht. »Bin ich das?«, haucht sie.

Ich genieße es, die Wirkung meiner Worte zu sehen. Zu bemerken, wie ihre Hände plötzlich mit dem Saum ihrer Strickjacke spielen. Vielleicht bin ich auch nicht so schlecht darin, Menschen zu beobachten und Situationen zu analysieren. Ich bin mir in diesem Moment zumindest sicher, dass meine Worte diese leichte Unsicherheit in ihr ausgelöst haben. Und irgendwie gefällt mir das.

»Schon direkt nach meiner Ankunft«, antworte ich ehrlich. »Ich habe noch nie jemanden gesehen, der sich so in Worten verlieren kann. Du warst komplett in dein Buch vertieft, obwohl alles um dich herum laut und unruhig war – die meisten hätten sich dabei niemals konzentrieren können, aber du wirktest wie in einer anderen Welt. Und deine Haare waren vom Wind zerzaust … das sah irgendwie schön aus.«

Erneut streicht Macy sich zögernd eine Strähne hinters Ohr. »Nur weil es meine Gabe ist, mich unsichtbar zu machen, heißt das ja nicht, dass mich die richtigen Menschen nicht sehen können.«

Es ist dieser eine Satz und der helle Ton ihrer Stimme, der mein Herz plötzlich zum Hüpfen und mich zum Lächeln bringt. Dieser Satz, der einfach so suggeriert, dass ich eine von diesen richtigen Menschen sein könnte. Dass das hier vielleicht mehr ist als nur eine Aneinanderreihung von kleinen Momenten in der Dunkelheit. Mehr als nur die Suche nach Entspannung, doch weiß ich noch nicht, was ich davon halten soll. Mein Herz weiß es, weil es erneut einen kleinen Satz macht, während ihre Worte nachhallen.

Sie beißt sich sanft auf die Lippen, als würde sie sich fragen, ob es gut oder schlecht war, sie ausgesprochen zu haben. Ich bin jedoch froh, dass sie es getan hat. Weil es mich in dem, was ich heute schon den ganzen Tag gespürt habe, bestätigt.

»Ich finde, wir sollten uns sehen, wenn wir das möchten«, sage ich leise. Aufregung tanzt in Form einer Gänsehaut über meinen Körper. »Egal, ob es nun unklug ist oder nicht.«

Sie spielt mit dem Saum ihrer Strickjacke und sieht dabei aus, als könnte sie ihre Gedanken noch nicht ganz ordnen. Ich kann es ihr nicht mal verdenken, denn mein Kopf ist gerade auch etwas überfordert von dem Wunsch, sie besser kennenzulernen. Mehr Zeit mit ihr zu verbringen.

»Wirklich?«, fragt sie zaghaft. »Hast du keine Angst, dass die anderen es herausfinden?«

»Ein bisschen schon.« Die Gänsehaut nimmt zu. »Aber ich denke, ich will es riskieren. Wir sollten nur vorsichtig sein, sonst haben wir einen Riesenärger am Hals.«

»Es ist also unser Geheimnis?« Ein Lächeln stiehlt sich auf Macys volle Lippen. »Das finde ich gut.«

KAPITEL 12
MACY

Zwei Tage lang powern wir die Einzelreferate durch. Zwei Tage, in denen wir kaum dazu kommen, an etwas anderes zu denken, denn nach jedem Referat halten wir eine Diskussionsrunde zu den eingebrachten Vorträgen, und so reizen wir die Unterrichtszeit voll aus und nutzen gleichzeitig den Abend, um noch mal die restlichen Referate durchzugehen. Ich bin in der letzten Gruppe und so nervös, dass ich unbedingt zu Vada sehen will. Nach unserem Gespräch über die Referate und unserer geheimen Abmachung fühlt es sich an, als würde ich es nur für sie halten, und alles in mir brennt darauf, ihre Reaktion zu sehen. Ob sie das Gesagte interessiert oder nicht. Ob sie es nachempfinden kann. Aber stattdessen versuche ich in die Runde zu sehen, weil meine Mum mir immer schon eingebläut hat, dass sich bei Vorträgen alle angesprochen fühlen müssen.

Owen ist schließlich der Letzte und hält sein Referat über *Romeo und Julia*. Ich hatte ihn durch sein eher rustikales Äußeres tatsächlich niemals für einen Fan von Shakespeare gehalten. Der dichte rote Bart und die etwas dunklere Stimme hatten mich wohl in die Irre geführt und zu Vorurteilen verleitet. Sein Vortrag schmälert die Romantik ein wenig, weil Owen darüber spricht, dass Julia eigentlich nicht für die Liebe, sondern für Freiheit gekämpft hat, und es daher um Emanzipation ging. Aber genau das beeindruckt mich und rückt Owen in ein neues, vielschichtigeres Bild. Aus der ersten Woche mit ihm konnte ich bislang nicht viel mitnehmen, außer dass er neben Ian der ist, der am ehesten die Führung übernimmt. Jetzt bin ich sicher, dass mehr in ihm steckt, als ich ihm zunächst zugetraut hätte. Manche Leute sind eben gut darin, die Vielfalt ihrer Facetten zu verbergen, sodass sie einen überraschen. Ich denke, Mrs Walsh ist ebenso beeindruckt. Als wir die Diskussionsrunde zu Owens Referat schließen, ist ihr Lächeln so breit, wie ich es bisher noch nie gesehen habe. Eindeutig hat ihr Owens Ansatz gefallen.

Sie tritt vor uns, ihre Miene wird direkt wieder ernster, als habe es diesen kurzen Moment des überschwänglichen Wohlwollens nie gegeben. Sie versucht meistens neutral zu sein, zumindest haben die wenigsten von uns eine konkrete Reaktion auf ihre Referate erhalten. Ein Umstand, der sich sofort bemerkbar macht, denn alle sehen sie abwartend an.

»Danke für diesen spannenden Einblick. Für unsere letzten zwei Unterrichtstage im Bereich der Literatur habe ich noch eine weitere Aufgabe für Sie. Übermorgen führen wir eine Debatte über folgende Fragestellung: *Klassische Literatur – der Grundpfeiler einer gelungenen Bildung?* Nutzen Sie bitte den morgigen Tag, um sowohl die Pro- als auch die Kontraseite vorzubereiten. Übermorgen werde ich dann auslosen, welche Gruppe welche Seite vertritt.«

Wir müssen gegeneinander antreten? Im direkten Duell? Diesmal komme ich nicht umhin, meinen Kopf in Vadas Richtung zu drehen. Unsere Blicke streifen sich, nur ein paar Sekunden, aber ich sehe auch bei ihr ein nervöses Mundzucken. Sie wirkt angespannt, aber nicht überrascht.

Ja, vermutlich war es absehbar, dass das passiert. Dass die Gruppen noch direkter gegeneinander bestehen müssen, nicht nur durch die Leistung eines Einzelnen. Aber der Gedanke ist befremdlich.

Mrs Walsh nickt uns zu, verlässt den Raum und beendet damit offiziell den Unterricht.

Die Clovers stehen sofort auf, sammeln sich und gehen raus. Wir Roses bleiben erst mal sitzen.

»Eine Debatte«, murmelt Alfie. »Das ist nicht gerade meine Stärke.«

»Meine auch nicht«, gebe ich zu.

Ian seufzt schwer, als wäre es eine Qual, welches Los er mit uns gezogen hat. »Dann müssen wir uns wohl besonders gut vorbereiten.«

Owen steht auf. »Am besten im Gruppenhaus, damit die anderen unsere Vorbereitungen nicht hören.«

Wir verschwenden keine Zeit und versammeln uns in unserem Haus. Owen macht den Kamin an, weil der Wind hier in direkter Nähe zur Klippe immerzu durch die alten Steinmauern pfeift und selbst die roten Wandteppiche mit der bestickten Rose die Kälte nicht vollends dämmen können. Ich verstehe immer mehr, wieso das Ganze hier im Sommer stattfindet. Im Winter müssen die Räume der Akademie unglaublich kalt und zugig sein. Jetzt haben wir immerhin noch ein paar Sonnenstrahlen, die zumindest draußen für ganz angenehme Temperaturen sorgen.

Poppy erklärt sich bereit, unsere Ideen mitzuschreiben, und so brainstormen wir erst mal alles, was uns zu der These einfällt. Eine Stunde später steht bereits ein grobes Grundgerüst. Ian ist der Einzige, der keinen entschlossenen, sondern eher einen grimmigen Gesichtsausdruck hat, aber er schweigt. Nicht auf eine unauffällige, in den Hintergrund verschwindende Art. Vielmehr breiten sich seine unausgesprochenen Worte und seine Anspannung im Raum aus.

»Sag schon, was du zu sagen hast«, brummt irgendwann Dahlia.

»Das reicht nicht«, erwidert er sofort.

»Was genau?«, fragt Poppy.

»Das alles.«

Ich seufze leise. »Du musst deine Einwände schon etwas

spezifizieren, wenn sie uns weiterbringen sollen. Was gefällt dir nicht? Die Pro- und Kontrapunkte?«

»Dass wir zwei Leute haben, die nicht gut in Debatten sind, und wir deswegen bestimmt verlieren werden.«

Alfie läuft sofort rot an, ich jedoch presse meinen Kiefer aufeinander. Das ist es, wieso ich Gruppenarbeiten hasse. Diese persönlichen Seitenhiebe, die Anspannung.

»Falls es dir in der letzten Stunde nicht aufgefallen ist«, versucht Poppy zu intervenieren. »Wir versuchen, diese Tatsache auszugleichen, indem wir uns vorbereiten und unsere Pro- und Kontrapunkte bestmöglich ausarbeiten. Eine Aufgabe, zu der Macy und Alfie schon sehr viel mehr beigetragen haben als du.«

Ich spiele nervös mit dem Stift in meiner Hand, mit dem ich mir eigentlich Notizen machen wollte. Mir behagt es gar nicht, Streitthema zu sein.

»Ich bin der, der uns am Ende den Arsch rettet, weil ich mich immerhin traue, mich gegen die anderen durchzusetzen«, zischt Ian. Ich kann ihm nicht einmal widersprechen, immerhin *ist* er derjenige von uns, der sich den anderen am ehesten entgegenstellen würde. Er wird keine Angst davor haben, sie mit unseren Argumenten unter Druck zu setzen. Dass er es selbst bei uns versucht, ist der beste Beweis dafür.

»Das kannst du auch nur, wenn wir diese Vorarbeit leisten«, meldet sich Alfie zu Wort. Sein Gesicht gleicht einer Tomate, dennoch strahlt er puren Gegenangriff aus. »Macy und ich werden alles tun, was wir können. Aber ob wir am Ende die Debatte gewinnen oder nicht, liegt nicht an einzelnen Leuten.«

»Alfie hat recht.« Owen klopft Ian auf die Schulter. Vermutlich soll es kumpelhaft-beruhigend wirken, aber Ian sieht danach eher noch verbissener aus. »Und jetzt lasst uns weitermachen. Sonst müssen wir aus Zeitdruck noch das

Abendessen ausfallen lassen, und ihr wollt mich wirklich nicht erleben, wenn ich Hunger habe. Wobei: Wäre vielleicht gar nicht so schlecht, denn dann verspeise ich die anderen sowieso zum Frühstück, und die Debatte wäre gewonnen.« Owen grinst in die Runde und ist sichtlich zufrieden mit seinem Witz. Lennox und Poppy lachen immerhin, selbst Ians Mundwinkel zuckt.

»Also gut. Dann lasst noch mal hören, was wir bisher haben«, sagt Ian und gibt ein Handzeichen an Poppy, die erneut alle Punkte vorliest. Danach gönnen wir uns eine Pause, die die meisten von uns nutzen, um auf die Toilette zu gehen oder sich einen Tee zu machen. Ich hingegen spiele weiter mit dem Stift in meiner Hand und spüre plötzlich das Verlangen zu zeichnen. Ein Wunsch, der mich schon seit zwei Tagen wie ein alter Freund begrüßt und mir zuruft, dass ich es noch mal mit ihm versuchen soll.

Mein Kopf sehnt sich nach einer Auszeit, und ich spüre das sanfte Kribbeln in meinen Fingerspitzen, die loslegen wollen. Hier, im Beisein der anderen, traue ich mich nicht, diesem Kribbeln nachzugeben. Nicht, wenn ich nicht weiß, wer meine Zeichnungen sehen könnte. Und nicht, wenn ich ahne, dass die Erinnerungen, die ich festhalten will, mich zu einem Gespräch an der Klippe zurückführen.

KAPITEL 13
VADA

Klassische Literatur ist nicht mehr zeitgemäß«, sagt Dahlia mit fester Stimme. »Das Weltbild und die Normen, die darin vermittelt werden, sind längst überholt und nicht mehr politisch korrekt.«

Owen übernimmt die Führung. »Bildung darf und sollte niemals starr sein. Wenn sich also gesellschaftliche Normen und Werte verändern, müssen Inhalte angepasst werden. Im einundzwanzigsten Jahrhundert noch immer Leuten wie Hemingway, der eindeutig ein toxisches Männerbild vermittelt, eine Plattform zu geben, kann sogar als fahrlässig angesehen werden.«

Die Roses sind wirklich gut vorbereitet, das muss man ihnen lassen.

Grayson räuspert sich, damit wir Clovers unser Gegenargument bringen können. »Unter Bildung versteht man eine geistige, gestalterische und moralische Entwicklung, ohne direkte Abhängigkeit von Politik. Daher ist die Frage nicht, ob etwas politisch korrekt ist, sondern ob sich aus der alten Weltanschauung nicht trotzdem Erfahrungen ergeben, die wir für uns nutzen können.«

»Aber muss nicht …«, entgegen Alfie von den Roses, verliert aber offenbar den Faden. »Muss nicht … also …« Er wird rot. Sehr rot. Jacob neben mir verkneift sich eindeutig ein Grinsen, während wir dabei zusehen, wie Alfie ins Straucheln gerät und seine Notizen durchgeht. Er hat definitiv einen Blackout. Ein Teil von mir fühlt mit ihm, hat sogar Mitleid, aber der andere – viel größere – Teil in mir will triumphieren.

Owen versucht, die Situation für die Roses zu retten, und liefert ein Gegenargument. Eine halbe Stunde später stehen unsere Schlussfazite.

»Eine sehr lebhafte Diskussion«, verkündet Mrs Walsh, die uns gemeinsam mit Mr Roberts und Mrs McDaniels von einem der Tische aus beobachtet und sich allerhand Notizen gemacht hat. »Von beiden Teams eine sehr gute Leistung. Aber der Gruppensieg geht an die Clovers.«

Wir alle bleiben nach außen hin möglichst cool, auch wenn ich in meinem Innern Luftsprünge mache. Fünf Extrapunkte für uns.

»Beim Abendessen erfahren Sie dann die Auswertung der Woche«, erinnert Mrs Walsh, als wäre uns dieser Umstand nicht schon den ganzen Tag bewusst.

»Nächste Woche geht es dann mit Geschichte weiter. Aber jetzt genießen Sie erst mal Ihr Wochenende.«

Die drei verlassen den Raum. Wir warten fünf Sekunden, ehe die Euphorie über uns Clovers hereinbricht. Wir umarmen uns gegenseitig, klopfen uns anerkennend auf den Rücken.

Jacob tritt grinsend nach vorne und sieht zu Ian, der mit den anderen Roses dabei ist, den Raum zu verlassen.

»Woche eins, und schon im Rückstand?«, fragt Jacob übertrieben mitleidig.

»Das weißt du doch noch gar nicht«, zischt Poppy.

»Ihr habt wohl nicht mitbekommen, wie einer von euch da gerade vor sich hin gestammelt hat?« Jacob lacht. Ian sieht so aus, als würde er am liebsten auf ihn losgehen wollen, doch Owen hält ihn zurück.

Betroffen sieht Macy zwischen den Gruppen hin und her. Sie ist eindeutig überfordert mit der Anspannung im Raum, und ich kann es ihr nicht verdenken. Mein Mundwinkel zuckt in einem kurzen Impuls, ihr aufmunternd zunicken zu wollen, doch die Roses setzen sich bereits in Bewegung. Owen zerrt Ian mit sich. Es ist wohl besser, ein wenig Distanz zwischen uns zu bringen, auch wenn es ein seltsames Gefühl ist, nur noch auf Macys Hinterkopf zu sehen und nichts sagen oder tun zu können. So läuft das hier eben, wir wussten, worauf wir uns einlassen und dass es nicht immer leicht sein würde.

»Ich weiß nicht, ob das mit dem Spruch nötig war«, sagt Charlotte zu Jacob.

»Soll Alfie ruhig heulen«, höhnt Ruby. »Er hat sie hängen lassen. Geschieht ihm recht.«

»Das hätte uns doch allen passieren können«, meint Amar.

»Ja, okay kann sein.« Jacob seufzt genervt. »Aber können wir uns jetzt endlich freuen, dass wir den Wochensieg so gut wie in der Tasche haben?«

»Haben wir wirklich, oder?«, fragt Penelope grinsend. »Wir waren so, so gut.«

»Kommt, wir gehen schon mal zum Abendessen«, meint Grayson. »Ich will die Gesichter der Roses sehen, wenn die Punkte verkündet werden.«

Heute gibt es Lammfleisch, Kartoffeln und Gemüse, und der himmlische Geschmack lenkt tatsächlich für einen Moment von der bevorstehenden Punktevergabe ab.

»Ich hoffe, das Essen an der Uni ist genauso gut«, murmelt Amar zwischen zwei Bissen.

»Mein Bruder lobt es zumindest immer«, erwidert Grayson.

Penelope sieht überrascht zu ihm. »Dann erzählt er dir ja doch was.«

»Meinst du, er schweigt an den Wochenenden, an denen er zu Hause ist? Natürlich erzählt er mir von der Uni – über die Mensa, den Fechtklub, Abende im Pub. Aber wenn es um die Akademie geht, schweigt er wie ein Grab.«

»Was erzählt er von der Uni?«, frage ich sofort. »Ist es wirklich so, dass Franklin Gust nicht nur dort lehrt, sondern auch studentische Hilfskräfte auswählt? Und ist dieses Gebäude mit dem Turm wirklich die Praxton-Hall? Das Wohnheim, in dem die meisten Partys geschmissen werden?«

»Ja und ja.« Grayson grinst. »Mein Bruder stand in der engeren Auswahl für den Job bei Professor Gust, aber er hat leider jemand anderes genommen.«

»Wie ärgerlich. Aber er kann es doch sicher noch mal probieren, oder? Neues Jahr, neues Glück.«

Charlotte stupst mich an. »Du weißt schon, dass du gerade potenzielle Konkurrenz dazu ermutigst, es noch mal zu probieren? Du willst diesen Job doch sicher auch …«

»Klar will ich das.« Ich pikse eine Kartoffel auf und verziehe missmutig den Mund. »Nur nimmt er doch sicher nicht jemanden aus dem ersten Jahr, wenn er jemanden aus den höheren Semestern bekommen kann.«

Grayson zuckt mit den Schultern. »Soweit ich weiß, nimmt er einen Studierenden pro Jahrgang.«

Die Kartoffel, die ich mir gerade zum Mund führen wollte, ist vergessen. »Ist das dein Ernst? Du willst also sagen, dass ich nicht nur die Chance bekommen würde, von *dem* Mann unterrichtet zu werden, der die letzten drei Jahre immer wieder im Fernsehen die Rechtssystem-Reform diskutiert, sondern ich hätte auch die Möglichkeit, ihm schon im *ersten* Semester zur Hand zu gehen?« Meine Stimme ist eine Oktave höher gerutscht. Offenbar bin ich in meiner Euphorie auch etwas lauter geworden, denn selbst vom Tisch der Roses sehen ein paar zu uns rüber. Macys Mundwinkel zuckt amüsiert.

»Genau das will ich sagen.«

»O mein Gott, ich muss es unbedingt auf diese Uni schaffen«, erwidere ich überschwänglich und beiße endlich in meine Kartoffel.

»Und ich hatte nach deinem Bewerbungsvideo noch gedacht, du würdest es nicht ernst meinen«, zieht mich Charlotte auf und zieht eine Grimasse. Dann nimmt sie sich ein Glas Wasser und beginnt ebenso von Roseline Watkins zu schwärmen, wie ich es bei Franklin Gust tun würde. Selbst ich kenne, ohne viele Berührungspunkte mit dem Fach Psychologie zu haben, einige von Mrs Watkins' Fernsehauftritten und auch ihren Podcast, in dem sie mit Gästen über Thesen zur Humanpsychologie diskutiert. Sie hat eine einnehmende, leidenschaftliche Art, die ich sehr mag. Würde sie einen Podcast über Jura führen, wäre ich wohl auch Feuer und Flamme.

Vermutlich könnten wir den ganzen Abend hier sitzen, uns die Zukunft ausmalen, gut essen und zusammen lachen, weil es so schön ist, dass wir alle dasselbe wollen und uns gegenseitig befeuern. Doch schließlich sind die Teller leer, die Mägen voll, und wir werden unruhiger, weil wir wissen, was als Nächstes kommt.

Als das Knacken ertönt, schreckt diesmal niemand zusammen, weil wir alle wissen, was es zu bedeuten hat. Der Beamer geht an, auf der Leinwand erscheint ein Schriftzug.

Woche 2: Literatur

Es kommt mir vor, als würden alle die Luft anhalten. Für einige Sekunden ist es so still, dass ich nur den Wind ums Haus pfeifen höre.

Clovers: 61 Punkte
Roses: 70 Punkte

Es bleibt noch weitere drei Sekunden still. Ich selbst befinde mich definitiv in einer Schockstarre, während mein Blick auf der Leinwand haftet und ich zu verstehen versuche, was ich da sehe. Die Roses sind die Ersten, die reagieren. Jubel vom Tisch neben uns, erleichtertes Aufatmen. Irgendein blöder hochnäsiger Spruch von Ian, der eindeutig in Jacobs Richtung geht. Und wir? Starren weiter unsere 61 Punkte an. Wir sind im Rückstand? Haben die erste richtige Woche nicht für uns entscheiden können? Aber wieso nicht?

Jacobs Handfläche trifft auf den Holztisch. »Das kann nicht sein.«

»Da kann wohl einer die Wahrheit nicht vertragen«, spuckt Ian förmlich aus.

Mir wird übel. Rational betrachtet weiß ich, dass es nur die ersten Punkte sind. Dass noch weitere Wochen folgen werden und wir aufholen können. Ich weiß, dass noch alles offen ist, und doch habe ich das Gefühl, als würde alles schwanken – dieser Raum, die Leinwand, meine eben noch so euphorisch ausgemalte Zukunft.

»Wir reden mit Mrs McDaniels«, schlägt Ruby vor. »Sie ist doch vom Prüfungsausschuss. Wir müssen ihr sagen, dass ein Fehler vorliegen muss.«

»Das sollten wir nicht tun«, widerspricht Charlotte sofort. Sie hat rote Flecken am Hals, sie regt sich im Innern also auch auf, aber nach außen bleibt sie gelassen.

»Wieso?« Jacob spricht so laut, dass die anderen wieder rübergucken. Ian lächelt blasiert. Er genießt Jacobs Fassungslosigkeit viel zu sehr.

Ich vermeide es, Macy anzusehen, und lehne mich stattdessen näher zu den anderen. »Wir besprechen das nicht hier«, sage ich. »Sie sollen nicht merken, wie verunsichert und wütend wir gerade sind.«

»Vada hat recht. Lasst uns im Haus weiterreden.«

Jacob springt auf, wir anderen folgen ihm aus dem Speisesaal. Schon im Innenhof platzt es wieder aus Jacob heraus, diesmal sind wir immerhin weit genug entfernt, um nicht belauscht zu werden.

»Wir *müssen* besser gewesen sein!« Jacobs Faust ist geballt. »Wir haben die Debatte für uns entschieden. Wir haben fünf Extrapunkte bekommen. Alfie hat gestammelt und nichts zu der Aufgabe beigetragen. Wie also kann es sein, dass sie trotzdem mehr Punkte bekommen haben? Ich sage euch, da stimmt was nicht! Mrs Walsh muss sich verzählt haben. Oder sie haben vergessen, unsere Extrapunkte dazuzuaddieren.«

»Deswegen sollten wir zu Mrs McDaniels gehen«, fordert Ruby erneut.

»Und was dann?« Charlotte schmeißt ihr Haar zurück und sieht die beiden herausfordernd an. »Wollt ihr ihr ernsthaft sagen, dass wir denken, die Cliffworth Academy würde solche Fehler machen? So sorglos arbeiten? Meint ihr, dass ist die reife Art, damit umzugehen? Damit schießen wir uns doch nur ins Aus.«

Amar schluckt, es fällt ihm scheinbar genauso schwer wie uns anderen, diese Bepunktung einfach zu akzeptieren. Es fühlt sich schlicht unfair an.

»Charlotte hat recht«, sagt er. »Sie haben gesagt, dass sie mit dieser Akademie testen wollen, wer sich für ihre Eliteuni eignet. Elite heißt immer auch Hierarchie, so ist das nun mal. Die Punkte anzuzweifeln würde uns nur in ein schlechtes Licht rücken.«

Jacobs Faust entspannt sich ein wenig. »Dann ist das okay?

Dass die einfach so die Woche für sich entscheiden, obwohl wir besser waren? Obwohl wir sie in dieser Debatte fertiggemacht haben?«

»Es fühlt sich nicht fair an«, gebe ich zu. Auch ich fühle dieses Brennen in mir, aber es ist nicht eins von der Sorte, die einem Antrieb und Leidenschaft vermitteln. Eher ein Gefühl zu *ver*brennen. »Aber ich denke, wir sollten einfach daraus lernen und es nächste Woche noch besser machen.«

»Vielleicht müssen wir einen Blackout bekommen«, murmelt Ruby gehässig. »Das gibt schöne Mitleidspunkte.«

»Wir wissen nicht, ob es so war«, versucht es Charlotte.

»Ach komm, der kleine Alfie hat sicher einen Mitleidspunkt bekommen, weil er fast geheult hat. Ansonsten weiß ich nicht, wie diese Scheiße zustande gekommen ist.«

»Neun Punkte«, versucht Grayson uns zu ermutigen. »Das bekommen wir hin. Wir müssen uns mehr im Unterricht einbringen – jede Wortmeldung kann einen Punkt bedeuten. Das dürfen wir nicht vergessen.«

»Ich wälze gleich morgen nochmal Geschichtsbücher«, sagt Charlotte, kräuselt aber die Lippen. »Nicht gerade meine Leidenschaft.«

»Und ich knöpfe mir ein paar von den Roses vor und mache ihnen so viel Angst, dass sie sich gar nicht mehr trauen, sich zu beteiligen«, murmelt Jacob. Ich mustere ihn sofort und versuche herauszufinden, ob es als Scherz gemeint war oder nicht, aber ich kann es nicht einschätzen. Er hat dieses Funkeln in seinen Augen, aber es könnte genauso gut Verbitterung wie Humor sein.

»Du wirst niemandem Angst einjagen«, kontere ich. Charlotte und Penelope nicken. »Wir machen nichts, was uns Ärger einbringen kann. Nichts, was unsere Position noch verschlechtert, klar?«

»Wusste gar nicht, dass du hier die Chefin bist«, erwidert Ruby abschätzig.

»Irgendeiner muss euch ja runterkochen«, gebe ich zurück. »Ich bin auch wütend und enttäuscht, aber wir dürfen jetzt nicht den Kopf verlieren.«

»Vor allem nicht, wenn wir noch Zeit haben, um zu überzeugen. Wir bekommen das hin.« Grayson starrt auf den Turm der Uni, deren dunkelblaue Flaggen heute dynamisch wehen. »Wir müssen.«

»Wir werden«, erwidert Charlotte.

KAPITEL 14
VADA

Es ist schwer, nach dieser Achterbahn der Gefühle ans Schlafen zu denken. Einige, darunter Penelope und Amar, versuchen es immerhin, aber Charlotte und ich finden uns irgendwann auf dem Innenhof ein und hoffen, dass die frische Luft uns hilft, die Gedankenspirale loszulassen. Doch richtige Ruhe will sich nicht einstellen.

»Vielleicht waren wir in den Einzelreferaten einfach nicht so gut«, überlegt Charlotte. »Ich habe mich ein paarmal verhaspelt, das ist bestimmt ins Gewicht gefallen.«

»Gib dir jetzt nicht die Schuld«, erwidere ich sofort. Niemals kann nur einer der Grund sein, wieso wir nicht in Führung sind. Schon gar nicht, wenn es sich immer noch so anfühlt, als wären wir nicht richtig gesehen worden. »Du hast einmal kurz den Faden verloren, aber ihn zwei Sekunden später wieder aufgenommen und warst danach klar fokussiert. Das kann niemals so ins Gewicht gefallen sein wie ein Alfie, der die Nerven verliert.«

»Ich weiß.« Charlotte seufzt. Wir lassen uns auf einer der Mauern im Innenhof nieder – ungefähr dort, wo Macy am ersten Tag saß. Der Gedanke an sie ist aufregend und, angesichts des Siegs der Roses, schwer zugleich.

»Ich will dieses Stipendium nur so unbedingt.«

»Wegen Roseline Watkins?«, frage ich.

»Auch. Sie ist die Frau, die mich dazu inspiriert hat, Psychologie studieren zu wollen. Die mich dazu gebracht hat, mich ehrenamtlichen Projekten anzuschließen und meine Noten zu verbessern. Wenn ich bei ihr lernen und das Netzwerk der Uni nutzen könnte, wäre ich viele Sorgen los.«

»Wegen der finanziellen Lage deiner Familie?«, frage ich ein wenig leiser. Immerhin hat sie mir bereits an unserem ersten Tag erzählt, dass ihre Familie sich Sonderposten wie Urlaube und ausgiebige Shoppingtrips nicht leisten kann.

»Ich kenne von zu Hause fast nichts anderes als Geldsorgen und Zukunftsängste«, bestätigt sie. »Als ich zwei Jahre alt war, hat mein Dad seinen Job verloren und war einige Monate arbeitslos. Ausgerechnet in einer Zeit, in der Mum mit meinen Brüdern schwanger war.«

»Das klingt hart.«

»War es auch. Selbst als Dad dann einen neuen Job hatte und Mom irgendwann wieder arbeiten gehen konnte: Wir waren zu fünft, hatten Schulden, und die Jobs meiner Eltern haben nicht so viel eingebracht. Und kleine Kinder sind teuer, erst recht, wenn es auch noch Zwillinge sind. Doppelte Ausstattung, doppelter zeitlicher Faktor, auch wenn ich meiner Mum sehr viel im Haushalt geholfen habe, um sie zu entlasten.«

»Du warst doch selber noch klein, oder?«

Charlotte zuckt mit den Schultern, aber es wirkt nicht so unbekümmert, wie sie vielleicht denkt. »Man tut eben, was man kann. Ich habe auf viel verzichtet, tue ich immer noch. Aber ich habe mir geschworen, dass ich es irgendwann mal besser habe. Dass ich an einer richtig guten Uni studiere, mir einen guten Job kralle und dann alles anders wird. Ich will nicht leben, um zu arbeiten, sondern arbeiten, um zu leben.«

»Ich kenne es, wenn man immer aufs Geld gucken muss und nie richtig frei ist. Meine Mum hat auch ihren Job verloren und ist momentan nicht arbeitsfähig. Seitdem ist es so viel härter.«

»Das tut mir leid, Vada.« Charlotte umarmt mich, und wir verharren eine Weile in dieser Umarmung, weil es guttut, dass wir einander verstehen. Nicht alleine sind.

»Wir schaffen es schon an die Uni«, sage ich. »Und dann lernen wir bei unseren Idolen und bauen uns eine richtig tolle Zukunft auf. Ohne Geldsorgen und Ängste.«

»Ich hoffe, du hast recht.«

»Was würdest du dir kaufen, wenn du dir alles leisten könntest?«, frage ich, um die Stimmung wieder etwas aufzulockern.

»Ich weiß nicht. Von wie viel Vermögen reden wir hier? Eher die Kategorie Alltagswünsche oder Kategorie Ferienhaus in Cornwall?«

Ich lache. »Beides.«

»Wenn ich so richtig reich wäre, würde ich mir ein Haus am Meer kaufen. Mit einem eigenen Starbucks drin.«

»Ich bin nicht sicher, ob das geht.«

»Ich dachte, ich hätte schon mal gelesen, dass irgendein Schauspieler auch einen eigenen Starbucks hat.«

»Aber da geht man doch wegen der Atmosphäre hin … und die entsteht nicht, wenn man einsam und verlassen im Café sitzt.«

»Ich wäre nicht einsam. Es könnte jeder morgens vorbeikommen.«

»Ach, wenn das so ist«, erwidere ich grinsend. »Dann wäre ich voll dafür.«

»Aber das Haus am Meer würde fürs Erste auch schon reichen. Oder auch erst mal genug Geld, um mir die Kleidung zu kaufen, die ich will, ohne dafür Flohmärkte und Online-Tauschbörsen abzuklappern. Vielleicht auch mal wegfahren, ohne aufs Geld zu gucken. Das wäre für mich auch schon ziemlich nah dran an *sorgenfrei.*« Sie schielt zu mir. »Und was würdest du dir leisten?«

»Hm. Wenn ich richtig reich wäre, würde ich meiner Familie einen Hof kaufen, auf dem meine Mum und Thomas zur Ruhe kommen könnten. Beide lieben Pferde, es wäre also sicher sehr heilsam. Und ich würde mir gerne ein eigenes Klavier kaufen und Stunden nehmen.«

»Kannst du schon Klavier spielen?«

»Klimpern … und ich habe mir mal an meinem Keyboard ein paar einfache Stücke beigebracht, aber richtig spielen kann ich nicht. Unterricht war zu teuer, und ich war auch schon so eingespannt mit Schule und Projekten.«

»O ja, das kenne ich. Deswegen habe ich mir nur Hobbys gesucht, die ich von zu Hause und zeitlich flexibel ausüben kann. Yoga und Podcasts passen schließlich immer irgendwie. Genau wie Realityshows. Auf die stehe ich – frag nicht, wieso, ich weiß es selbst nicht so genau.«

»Sonst irgendwelche Hobbys, die du gerne ausprobieren würdest?«, hake ich nach.

»Wenn ich nicht auf Zeit und Geld achten müsste? Irgendwas Stärkendes. Einen Kampfsport vielleicht. Oder ich würde einen Tauchschein machen. Das stelle ich mir auch cool vor. Vor allem, jetzt wo ich dem Meer so nah bin. Es hat etwas Beruhigendes, findest du nicht?«

Sofort denke ich wieder an Macy und unsere Abende an der Klippe. »Definitiv«, bestätige ich, auch wenn ich immer mehr denke, dass Macy der beruhigende Faktor in dieser Gleichung ist.

»Stelle ich mir noch besser vor, unter Wasser zu sein. Das ist doch bestimmt wie so eine Decke aus Ruhe, die einen dann umgibt.«

»Und dann noch die Unterwasserwelt«, beginne ich auch zu Schwärmen. »Stelle ich mir auch toll vor.«

»Okay, das schreit nach einem Deal«, meint Charlotte. »Wenn wir unseren Abschluss von der Cliffworth haben, dann melden wir uns zusammen zum Tauchkurs an – ist ja klar, dass wir bis dahin beste Freundinnen sind.«

Wärme durchflutet mich, als ich die Worte *beste Freun-*

dinnen höre, weil es wirklich lange her ist, dass ich das jemanden habe sagen hören. Und weil mir jetzt erst klar ist, wie sehr ich mich nach Freundschaften gesehnt habe.

Unwillkürlich lächle ich. »Deal.«

»Cool.« Wir geben uns ein High five und grinsen uns an.

Dann wird Charlotte jedoch wieder ernster. »Meinst du, Ruby und Jacob haben recht? Müssen wir mehr Biss zeigen und uns richtig gegen die Roses behaupten?«

»Intellektuell, definitiv. Aber Biss zu haben und Leute einzuschüchtern, um das zu kriegen, was man will, sind zwei unterschiedliche Dinge. Wir müssen einfach unser Bestes geben und uns noch intensiver auf Aufgaben vorbereiten.«

»Ich lerne gleich morgen noch mal etwas über die Geschichte von Wales. Mir ist nicht wohl dabei, dass die Leute, die gebürtig aus Wales kommen, einen Vorteil haben werden.«

»Ian, Macy, Poppy und Owen«, erwidere ich sofort. Alle vier haben einen walisischen Akzent, der die Einsortierung leicht macht.

»Bei uns Clovers sind es Grayson, Ruby, Penelope und Jacob«, zählt Charlotte. »Gleichstand.«

»Was ist mit Lennox, Dahlia und Alfie von den Roses?«, überlege ich. »Wo kommen sie her?«

»Keine Ahnung. Einen deutlichen Akzent hat keiner von ihnen, aber ich hoffe, sie kommen nicht aus Wales. Dann müssen sie genauso Geschichtsbücher wälzen wie wir.«

»Hast du dich schon mal gefragt, wie sie die Gruppen gebildet haben? Ob es eine bewusste Zuordnung war?«, frage ich, weil ich mir die Frage nicht zum ersten Mal stelle.

»Die Aufteilung zwischen Männern und Frauen ist recht ausgewogen, genau wie die Aufteilung der favorisierten Studienfächer.«

»Also kein Zufall«, schließe ich. »Alles andere hätte mich eigentlich auch gewundert.«

»Aber wer weiß schon, wie das entschieden wurde«, gibt Charlotte zurück. Dann gähnt sie. »Wollen wir langsam zurück? Ich glaube, ich bin bereit, es mit Schlafen zu versuchen.«

Wir stehen auf und gehen auf unser Haus zu. Darin brennt noch Licht, es haben also noch nicht alle zur Ruhe gefunden. Ich selbst fühle mich noch nicht müde. Die Luft und das Gespräch haben geholfen, mich zu sortieren und ein wenig der Sorgen loszuwerden, aber mein Kopf arbeitet trotzdem auf Hochtouren.

Gerade, als wir dabei sind, den Code an unserem Haus einzugeben, sehe ich aus dem Augenwinkel jemanden. Macy. Mein Herz reagiert sofort mit einem kleinen Sprung, und ich beobachte sie. Sie ist diesmal nicht auf dem Weg zu den Klippen, sondern geht in Richtung des Haupthauses. Zur Bibliothek? Vermutlich. Mir würde kein anderer Platz einfallen, den man um diese späte Uhrzeit aufsuchen möchte.

Auch wenn es geholfen hat, mit Charlotte zu sprechen, fühle ich es sofort: diese Sehnsucht nach Macys Nähe.

»Macht es dir was aus, wenn ich doch noch eine Runde drehe?«, frage ich, gerade als die Tür zum Haus aufgeht. »Ich glaube, ich brauche noch ein paar Minuten alleine.«

»Alles klar. Gute Nacht.«

Charlotte verschwindet im Haus, ich in der Dunkelheit. Ich warte einige Minuten, in denen ich einfach ziellos umhergehe und hoffentlich so aussehe, als würde ich meine Gedanken klären. Dann erst folge ich Macy zum Haupthaus. Sie ist bereits nicht mehr zu sehen, aber im Fenster der Bibliothek sehe ich nun Licht. Hatte ich also recht mit meiner Vermutung.

KAPITEL 15
MACY

Meine Mum ist die weiseste Frau, die ich kenne. Die, die immer einen guten Rat weiß und für sich immer die besten Entscheidungen trifft. Ich vertraue ihrem Urteil oft mehr als meinem eigenen, weil sie mich in meinen achtzehn Jahren nie im Stich gelassen hat. Mum war der Meinung, dass ich das mit Theodora für mich klären und lernen muss, damit umzugehen. Vor allem mit der Tatsache, dass sie nicht mehr lebt. Dass dieser Brief an mich nicht die Begrüßung, sondern der Abschied war und ich ihn nicht mehr lesen kann. Dass ich nie mehr etwas über sie herausfinden werde und meine einzige Chance auf Informationen vertan habe. Ich weiß zu wenig, um sagen zu können, was für ein Mensch Theodora war. Früher war sie für mich immer kalt – jemand, der mir keine Liebe entgegengebracht hat, der mich zum Zweifeln brachte. Jemand, der mich verunsichert hat. Und nun? Nun weiß ich nicht mehr so genau, was ich von ihr halten soll. In gewisser Weise fühle ich mich ihr hier an der Akademie näher, weil ich es endlich richtig zulasse, überhaupt an sie zu denken.

Es war eine spontane Eingebung, in die Bibliothek zu gehen und nachzusehen, ob es hier irgendwelche Hinweise auf sie gibt: zum Beispiel irgendwelche Fachartikel, die Theodora Price geschrieben und veröffentlicht haben könnte. Irgendwas.

Ich beginne, die Regale abzugehen und zu sichten, aber eigentlich habe ich von Anfang an so ein unbestimmtes Gefühl, dass ich nichts finden werden.

Staub kitzelt in meiner Nase, und es riecht nach Leder

und Pergament. Ich liebe den Duft und die Schlieren auf meinen Fingerkuppen, während ich sie über die Bucheinbände streifen lasse. Immerhin kann ich diesen stillen Augenblick, umringt von Büchern, genießen, die mir zuflüstern wollen, dass schon alles gut werden wird. Bücher haben diese Magie. Zwischen ihren Zeilen stecken so viele Erfahrungen, so viele Weisheiten.

Ich stutze erst, als mir eine schmale Tür auffällt. Sie ist aus dunklem Holz und unscheinbar zwischen zwei Regalen eingebettet. Mir ist es fast so, als hätte ich so eine Tür bereits in der Bibliothek der Roses gesehen und sie für einen Wandschrank gehalten. Ich will gerade nach dem Knauf greifen und mir ansehen, was dahinter ist, als ich ein Geräusch höre. Ich schrecke hoch und sehe mich um. Bis eben dachte ich, ich wäre alleine, aber da sind eindeutig Schritte auf dem Marmorboden zu hören. Der Türknauf ist sofort vergessen, stattdessen will ich sehen, was los ist.

»Hallo?«, frage ich zögerlich. »Wer … wer ist da?«

»Ich bin's.« Vadas warme, vertraute Stimme kommt irgendwo von den Regalen, und ich atme sofort erleichtert aus. Keine Ahnung, wen oder was ich erwartet habe, aber ich bin froh, dass es Vada ist.

Ich gehe um ein Regal herum und sehe sie. Auf ihren Lippen liegt ein vorsichtiges Lächeln.

»Ich wollte dich nicht erschrecken.«

»Hast du nicht«, erwidere ich, obwohl mein Herz noch ziemlich schnell schlägt. »Ich hatte nur nicht mit jemandem gerechnet.«

»Ich war noch mit Charlotte spazieren und habe gesehen, dass du auf dem Weg zum Haupthaus warst. Da dachte ich, ich gehe dir nach.«

»Dann wolltest du mich sehen?«, frage ich überschwänglich. Vielleicht sollte es mich nach unserer Abmachung nicht so überraschen, aber in Wahrheit löst diese Erkenntnis trotzdem ein Kribbeln aus.

»Das trifft sich gut«, sage ich und gehe weiter auf sie zu. »Ich wollte dir nämlich etwas erzählen.«

»Wirklich? Was denn?«

»Ich habe wieder angefangen zu malen.« Vielleicht ahnt Vada nicht, was für eine große Sache das für mich ist, nachdem ich dieses alte Hobby so lange ignoriert hatte. Aber gestern Abend wieder den Stift in die Hand zu nehmen und endlich wieder zu zeichnen, hatte etwas davon, nach einer langen Reise nach Hause zu kommen. Vertraut und wärmend.

»Das ist toll, Macy!« Absolute Aufrichtigkeit liegt in ihrer Stimme. »Darf ich das Bild sehen?«

Unsicher blicke ich auf meine Hände und spiele mit dem Saum meines Pullovers. Mein Herz schreit Ja, aber da ist auch Unsicherheit. Seine Kunst zu teilen, bietet Angriffsfläche … ist intim. Andererseits ist das Gespräch mit Vada der Auslöser gewesen, um überhaupt wieder anzufangen.

»Okay.« Gemeinsam gehen wir zu einem der Tische, auf dem meine Tasche liegt, und setzen uns. Ich ziehe meinen Skizzenblock heraus, schlage ihn auf und schiebe die Zeichnung in ihre Richtung. Unwillkürlich halte ich den Atem an. Jedes Muskelzucken, jede Regung in ihrem Gesicht wird von mir gescannt. Ich erkenne das leichte Heben ihres rechten Mundwinkels ebenso wie das Öffnen ihrer Lippen. Sie fährt mit der Zunge darüber und zeigt ihre Zahnlücke.

»Du … du hast uns gemalt?«, fragt sie gerührt. »Uns und die Klippen?«

Ich nicke vorsichtig. »Weil es mich dazu inspiriert hat, wieder mit dem Zeichnen anzufangen.«

»Es ist wunderschön geworden. Du hast wirklich Talent.«

»Zu Hause habe ich eine Schachtel unterm Bett, wo ich all

meine Bilder gesammelt habe.« Ich ziehe den Skizzenblock wieder zu mir. »Früher habe ich mal geplant, sie in ein Album zu packen, aber irgendwie gefällt es mir inzwischen, dass sie nicht sortiert sind. Immer, wenn man die Schachtel öffnet, ist es ein kleines Überraschungspaket: Man weiß nie, mit welchen Erinnerungen man zuerst konfrontiert wird.«

»Dann kommen wir auch in diese Schachtel?«

Ich sehe zu ihr, sehe in ihre warmen, braunen Augen, die mich aufmerksam mustern. Jetzt Ja zu sagen hat vielleicht etwas zu Bedeutungsvolles. Etwas zu Tiefes. Aber es wäre die ehrliche Antwort, also entscheide ich mich für Aufrichtigkeit.

»Ja. Wir kommen rein.«

Sie schluckt hörbar. »Irgendwie ist es faszinierend. Den ganzen Abend fühlte ich mich schlecht, aber nur ein paar Minuten mit dir, und schon geht es mir besser. Du strahlst eine unglaubliche Ruhe aus, hat dir das schon mal jemand gesagt?«

»Meine Mum sagt das auch manchmal zu mir. Was witzig ist, weil sie genau die gleiche Wirkung auf mich hat.«

»Ihr versteht euch gut, oder? Immer, wenn du von deinen Eltern sprichst, strahlst du irgendwie.«

Ich widerstehe dem Drang, mir an die Lippen zu fassen. Mir war nicht klar, dass meine Mundwinkel sich bewegt haben. »Ich lächle also gerade?«

»Mit den Augen schon.« Plötzlich lacht sie. »Schau nicht so, ich bin eben auch gut im Analysieren von Menschen.«

»Du hast recht«, antworte ich und lächle diesmal wirklich. »Meine Mum ist meine beste Freundin. Auch wenn es manchmal blöd klingt, wenn ich das sage. Als würde ich keine Freunde in meinem Alter finden …«

»Ich finde es cool. Früher habe ich immer *Gilmore Girls* geguckt und Lorelai und Rory um ihre Beziehung beneidet.

Meine Mum und ich verstehen uns, aber sie bleibt eben meine Mutter.«

»Nun ja. Ganz so wie in den Serien ist es auch nicht mit meiner Mum. Weniger Insider, weniger Shoppingtrips. Dafür weiß ich, dass ich mit ihr über alles reden kann. Und das Beste: Ihr Rat ist meistens gut.«

»Das ist definitiv viel wert. Klingt nach einer schönen Kindheit und Jugend.«

»Die meiste Zeit«, gebe ich zurück. Vielleicht eine Spur zu schwermütig, denn Vada mustert mich wieder, diesmal etwas zaghafter. Theodora drängt sich wieder auf, nistet sich wieder in meinen Kopf, und diesmal lasse ich es zu. »Meine Eltern sind das Beste, was mir passieren konnte.« Meine Stimme klingt ein wenig dünner, aber es hält mich nicht davon ab, weiterzureden. »Ich habe wirklich Glück, von ihnen adoptiert worden zu sein.«

»Du bist adoptiert?« Ich erwarte Mitleid, weil es irgendwie immer kommt, wenn ich das Thema anschneide. Bei Vada höre ich jedoch nur ehrliches Interesse heraus – ohne Wertung. Ohne übertriebene Traurigkeit, ohne Drama. Es ist genau die Reaktion, die ich brauche.

»Ich kam mit neun Monaten zu ihnen«, erkläre ich. »Mein Dad sagt immer, dass es Liebe auf den ersten Blick war, als sie mich gesehen haben. Sie wussten, dass ich zu ihnen gehöre.«

»Dann war es Schicksal«, flüstert Vada, und auch wenn ich nicht weiß, ob ich an schicksalhafte Fügungen glaube, muss ich ihr innerlich recht geben.

»Und deine leiblichen Eltern? Oder ist es unsensibel, das zu fragen?«

»Es ist okay«, erwidere ich, auch wenn nicht jeder darauf eine Antwort von mir bekommen würde. »Meine Mutter hat mich noch am Tag meiner Geburt abgegeben. Ich kam erst in zwei Pflegefamilien, bevor klar wurde, dass ich adoptiert werde.«

»Und was ist aus ihr geworden?«

»Sie war hier«, flüstere ich fast. »Hier an der Akademie. Später an der Uni.«

»Sie hatte ein Stipendium? *Sie* ist diejenige, die dich auf die Idee gebracht hat, dich hier zu bewerben?«

»Irgendwie schon.«

»Wow.« Vada lässt sich gegen die Stuhllehne fallen. »Aber dann konnte sie dir doch sicher ein paar Tipps für die Akademie geben, oder? So viel, wie es die Verschwiegenheitserklärung zulässt …«

Ein heftiger Kloß sammelt sich in meinem Hals und hindert mich am Sprechen, also schüttle ich nur den Kopf. Versuche zu schlucken, diesen Klumpen, der mich am Sprechen hindert, irgendwie loszuwerden, aber es ist sofort alles wieder da: der brennende Brief. Mein schlechtes Gewissen. Traurigkeit und Wut.

»Ich weiß zwar, dass sie an der Akademie und an der Uni war.« Meine Stimme klingt fremd. »Aber ich habe sie nie kennengelernt und nie mit ihr darüber geredet. Und jetzt ist sie … tot«, flüstere ich das letzte Wort. So leise, dass ich sicher bin, dass sie mich kaum verstanden hat. »Sie weiß also nicht, dass ich jetzt hier bin.«

»Oh.« Vadas Hand zuckt, als würde sie überlegen, meine zu nehmen, um mich zu trösten. Irgendwie wünsche ich mir, dass sie es tut, denn dann würde ich mir vielleicht nicht mehr so verloren vorkommen. So vollkommen ausgeliefert von meinen Gefühlen, die ich viel zu oft hinunterschlucke. Viel zu oft ausblende.

Genau deswegen habe ich gezögert, überhaupt zur Cliffworth zu kommen. Weil ich wusste, dass ich mich dem Ganzen hier stellen muss, und egal, wie befreiend das irgendwann sein wird: Momentan ist es einfach nur schmerzhaft.

Energisch wische ich mir über das Gesicht, um irgendwie die Kontrolle wiederzubekommen. »Sorry. Ich hatte nicht vor, dich damit vollzuquatschen.«

»Hast du nicht«, sagt Vada sofort, und ich glaube ihr. Aber das kommt gegen dieses Brennen, das sich in meinem Herzen gesammelt hat und das mir einredet, zu viel verraten zu haben, trotzdem nicht an.

»Du redest hier mit der Königin der Familienprobleme, schon vergessen?« Es klingt nicht so lustig, wie Vada es womöglich beabsichtigt. Eher müde und traurig.

»Ich weiß nicht mal, ob es wirklich Probleme sind«, erwidere ich. »Immerhin hatte ich eine unglaublich glückliche Kindheit bei meinen Eltern. Es ging mir sicher besser als anderen Kindern in meiner Situation.«

»Klingt trotzdem, als würde da ein Aber kommen.«

»Aber die ersten Monate bei den Pflegeeltern haben schon ihre Spuren hinterlassen. Und manchmal frage ich mich, wie tief diese Spuren sind. Als Kind hatte ich zum Beispiel große Probleme damit, mich von meinen Eltern zu lösen. Sobald Mum ohne mich das Haus verlassen wollte, habe ich so sehr geweint und geschrien, bis ich hyperventiliert habe. Das Seltsame ist, dass ich immer bei ihnen sein wollte, aber ansonsten habe ich die Einsamkeit gesucht. Ich konnte mit Gleichaltrigen lange Zeit nichts anfangen.«

»Manche Leute sind einfach gerne alleine«, überlegt Vada.

»Ja, nur habe ich mich dadurch so oft zurückgezogen, dass es nun echt eine Überwindung ist, überhaupt auf andere zuzugehen. Inzwischen kann ich gar nicht mehr sagen, was an diesem Ruhebedürfnis meine wahre Persönlichkeit ist und wie viel aus Ängsten entsteht.«

Ein paar Sekunden schweigt Vada, als würde sie sich meine Worte durch den Kopf gehen lassen. Keine Ahnung, ob sie versteht, was ich meine. In meinem eigenen Kopf macht alles Sinn, doch ausgesprochen wirkt es wie eine verworrene Masse an Gefühlen, die auf Leute, die nie mit sozialen Ängsten zu tun hatten, sicher irritierend wirken müssen.

»Ich bin schon immer sehr offen auf andere zugegangen«, sagt Vada schließlich. »Aber meine Mum verkriecht sich seit der Sache mit meinem Bruder auch immer mehr.«

»Es ist sicher nicht leicht, wenn der eigene Sohn verhaftet wird«, erwidere ich nachdenklich. »Oder der eigene Bruder.«

»Willst du etwas Trauriges hören? Es ist nicht mal seine Verhaftung an sich, die meine Mum so mitnimmt. Es ist vielmehr alles andere, was damit zusammenhängt.«

»Was zum Beispiel?«

»Die Reaktionen von außen. Von Nachbarn, Schulfreunden, ihrer Arbeitsstelle.« Vadas Stimme bricht. Ich spüre den Schmerz aus jedem dieser Worte, als habe sie ihn noch nicht überwunden. »Meine Mum hat kaum noch das Haus verlassen und viel geweint.«

»Wie ist euer Verhältnis?«, frage ich vorsichtig.

»Gut … und anders als früher. Unser Umzug nach Wales hilft uns hoffentlich, wieder als Familie zusammenzuwachsen. Es sind erst vier Monate, aber ich spüre schon, dass es uns beiden guttut.«

»Auch, wenn du dann studieren wirst?« Immerhin bedeutet es, weniger Zeit für die Familie zu haben. Möglicherweise sogar weit entfernt zu leben und sich nur in den Semesterferien und an Feiertagen zu sehen.

»Vielleicht gerade wegen des Studiums. Weil es für unsere Familie so etwas wie Hoffnung bedeuten würde. Hoffnung, dass uns die Erlebnisse zwar verändert, aber nicht gebrochen haben.«

»Wird Thomas nach der Entlassung zu euch nach Wales ziehen?«

»Das ist der Plan, wenn er in einem Jahr rauskommt. Wie es dann mit ihm weitergeht, wissen wir noch nicht.«

Das hängt sicher stark davon ab, wie er die Jahre hinter Gittern verkraftet. Auf dem Foto in ihrem Video sah er noch so jung aus …

»Vielleicht ist es blöd, das zu fragen, aber wie geht es Thomas nach allem?«

Vada lächelt sachte. »Es ist nicht blöd. Weil ich weiß, dass du aus echtem Interesse und aus Mitgefühl fragst und nicht, weil du darauf hoffst, ein wenig Tratsch sammeln zu können.«

»Natürlich nicht«, sage ich entrüstet.

»Glaub mir, da draußen gibt es viele Menschen, die sehr viel Interesse an unserem Leben haben und dabei nur sensationsgeil sind.« Es sollte schwer vorstellbar sein, aber es gelingt mir gut. Manche Leute sind einfach zu kaputt. »Diesen Leuten sage ich dann meistens, dass Thomas klarkommt. Wenn ich überhaupt darauf antworte.«

»Aber das stimmt nicht?«, rate ich.

»Er behauptet immer, dass er klarkommt. Aber ich weiß, dass er leidet. Manchmal frage ich mich, ob er sich insgeheim wünscht, im Gefängnis zu bleiben, als sich der Welt da draußen zu stellen.« Es wirkt, als habe sie diese Worte noch nie laut ausgesprochen. Sie sich vielleicht nie vor sich selbst eingestanden. »Je näher seine Entlassung rückt, umso mehr zettelt er Schwierigkeiten an. Ihm wurden Besuchs- und Telefonkontakte gestrichen. Soweit ich weiß, musste er auch schon in Einzelhaft. Wenn er so weitermacht, verlängert sich dadurch seine Strafe.«

»Und du glaubst, er macht es absichtlich?«

»Keine Ahnung. Ich habe Angst, dass er zerbricht, wenn

er dem Ganzen wieder ausgeliefert ist: dem Hass auf ihn, wenn jemand herausfindet, dass er im Gefängnis war. Oder wieso.« Die Frage, was er getan hat, drängt sich mir auf, aber diesmal wäre es wirklich reine Neugier, die Vada nicht weiterhelfen würde, also spreche ich sie nicht aus.

Vada fährt sich einmal über ihr Gesicht, dann lacht sie plötzlich. Es klingt aber nicht richtig fröhlich. »Sieh uns an: Wir wollen eigentlich den Abend genießen und wälzen nur Probleme. Und das, obwohl ich sonst eigentlich nie über Thomas rede.«

»Ich finde es gut, dass du es mir erzählt hast. Ich habe dir gesagt, wenn du darüber reden willst, bin ich da und höre zu. Erinnerst du dich? Und ich habe es genau so gemeint.«

Ihr Blick wird wärmer. »Danke. Ich wollte eigentlich etwas Schönes machen, um den Abend ausklingen zu lassen und alles mal zu vergessen. Damit ich gleich vielleicht doch mal schlafen kann … auch wenn es sich gerade nicht so anfühlt, als würde ich so schnell zur Ruhe kommen.«

»Wir haben morgen frei«, überlege ich. »Nichts drängt uns dazu, früh ins Bett zu gehen.« Fieberhaft überlege ich, wie ich Vada ablenken könnte. Ich denke sofort an die Bücher um uns herum, aber selbst mir ist nicht der Sinn nach Lesen. Nach nichts Ruhigem. Vielleicht, weil ich in diesem Moment das dringende Bedürfnis habe, Vada lachen zu sehen. Nach allem, was sie mit ihrer Familie durchgemacht hat, verdient sie ein wenig Spaß. Ein wenig Unbeschwertheit.

»Warst du schon mal bei Vollmond schwimmen?«, frage ich plötzlich und freue mich über Vadas verdutztes Gesicht.

KAPITEL 16
VADA

Der Sand kitzelt unter meinen Füßen, als ich mich aus meiner Jeans schäle. Der Vollmond spiegelt sich auf der Meeresoberfläche und wird nur von den sanften Wellen des Wassers unterbrochen. Das Mondlicht sorgt dafür, dass wir uns im Dunkeln gut orientieren können, und dennoch liegen unsere Gesichter im Schatten, und ich bin etwas froh darum, weil Macy so nicht sehen kann, wie ich meinen Blick über sie schweifen lasse. In mir aufnehme, wie sie nun in schwarzem Slip und hellem BH vor mir steht. Ihre Locken umspielen Brust und Schultern, und der helle Stoff des BHs hebt sich von ihrer dunklen Haut ab. Es ist das erste Mal, dass ich Macy bewusst ansehe und denke, dass sie wirklich hübsch ist. Aber mir bleibt nicht viel Zeit, um diesen Gedanken näher zu ergründen, weil sie bereits ein paar Schritte vorgelaufen ist und ihre Füße nun schon von Wellen umspült werden. Lächelnd sieht sie mich über die Schulter hinweg an. »Du wirst doch jetzt nicht kneifen, oder?«

»Natürlich nicht«, erwidere ich.

Kurz sehe ich an mir herab. Ich trage lediglich einen schwarzen Slip und einen schwarzen BH, meine Zehen versinken im grobkörnigen, kalten Sand. Bleibt zu hoffen, dass das Meer nicht allzu eisig ist.

»Komm schon«, sagt Macy und geht los. Sie keucht leise auf, als sie tiefer ins Wasser sinkt und erst ihre Beine und schließlich ihre Hüfte nass werden. Ich folge ihr in das fast schwarz wirkende Wasser und unterdrücke ein Quietschen, als es mir kühl über den Körper rinnt. In Irland hatte ich schon weit kältere Bäder im Meer, und doch richten sich sofort meine Brustwarzen auf, und eine feine Gänsehaut überzieht meine Arme.

Macy ist bereits bis zu den Schultern im Wasser und schwimmt nun auf mich zu. »Wenn du mich fragst, ist das jetzt genau das Richtige, um auf andere Gedanken zu kommen.«

Dann, ehe ich mich versehe, spritzt sie mich mit kaltem Wasser nass. »Steh nicht nur so herum«, sagt sie lachend. »Ich dachte, wir schwimmen ein bisschen.«

Perplex blinzle ich. Wasser tropft mir von der Stirn. »Hast du mich gerade nass gespritzt? Im Ernst?« Macy lacht leise.

»Na warte!« Ich nehme ebenfalls einen Schwall Wasser, um es auf sie zu spritzen, dann stolpere ich auf sie los und versuche, sie ins Wasser zu schubsen. Macy kreischt leise und weicht aus, aber ich bin schnell und erwische sie trotzdem. Sie plumpst ins Wasser, nur um danach zum Gegenangriff zu starten und mich von hinten zu überwältigen. Ein kehliges Lachen entfährt mir. Ich kämpfe mich aus ihrem Klammergriff und drehe mich um. Sehe sie an, wie sie vor mir steht, und mein Lachen bleibt mir im Hals stecken, weil ich mir gerade darüber bewusst bin, dass meine Hand auf ihrer Hüfte liegt. Dass sie mir wirklich nah ist. Die Locken fallen ihr patschnass auf die Haut, Wasser rinnt von ihr herab, und trotz der Dunkelheit kann ich genau erkennen, dass ihr weißer BH nun durchsichtig ist. Ich will nicht starren, will mich nicht aufdrängen, und doch bleibe ich immer wieder an ihren Rundungen hängen, die sich perfekt abzeichnen. Ihre Brustwarzen haben sich aufgestellt. Ob wegen des kalten Wassers oder weil sie meinen Blick bemerkt hat, kann ich nicht sagen, aber ein Teil von mir wünscht sich in diesem Moment, dass es der zweite Grund ist, denn dieser eine Gedanke löst so viel Sehnsucht in mir aus. So viel Lust, die durch meinen kalten Körper fährt und ihn mit Hitze flutet.

Sie sieht so schön aus. Wieso ist mir das vorher nie aufgefallen? Nicht auf diese Art …

Ich bin mir sicher, dass Macy sich gerade auf die Unterlippe beißt, aber in dem Spiel aus Licht und Schatten kann ich es nicht genau erkennen. Sie geht jedoch noch einen klitzekleinen Schritt auf mich zu und sieht mich an. Mustert mich.

»Du überlegst doch nicht gerade, mich noch mal ins Wasser zu werfen, oder?«, fragt sie, und ihre Stimme klingt hell. »Ich habe meine Lektion gelernt: mich niemals mit dir anlegen.«

»Ganz recht, da bin ich gnadenlos«, erwidere ich und spüre die Trockenheit meiner Kehle. Ich schaffe es, meinen Blick von ihrem Körper zu lösen, aber die Hitze verebbt trotzdem nicht. Sie ist da und zentriert sich in meiner Mitte, lässt meinen Unterleib pulsieren.

Plötzlich nimmt Macy meine Hand und zieht mich näher. Das Pulsieren wird stärker, und diesmal stammt meine Gänsehaut eindeutig nicht von dem kalten Wasser. Für einen verwirrenden Moment lang denke ich, dass sie mich küssen will. Für einen zweiten verwirrenden Moment denke ich, dass ich es zulassen würde.

Doch sie zieht mich nur weiter ins Meer, bis wir mit unseren Schultern im Wasser sind. Bis sie wieder beginnt, sich zu bewegen, und damit Distanz zwischen uns schafft, die mich enttäuscht und gleichzeitig erleichtert. Was immer das hier war: Ich weiß nicht, ob ich bereit dazu bin. Ob es das ist, was ich heute will, wo ich doch eigentlich nur abschalten wollte.

»Ich hoffe, du kannst schwimmen«, sagt Macy. »Aber so oder so sollten wir da bleiben, wo wir stehen können. Mit der Strömung hier ist sicher nicht zu spaßen. Schon gar nicht im Dunkeln.«

»Ganz deiner Meinung.«

Wir machen zunächst ein paar dynamische Schwimmzüge, dann folgen ein paar entspannte Meter, bei denen wir immerzu darauf achten, nicht zu weit vom Strand abzukommen. Nicht sehen zu können, was vor uns oder unter uns ist, ist auf eine merkwürdige Art aufregend. In Kombination mit der Bewegung hilft es sehr dabei, alles andere abzuschütteln. Den Stress der letzten Tage, den Aufruhr wegen der Bepunktung, selbst die Gedanken an Mum und Thomas. Und auch ein wenig von der Hitze, die unsere Kabbelei ausgelöst hat.

Als wir wieder an den Strand kommen, setzen wir uns in den Sand, um uns trocknen zu lassen. Es ist kalt, ich hätte furchtbar gerne ein Handtuch, in das ich mich wickeln und mit dem ich meine tropfenden Haare ausdrücken könnte, doch uns bleibt nur, die Kälte auszuhalten.

Ich blicke zum Vollmond, der noch immer den Himmel einnimmt. »Das war die perfekte Nacht für so etwas«, murmle ich. »Man sagt doch schließlich, dass ein Vollmond den Geist und die Seele beflügelt.«

»Ist das so?«, fragt Macy.

»Spürst du es nicht?«, frage ich zurück und sehe sie an.

Ein paar Wimpernschläge lang ist die Hitze wieder da.

»Vielleicht liegt das ja nicht nur am Vollmond«, erwidert Macy und spricht dabei so leise, dass sie es vielleicht nur zu sich selbst sagt. Aber ich höre es. Verstehe es. Weil ich mir gerade auch nicht sicher bin, ob das, was ich während unserer Treffen immerzu fühle, nun von der Ruhe an den Klippen oder dem Einfluss des Mondes ausgelöst wird … oder ob es nicht die ganze Zeit einfach an Macy lag. Die ruhige, belesene Macy, die die Momente, die das Leben ihr bietet, auskostet. Auf ihre ganze eigene Art, mit ihrer ganz eigenen Magie.

»Was machst du morgen an deinem freien Tag?«, platzt es aus mir heraus.

»Morgen? Ich weiß noch nicht.«

»Wir sollten einen Ausflug machen. Nur wir beide.« Mein Herz zieht sich zusammen, wartet auf ihre Antwort, während ich selbst noch nicht ganz greifen kann, was ich ihr da gerade vorschlage. Es könnte uns richtig viel Ärger einhandeln, könnte diese Geheimniskrämerei auf die Probe stellen. Und doch ist es alles, was ich mir gerade wünsche. Noch mehr von diesen Auszeiten, mehr von diesen kleinen Momenten, die ich einfach genießen will.

»Ein Treffen am helllichten Tag?«, fragt sie schmunzelnd. »Das eröffnet ja ganz neue Möglichkeiten.«

»Ist das ein Ja?«

Sie lässt mich vier Sekunden warten.

»Ja. Ich würde gerne den Tag mit dir verbringen.«

KAPITEL 17
MACY

Es ist leicht, sich nach dem Frühstück rauszuschleichen. Als Lennox und Dahlia mich fragen, was ich heute vorhabe und ich ihnen erzähle, dass ich etwas Zeit für mich brauche, sind sie nicht überrascht und wünschen mir nur viel Spaß.

Ich gehe durch das Eingangstor und folge der etwas in die Jahre gekommenen Straße, die zur Akademie führt. Das Gras wächst knöchelhoch, und man hat einen atemberaubenden Blick auf die felsige Küste. Ich halte mich links, wo die Straße in einen kleinen, schmalen Gehweg mündet. Daneben wachsen Gräser und Sträucher, die sehr lange nicht gestutzt worden sein müssen, denn sie reichen mir fast bis zum Knie.

Ich warte einige Minuten und halte mich ein wenig versteckt, falls doch jemand auf die Idee kommt, hier vorbeizuschauen. Als ich tatsächlich Schritte höre, bin ich mir jedoch sofort sicher, dass es Vada ist. Sie hat einen federnden Gang, den ich inzwischen gleich erkenne. Vorsichtig sieht sie sich um und entdeckt mich. Ihre Haare trägt sie heute offen, sodass sie ihr über die Schulter fallen und die Riemen ihres Rucksacks bedecken. Das rostrote Shirt, das sie unter einer schwarzen Jeansjacke trägt, passt perfekt zu ihrer blassen Haut.

»Du hast es geschafft«, sagt sie.

»Du auch«, erwidere ich grinsend. »Wir sollten uns aber nicht allzu lange hier aufhalten.«

»Ich habe auch schon eine Idee, wo wir hingehen könnten.« Vada zieht einen Flyer aus ihrer Jackentasche und reicht ihn mir. »Die Werbung vom Gwrych Castle hing am Pinboard in unserem Haus.«

Ich betrachte die Fotos eines fast schon mystisch wirkenden Schlosses, dessen Atmosphäre mich bereits durch den Flyer einfängt.

»Wow, das sieht toll aus.«

»Ist nur ein ziemlicher Fußmarsch bis dahin. Aber das hält uns nicht auf, oder?«

»Solange wir uns nicht verlaufen«, gebe ich zurück. »Ein Handy wäre jetzt sicher praktisch.«

Vada steckt den Flyer wieder ein und schultert den Rucksack. »Zum Glück habe ich mich wochenlang auf Google Maps rumgetrieben, um mich auf die Akademie vorzubereiten. Wir müssen nach Abergale, und das liegt in diese Richtung.« Sie zeigt zu dem kleinen Gehweg. Er mündet bereits nach einigen Gehminuten in einen Trampelpfad, dem wir weiter folgen und der uns mitten ins Dickicht führt.

»Hast du gestern noch gut schlafen können?«, frage ich, einfach, um irgendetwas zu sagen, weil ich die Stille heute nicht aushalte und das Gespräch ins Laufen bringen will.

»Ich bin quasi ins Koma gefallen. Es war ein Wunder, dass ich den Wecker gehört habe.«

Ich schmunzle. »Hätte ich dir auch übel genommen, wenn du mich versetzt hättest.«

»Als würde ich so was tun … außerdem ist so ein Ausflug genau das Richtige für heute. Dann muss ich mir nicht weiter Jacobs Gejammer darüber anhören, dass wir im Rückstand sind.«

»Ja.« So vieles liegt mir dazu auf der Zunge. Von Motivationssprüchen über Mitleidsbekundungen, aber es würde nur den Fokus auf diesen Wettbewerb legen, obwohl ich es genauso haben möchte wie gestern. Nur Vada und ich. Kein Wettbewerb, keine Grenzen. Nur dieser kleine Anflug einer

Verbindung, von der ich mir nicht sicher bin, ob ich sie mir nicht nur eingebildet oder zu viel hineininterpretiert habe. Aber ich habe den ganzen Tag Zeit, genau das herauszufinden.

Ich schiele zu ihr, sie wirkt ganz entspannt auf mich. Keine Spur von Nervosität, während sich mein Magen etwas verquer anfühlt.

»Wie verbringst du zu Hause deine freien Tage?«, frage ich.

»Durch die Schule und meine sozialen Projekte bin ich es gewohnt, meistens nur den Sonntag freizuhaben. Und den habe ich in den letzten Jahren am liebsten im Bett verbracht. Mit ein paar Folgen *Law & Order* und Popcorn mit Sprühkäse.«

Ich verziehe das Gesicht. »Ehrlich gesagt fand ich Leute schon immer etwas komisch, die Popcorn mit Käsesoße essen. Für mich gehört einfach nur Salz dran.«

»Hey«, lacht Vada und gibt mir einen kleinen Klaps auf den Oberarm. »Ich bin nicht komisch.«

»Doch, ein bisschen vielleicht. Aber komisch ist gut«, erwidere ich. »Ich gehe gerne ins Kino, und dann gibt es *immer* nur salziges Popcorn.«

»Thomas und ich haben uns dann immer Gummiwürmer gekauft.« Kurz wird ihr Blick glasig, als wäre die Erinnerung schmerzhaft, doch ihr Lächeln verrutscht nicht merklich. Stattdessen schielt sie zu mir. »Wir waren aber nicht oft im Kino. Das war meistens zu teuer.«

»Da sagst du was.«

Wir durchqueren ein Holzgatter und landen auf einer kilometerweiten Wiese. Auch hier gibt ein Trampelpfad den Weg vor und schickt uns durch hohes Gras.

»Was für Filme guckst du denn so im Kino? Ist da bei den ganzen Streaming-Diensten überhaupt noch etwas los?«

»Nicht mehr so viel wie früher, aber so hat man wenigstens auch weniger Leute, die den Film stören. Und am liebsten gucke ich Komödien und Musicals.«

»Echt? An Musicals hätte ich bei dir irgendwie nicht gedacht.«

»Wieso nicht?«

»Ich weiß nicht. Musicals sind sehr laut und bunt, du eher etwas leiser und nachdenklicher.«

»Stimmt schon«, erwidere ich. »Vielleicht mag ich sie gerade deswegen. Weil sie mir das Leben in seiner ganzen Freude und in allen Farbpaletten zeigen, ohne dass ich dafür groß Konversation machen muss. Das ist wohl auch der Grund, wieso ich generell gerne ins Kino gehe«, überlege ich. »Alleine Filme auf Netflix zu gucken hat sich immer etwas einsam angefühlt, aber im Kino ist man trotzdem unter Menschen – selbst dann, wenn man die Filme alleine guckt. Das fühlt sich besser an.«

»Wenn dein Leben eine Farbe wäre: Welche wäre es dann?«

Mein Mundwinkel zuckt. »Das sind ja ganz schön philosophische Fragen für einen Sonntag. Aber ich denke, es wäre die Farbe Blau.«

»Wieso Blau?«

»Es steht in der Farbensymbolik für Beständigkeit, Harmonie und Zurückhaltung, und das sind Werte, die ich selbst an mir wahrnehme und die mir wichtig sind. Aber Blau kann auch für Ablehnung und Melancholie stehen.« Ich schlucke schmerzhaft. »Und das … na ja … sind auch Gefühle und Gedanken, die ich kenne.«

»Ablehnung?«, fragt Vada vorsichtig. »Wegen deiner leiblichen Mutter?«

»Ja. Schätze schon.« Nachdenklich sehe ich in die Ferne, wo nun Schafe auf der grünen Hügellandschaft auftauchen und die perfekte Idylle abrunden. Nur in Nordwales reichen sich malerische Natur und raue Felslandschaften die Hand und erzeugen dadurch eine ganze eigene Magie. Magie, die ich diesmal nicht durch Gespräch über meine leibliche Mutter zerstören will. Heute will ich einfach nur den Tag genießen.

»Was für eine Farbe hätte denn dein Leben?«, greife ich ihre Frage auf.

»Ich denke, es ist vielleicht eine Mischung aus Grün und Rot? Grün, weil es mich an Irland erinnert. Und an Hoffnung. Und Rot, weil es in den letzten Jahren so viel Wut und Hass gab.«

»Rot steht in der Farbensymbolik auch für Leidenschaft und Gefühl. Passt, finde ich, auch sehr gut.«

»Ja?« Vada räuspert sich leise. »Wie … wie kommst du darauf?«

»Ich weiß nicht«, antworte ich, obwohl mir direkt die Bilder von gestern in den Sinn kommen. Die Vielzahl an Emotionen, die über ihr Gesicht gewandelt sind, während wir uns gestern über unsere Familien unterhalten haben. Ihr Blick, während wir uns am Strand die Kleidung ausgezogen haben und geschwommen sind. Das Feuer, das plötzlich ihre warmen Augen eingenommen hat, während wir uns bei unseren Kabbeleien nähergekommen sind. Eine Gänsehaut überzieht meine Arme. Nimmt mich ein. So sehr, dass ich schwer schlucke.

»Dein Studienwunsch«, sage ich hastig. »Man spürt einfach deine Leidenschaft, wenn du darüber sprichst.«

Vadas Mundwinkel zuckt, als wüsste sie genau, dass das nicht das war, was mir durch den Kopf gegeistert ist. Als wüsste sie genau, dass es dazu mehr zu sagen gibt. Doch ich sehe nur zu den Schafen, die nun ein wenig größer werden, während wir uns ihnen nähern.

»Leidenschaft finde ich gut«, murmelt sie.

Ich tue das Erste, was mir einfällt, um meine Verlegenheit und diese Gänsehaut in den Griff zu bekommen, und erzähle ihr davon, wie ich letztes Jahr auf eigene Faust mein Zimmer beige streichen wollte und dabei die Farbe falsch angemischt habe, sodass ich nach drei Stunden Arbeit eine grässliche erdnussbraune Wand hatte. Es ist sicher nicht meine beste Geschichte, aber immerhin schinde ich damit Zeit, um mich und meine Unsicherheit unter Kontrolle zu bekommen. Wenn ich nur wüsste, ob ich mir dieses Feuer in ihren Augen gestern eingebildet habe oder nicht. Und ob es wirklich für mich bestimmt war. Sie das zu fragen, traue ich mich nicht.

Der Weg führt uns einen kleinen Hügel hinauf. Von Weitem erkennen wir noch die Häuser einer Stadt, dahinter das Meer.

»Wir sollten richtig sein. Das Gwrych Castle liegt zwischen der Küste und einem Waldstück. Könnte das da hinten sein.« Vada zeigt in die Ferne, wo Tannen in den Himmel ragen und alles in ein dunkles Grün tauchen.

»Dann los.«

Wir gehen eine Weile, plaudern dabei über Vadas Umzug nach Wales und die sonnengelben Wände in ihrem neuen Zimmer. Dann treten wir aus dem schattigen Waldstück und bleiben stehen. Wir sind gefangen von dem wunderschönen Anblick eines alten Torbogens, hinter dem ein kreisrunder Turm in die Höhe ragt. Pflanzen halten sich an den Steinen fest.

»Wow«, stoße ich aus und gehe ein paar Schritte darauf zu. »Alte Mauern haben immer etwas Märchenhaftes und Ehrfürchtiges zugleich, findest du nicht?«

»Ich weiß, was du meinst. Wenn man so darüber nachdenkt, wie lange es diese Mauern schon gibt und was sie in den Jahrzehnten so mitgemacht und überstanden haben … eine ganz andere Welt.«

»Was meinst du? Erkunden wir sie?«

»Da fragst du noch?«

Gemeinsam gehen wir durch den Torbogen, betreten das Gelände und kommen dicht an die Turmmauern heran. Bei den weißen Gittern an den Bogenfenstern frage ich mich, ob sie erst kürzlich angebracht wurden, weil sie nicht hundertprozentig zu dem historischen Bild passen wollen, der Atmosphäre jedoch keinen Abbruch tun. Eine Atmosphäre aus dichtem Pflanzenbewuchs, für den ich schon immer empfänglich war. Ich mag es, wenn die Natur sich ihren Platz sucht und sich durchsetzt.

»Die Mauern sind wirklich noch gut erhalten«, sagt Vada. »Ob man auch reingehen kann? Im Flyer stand davon nichts.«

»Auf dieser Seite auf jeden Fall nicht.« Vielleicht haben sie die Gitter an den Fenstern genau aus diesem Grund angebracht, damit keine unbefugten Leute hineinsteigen und Partys feiern oder Drogen nehmen. Gerade bei abgelegenen Orten muss man wohl mit allem rechnen.

»Irgendwie ist es seltsam, hier zu sein.« Ich höre eine gewisse Traurigkeit aus ihrer Stimme heraus und drehe mich zu Vada um. Sie steht da und sieht auf die Mauern, ihre Augen wirken glasig. »Für einen Moment hatte ich gerade wirklich schreckliches Heimweh.«

»Nach Cardiff, nach deiner Mum?«

Sie schüttelt den Kopf. »Nach Nordirland. Ich war früher fast jedes Wochenende am Belfast Castle. Und als Kinder haben wir viele Familienausflüge gemacht. Irland hat wunderschöne Burgen und Schlösser. Warst du schon mal da? Es würde dir sicher gefallen.«

»Leider noch nicht. Ich kenne nur Bilder aus Dokumentationen. Da wirkte es so, als würde das ganze Land nur aus Burgen bestehen.«

»Über dreißigtausend Burgen und Schlösser. Es ist quasi unmöglich, sie alle einmal gesehen zu haben.«

»Definitiv eine Lebensaufgabe.«

»Früher habe ich mir immer vorgestellt, wie es wäre, in einer von diesen Burgen zu leben. Ich dachte, ich wäre eine verschollene Feenprinzessin.«

»Ehrlich? Feen?«, ziehe ich sie auf. Mir gefällt es, dass da wieder mehr Leichtigkeit in ihrer Stimme ist.

»Du glaubst gar nicht, wie viele Sagen und Märchen es in Irland über Feen gibt. Darin sind sie keine kleinen Wesen mit Flügeln, sondern menschengroße Gestalten mit spitzen Ohren. Und meine Ohren *sind* ein bisschen spitz, falls es dir noch nicht aufgefallen ist.«

»Ist mir noch nicht aufgefallen«, gebe ich zu. Bisher habe ich immerzu auf Vadas Zahnlücke oder ihre Augen geachtet.

Sie streicht sich ihre Haare hinters Ohr, um sie freizulegen. Ich gehe einen Schritt auf sie zu, stehe nun direkt vor ihr. Sie hat ein kleines Muttermal am Hals, direkt unterhalb des Ohrläppchens. Zwei Ohrlöcher, heute trägt sie keine Ohrringe darin. Und dann sehe ich, was sie meint: Ihre Ohren sind nicht so spitz wie bei den Elben in *Herr der Ringe*, aber ich kann nachvollziehen, wieso sie als Kind dachte, sie könnte eine Fee sein. Unwillkürlich streiche ihr auch noch mal die Haarsträhne hinter das Ohr, obwohl ich selbst nicht weiß, woher ich den Mut nehme. Woher dieses Verlangen kommt, sie zu berühren.

Ich bin mir sicher, dass Vada ihren Atem anhält, vielleicht, weil ihr in diesem Moment, genau wie mir, bewusst wird, wie nah wir uns plötzlich sind. Meine Lippen sind nur wenige Zentimeter von ihrem Hals entfernt, auf dem sich gerade eine Gänsehaut bildet. Sicher spürt sie meinen Atem, spürt meinen Herzschlag. Gerade bin ich mir zumindest sicher, ihren zu spüren und den Klang bis in mein Innerstes zu fühlen. In mir aufzunehmen. Weil sich das hier magisch anfühlt. Absolut überwältigend. In diesem Moment spüre ich das Feuer, das ich gestern Abend gesehen habe. Ich will es weiter anfachen und mich darin verlieren. Aber ich will auch nichts zerstören, was wir uns gerade aufbauen, weil es verdammt lange her ist, dass ich mich in der Gegenwart eines anderen Menschen so wohlgefühlt habe. So nach mir selbst. Und ich weiß genau, dass ich es gerade nicht verkraften könnte, das durch eine unüberlegte Handlung zunichtezumachen. Nicht, bevor ich mir nicht sicher sein kann, was das hier alles zu bedeuten hat.

»Tatsächlich eine Feenprinzessin«, flüstere ich und gehe wieder einen Schritt zurück. Löse mich von ihrem blumigen Duft und ihrer Körperwärme.

»Sage ich ja.« Ihre Stimme klingt rauer als sonst.

Sie sieht aus, als würde sie etwas sagen wollen. So viele unausgesprochene Sätze, die hinter ihren Augen tanzen, und trotzdem spricht sie keinen davon aus. Sie räuspert sich nur und streicht ihre Haare wieder über das Ohr.

»Sollen wir weitergehen?«, fragt sie.

»Zeig mir dein Königreich, Prinzessin.«

Wir folgen dem Pfad, der uns einmal um den Turm herumführt und uns schließlich zum Haupteingang samt gusseisernem Tor führt. Dahinter ist ein Innenhof, mit kleinen Verkaufsständen. Wir holen uns dort kurzerhand ein paar Scones, die wir aber erst mal in Vadas Rucksack packen, weil wir einen besonderen Ort für unsere Pause suchen wollen. Während wir eben nur einen Turm gesehen haben, besticht das Hauptgebäude mit einer richtigen Festung aus mehreren Gebäudeteilen, die allesamt aussehen wie der Turm von Rapunzel. Hier sind wir nicht mehr so alleine, einige Menschen kreuzen unseren Weg. Sie lassen sich an den Ständen bewirten und machen Selfies mit den Turmmauern im Hintergrund. Ein Teil von mir findet es schade, dass wir nicht auch eine Kamera zur Hand haben, um diesen Moment einzufangen, aber ich nehme mir fest vor, diesen Tag zu zeichnen. Zweimal – einmal für Vada und einmal für mich, damit wir beide eine Erinnerung daran haben.

Das Gwrych Castle kann man von innen nicht besichtigen, es gibt jedoch einen Zugang zu einem wunderschönen Garten. Wir passieren Blumenbeete und einen Brunnen, der wiederum eher an den Froschkönig erinnert und suchen uns schließen eine der vielen Bänke, die am Wegesrand stehen und von denen aus man einen wundervollen Weitblick über das Tal hat, das mit grünen Wiesen und Feldern, ausladenden Bäumen und buschigen Sträuchern und einem Küstenstreifen besticht.

Dort packen wir unsere Scones aus, dippen sie in die Clotted Cream und genießen die Aussicht. Wir schweigen eine Weile, aber es fühlt sich nicht unnatürlich an. Nur genießerisch. Doch die ganze Zeit bin ich mir Vadas Schulter bewusst, die meine berührt. Wir könnten wegrücken, könnten Platz zwischen uns schaffen, aber wir tun es nicht. Lassen diesen kleinen Körperkontakt einfach zu.

»Vada?«, frage ich irgendwann. »Warst du schon mal mit jemandem zusammen?«

»Ja, in Irland. Ist aber schon eine Weile her. Mit dreizehn hatte ich einen festen Freund, mit dem ich ein Jahr zusammen war. Und mit fünfzehn hatte ich eine Freundin. Aber es hat nicht lange gehalten.«

»Was ist mit euch passiert?«

»Sie hat Schluss gemacht. Mein Leben war das reinste Chaos, und sie wollte wohl kein Teil mehr davon sein.«

»Oh. Warst du sehr traurig deswegen?«

»Mehr wegen der Gesamtsituation. Es hat mir alles regelrecht den Boden unter den Füßen weggezogen, da war Sarah nur ein Teil davon.« *Sarah.* Irgendwie ist es komisch, ihren Namen zu wissen. Es versetzt mir einen kleinen Stich.

Vada schielt zu mir, also versuche ich mir nichts anmerken zu lassen. »Was ist mit dir?«

»Keine richtige Beziehung«, gebe ich zu. »Aber ich war in meine frühere Nachbarin verliebt. Wir waren enge Freundinnen, aber ich habe mich lange nicht getraut, ihr zu sagen, dass da mehr ist. Erst, als klar war, dass sie wegzieht. Wir hatten genau eine gemeinsame Nacht zusammen, weil ich die ganzen drei Jahre vorher nie den Mund aufgemacht habe.« Die Geschichte meines Lebens: Gelegenheiten verpassen, bis es zu spät ist. Wie bei Theodora.

»Habt ihr nie darüber nachgedacht, eine Fernbeziehung zu führen?«

»Nicht wirklich. Sie wohnt jetzt in Pembroke, das ist zweihundertdreißig Kilometer von Ruthin entfernt, und es gibt nicht mal eine Bahn- oder Busverbindung. Am Anfang haben wir uns noch sehr oft geschrieben und Fotos geschickt, aber das ist dann irgendwann auch eingeschlafen. Ich denke, sie hat dort viele neue Leute kennengelernt.«

»Das tut mir leid.«

Wieder sehe ich zu ihr, diesmal erkenne ich sofort ihr kleines Muttermal und ihre spitzen Ohren, die mich nun sofort lächeln lassen.

»Es ist schon okay, wie es gekommen ist«, erwidere ich, weil es mir gerade überhaupt nicht leidtut, wo ich gelandet bin. Oder mit wem.

»Da bin ich froh«, sagt Vada lachend und beißt in ihren Scone.

KAPITEL 18
VADA

Den Asphaltweg zur Cliffworth Academy gehe ich alleine hinauf, während Macy noch ein wenig an der Weggabelung bleibt und liest, damit wir keine Aufmerksamkeit auf uns ziehen. Eine Idee, die sich als sinnvoll erweist, als ich direkt auf ein paar der Roses treffe, die ihren freien Tag auf der Wiese im Innenhof ausklingen lassen. Sie haben nur einen etwas desinteressierten Seitenblick für mich übrig, um den ich froh bin. Ich kann nur hoffen, dass mir niemand die Glücksgefühle ansieht, die durch meine Adern fließen und mich dazu verleiten, einfach nur breit grinsen zu wollen.

Ich betrete das Haus der Clovers und stelle mich auf leere Räume ein, weil die meisten runter zum Strand wollten, doch schon beim Eintreten höre ich die anderen. Es klingt nach einer aufgeheizten Diskussion, und ich bin mir sicher, dass es um mich geht. Dass sie mich mit Macy gesehen haben und nun alles auf mich einprasseln wird. Kurz bin ich sogar gewillt, einfach wieder zu verschwinden und diesem Moment zu entkommen. Doch letztendlich führt kein Weg daran vorbei: Ich muss in den Gemeinschaftsraum gehen und mich der Situation stellen.

Langsam öffne ich die Tür und sehe sofort in die Gesichter der anderen.

»Wo warst du?«, fragt Jacob harsch.

»Draußen. Ich habe ein bisschen die Gegend erkundet. Habe ich euch doch gesagt.«

»Du bist spät dran«, sagt Charlotte. »Wir haben uns schon Sorgen gemacht.«

»Das wäre nicht nötig gewesen.« Unruhig fahre ich mir

durch die Haare. Wenn sie mich mit Macy gesehen hätten, hätten sie doch schon längst etwas gesagt, oder? Jacob ist nicht gerade der Typ dafür, Dinge zurückzuhalten.

»Was ist denn hier los?«, frage ich.

»Die Roses waren hier im Haus«, sagt Penelope. »Besser gesagt einer von ihnen.«

»Ich verstehe nicht.« Ich lasse mich auf der Holzbank nieder und sehe sie verwirrt an. »Wer hat sie denn reingelassen?«

»Das ist es ja: Niemand hat ihnen die Tür geöffnet.«

Ich kapiere es immer noch nicht. »Bitte noch einmal von vorne …«

Penelope lässt sich neben mich plumpsen. »Wir waren alle unterwegs. Jacob, Ruby, Grayson und Amar waren unten am Strand, und Charlotte und ich haben Geschichtsbücher in der Hauptbibliothek gewälzt. Ich bin aber noch mal hergekommen, weil ich mein Notizbuch vergessen habe, und da war jemand im Haus.«

»Jemand?«, hake ich nach.

»Jemand in schwarzer Kleidung, der abgehauen ist, als ich ihn bemerkt habe. Ich bin von der Statur relativ sicher, dass es Ian oder Owen gewesen sind. Die Person war ziemlich groß.«

»Eine Nachttischschublade von mir stand auf«, meint Amar. »Ich denke, sie waren in den Schlafzimmern und haben unsere Sachen durchsucht.«

»Fehlt irgendwas?«, frage ich.

Grayson schüttelt den Kopf. »Sieht nicht so aus. Ich denke, Penelope hat ihn gestört.«

»Aber was wollte er hier? Wonach haben Ian oder Owen gesucht?«

»Vielleicht Druckmittel?«, fragt Jacob. »Irgendwas, das sie gegen uns verwenden können?«

Die Leichtigkeit, die ich eben noch verspürt habe, ist wie weggeblasen. Das alles habe ich absolut nicht kommen sehen. Und ich verstehe nicht, wie sie es geschafft haben, hier einzubrechen.

»Hat jemand den Code weitergegeben?«, überlege ich laut.

»So weit waren wir auch schon«, sagt Ruby grimmig. »Aber es hat weder jemand den Code aufgeschrieben und verloren noch weitergegeben. Wir dachten, vielleicht du …?«

»Ich?«, frage ich etwas schrill.

Charlotte verdreht die Augen. »Ich habe ihnen gleich gesagt, dass du so was nicht machst.«

»Ich habe ihn auswendig gelernt, wie wir alle.«

»Tja.« Grayson fährt sich aufgebracht durch die Haare. »Es wäre besser gewesen, wenn sich einer von uns schuldig bekannt hätte.«

»Wieso das?«, fragt Penelope.

»Weil es bedeutet, dass die Roses irgendwie anders in unser Haus gekommen sind.«

»Aber wie?«, flüstert Amar mit großen Augen, und genau diese Frage sehe ich in allen Gesichtern. Wie sollen sie das angestellt haben? Durch ein offenes Fenster? Die haben doch alle Gitterstäbe, niemals würde jemand wie Ian dort hindurchpassen.

Jacob steht auf. »Wir sollten das Haus durchsuchen. Irgendeinen Zugang muss es geben.«

Wir fackeln nicht lange, sondern rütteln an Türen und Fenstern, suchen nach Schwachstellen. Penelope und Jacob versuchen, ohne Code ins Haus zu gelangen, scheitern jedoch, bis wir ihnen wieder die Tür öffnen. Auch in den beiden Schlafräumen finden wir nichts.

»Vielleicht haben sie so lange Zufallscodes eingegeben, bis der richtige dabei war?«, rät Penelope.

Jacob schnaubt. »Das glaube ich erst, wenn wir jede andere Möglichkeit ausgeschlossen haben.«

»Fehlt noch die Bibliothek«, sagt Grayson und stößt die Tür auf. Wieder rütteln wir an Fenstern und Gitterstäben und suchen die Regale ab. Es sieht alles ganz normal aus.

»Leute!« Rubys Stimmlage macht sofort klar, dass sie etwas entdeckt hat. »Das müsst ihr euch ansehen!«

Wir eilen zu ihr und finden sie an der hintersten Wand. Sie steht vor einer schmalen, geöffneten Tür am Ende des Raumes, die zwischen zwei Regalen eingebettet ist. So unscheinbar, dass wir sie bislang nicht beachtet haben. Modrige Luft dringt aus der Dunkelheit zu uns und bereitet mir eine Gänsehaut.

»Wir brauchen Licht.« Penelope sieht sich um.

»Da.« Charlotte nimmt eine Lampe in Form eines Kerzenständers und legt den Schalter um. Das Licht flackert kurz. Vermutlich wurden die Batterien darin lange nicht benutzt, doch dann stabilisiert es sich, und wir leuchten in die Türöffnung.

»Was soll das sein? Ein Tunnel?«, frage ich verwundert. Vor uns liegen kreisrunde Wände und ein langer Gang.

Jacob und Grayson schieben sich nach vorne, um sich das Ganze näher anzusehen. »Ich wusste doch, dass sie irgendwie hier reingekommen sind.«

»Was meint ihr, wo der hinführt?«, fragt Amar.

»Das werden wir jetzt herausfinden.« Penelope holt Taschenlampen aus dem Gemeinschaftsraum und blockiert die Tür noch mit einem Stuhl, damit diese nicht zufallen kann, dann betreten wir den Tunnel und versinken in der Dunkelheit.

Trotz der Lampen ist unsere Umgebung schwer auszumachen, und so setzen wir jeden Schritt vorsichtig ab, tasten uns voran. Die Wände sind ein wenig feucht, als würde das

Salz des Meeres sich auf den Steinen absetzen. Vielleicht war das hier ja mal eine Art Entwässerungssystem, das direkt zum Meer führt? Oder sind früher Bedienstete durch den Tunnel gehuscht, um unbemerkt von A nach B zu kommen?

Erst an einer Kreuzung bleiben wir stehen.

»Gehen wir rechts, links oder geradeaus?« Charlottes Stimme hallt unheimlich von den Wänden wider.

»Wir teilen uns auf«, schlägt Ruby vor. »Jede Gruppe übernimmt einen Abschnitt. Wir müssen wissen, was es hiermit auf sich hat.«

»Erst recht, wenn die Roses diesen Tunnel schon kennen«, beschwert sich Jacob. Es ist offenkundig, dass ihn diese Tatsache verärgert.

»Charlotte, Vada und ich gehen geradeaus«, schlägt Penelope vor.

»Grayson und Amar, ihr geht links. Ruby und ich rechts. Wir treffen uns dann wieder bei uns im Gruppenraum. Passt auf, wo ihr hintretet, und verlauft euch nicht.«

»Sag so etwas nicht.« Allein die Vorstellung, hier unten die Orientierung zu verlieren, schnürt sich sofort eng um meine Brust.

Der Weg ist lang und kalt, der modrige Geruch nimmt ein wenig zu. Erst nach rund fünf Minuten, die mir vorkommen wie eine Ewigkeit, nimmt der Weg plötzlich wieder an Steigung zu. Und dann stehen wir erneut vor einer Holztür, der in unserer Bibliothek ganz ähnlich.

»Sollen wir …?«, fragt Charlotte unsicher.

»Wieso nicht.« Penelope nimmt die Klinke in die Hand und drückt sie hinunter. Ich rechne fest damit, dass sie verschlossen ist, doch sie öffnet sich mit einem leisen Quietschen. Penelope ist die Erste, die ihren Kopf hindurchsteckt und hineinspäht.

»Noch eine Bibliothek?« Sie öffnet die Tür ein wenig weiter, sodass wir auch hindurchsehen können. Es sieht beinahe aus, als wären wir im Kreis gegangen, so sehr ähnelt sich der Raum dem, den wir eben noch verlassen haben. Nur dass die Lampe, die wir in der Hand halten, als zweite Version auf einem der Regale steht.

»Ist das die Hauptbibliothek?«, fragt Charlotte und betritt den Raum. Auch hier finden sich viele dunkle Regale mit Büchern, die zum Verweilen einladen. Diesmal jedoch mit Ausblick auf den Ozean. Wir sind also wirklich näher Richtung Meer gegangen. Meine Intuition hat mich nicht getäuscht.

Meine Finger streifen gedankenverloren über das Fensterbrett und treffen auf eine Kerbe. Etwas ist in das Holz geschnitzt. Ich lege meinen Kopf schräg, versuche es zu definieren. Sehe die erste Wölbung, dann die zweite. Sehe den Stiel, die Blätter.

»Ich … ich glaube wir sind im Haus der Roses.«

»Die Häuser sind also miteinander verbunden?«, fragt Charlotte.

»Und die Roses wussten das«, flüstert Penelope.

Es dauert eine Weile, bis wir uns alle wieder im Gemeinschaftsraum einfinden, um uns von unseren Erkundungen zu berichten. Der Tunnel führt offenbar nicht nur ins Haus der Roses, sondern auch in unterschiedliche Räume des Hauptgebäudes.

»Unfassbar, dass uns das entgangen ist«, schimpft Jacob. »Ist euch klar, dass sie vielleicht schon öfter hier drin waren? Vielleicht haben sie sich schon seit Tag eins hier reingeschlichen.«

»Mag sein, aber einen Vorteil sollten sie sich dadurch nicht verschafft haben können«, erwidert Charlotte. »Oder?«

»Aber es bedeutet trotzdem, dass sie sie Oberhand hatten.« Schon klar, dass Jacob *das* am meisten stört.

»In jedem Fall sollten wir versuchen herauszufinden, wieso sie hier herumschleichen«, meint Ruby.

»Du hast recht. Aber gehen wir jetzt erst mal schlafen und überlegen morgen, was wir in dieser Sache unternehmen wollen«, schlägt Grayson vor. »Es ist schon spät.«

Ich rechne mit Widerstand, aber tatsächlich hat die Tunnel-Exkursion viel Zeit in Anspruch genommen. Vor allem angesichts der Tatsache, dass morgen die neue Unterrichtswoche beginnt. Also gehen wir in unsere Schlafzimmer. Vom Fenster aus sehe ich kurz zum Haus der Roses, in Gedanken sofort wieder bei Macy und unserem wundervollen Tag. Bei ihrem Lächeln, ihren stechend blauen Augen und dem Kribbeln, das ihre Nähe in mir ausgelöst hat und das nun immer mehr zu Übelkeit heranwächst. Diesen Wettbewerb auszublenden, wird vielleicht doch nicht so leicht, wie wir gedacht hatten.

KAPITEL 19
MACY

Ich kann es kaum erwarten, zum Frühstück zu kommen und Vada zu sehen, dabei freue ich mich morgens eigentlich nie auf Menschen. Als ich den Frühstückssaal betrete, wird mir auch sofort wieder klar, wieso. Es dauert nur eine Minute, ehe mir die Geräuschkulisse schon zu viel ist, denn heute reden offenbar alle durcheinander. Ich suche Vada, kann aber weder sie noch Charlotte entdecken. Stattdessen scheinen die restlichen Clovers in irgendeine Diskussion verstrickt zu sein.

Ich nehme mir einen Grapefruitsaft und etwas Rührei und lasse mich neben Dahlia und Owen fallen. »Was ist hier los? Habe ich etwas verpasst?«

»Das wüssten wir auch gerne«, meint Dahlia. »Die sind schon den ganzen Morgen so komisch.«

»Vielleicht verkraften sie immer noch nicht, dass wir letzte Woche die Führung übernommen haben«, mutmaßt Owen, und möglicherweise trifft er damit genau ins Schwarze. »Wir sollten zusehen, dass wir den Vorsprung diese Woche ausbauen.«

Dahlia zieht eine Grimasse. »Zu blöd, dass Geschichte nicht mein Spezialgebiet ist.«

»Ich finde es eigentlich faszinierend«, gebe ich zu. »Ich mag es, mir vorzustellen, was früher einmal war, weil wir dann sehen können, wie sich die Welt und die Gesellschaft verändert haben und wo wir uns noch verbessern müssen.«

»Dann bist du wieder unsere Geheimwaffe?«, mischt sich Ian in unser Gespräch ein. Er hat sich gerade zu uns gesetzt, sein Teller ist voll beladen mit Würstchen.

»Ich weiß nicht … kommt wohl drauf an, was von uns erwartet wird. Wenn es um die reine Abfrage von Daten geht, bin ich raus. Ich kenne eher geschichtliche Bezüge – und da ist auch viel eigene Interpretation dabei.«

Ian zuckt mit den Schultern. »Im Zweifel einfach einbringen. Mrs Walsh hat schließlich gesagt, je mehr Wortmeldungen, desto besser. Manchmal muss Quantität reichen.«

»Bleibt die Frage, ob Mr Roberts das auch so sieht«, wirft Owen ein. »Die Woche leitet schließlich er.«

»Lassen wir uns einfach überraschen«, seufzt Dahlia.

Aus dem Augenwinkel sehe ich, wie Lennox von der anderen Seite des Tisches aufsteht, Alfie etwas zumurmelt und dann Richtung Toilette geht.

»Der freie Tag hat gestern auf jeden Fall gutgetan«, sagt Dahlia, und sofort habe ich Vada wieder im Kopf. Vada und diesen unglaublichen Tag, der noch den ganzen Abend nachgewirkt hat.

»Da sagst du was«, stimme ich ihr zu.

»Was habt ihr so gemacht?«, fragt Owen. »Hab euch gar nicht gesehen.«

»Ich bin ein bisschen rumgelaufen«, erzähle ich. »Das macht den Kopf frei.«

»Poppy, Lennox und ich waren am Strand und haben ein bisschen die Seele baumeln lassen. Zumindest bis Jacob und Ruby kamen. Und später auch noch ein paar andere der Clovers.«

Ich will zu Jacob sehen, doch er sitzt nicht mehr am Tisch, obwohl sein Teller noch voll ist. Ruby, die ihm sonst wie ein Schatten folgt, sitzt stattdessen noch am Tisch und wirkt ein wenig selbstgefällig. Irgendwie verschlagen. Meine Finger spielen fahrig mit meinem Ärmelsaum, während mein Kopf versucht, eins und eins zusammenzuzählen, und dabei ein anderes Ergebnis als zwei herauszubekommen.

»Ich glaube, da stimmt was nicht«, sage ich und habe zum Glück sofort Owens und Ians Aufmerksamkeit. »Lennox ist schon viel zu lange auf der Toilette, und jetzt ist Jacob auch weg. Und Ruby sieht aus, als würde sie sich über irgendetwas freuen, von dem die anderen Clovers nichts wissen sollen.«

Dahlia zieht die Luft ein. »Du meinst doch nicht …?«

»Dass Lennox Ärger hat? Ehrlich gesagt, glaube ich genau das.«

Owen und Ian starren sich für eine Sekunde an. Sie springen genau in dem Moment auf, als Charlotte und Vada den Saal betreten. In Vadas Augen liegen so viele Fragen, die ich nicht an uns heranlassen will, weil ich das Kribbeln, das sich sofort in mir ausbreitet, während sie mich ansieht, genießen möchte. Aber es hält nur kurz, weil Ians Stimme die Luft zerschneidet.

Jacob taumelt aus der Toilette, und Ian folgt ihm.

»Was versuchst du hier?«

»Keine Ahnung, was du denkst gesehen zu haben«, zischt Jacob. »Es war nur Zufall, dass wir beide auf der Toilette waren. Wir haben uns nur unterhalten.«

»Unterhalten, ja?«, knurrt Ian und schubst Jacob. »Und dafür musstest du ihn gegen die Wand drängen?«

Hinter ihnen tauchen Owen und Lennox auf. Lennox ist sichtlich blasser als sonst. Es ist klar, dass das nicht einfach eine Unterhaltung war.

»Seid ihr wirklich so unsicher wegen eurer verpatzten Woche, dass ihr irgendwelche Spielchen spielen müsst?«, fragt Ian.

»*Wir* schaffen es nicht ohne Spielchen? Ist das dein Ernst?«, fragt Jacob zurück. Was er wohl damit meint?

Schritte sind zu hören, die sicher von Mrs Bell oder Mr Roberts kommen.

Ian sieht abfällig zu Jacob. »Es wird mir eine Freude sein, euch diese Woche wieder zu schlagen.«

Jacobs Hand zittert merklich, als müsste er sich zusammenreißen, nicht richtig auf Ian loszugehen. Mrs Bell unterbricht den Moment jedoch, als sie mit ihrem Servierwagen hereinkommt und verdutzt stehen bleibt.

»Was ist hier los?«, fragt sie strenger, als es sonst ihre Art ist.

»Nichts«, murmelt Owen.

Jacob und Ian sehen sich ein letztes Mal voller Abscheu an, dann reißen sie sich voneinander los.

Es ist beruhigend, dass die anderen Clovers offenbar nichts von Jacobs Plan wussten, denn Charlotte, Grayson und Vada gehen sofort zu ihm und beginnen zu diskutieren. Wir Roses versammeln uns hingegen vor Lennox, der im Schnellverfahren erzählt, wie Jacob ihn auf der Toilette überrascht und ihm gedroht hat.

»Wieso macht er so was? Was hat er davon?«, fragt Alfie irritiert.

»Weil er genau weiß, dass wir letzte Woche besser waren, und er das nicht erträgt«, mutmaßt Poppy. »Er weiß sich vermutlich nicht anders zu helfen.«

»Versprecht mir, dass wir sie diese Woche auch schlagen«, knurrt Ian. »Ich will sehen, wie sein Ego immer kleiner wird.«

»Versprochen«, sagt Owen.

KAPITEL 20
MACY

Der Unterricht bei Mr Roberts entpuppt sich als mein persönlicher Horror, weil er nicht darauf wartet, dass man sich meldet, sondern aktiv Leute auswählt, die ihm seine Antworten liefern. Trotzdem versuche ich, die nächsten Tage eisern durchzuhalten und mich einzubringen, auch wenn das alles mich mehr erschöpft als jede Unterrichtsstunde und Gruppenaufgabe zuvor. Vor allem, weil es wirklich viel um Zahlen und Fakten geht. Das Ganze führt dazu, dass die Geschichtsbücher aus der Hauptbibliothek nun alle ausgeliehen sind und die Abende zum Lernen genutzt werden. Die Einzigen, die in der Geschichtswoche bisher richtig punkten konnten, sind Alfie und Grayson. Entspannung gibt es daher kaum, leider auch keine Treffen mit Vada.

Die Woche mündet in einem Essay, in dem wir die Geschichte von Wales in einen persönlichen Bezug setzen sollen und für den wir einen Tag Zeit haben. Es wundert mich nicht, dass die Tische in der Bibliothek der Roses voll belegt sind, denn einige von uns müssen noch die genaue Historie recherchieren, ehe sie anfangen können zu schreiben. Doch ich weiß schon, wie ich meinen Essay aufbauen werde: Nach einer Einleitung zur keltischen Vergangenheit von Nordwales spanne ich den Bogen zu meinen Kindheitserinnerungen an das Eisteddfod. Es ist ein Festival des Geschichtenerzählens, dessen Wurzeln in die keltischen Ursprünge des Landes zurückreichen und das mich schon immer fasziniert hat. Wie oft habe ich als Jugendliche bei der Eisteddfod yr Urdd, einem Wettbewerb für Nachwuchssänger, Tänzer und Schauspieler, zugesehen und mir vorgestellt, dort auch meine Texte vorzutragen. Damals, als ich mich noch darin versucht habe, für Poetry-Slams zu schreiben, mich aber nie getraut habe, meine Texte mit anderen zu teilen. Stattdessen habe ich stundenlang den Vorträgen der anderen gelauscht und mich wohlgefühlt unter diesen der Literatur zugewandten Menschen, die ihr gesamtes Herzblut in ihre Texte stecken.

Fachbücher brauche ich für den Essay nicht – eigentlich auch keine Gesellschaft. Trotzdem geselle ich mich zu Lennox, Dahlia und Poppy, die gemeinsam an einem der Tische sitzen und an ihren Aufsätzen arbeiten. Lennox' Locken stehen heute ein wenig ab. Vor ihm liegen vier dicke Bücher über Wales. Da er aus Irland kommt, muss er vermutlich noch viel mehr nachschlagen als die anderen. Über die Geschichte Irlands wüsste ich auch zu wenig, um persönliche Bezüge herzustellen.

»Hey ihr«, sage ich und bemerke selbst, wie hoch meine Stimme in diesem Moment klingt. Ich kann sie nicht kontrollieren, auch nach über zwei Wochen ist es noch eine Überwindung, aktiv auf die anderen zuzugehen. Es fällt mir viel leichter, wenn die anderen den Kontakt suchen, dann habe ich immerhin nicht das Gefühl, jemanden zu stören. »Ist bei euch am Tisch noch ein Platz frei?«, frage ich, obwohl neben Poppy eindeutig ein Stuhl unbesetzt ist.

Dahlia ist die Erste, die ein herzliches Lächeln aufsetzt und mir zunickt. »Klar.« Sie deutet auf den freien Stuhl.

»Arbeitest du auch am Essay?«, fragt Lennox und schielt auf den Notizblock in meiner Hand.

»Ich habe schon damit angefangen, aber etwas Arbeit ist es noch.«

»Wir sind auch noch bei der Einleitung«, erklärt Poppy. »Ich bin das Schreiben mit der Hand wirklich nicht mehr gewöhnt. Hab schon Krämpfe.«

»Geht mir auch so.« Dahlia massiert ihre Finger. »Ich hoffe, das verlangen sie an der Universität nicht von uns.«

»Ich denke nicht«, sage ich schmunzelnd. »Mrs Walsh will wohl einfach nur verhindern, dass wir einen Computer benutzen und uns Zugang ins Internet verschaffen könnten.«

»Es ist auch gar keine schlechte Methode, um rauszufinden, wer genug Biss hat«, überlegt Lennox. »Lange Texte per Hand zu schreiben ist doch eine viel größere Herausforderung. Nicht nur wegen der Handkrämpfe, sondern auch, weil man jedes Wort genau überdenken muss, bevor man es aufschreibt. Später erst einfügen oder nachträglich ändern geht ja nicht.«

»Nicht, ohne neu zu schreiben und noch mehr kaputte Hände zu riskieren.« Dahlia zieht eine Grimasse, was uns andere zum Lachen bringt.

Die Anspannung fällt etwas von mir, auch wenn mein Gehirn noch immer jedes Muskelzucken der anderen zu interpretieren versucht. Mir ist bewusst, dass sie auf meine Unsicherheiten zurückzuführen ist und dass Lennox' angespanntes Knibbeln am Stift nicht auf mich bezogen sein muss und ebenso gut mit dem Essay zu tun haben kann. Trotzdem ist es nicht leicht, alten Verhaltensweisen nicht die Tür zu öffnen und wieder den Rückzug anzutreten.

Als wir uns wieder dem Schreiben widmen, bin ich froh, erst mal stumm vor mich hin arbeiten zu können. Es ist genau meine Art des Zusammenseins, die mich sehr an meine Schulfreunde und mich erinnert: dem Kopf eine Beschäftigung geben, nicht gezwungen sein, Konversation zu betreiben, und sich trotzdem dazugehörig fühlen. Nur ab und zu hört man etwas von den anderen. Lennox murmelt immer dann vor sich hin, wenn er glaubt, sich verschrieben zu haben. Dann liest er die Wörter Buchstabe für Buchstabe vor. Manchmal helfen wir ihm mit der richtigen Schreibweise.

»Allein deswegen wünsche ich mir meinen Laptop zurück«, murrt er. »Rechtschreibprogramme.«

»Definitiv nicht zu verachten.« Poppys Essay hat in der letzten halben Stunde ganz schön Form angenommen. Sie schreibt wahnsinnig schnell, sechs der acht geforderten Seiten hat sie bereits gefüllt.

Lennox' Mundwinkel zuckt müde. »Erst recht nicht für jemanden mit einer Lese-Rechtschreib-Störung.«

»Du hast Legasthenie?«, frage ich.

»Ja. Früher habe ich mich dafür geschämt«, gibt Lennox zu. »Nie hätte ich gedacht, dass ich es mit meiner LRS auf die Cliffworth Academy schaffe. Aber als ich es in meinem Gespräch mit Mrs Walsh als meine größte Schwäche betitelt habe, war sie mit dieser Antwort nicht zufrieden. Sie sagte, es würde nur zum Hinderungsgrund werden, wenn ich es zulasse.«

»Tust du es?«, frage ich leise. »Siehst du es als Hinderungsgrund?«

»Weiß nicht. Manchmal?« Der Stift in seiner Hand zittert, als würde er die Wörter, die er im Begriff ist zu sagen, ewig mit sich herumtragen. »Ich versuche schon lange einen gesunden Umgang mit meiner LRS zu finden. Sie definiert ja nicht mich oder meine Leistungen …«

»Aber?«, hakt Dahlia nach.

Lennox sieht sich um, vermutlich um sicherzugehen, dass uns niemand hört. Doch wo vorher noch andere Tische besetzt waren, sind wir nun allein in der Bibliothek. Die meisten der Roses sind fertig mit den Essays oder gönnen sich eine Pause. Niemand ist hier, der über Lennox urteilen könnte.

»Aber ich frage mich, ob Jacob mich deswegen ausgesucht hat.« Seine Unterlippe bebt. Man muss kein Hellseher sein, um zu erkennen, wie sehr ihm das Zusammentreffen mit Jacob noch zusetzt. »Wir sind sieben Leute, und doch hat er ausgerechnet mich ausgesucht, um Druck auszuüben. Ich bin das schwächste Glied … der kleine, schmächtige Junge aus einer Künstlerfamilie.«

»Das darfst du so nicht sehen«, sagt Poppy sofort. »Jacob hat sich gar nichts dabei gedacht – dazu ist er nämlich gar nicht in der Lage.«

»Ich glaube, er hat mehr Durchblick als andere«, erwidert Lennox. Es sieht fast so aus, als habe Jacob mit seiner hirnrissigen Aktion nicht nur für Unruhe gesorgt, sondern Lennox' Selbstbewusstsein dort erschüttert, wo es angreifbar war.

»Jeder von uns hat Päckchen zu tragen, nicht nur du«, gebe ich zu bedenken. »Selbst die Clovers. Selbst Leute wie Jacob Murray.«

Lennox sieht zweifelnd zu mir. »Was für ein Päckchen soll das bei ihm sein?«

»Er ist unsicher.«

Lennox und Poppy prusten los.

»Wie kommst du denn da drauf?«, fragt Dahlia. »Ist dir nicht aufgefallen, wie Jacob auftritt?«

»Ist mir nicht entgangen.« Kurz habe ich wieder das Gefühl, zu viel Aufmerksamkeit mit meinen Worten auf mich zu ziehen. Zu viele Reaktionen. Das Schneckenhaus ruft danach, bloß die Klappe zu halten. Aber es ist zu wichtig. »Ich bin mir seiner arroganten Haltung und seines viel zu impulsiven Auftretens durchaus bewusst. Aber habt ihr mal in seine Augen gesehen? Die Art, wie er immerzu alle mustert, wenn er denkt, niemand würde es bemerken? Er ist genauso unsicher wie wir. Zumindest, was diesen Wettbewerb hier angeht.«

»Ich weiß nicht …«, murmelt Lennox.

»Hunde, die bellen, beißen nicht. Das ist doch allgemein bekannt.«

»Ich wünschte, du hättest recht«, sagt Dahlia. »Das würde ihn weit weniger furchteinflößend machen.«

»Trotzdem sollten wir einen gewissen Respekt vor ihm und seinen Taten haben. Er ist so impulsiv, dass man nie vorhersagen kann, was er als Nächstes vorhat.«

Lennox nickt bedrückt. »Leider. Den Überfall in der Toilette habe ich nicht kommen sehen. Ich traue mich seitdem kaum alleine irgendwohin.«

Poppy sieht aus dem Fenster. Nicht mehr lange, bis wir zum Abendessen gehen müssen. »Lasst uns den Blödmann vergessen und lieber noch ein paar Minuten am Essay weiterschreiben. Er mag solche perfiden Spielchen brauchen, um hier an der Akademie klarzukommen, aber ich glänze lieber mit meiner Arbeit.« Poppy deutet auf ihren Aufsatz.

Lennox zieht ebenfalls wieder sein Papier an sich heran. »Muss wohl sein.«

KAPITEL 21
VADA

Ich bin froh, dass wir die Wut auf Jacob und Ruby vergessen und wieder mehr zusammenhalten, denn die letzten Tage war es nicht leicht. Viel zu oft gab es Diskussionen wegen Jacobs dämlichem Alleingang, viel zu oft haben wir uns gegenseitig Druck gemacht, weil die Unterrichtswoche nicht so gut lief, wie wir wollten. Auszeiten waren kaum drin, weil wir nach dem Unterricht zusammen im Gruppenraum oder in der Bibliothek gesessen und gelernt haben. Auch jetzt sitzen wir alle noch zusammen und lesen gegenseitig unsere Essays, um letztes Feedback geben zu können, auch wenn dies unter Umständen bedeuten würde, den ganzen Essay noch mal schreiben zu müssen, um Änderungen vorzunehmen.

»Die sind perfekt«, schließt Charlotte irgendwann ab. »Ich habe jetzt jeden gelesen, und ich finde wirklich alle auf ganz unterschiedliche Art gut.«

»Ich denke auch«, überlegt Grayson. »Wir haben starke persönliche Bezüge bei Vada, Ruby und Penelope. Einen richtig guten Aufbau bei Amar und Charlotte und sehr interessante geschichtliche Bezüge bei Jacob und mir. Somit haben wir von allem etwas dabei.«

Penelope reibt sich die Augen. »Können wir dann schlafen gehen?«

»Ja, ich denke, das ist eine gute Idee.«

Wir machen uns fertig und gehen in die Schlafzimmer. Penelope und Ruby legen sich sofort in ihre Betten, Charlotte hingegen versucht es noch mit ein paar Dehnübungen, ehe sie mir auch eine gute Nacht wünscht und ihr Licht ausknipst. Meins bleibt an, während ich mein Tagebuch aus meinem Kopfkissenbezug ziehe und beginne, noch meine Gedanken zu sortieren. Es wird später und später, die Welt vor meinem Fenster ist schwarz, und Rubys Schnarchen ist das Einzige, was die Stille durchbricht. Ohne Ohrstöpsel kann ich immer noch nicht schlafen, aber trotzdem gewöhne ich mich langsam an die Geräusche der anderen. Charlotte seufzt zum Beispiel gerne kurz vorm Einschlafen, als wäre der Eintritt in ihre Traumwelt besonders schön.

Mir ist bewusst, dass auch ich bald die Augen schließen sollte. Sehr bald sogar, wenn ich morgen noch mal alles geben will. Aber mein Kopf ist einfach zu laut, um es auch nur zu versuchen. Gedanken an meine Mum, und wie es ihr nach ihrer Reise wohl geht. Gedanken an die nächste Punktevergabe und die Angst zu versagen. Und Gedanken an Macys Finger auf meiner Haut, während sie mir meine Haare hinters Ohr streicht und ich ihren Atem an meinem Hals fühlen kann.

Irgendwann gebe ich mich geschlagen. Ich packe mein Tagebuch wieder weg, schlage meine Bettdecke zur Seite und schleiche mich aus dem Schlafzimmer, um draußen noch ein wenig Luft zu schnappen. Vielleicht kann ich mich noch ein paar Minuten an die Klippen setzen, auch wenn Macy zu dieser Zeit sicher nicht dort sein wird.

Ich betrete den Flur und erstarre. Rechts von mir knarzt die Tür zur Bibliothek und lässt mich aufschrecken. Ich bin nicht allein. Irgendjemand ist hier, und ich weiß instinktiv, dass es niemand von uns Clovers ist. Weiß instinktiv, dass wir wieder einen Eindringling haben und ich keine Ahnung habe, was ich jetzt tun soll.

Also schreie ich.

Ein spitzer, lauter Schrei, der aus meiner Kehle dringt und den Eindringling dazu bringt, loszurennen. Jemand macht

Licht an, eine Tür zum Schlafzimmer knallt gegen die Wand, und ich sehe gerade noch, wie jemand in einem schwarzen Pullover durch die Tür der Bibliothek huscht.

Grayson ist der Erste, der zu mir kommt. »Was ist los? Warum hast du geschrien?«

»Jemand war hier«, erwidere ich, meine Stimme zittert noch vor Schock. »Er ist gerade in der Bibliothek verschwunden.«

Grayson rennt sofort los, sicher in der Hoffnung, denjenigen noch in den Tunneln zu erwischen, auch wenn ich nicht denke, dass er ihn noch einholen kann. Der Vorsprung ist zu groß.

»Hast du gesehen, wer es war?«, fragt nun Jacob.

»Es war zu dunkel. Große Statur, dunkle Kleidung. Mehr weiß ich nicht. Ich denke, er war vorher im Gruppenraum.«

Jacob und Ruby sehen sich vielsagend an, dann öffnen sie die Tür. Auf den ersten Blick sieht alles unverändert aus: Das Feuer, das eben noch im Kamin brannte, ist erloschen und hat Asche hinterlassen. Auf dem Tisch liegt noch das Kartenspiel, mit dem sich Penelope und Amar die Zeit vertrieben haben. Eine leere Tasse, in der vor ein paar Stunden noch Tee war, steht direkt daneben.

»Da«, sagt plötzlich Penelope und zeigt zum Wandteppich neben dem Kamin. An der Kordel hängen eindeutig zwei Briefe, die Penelope nun abknüpft. »Sie sind für Amar und Vada.«

Galle kämpft sich nach oben, als ich den Brief entgegennehme. Dort steht mein Name, in einer feinen, geschwungenen Handschrift.

»Wieso gerade für uns?«, fragt Amar, der ebenso ungläubig auf seinen Namen starrt, wie ich es tue.

»Werden wir wohl erst herausfinden, wenn ihr sie öffnet.« Ruby mustert uns. »Ihr habt doch keinen Mist gebaut, oder?«

Ich schüttle den Kopf, auch wenn meine Gedanken sofort zu meinen Treffen mit Macy schweifen. Was, wenn wir nicht so diskret waren, wie wir dachten?

Grayson kommt zurück und zieht zunächst wieder die Aufmerksamkeit auf sich. »Keiner mehr da«, keucht er atemlos. »Aber ist euch klar, dass man vom Tunnel aus ziemlich viel von den Gesprächen hier drin versteht, wenn man an der richtigen Stelle steht?«

Wir starren ihn an.

»Du meinst, sie haben uns vielleicht ausspioniert?«, fragt Penelope.

»Wenn das stimmt«, sagt Jacob, »dann sollten wir vor wichtigen Gesprächen immer sichergehen, dass sich niemand im Tunnel befindet. Am besten sogar Wache halten.«

»Finden wir erst mal heraus, was sie von uns wollen«, meint Ruby.

Amar und ich sehen uns nervös an, dann öffnen wir die Briefe. Charlotte und Penelope haben so viel Anstand, einen Schritt zur Seite zu gehen, um mir beim Lesen etwas Privatsphäre zu geben, obwohl ich mir der Neugier aller Anwesenden mehr als bewusst bin.

Amar liest bereits seine Zeilen, als ich gerade einmal meinen Zettel auseinanderfalte.

Um Macy geht es darin nicht.

Ob die anderen wissen, dass dein Bruder ein Mörder ist?
Ich kann es kaum erwarten, ihnen davon zu erzählen!

Die Buchstaben verschwimmen vor meinen Augen. Alles in mir schreit danach, mich zu verkriechen.

Ein Mörder. Mörder. Mörder.

Gänsehaut kriecht in meinen Nacken, während sich mein Magen eher zusammenzieht. Scham brennt darin, denn ich verstehe nicht, woher jemand davon weiß. Wir sind nicht umsonst nach Wales gezogen. Der Fall hat in Nordirland für viel Aufsehen gesorgt … aber eben vor allem dort. Niemals hätte ich gedacht, hier damit konfrontiert zu werden. Und dann so? Sie können doch nicht wirklich vorhaben, den anderen von Thomas zu erzählen? Verstehen die Roses denn nicht, dass es hier um meinen Bruder geht? Um sein *Leben?*

»Und?«, fragt Charlotte möglichst sanft.

Ich sehe hoch, in fünf ungeduldige, neugierige Gesichter und in Amars braune Augen, die ebenso verzweifelt wirken, wie ich mich fühle. Ob er auch ein Geheimnis hat, von dem die Roses nun Kenntnis haben? Haben sie bei ihm auch angedeutet, es zu verbreiten? Fühlt er sich gerade ebenso ohnmächtig wie ich?

Wo auch immer die Roses die Informationen zu Thomas herhaben: Es muss auf den Lügen der Medien basieren. Auf dem Hass im Netz und in der Presse. Während ich es in der Hand habe, meinen Bruder so zu zeigen, wie er wirklich ist. Ich habe es in der Hand, die Wahrheit zu sagen – nicht das, was die Medien erfunden haben.

»Sie wissen offenbar Details über meinen Bruder«, sage ich mit zusammengebissenen Zähnen, sodass es fast wie ein Knurren klingt.

»Und ich soll meine Vergangenheit aufdecken«, erklärt Amar leise. Im Gegensatz zu mir wissen wir bei ihm nicht, worauf er anspielt, aber ich weiß auch nicht, ob das wichtig ist. Niemand sollte hier gezwungen werden, seine Grenzen zu überschreiten. Nicht so.

Grayson hebt eine Augenbraue. »Woher sollen sie ihr Wissen haben? Habt ihr hier jemandem davon erzählt? Konnten sie euch vielleicht belauschen?«

Amar und ich schütteln gleichzeitig den Kopf.

»Amar, der Abend, als sie an deiner Nachttischschublade waren«, fällt Charlotte ein.

Seine Augen werden trüber. »Da war ein Notizbuch mit Gedichten drin. Aber ich weiß nicht, ob sie daraus genug ableiten konnten.« Er beißt sich auf die Lippe. »Vielleicht.«

»Und bei dir?«, fragt Penelope. »Dein Tagebuch?«

Kurz krame ich in meinem Gedächtnis nach den letzten Einträgen, aber ich habe erst vor ein paar Wochen mit einem neuen Buch angefangen und dort nie Thomas' Tat erwähnt und auch nie mit jemandem darüber geredet. Nicht mal Macy habe ich gesagt, *wieso* mein Bruder inhaftiert wurde.

»Eigentlich können sie diese Infos über meinen Bruder nur online gefunden haben.«

»Aber wie?«, fragt Ruby. »Wir mussten doch alle Geräte abgeben.«

Jacob grinst diabolisch. »Da hätten wir doch schon ein erstes Druckmittel …«

Charlotte geht wieder einen Schritt auf mich zu. »Ihr müsst uns nicht sagen, worum es genau geht. Wir alle haben ein Recht auf Privatsphäre.«

Amars olivfarbene Haut hat einen ungesunden Gelbstich angenommen. »Ich denke, ich will es drauf ankommen lassen und euch tatsächlich lieber nichts erzählen. Es gibt einfach Dinge …« Er schluckt. »Ich vertraue euch, aber es gibt einfach Dinge, über die ich nicht gerne spreche. Mit niemandem.«

»Okay«, sagt Charlotte, ein paar andere nicken. Dann sehen sie abwartend zu mir.

Ich fühle mich schrecklich. Ich will Thomas nicht bloßstellen. Aber genau das ist der Grund, wieso ich es nicht handhaben kann wie Amar. Wieso ich seine Geschichte nicht in die Hände von Leuten legen kann, die in unser Haus einbrechen und Erpresserbriefe hinterlassen. Die Wahrheit wäre dort niemals gut aufgehoben. Dann wäre es nur ein Haufen von Lügen, die ich bereits zur Genüge kenne und die ich nicht mehr dulden werde.

»Ich erzähle es euch lieber selbst, bevor sie es tun.« Ich deute auf die Sitzgelegenheiten. »Kann aber etwas dauern«, sage ich eine Spur zu bissig. »Alles, was ich euch sage, möchte ich vertraulich behandelt wissen. Keine Informationen gelangen nach draußen – weder hier an der Akademie noch in der Zeit danach. Habt ihr mich verstanden? Das ist wichtig.«

Charlottes Blick huscht zur Wand. »Dann sollten wir sichergehen, dass uns gerade niemand belauscht.«

»Guter Einwand.« Amar steht auf. »Ich halte im Tunnel Wache.«

»Allein?«, frage ich. »Bist du dir sicher?«

»Ich schaffe das schon. Wenn ich Hilfe brauche, klopfe ich dreimal kräftig gegen die Wand.«

Amar verlässt den Raum. Ich knete meine Finger, während mich alle ansehen und darauf warten, dass ich anfange. Nur dass es in meinem Kopf so viel einfacher war, mich darauf einzulassen. Das Einzige, was mich dazu bringt, jetzt keinen Rückzieher zu machen, ist der Wunsch, Herrin über die Informationszufuhr zu sein.

»Wie ihr wisst, ist mein Bruder seit einigen Jahren im Gefängnis. Er wurde wegen Totschlags verurteilt.« Einige ziehen die Luft ein, andere starren mich an. Es ist die Reaktion, die die meisten zeigen. Ich habe es erwartet. »Ich weiß.« Meine Stimme klingt viel zu trocken. »Es klingt jetzt, als sei er ein eiskalter Mörder, und ganz gewiss möchte ich nicht rechtfertigen, was Thomas getan hat, oder Ausreden suchen … aber der Richter war streng. Der Anwalt zu schlecht.« Ich seufze. Ich muss definitiv weiter ausholen, um Thomas' besondere Lage besser erklären zu können. »Er war erst dreizehn, als er sich mit einer Clique angefreundet hat. Sie waren bekannt dafür, Ärger zu machen, aber Thomas war beeindruckt, weil sie alle so cool waren. Wir haben wirklich versucht, es ihm auszureden, aber er hat sie nun mal als seine Freunde angesehen. Die Freundschaft wurde über die Jahre enger, auch wenn ich mir sicher bin, dass alles recht einseitig war. Meiner Meinung nach haben sie Thomas ausgenutzt, aber wenn man ihn fragt, dann haben sie ihm oft geholfen.« Meine Finger tun bereits weh, so fest knete ich sie, also lasse ich sie endlich los. Ich sammle Mut, um weiterzusprechen. Das alles hier fühlt sich viel zu intim an. Ich bin nicht bereit und gleichzeitig weiß ich, dass ich es sein muss. »Thomas hatte es nie leicht, Freunde zu finden. Er wurde eher belächelt, weil er klein und schmächtig war. Ich denke, deswegen hat er sich diesen Leuten angeschlossen.«

»Verstehe ich gut«, wirft Penelope ein. »Man denkt vermutlich, die Stärke und die Coolness der Gruppe würden abfärben.«

»Nur war es weniger Coolness und mehr Rebellion. Immer öfter gab es Ärger. Sie sind an Alkohol gekommen und haben getrunken, sich geprügelt, im Laden um die Ecke etwas geklaut. Solche Sachen. Thomas war irgendwie immer mit dabei, wenn auch selten aktiv, aber es führte dazu, dass er aktenkundig und die Polizei auf ihn aufmerksam wurde. Und dann ist alles aus dem Ruder gelaufen.«

»Was ist passiert?«, fragt Charlotte ehrfürchtig.

»Sie sind nachts völlig betrunken mit einem anderen Jugendlichen aneinandergeraten.«

»Und dann?«, fragt Grayson.

»Ist es eskaliert. Sie sind aufeinander losgegangen, doch der Jugendliche war allein und die anderen zu fünft. Er hatte keine Chance, als sie auf ihn eingeprügelt haben. Thomas hat gesagt, dass sie aufhören sollen, aber sie waren nicht zu stoppen. Keine Ahnung, ob sie zu betrunken waren oder ob es ihnen Spaß gemacht hat, aber sie haben so lange weitergemacht, bis der Jugendliche irgendwann regungslos und blutend am Boden lag. Thomas wusste, dass er Hilfe braucht, und hat noch den Notruf gewählt, bevor sie abgehauen sind. Aber die anderen haben ihm das Handy abgenommen, der Anruf wurde somit nicht entgegengenommen.«

»Was ist mit dem Jugendlichen passiert?«, fragt Penelope. »Ich meine … Totschlag. Das heißt …?«

»Als er gefunden wurde, war er bereits an inneren Verletzungen verstorben«, sage ich monoton. So oft habe ich mir diese Szenen bildlich vorgestellt, habe sie in meinen Träumen gesehen, obwohl ich nicht mal dabei war. Inzwischen fühle ich mich eher taub, wenn ich daran denke. Taub und hilflos. Manchmal frage ich mich, ob Mum und ich es hätten verhindern können. Ihm verbieten, sich mit diesen Leuten zu treffen. Ihn an diesem Tag daran hindern, mitzugehen. Aber es nützt im Nachgang auch nichts, sich Vorwürfe zu machen, weil das Ergebnis immer gleich bleiben würde: Ein Jugendlicher ist tot, und Thomas war involviert. Wie sehr, das hat dann das Gericht geklärt. Auch wenn ich eine andere Auffassung gehabt hätte.

»Der Fall ging durch die Presse«, erzähle ich weiter. »Der Jugendliche war erst vierzehn, und seine Mutter hat öffentlich getrauert. Es gab eine große Welle der Anteilnahme und sehr viel Wut, weil er derart brutal zugerichtet wurde. Es gab Zeugen, die die Jungs haben weglaufen sehen, also wurde öffentlich nach ihnen gefahndet, während die Presse bereits die höchsten Strafen für sie forderte. Sie sagten, dass die zunehmende Brutalität unter Jugendlichen endlich gestoppt werden muss und die Strafen abschreckend wirken sollten.

Als man Thomas und die anderen schließlich gefunden hat, ist alles noch schlimmer geworden.«

»Inwiefern?«, fragt Ruby.

»Alle wurden vernommen. Thomas hat seine Aussage gemacht, und der Versuch seines Notrufs wurde bestätigt – was ihm dank eines schlechten Anwalts im Prozess überhaupt nicht geholfen hat, da es nie zur Sprache gekommen ist. Dabei hat er doch versucht, noch das Richtige zu tun. Er hätte den Jungen vielleicht noch retten können, wären die anderen nicht gewesen, aber es spielte beim Urteil keine Rolle. Was jedoch die ganze Zeit eine Rolle spielte, waren die Aussagen der anderen.«

Charlotte zieht die Luft ein. »Ich ahne Schreckliches.«

»Wenn du damit meinst, dass die anderen geschlossen ausgesagt haben, dass Thomas zuerst angegriffen hat – dann liegst du richtig.« Ich schlucke aufsteigende Tränen hinunter. Ich will nicht weinen, sondern mich weiter auf die Wut konzentrieren. Sie hilft mir, das hier durchzuziehen.

»Für die Medien war jeder der Jungs schuldig, aber besonders für Thomas forderten sie eine harte Strafe, weil sie ihn aufgrund der Schwere der Verletzungen als gewaltbereit einstuften. Sie haben ihm nicht mal richtig zugehört … weder die Presse noch die Polizei, ganz zu schweigen vom Anwalt. Sie haben nur den wütenden Mob vor dem Gerichtssaal gesehen, der eine strenge Strafe forderte und sahen fünf Jugendliche, die schon früh aktenkundig geworden waren. Darunter meinen Bruder. Die vier anderen wurden wegen schwerer Körperverletzung mit Todesfolge angeklagt. Thomas wurde wegen des vermeintlich ersten Angriffs, und ich denke auch wegen des öffentlichen Aufruhrs, wegen Totschlags verurteilt.«

Schweigen liegt über dem Raum und nimmt mich ein. Ich vermeide es, Charlotte anzusehen, die mich ein wenig zu mitfühlend anguckt. Andere sehen mir gar nicht in die Augen, aber das bin ich gewohnt. Die wenigsten wissen, was sie darauf erwidern sollen. Worte ändern ja doch nichts an der Situation.

Ich richte mich ein wenig auf, wische mir Tränen weg.

»Das tut mir alles sehr leid, Vada«, flüstert Charlotte schließlich und drückt mich.

Penelope nickt sachte. »Ich verstehe nur nicht, wieso die Roses dich dazu zwingen, es uns zu sagen. Was haben sie davon?«

»Vielleicht dachten sie, ihr würdet mit der Wahrheit nicht gut umgehen? Dass wir deswegen innerhalb der Gruppe Probleme bekommen?«, überlege ich.

»Ich denke, sie wollen Vada und Amar verunsichern«, meint Jacob. »Verunsicherung führt zu Schwäche und Schwäche zu Fehlern – und damit ist die Chance größer, dass die Roses gegen uns gewinnen.«

Die Wut in mir brodelt. »Schön. Dann zeige ich den Roses jetzt, dass ich mich nicht einschüchtern lasse.«

Jacobs Augen blitzen auf. »Wirklich? Ich dachte, du würdest fair spielen wollen.«

»Wollte ich«, erwidere ich. »Aber ich habe nicht damit angefangen. Und ich lasse mich nicht erpressen.« Ich balle meine Hände zu Fäusten. So fühle ich mich stärker, nicht wie ein Opfer. Das bin ich lang genug gewesen. Schluss damit, die Schikanen gegen meine Familie immerzu hinunterzuschlucken und nie etwas dagegen zu tun. Hier, an diesem Ort, kann ich das nicht hinnehmen. Dafür steht zu viel auf dem Spiel.

»Hat jemand Einwände?«, frage ich. Niemand sagt etwas. Charlotte ist ein wenig blasser geworden, und ich bin mir sicher, dass sie nicht vollständig einverstanden ist, auch wenn sie nicht widerspricht. Auch ich spüre noch einen leisen Anflug von Zweifeln, die eindeutig Macys Namen rufen, aber ich versuche es auszublenden. Es geht nicht um sie, nicht um uns. Es geht darum, mir nicht alles gefallen zu lassen. Es geht um meine Familie.

»Dann los«, sage ich und stehe auf. Ich lasse mich einfach von der Wut leiten.

KAPITEL 22
VADA

Gemeinsam mit Ruby, Jacob und Grayson eile ich durch die Tunnel. In meiner Hosentasche befindet sich einer von Charlottes Lippenstiften – keiner in ihrem gewohnten Karmesinrot, sondern ein pinker Beerenton, der laut ihrer Aussage ohnehin nie richtig zu ihrem Teint gepasst hat.

Wir betreten so leise, wie es uns möglich ist, die Bibliothek der Roses. Grayson geht vor. Auf Zehenspitzen läuft er immer einige Meter vor und sieht nach, ob die Luft rein ist, dann gibt er uns Handzeichen.

Das Haus ist gespenstisch still. Ich werte es als Zeichen, dass inzwischen hoffentlich alle schlafen. Unwillkürlich wandern meine Gedanken zu Macy, die hier irgendwo liegt, sicher mit wirren Locken auf dem Kopfkissen und einer kleinen Schmolllippe, die ich nur zu gerne sehen würde. Aber ich versuche, dieses Bild zu verdrängen. Es geht hier um die Roses, nicht um Macy. Für viele mag es dasselbe sein, aber ich weiß, dass ich hier differenzieren muss. Macy hat mir das nicht angetan, sie weiß vermutlich gar nichts von dem Brief, sonst hätte sie mich sicher davor gewarnt. Hätte ihn vielleicht sogar verhindert.

Der Gemeinschaftssaal sieht genauso aus wie unserer: ein langer Tisch mit Stühlen, ein Kamin und ein kleiner Servierwagen. Nur dominiert hier die Farbe Rot, und anstelle der Kleeblätter sind überall Rosensymbole.

Grayson und Jacob positionieren sich an den Türen, um Wache zu halten und uns frühzeitig warnen zu können. Ich selbst nehme den Spiegel über dem Teewagen ab, hole den Lippenstift hervor und beginne zu schreiben.

Wir wissen, dass ihr ein Handy, einen Laptop oder ein Tablet habt. Übergebt es sofort an Mrs Walsh!

Ich warte auf die Genugtuung, aber sie bleibt aus. Das hier reicht nicht für eine Vergeltung. Am liebsten würde ich diesen Raum in Schutt und Asche legen, um ihnen zu zeigen, dass sie sich mit der Falschen angelegt haben. Aber damit hätte ich nichts gewonnen, es wäre lediglich ein kleines Ventil für meine Wut. Ich muss es ihnen mit gleicher Münze heimzahlen. Sie haben mich an meiner Achillesferse gepackt und mich gezwungen, in die Knie zu gehen. Dann werde ich eben auch ihre Achillesfersen finden. Ich werde wühlen und zutage fördern, was die anderen zu verbergen haben, und sie dann ebenso nötigen, ihre Geheimnisse zu verraten.

Auf dem Holztisch liegen noch einige Unterlagen. Einige davon sind die Essays, die morgen abgegeben werden müssen.

Ich stupse Ruby an, nicke in Richtung der Papiere. Das Lächeln, das mir Ruby daraufhin zuwirft, ist mir fast zu gönnerhaft, aber ich ignoriere mein schlechtes Gewissen, damit die Wut weiter ihre Arbeit machen kann.

Ruby zögert nicht lange, sondern nimmt die Unterlagen und zerreißt sie. Die Fetzen segeln auf den Holztisch und den Fußboden, und mein Herz krampft sich kurz zusammen. Ich kann nur hoffen, dass es sich nicht um Macys Arbeit gehandelt hat. Ruby nimmt noch einen Essay und zerrupft ihn mit scheinbar diebischer Freude zu Konfetti. Auch ich greife zu einem der Blätter, auf dem Lennox' Name steht. Das Papier bebt in meiner Hand. Ausgerechnet Lennox. Er wirkte neben Macy bisher immer am nettesten von allen Roses.

»Beeilt euch lieber mal«, wispert Grayson von der Tür. Sein Kiefer ist angespannt, während er die Umgebung scannt.

Meine Finger greifen stärker um das Papier, als ich noch mal Lennox' Namen lese. Dann sehe ich auf die Zeile darunter.

Auch wenn ich in Irland aufgewachsen bin, habe ich mich schon als Kind mit Wales verbunden gefühlt.

Mir wird eiskalt. Das Beben meiner Finger nimmt zu, als mir klar wird, was ich da lese. Lennox stammt aus Irland, so wie ich? Dann wusste er sicher von den Schlagzeilen um Thomas. Wusste er es in dem Moment, als er Thomas' Foto in dem Bewerbungsvideo gesehen hat? Hat er dafür gesorgt, dass diese Infos gegen mich verwendet werden konnten? Ist das seine Rache für Jacobs Überfall?

Diesmal zögere ich nicht, die Wut hat wieder die Kontrolle über mich, während ich Thomas' ausgezehrtes Gesicht vor mir sehe. Mit einem Ruck reiße ich den Aufsatz in Stücke. Einmal, zweimal. Rubys grinst mich an, als wären wir in diesem Moment zu Seelenverwandten geworden.

»Ich glaube, ich habe etwas gehört«, flüstert Jacob.

Ruby und ich lassen die Papierfetzen auf den Tisch fallen, was mich im Innersten befriedigt.

Grayson packt mich an der Schulter. »Wir hauen ab«, flüstert er. Ruby und Jacob sind bereits wieder auf dem Weg Richtung Tunnel, also folgen wir ihnen. Wir eilen geradewegs durch die dunklen Gänge und entfernen uns, so schnell es geht, von dem Chaos, das wir hinterlassen haben. Erst kurz vor unserer eigenen Tür bleiben wir stehen. Mein Puls rast, und trotz der Kühle des Tunnels liegt ein feiner Schweißfilm auf meiner Haut. Ich fühle mich, als hätte ich Fieber. Äußerlich am Brennen, innerlich verletzt.

Ruby lächelt verschwörerisch. »Würde zu gerne ihr Gesicht sehen, wenn sie unsere Botschaft finden.«

»Und Mrs Walshs Gesicht, wenn das versteckte Gerät übergeben wird«, meint Jacob.

»Wenn sie denn ein Gerät haben«, sage ich. Jetzt, wo das Adrenalin abnimmt, habe ich das Gefühl, wieder klarer denken zu können, und ich frage mich, ob nicht mehr hinter meiner Vermutung mit Lennox stecken könnte.

»Wir sollten wohl verschwinden und ins Bett gehen«, sage ich, auch wenn ich mir sicher bin, dass ich nicht schlafen kann. In mir brodelt es, und die Gedanken an Thomas nehmen mich ein. Die Erinnerungen an Irland, an Hass, an Ohnmacht. Wieso dachten Mum und ich nur, dass ein Umzug nach Wales alles verändern würde? Dass wir nie wieder damit konfrontiert werden würden? Gerade fühlt es sich an, als hätten wir unser Leben völlig umsonst aufgegeben, weil das Unrecht, das uns zugefügt wurde, niemals endet. Nach dem berauschenden Gefühl der Macht, das ich eben noch verspürt habe, trifft mich nun eine eiskalte Erkenntnis.

KAPITEL 23
MACY

Als ich an diesem Morgen unsanft geweckt werde und etwas von einem Notfall gesagt wird, bin ich sofort hellwach. In meinem Innersten gehe ich bereits sämtliche Notfallvarianten mit allen Verhaltensregeln durch, die ich kenne: von Feueralarm bis hin zur Ersten Hilfe. Auf das, was ich letztendlich vorfinde, hätte ich mich niemals vorbereiten können. Weder auf die angespannte Stimmung im Gruppenraum, vor der ich am liebsten sofort wieder davonlaufen würde, noch auf die Unordnung, die mich dort erwartet. Der Spiegel, der sonst über dem Teewagen hängt, steht an einen der Ohrensessel gelehnt und wurde mit einer Drohung beschmiert. Direkt daneben liegen Papierfetzen auf dem Boden. Lennox und Alfie haben ein paar der Schnipsel in der Hand und weinen. Auch Owen sieht aus, als wäre er den Tränen nahe, selbst wenn seine geballte Faust und sein aufeinandergepresster Kiefer etwas anderes suggerieren. Er spielt den Harten, aber im Innern leidet er. Das *Wieso* kann ich noch nicht greifen.

»Wir hatten heute Nacht offenbar Besuch.« Ian sieht grimmig in die Runde, eine Augenbraue ist angespannt nach oben gezogen.

Dahlia überkreuzt ihre Arme vor der Brust. »Hat denn keiner was mitbekommen? Etwas gehört?«

Alle schütteln den Kopf. Wir haben eindeutig einen zu festen Schlaf, wenn wir so etwas nicht mitkriegen.

»Wie sind sie überhaupt reingekommen?«

»Das da war offen.« Owen zeigt auf eins der Fenster, doch ich sehe zu Ian, der mit einer der Kordeln am Wandteppich spielt. Als wüsste er etwas? Vielleicht fühlt er sich schuldig, weil er das Fenster aufgelassen hat.

»Wie sollen sie denn durch die Gitter gekommen sein?«, fragt Poppy. »Erscheint mir nicht realistisch.«

»Für Leute wie Ruby?«, fragt Owen. »Habt ihr gesehen, wie schmal sie ist? Sie würde bestimmt durchpassen.«

»Vielleicht«, murmelt Ian. »Sie sind auf jeden Fall nicht nur hier eingedrungen, sondern haben auch Owens, Alfies und Lennox' Essays zerstört.«

»Wieso machen sie so was?«, fragt Alfie verzweifelt. »Erst das mit Lennox, jetzt so was. Wir haben ihnen doch gar nichts getan.« Er sieht uns unter Tränen an. »Oder?«

»Jacob hat offenbar ein gewaltiges Aggressionsproblem«, sagt Ian. »Wir können uns schließlich alle denken, dass er es war, oder? Und Ruby hat ihm geholfen.«

»Was mich viel mehr interessiert, ist die Behauptung auf dem Spiegel«, sagt Owen. »Wenn es jemanden gibt, der sein Smartphone nicht abgegeben hat, dann ist das der richtige Zeitpunkt, um mit der Sprache rauszurücken.«

Es herrscht Schweigen im Raum.

»Niemand?«, fragt Owen. »Die müssen doch irgendwelche Beweise haben. Wenn sie sich so sicher sind, dass sie diese Nachricht hinterlassen …«

Wieder sagt niemand etwas.

»Na schön«, sagt Ian verstimmt. »Geht nach dem Unterricht alle noch mal eure Sachen durch: Habt ihr irgendwo ein Handy, Tablet oder einen Laptop vergessen, wenn auch unabsichtlich? Habt ihr wirklich alles abgegeben?«

Wir versprechen, nach dem Unterricht nachzusehen, aber Ian wirkt nicht zufrieden. Ich kann es ihm nicht verdenken. Die ganze Situation ist absurd. Als ich mich für diese Akademie angemeldet habe, war ich auf vieles gefasst. Auch auf Streitigkeiten und Konkurrenzkämpfe. Aber das hier? Zerstörte Hausaufgaben? Drohungen? Ich fühle mich komplett überfordert. Die angespannte Stimmung, die Sorgen und das Misstrauen schwappen auf mich über und verunsichern mich.

»Was machen wir jetzt?«, frage ich und weiß nicht mal, ob ich nun die Drohung oder die Gesamtsituation meine.

»Sollen wir es jemandem erzählen? Es Mrs Walsh melden?«, fragt Alfie.

»Haben wir Beweise, dass es die Clovers waren?«, fragt Dahlia. »Nicht, dass sie es hinterher so darstellen, als wären wir es selbst gewesen, um sie anzuschwärzen.«

»Wir haben noch eine Stunde bis zum Unterricht«, verkündet Poppy. »Also bleibt uns noch etwas Zeit, um das mit den Essays irgendwie in Ordnung zu bekommen. Wir dürfen die Punkte im Wettbewerb nicht verlieren.«

Owen und Alfie nicken, schnappen sich sofort Stift und Papier, auch wenn ich bei Alfie eine gewisse Erschöpfung ausmache. Einen Aufsatz, an dem man mehrere Stunden gearbeitet hat, noch mal innerhalb von sechzig Minuten und aus dem Gedächtnis zu wiederholen, scheint unmöglich zu sein. Aber ein halb garer Aufsatz ist immer noch besser als keiner.

»Lennox, dein Essay ist noch lesbar«, sagt Dahlia, die die Überreste seiner Papiere in der Hand hält. Im Vergleich zu den Aufsätzen von Owen und Alfie ist sein Essay nur in vier Teile zerrissen worden.

»Ich bin nicht so schnell mit dem Abschreiben«, murmelt Lennox. Natürlich, mit seiner Legasthenie fällt ihm das schwer.

»Wir helfen dir«, sage ich und blicke unsicher zu Dahlia und Poppy. »Richtig?«

»Klar. Wir bekommen das schon hin.«

Wir schaffen es, alle Essays pünktlich abzugeben, auch wenn die meisten dafür auf das Frühstück verzichten mussten. Nun sitzen wir mit den anderen im Unterrichtssaal und warten auf Mr Roberts, und ich fühle mich wie in einem Funkenregen in einem Raum voller Benzin. Über kurz oder lang wird ein Flächenbrand entstehen. Selbst Mr Roberts' Anwesenheit kann dieses Gefühl nicht vollständig zum Erliegen bringen.

Immer wieder schweift mein Blick während des Unterrichts umher und versucht herauszufinden, wer hier ein falsches Spiel spielt. Sind es, wie von allen angenommen, Jacob und sein Schatten Ruby, die bereits unter Beweis gestellt haben, dass sie zu solchen Taten in der Lage sind? Ist es jemand wie Grayson, den ich nie richtig einschätzen kann? Oder Leute wie Charlotte, die auf mich loyal genug wirkt, um im Zweifel für ihre Gruppe zu kämpfen?

Und welche Rolle spielt Ian dabei? Ich weiß nicht, ob ich ihm vertrauen soll, aber angesichts der derzeitigen Situation brauchen wir jemanden wie ihn: einen Kämpfer, der keine Angst vor den anderen hat. Im Gegensatz zu Jacob bin ich mir sicher, dass Ians Selbstbewusstsein echt ist und er damit keine Minderwertigkeitskomplexe kaschieren will. Aber wohl ist mir dabei trotzdem nicht.

Nach dem Unterricht gehen wir in unsere Schlafsäle und suchen nach vergessenen Geräten, doch am Ende findet niemand von uns eines. Es herrscht Ratlosigkeit und Wut, die sich wie Dynamit anfühlt.

»Vielleicht bluffen sie«, überlegt Dahlia. »Sie wollen, dass wir denken, sie hätten etwas gegen uns in der Hand. Vielleicht wollen sie auch zwischen uns Unruhe stiften. Bewirken, dass wir uns gegenseitig nicht mehr trauen und dann bei unseren Gruppenaufgaben versagen.«

»Dann sind sie gewaltig auf dem Holzweg«, sagt Ian bestimmt. »Ganz sicher werden wir uns nicht einschüchtern lassen. Wenn sie glauben, etwas über uns zu wissen, dann bitte – sollen sie es ruhig Mrs Walsh petzen. Ich vertraue darauf, dass wir alle ehrlich sind.«

»So ein Grundvertrauen habe ich nicht«, brummt Alfie. »Dafür ist die Sache mit dem Stipendium zu wichtig.«

»Gerade deswegen«, meint Ian. »Wenn doch jemand etwas zu sagen hat, dann raus damit. Aber bis dahin würde ich vorschlagen, dass wir es drauf ankommen lassen.«

»Sehe ich auch so.« Poppy verschränkt die Arme vor der Brust. »Aber ich hoffe sehr, dass wir sie im Wochen-Ranking wieder schlagen.«

Angesichts der drei Essays, die unter Zeitdruck entstanden sind, ist das fraglich, aber auch ich hoffe das Beste.

Als wir uns jedoch zum Abendessen versammeln, weiß ich instinktiv, dass es für uns diese Woche nicht gereicht hat. Grayson war im Unterricht der Stärkste von allen, und die Clovers haben sich durch die Sache mit den Essays eindeutig einen Vorteil verschafft.

Ein Vorteil, der schließlich deutlich wird, als die Punkte auf der Leinwand erscheinen.

Woche 3: Geschichte

Clovers: 57 Punkte
Roses: 50 Punkte

»Das liegt nur an den verdammten Essays«, flüstert Poppy aufgebracht. »Wir hätten sonst sicher mehr Punkte dafür bekommen.«

Innerlich muss ich ihr recht geben, aber ich weiß auch, dass wir es nicht mehr ändern können. Wir können nur dafür sorgen, dass die nächste Woche wieder besser läuft. Wir müssen vorsichtiger werden. Ich frage mich nur, ob das auch für mich und mein Herz gilt, während ich Vada dabei beobachte, wie sie Charlotte umarmt. Ein Herz, das gerade nicht weiß, ob diese Treffen mit ihr gut sind, obwohl sich alles in mir danach sehnt.

KAPITEL 24
VADA

Noch nie war ich vor einem Treffen mit Macy so angespannt wie heute. Viel zu lange haben wir uns nicht mehr allein gesehen, viel zu viel ist seit unserem Ausflug zum Gwrych Castle passiert, und ich habe Angst. Habe Angst, herausfinden zu müssen, dass die Verbindung zwischen uns diesem Wettbewerb zum Opfer gefallen ist.

Als ich endlich ihre Schritte höre, spüre ich jedoch Vorfreude und Erleichterung. Einen Moment lang dachte ich, sie würde vielleicht gar nicht kommen.

Sie lächelt, als sie näher kommt, aber mir entgeht nicht, dass es erschöpft wirkt. »Wartest du schon lange? Die anderen waren noch wach, sodass ich nicht eher wegkam.«

»Kein Problem.«

Macy setzt sich neben mich, doch diesmal berühren sich unsere Schultern nicht. Diesmal sehen wir uns nur etwas unbeholfen an.

»Wie geht es dir?«, frage ich.

Ihre Lippen schürzen sich. »Gut.«

»Und wieso klingt das, als wäre gar nichts gut?«

Ihr Seufzen ist schwer. »Diese ganze Woche war … ich weiß auch nicht …«

»Die Stimmung war beschissen«, spreche ich es laut aus.

Macy nickt müde. »Mich kotzt es an, dass wir kaum Zeit füreinander hatten. Und dann diese Sache mit den Essays.« Mein Herz setzt aus. Für einige Sekunden meide ich ihren Blick, aber zu lange wegzusehen traue ich mich auch nicht. Macy soll nicht mitkriegen, wie schwer mein schlechtes Gewissen wiegt. Wie schlecht ich mich auf der einen Seite fühle, und wie sehr die Wut in mir diese Genugtuung dennoch brauchte.

»Wusstest du davon?«

»Wovon?«, frage ich.

Macy mustert mich nachdenklich. »Schon okay«, murmelt sie. Erleichtert atme ich in den Bauch, versuche meine Schuldgefühle zu verdrängen. »Ich finde es nur furchtbar, Woche für Woche diese Gegenüberstellung zu sehen«, redet sie weiter. »Das baut mächtig Druck auf.«

»Das stimmt. Ich hasse es auch. Auch wenn ich froh bin, dass diesmal gesehen wurde, dass wir uns den Wochensieg verdient haben.«

Macy starrt mich an. Ich weiß sofort, dass ich etwas Falsches gesagt habe. »Was soll das heißen? Dass wir uns den Sieg letztes Mal nicht verdient haben?«

»Nein. Ich sage nicht, dass ihr ihn nicht verdient habt. Ihr habt genauso hart gearbeitet wie wir und alles gegeben.«

»Richtig«, presst Macy hervor. »Wir haben alles gegeben. Allein Owens Buch-Referat muss eine volle Punktlandung gewesen sein, weil er einfach grandios war. Und ich habe all meinen Mut zusammengenommen und mich aktiv am Unterricht beteiligt, dabei mache ich das fast nie.«

»Ich weiß.« Mein Herz verkrampft sich. »Tut mir leid, das war eben blöd von mir.«

»Vor allem nach dem, was …« Macy bricht ab.

Mir ist klar, dass sie an die Essays gedacht hat. Und sie hat recht.

Sie fährt sich durchs Haar. Ihre Locken stehen danach wild ab. »Ich weiß gar nicht, wieso wir überhaupt darüber reden.«

»Wieso? Weil es doch unsere ganze Woche bestimmt hat«, erwidere ich. »Diese Anspannung, die sich in den letzten Tagen aufgebaut hat, lässt sich nicht so leicht abschütteln.«

Macy beißt sich auf die Lippen, und obwohl sie dabei so gequält aussieht, hat der Anblick auch etwas überraschend Anziehendes. Es löst ein Kribbeln aus, das mich an den Moment beim Schwimmen erinnert. Mich einnimmt und mein Herz zum Rasen bringt und sich trotzdem noch verletzlicher anfühlt als vor ein paar Tagen. Beschwert von unvollendeten Sätzen und Schuld.

»Ich mag das mit uns, Vada«, flüstert Macy. »Ich hab's nicht so damit, Leute kennenzulernen und mich ihnen zu öffnen, und mit dir klappt es ohne Bemühungen. Und ich dachte … ich dachte, da wäre etwas …«

Hitze steigt wieder in meine Wangen und breitet sich aus. Sie lässt mich im Innern wie Honig zerfließen – so sehr sehne ich mich nach genau diesen Worten. Nach diesen Geständnissen.

»Da ist etwas«, bestätige ich. Meine Hand zittert tatsächlich vor lauter Herzrasen, als ich ein wenig näher zu ihr rücke und ihr einmal über die Wange streichle. Einmal nur fahre ich ihr mit dem Daumen über ihre weiche Haut, um ihr noch ein wenig näher zu sein. Um ihr zu zeigen, dass ich es ernst meine. Sie schließt für einige Sekunden genussvoll die Augen, verharrt in diesem Moment. Ihre Wimpern sind lang, der Augenaufschlag, den sie mir danach zuwirft, ist einnehmend.

»Da ist definitiv etwas«, sage ich noch mal, diesmal mit brüchiger Stimme. »Und ich will mich nicht mit dir streiten.«

»Ich auch nicht.«

Ich streichle ihr noch mal über die Wange, will diesen Moment nicht enden lassen. Will diese Verbindung weiter spüren, damit sie wirklich real ist.

»Was, wenn unsere Treffen ein Safe Space sind?«, schlage ich vor. »Keine Gespräche über die Aufgaben mehr, nichts über die Bewertungen oder die Gruppen. Nichts, was diesen Wettbewerb angeht. Nur wir …«

»Nur wir? Das klingt ziemlich gut für mich.«

»Nur wir, morgen bei einem Ausflug nach Colwyn Bay?«, frage ich. »Den Abend wollten Charlotte und ich zusammen verbringen, aber am Vormittag hätte ich sicher die Möglichkeit, mir eine Ausrede einfallen zu lassen.«

Macys blaue Augen blitzen auf. »Ich bin dabei.«

Das Wetter spielt bei Macys und meinem Plan nicht mit. Der Sonntag begrüßt uns mit dunklen Wolken und Regengüssen, und trotzdem treffen wir uns an der Weggabelung und laufen los. Colwyn Bay liegt ungefähr vierzig Gehminuten von der Cliffworth Academy entfernt. Regen peitscht uns in die Gesichter und zerrt an unseren Kapuzen. Um dem Wind auf der Küste ein wenig zu entkommen, wählen wir den Weg durch Old Colwyn, ein wunderschönes kleines Städtchen, das die perfekte Kulisse für einen romantischen Film abgeben würde. Braune Backsteinhäuschen mit schwarzen Fensterläden und ebenso schwarzen Laternenmasten reihen sich nebeneinander und werden durch Blumenkästen abgerundet. Es begegnet uns kaum ein Mensch. Die meisten gehen bei dem Wetter wohl nicht vor die Tür, aber Macy und ich lassen uns davon nicht die Laune verderben, auch wenn der Regen uns bereits über die Stirn läuft und von der Nase tropft. Macy lacht leise, als eine Sturmböe sie erfasst und ihr die Kapuze vom Kopf fegt.

»So wie die Dinge gerade stehen, hätten wir auch gleich mit Klamotten schwimmen gehen können«, sagt Macy. »Aber siehst du das da vorne?« Sie zeigt auf ein kleines Café am Ende der Gasse. Kübel mit roten Blumen stehen vor der dunklen Steinmauer und wirken selbst im Regen einladend. »Wir könnten einen Tee trinken und uns aufwärmen.«

Eigentlich wollten wir bis in den Eirias Park, der mit einem Ententeich und Wiesen lockt, was angesichts des Wetters aber tatsächlich nicht so attraktiv klingt wie ein gemütlicher Sonntag in einem Café.

Wir betreten den kleinen Laden, eine Klingel kündigt uns als neue Gäste an. Die Luft ist tropisch, die Fenster sind von innen beschlagen, und ein herrlicher Duft von Bara Brith liegt in der Luft. Obwohl das Frühstück noch nicht lange her ist, knurrt mein Magen sofort bei dem Gedanken an das leckere Früchtebrot, das Mrs Bell auch gerne zum Mittagessen reicht. Die Sitzbänke sind in kleinen Nischen angeordnet und geben somit Privatsphäre. Wir schälen uns aus den durchnässten Pullovern und tragen nun nur noch T-Shirts, die uns aber ebenso nass am Körper kleben. So sehr, dass ich jede von Macys Rundungen genau sehen kann: den Schwung ihrer Hüfte, ihre tropfenförmigen Brüste. Für einige Sekunden bin ich gefangen – zurückversetzt zu dem Abend, als wir schwimmen waren, und doch fühlt es sich ganz anders an. Intensiver. Nach rohem Verlangen. Vielleicht, weil mir unsere Geständnisse, dass da etwas zwischen uns ist, noch im Kopf herumspuken und dort widerhallen. Vielleicht, weil ich mir in diesem Moment ziemlich sicher bin, dass ich *will,* dass das hier mehr ist. Mehr als geheime Treffen, mehr als gegenseitige Sympathie. Und doch steht so viel zwischen uns, das es fast unmöglich macht, sich darauf einzulassen. Die Tatsache, dass nur eine von uns es an die Uni schafft, wiegt dabei wohl am schwersten. Es ist das falsche Rad im Getriebe, das alles lahmlegen könnte. Weil die Zukunft dadurch beängstigend wird, und das nach einer Vergangenheit, bei der ich ohnehin nicht auf die Loyalität Dritter zählen konnte.

»Ich habe etwas für dich«, reißt sie mich aus meinen Gedanken. Macy nimmt ihre Tasche und holt ein gefaltetes

Stück Papier hervor. »Das wollte ich dir schon die ganze Woche geben.«

Wir werden kurz von der Kellnerin unterbrochen, bei der wir Früchtetee und Bara Brith bestellen. Dann erst falte ich das Papier auseinander und sehe auf eine Zeichnung. Die Sehnsucht in meinem Herzen nimmt sofort zu.

»Das sind ja wir. Wir und das Gwrych Castle.«

Es ist erstaunlich, wie viel Liebe fürs Detail in diesem Bild steckt. Da sind meine Zahnlücke, mein spitzes Ohr, sogar mein Muttermal am Hals. Die Zuneigung, die in jeden Bleistiftstrich geflossen sein muss, springt mich förmlich an und treibt mir Tränen in die Augen, weil ich mich noch nie so wahrgenommen gefühlt habe wie in diesem Moment. Wie in dieser Zeichnung, die einem zuflüstert, dass sie mich kennt. Mich *sieht*. Und das, nachdem ich seit fast vier Jahren das Gefühl hatte, dass alle wegsehen. Sich nicht interessieren.

»Es ist das schönste, aufrichtigste Geschenk, das ich seit Langem bekommen habe«, bringe ich hervor und höre selbst, wie belegt meine Stimme klingt. Mein Herz beginnt zu rasen, während ich über den Tisch greife und ihre Hand nehme. Ihr einmal mit dem Daumen über den Handrücken streife und sie ansehe. So ansehe, dass sie versteht, wie viel mir dieses Geschenk bedeutet. Wie viel mir unsere Treffen bedeuten. Sie sind das, was mich trotz all der Zukunftsängste über Wasser hält. Was mir meinen Neuanfang in Wales erleichtert und mir die Hoffnung gibt, dass es hier anders werden wird. Besser.

KAPITEL 25
VADA

Früher war ich jeden Samstag mit meinen Freunden unterwegs. Mal im Einkaufscenter, manchmal auch einfach im Park oder bei jemandem zu Hause, auf eine Pizza und ein paar Softdrinks. Die Jahre danach, in denen ich alleine mit Mum auf der Couch oder nur mit Lernen verbracht habe, stehen in starkem Kontrast zu der früheren Unbeschwertheit. Heute, nach diesem wundervollen Tag mit Macy, und während ich nun auf meinem Bett sitze und von Charlotte die Haare geflochten bekomme, fühle ich einen Hauch von diesem früheren Gefühl. Diesem Gefühl von Freundschaft und Leichtigkeit.

Erst hat Charlotte mir drei französische Zöpfe geflochten, nun drapiert sie diese in einen Knoten im Nacken und befestigt sie mit Bobby Pins.

»Okay, guck es dir an und sag mir, was du denkst. Und sei ehrlich.« Charlotte reicht mir einen Spiegel. »Auch wenn ich sofort in Tränen ausbreche, wenn du es hasst.«

Gespannt betrachte ich mein Spiegelbild. Nur mein Pony und zwei einzelne Haarsträhnen fallen mir noch ins Gesicht und rahmen es förmlich ein, der Rest meines Haars sieht süß und elegant zugleich aus.

»Wow, du hast echt ein Händchen für so was.«

»Ich weiß«, erwidert sie überschwänglich. »Meine Mum hat immer gesagt, dass ich eigentlich einen Salon oder so eröffnen müsste. Aber ich bleibe lieber bei der Psychologie. Man braucht schließlich auch Hobbys.«

»Die Frisur ist fast zu schade, um damit nur im Zimmer zu hocken.«

Charlotte schielt zum Fenster, wo noch immer Regen gegen die Scheiben prasselt. »Wenn wir an der Uni sind, kann ich dir öfter solche Frisuren machen.«

»Wäre cool, wenn wir dann in einem Wohnheim wären«, sinniere ich, obwohl mich diese eine Stimme in meinem Kopf warnt, nicht zu sehr meinen Unialltag zu planen, wenn ich nicht weiß, wie die Akademie ausgeht. »Grayson sagt, dass es in der Praxton-Hall die besten Partys gibt.«

»O ja, das wäre auch meine erste Wahl. Stell dir nur mal vor, du hättest eins der Zimmer im Turm. Das muss doch ein phänomenaler Ausblick sein.«

»Und viele Stufen«, erwidere ich lachend.

»Das hält dann zumindest fit.«

»Oder man geht in eins der ruhigeren Wohnheime mit der schönen Aussicht auf den Campus. Es soll tolle alte Bäume geben.«

»Nein, das ist mir zu sehr ab vom Schuss. Ich will lieber den Trubel und die Partys.«

»Und ich dachte, du willst ein wenig Ruhe haben, nach dem ganzen Radau deiner Brüder«, ziehe ich sie auf.

Charlotte schmunzelt. »Zwei sechzehnjährige Brüder sind definitiv nicht dasselbe wie ein Wohnheim voller feiernder Kommilitonen. An der Uni will ich das volle Programm.«

»Partys, Alkohol und schlechte Entscheidungen?«

»Vorlesungen bei meinem Idol, viele Partys, ein bisschen flirten … und ja, vielleicht auch schlechte Entscheidungen, weil die einfach dazugehören«, antwortet sie und räumt die restlichen Bobby Pins in eine kleine Tasche mit ihren Haarutensilien. »Aber ich habe mir fest vorgenommen, dass ich an diesen Entscheidungen wachsen werde.«

»Flirten, hm? Wer oder was ist denn so dein Typ?«

Charlotte sinkt ins Kissen und grinst mich an, als hätte ich mit dem Thema einen Nerv getroffen. »Männer, definitiv.

Gerne auch welche, die mich mal herausfordern und überraschen, aber ohne dabei übergriffig zu sein. Mein Ex war so jemand. Mit ihm konnte man wirklich gut reden und genauso gut streiten, und diese Leidenschaft mochte ich irgendwie.«

»Wieso ist er dann dein Ex?«, frage ich vorsichtig.

»Wir wollten nicht dieselben Dinge. Er wollte gerne in York bleiben, eine Ausbildung machen und früh eine Familie gründen. Er mag es häuslich, ich glaube, ihm wäre es recht gewesen, gleich mit neunzehn zu heiraten. Ich hingegen hatte immer mehr den Drang, ein anderes Leben zu führen als das unserer Eltern und wollte immer weg aus York. Etwas Abstand zwischen mich und meine Familie bringen. Damit ich mal ich sein kann. Ohne mich verantwortlich für irgendwas zu fühlen.«

»Klingt nach einem gesunden Plan«, sage ich nachdenklich. »Ich finde es wichtig, für sich selbst einzustehen.«

»Aber es war nicht leicht. Na ja, das sind Trennungen wohl nie.« Sie spielt mit einer ihrer Haarsträhnen, vielleicht, weil die Erinnerungen doch mehr schmerzen, als sie zugeben will. »Wie sieht es bei dir aus? Was ist dein Typ?«

Sofort kommt mir Macy in den Sinn. Von innen wie von außen. Ich mag ihre blauen Augen, ihre wilden Locken, ihre dunkle Haut, die – besonders an den Schultern – so glatt und zart wirkt. Zartheit, die ich auch in ihrem Inneren sehe. Wenn sie ihre Haare hinter die Ohren streicht oder in ihren Büchern versinkt. Ich mag ihr Lachen und die Leichtigkeit, die sie dann umgibt.

»Ich weiß nicht«, sage ich, weil ich meine Gedanken unmöglich teilen kann. »Ich mag Männer wie Frauen, aber ich denke, auf Frauen stehe ich ein wenig mehr.«

»Hast du auch eine Ex? Oder einen?«

»Habe ich, aber ich rede nicht so gerne darüber. Es ist unschön ausgegangen.« Mit zu viel Schmerz, zu viel Verrat.

»Das tut mir leid.« Charlotte verzieht die Lippen. »Aber ich wette, an der Uni gibt es eine tolle Auswahl. Vielleicht schnappst du dir ja eine angehende Anwältin, mit der du dann leidenschaftliche Diskussionen über das Strafrecht führen kannst. Oder einen heißen Psychologiestudenten, mit dem *ich* dann in den Clinch gehen kann.«

»Ja, vielleicht«, spiele ich mit, obwohl ich gedanklich sofort wieder bei Macy bin.

»Ist cool, sich vorzustellen, in ein paar Wochen hier sein Studium anzutreten«, meint Charlotte, doch die Art, wie sie es ausspricht und dabei ihr goldenes Armband dreht, hat gar nichts von der angesprochenen Coolness.

»Dafür wirkst du aber plötzlich gar nicht mehr so euphorisch.«

»Ach. Ich bin nur einfach unsicher, wie gut die letzte Woche für mich gelaufen ist. Mr Roberts ist unberechenbar mit seinen spontanen Abfragen.«

»Aber du hast doch immer gut abgeliefert«, erwidere ich sofort. Bisher ist Charlotte unglaublich. Sie gibt kluge, durchdachte Antworten, hat zu jedem Thema etwas beizutragen und scheint viel belesener zu sein als die meisten von uns. Erst in Woche eins hat sie Rachel Carsons Buch *Der stumme Frühling* zitiert und dabei eine Brücke von der Individualethik zur Umweltethik geschlagen, die unglaublich war. Ich weiß schon jetzt, dass sie für uns in der kommenden Woche, wenn wir Ethik durchnehmen, ein unglaublicher Gewinn sein wird.

»Keine Ahnung«, erwidert sie seufzend. »Vielleicht fehlt mir einfach die Entspannung. Zu Hause höre ich ja abends immer Podcasts zum Runterkommen.«

»Was für Podcasts hörst du?«

»Kommt ganz auf meine Stimmung an.« Sie hat sich aufgesetzt und beginnt, ihre roten Haare zu kämmen und schließlich in einen französischen Zopf zu flechten. »Manchmal ist mir nach Persönlichkeitsentwicklung, dann sind es meistens Podcasts über Eigenmotivation, Struktur und Planung … solche Sachen. Oft sind es auch Fachgespräche und Interviews zum Thema Psychologie. Und ab und zu, meistens dann, wenn mein Kopf so überfüllt ist wie jetzt, gönne ich mir einfach ein bisschen Lifestyle. Klatschkolumnen oder die neuesten Modetrends. Irgendetwas, was dabei hilft, nicht über Unis, Prüfungen und Zukunftsängste nachzudenken.«

»Dann verstehe ich, dass dir der Ausgleich fehlt. So was wird einem hier nicht gerade geboten.«

»Wobei das, was hier abgeht, sicher massig Stoff für Klatschkolumnen wäre.« Sie lässt von ihren Haaren ab, die nun wunderschön geflochten sind, wie es mir nicht mal mit einem Spiegel, Engelsgeduld und einer Tonne Haarspray gelingen würde.

»Aber nach den letzten Tagen sehne ich mich auch nach etwas Entspannung«, erwidere ich und sehe wieder raus. Der Regen ist unerbittlich, keine Chance, noch mal vor die Tür zu gehen.

»Ich habe Gesichtsmasken da.« Charlotte zieht drei Packungen aus ihrem Kulturbeutel. »Das Badezimmer hier ist nicht gerade ein Luxustempel, aber wir könnten uns einen kleinen Wellnessabend gönnen. Wenn du mich fragst, braucht die Haut ein wenig Pflege nach dieser ganzen Meeresluft.« Sie winkt mit den Packungen. »Wie wär's?«

»Wieso nicht?«

Wir tauchen das Badezimmer in ein gemütliches Licht, dann versorgen wir unsere Haut mit Feuchtigkeit und lackieren uns gegenseitig die Nägel. Dabei reden wir über interessante Podcasts, True-Crime-Dokus und unser Lieblingsessen – indisch bei Charlotte, Pizza bei mir. Es ist ein schöner, ausgelassener Abend, der mir einmal mehr bewusst macht, wie sehr ich Charlotte mag. Sie versteht es, sich auf die schönen Dinge im Leben zu fokussieren, und das imponiert mir – vor allem mit dem Wissen, dass sie es auch nicht immer leicht hatte und oft zurückstecken musste.

Aber selbst der entspannte Abend und der cremige Duft meiner Maske können meine Gedanken nicht vollständig verjagen. Die Gedanken, ob das hier meine Zukunft sein wird: mit Charlotte als Kommilitonin. Und die Frage, ob Macy und ich dann wohl noch Kontakt haben würden … selbst wenn sie in Ruthin ist und ich hier. Oder wenn sie an der Cliffworth University studieren und meinen Traum leben würde, während ich in Cardiff sitze und nur zuschauen könnte. Was wäre dann?

KAPITEL 26
VADA

Niemals hätte ich gedacht, dass mir ein Thema wie Ethik Spaß machen würde, doch Mrs Walsh gestaltet die vierte Woche der Akademie wirklich abwechslungsreich. Nach einer Einführung in die einzelnen Grundbegriffe der Ethik führen wir Diskussionsrunden über verschiedene ethische Ansätze. Es geht hoch her, weil wir alle unsere persönlichen Meinungen und Erfahrungen einbringen und Mrs Walsh dies begrüßt. Mir gefällt es, dass dafür – anders als in Geschichte – keine Grundkenntnisse vorausgesetzt werden und somit intensive Lernstunden wegfallen. Doch mehr Freizeit haben wir dadurch nicht. Wo Lernanforderungen sinken, steigt die Anzahl und Intensität der Extraaufgaben. Innerhalb von drei Tagen sollen wir uns auf ein Gruppenreferat zum Thema Moral vorbereiten und parallel an zwei Essays schreiben, die sich mit im Unterricht behandelten Thesen beschäftigen und beide acht Seiten umfassen sollen. So bleibt uns nur, die Abendstunden zu nutzen, um daran zu arbeiten. Macy und ich müssen uns hingegen mit ein paar verstohlenen Blicken und einer Begegnung in der Hauptbibliothek begnügen, in der wir uns immerhin zwei Minuten Zeit nehmen, um uns im Schutz der Regale für die Klippen zu verabreden. Es wäre das erste Treffen seit drei Tagen, und es nervt, dass wir uns nicht mehr Zeit nehmen können. Es nervt, dass wir nicht sofort da anknüpfen können, wo wir aufgehört haben, und ich immerzu Angst habe, sie zu lange anzusehen und damit verdächtig zu wirken. Trotzdem erwische ich mich mehr als einmal dabei, wie ich sie beim Abendessen beobachte und dabei vergesse, den Löffel an meinen Mund zu führen, weil sie so verdammt hübsch aussieht und mich diese Schönheit nun förmlich anspringt.

Der Gedanke an unsere Verabredung hilft mir, durchzuhalten. Hilft mir, zu ertragen, dass wir nach dem Abendessen schon wieder an unseren Essays schreiben müssen, obwohl ich bereits das Gefühl habe, dass meine Finger krampfen. Offenbar bin ich auch die Langsamste von allen, denn einer nach dem anderen verkündet, dass sein Essay fertig ist, und zieht sich ins Bett zurück, während ich immer noch am Tisch in der Bibliothek sitze und schreibe. Es wird immer später, meine Augen immer schwerer. Trotzdem arbeite ich mich vor und schreibe Absatz für Absatz, auch wenn ich immer häufiger an Macy denke, die sicher schon auf mich wartet.

Nur noch ein paar Absätze, bis ich sie sehe.

Nur noch ein paar …

Als ich die Augen aufschlage, schmerzt mein Nacken, und ein wenig Sabber läuft mir das Kinn hinab. Irritiert wische ich ihn weg und sehe mich um. Vor mir liegt noch mein Essay über meine Auffassung von Ethik, aber der letzte Satz ist nicht vollendet. Bin ich eingeschlafen? Wie spät ist es?

Ich blicke zur Wanduhr über der Tür und erstarre. Ich habe eine ganze Stunde geschlafen!

Ich springe auf, als mir Macy einfällt. Macy und die Verabredung an den Klippen. Wir haben keine Uhrzeit ausgemacht, aber sicher wird sie nicht ewig darauf warten, dass ich noch komme. Ich eile aus der Bibliothek und durch den Gruppenraum, in dem tatsächlich noch Grayson und Amar sitzen und Karten spielen. Sie achten zum Glück nicht auf mich, als ich mich einfach rausschleiche und zu den Klippen renne. Aber niemand ist hier. Macy ist nicht da.

Frustriert setze ich mich und spüre den kalten Felsen unter meinen Fingern. Wieso bin ich nur eingeschlafen? Mir war das Treffen doch so wichtig.

Eine Weile bleibe ich einfach sitzen, gefangen in dem Frust und der Enttäuschung, Macy schon wieder nicht richtig gesehen zu haben. Doch dann entscheide ich mich dazu, lieber zurückzugehen, meinen Essay zu beenden und endlich zu schlafen, denn heute bekomme ich ohnehin keine Gelegenheit mehr, mich ihr zu erklären. Doch gerade, als ich aufstehen und gehen will, spüre ich es: dieses Kribbeln im Nacken, wenn man beobachtet wird. Mein Herz will schon hoffen, dass Macy doch noch gekommen ist, aber mein Verstand weiß sofort, dass sich das Kribbeln bei Macy anders anfühlen würde. Das hier ist keine elektrisierende Vorfreude, sondern ein ausgewachsener Schauer.

Das Meer rauscht und überdeckt alle Geräusche, die Dunkelheit der Nacht versperrt mir die Sicht. Niemand ist zu erkennen, niemand ist zu hören, aber das Gefühl im Nacken lässt sich nicht abschütteln. Vielmehr breitet es sich aus und nimmt meinen ganzen Körper ein.

Alles in mir schreit danach, wie angewurzelt stehen zu bleiben und mich nicht zu rühren, aber es ist lächerlich. Ich muss zurück an den Schreibtisch, und vermutlich geht nur meine Fantasie mit mir durch.

Doch als ich wieder durch die Maueröffnung schlüpfe und auf unser Haus zugehe, nimmt das Gefühl zu. Und dann sehe ich jemanden. Es ist eindeutig nicht Macy, dafür aber eine groß gewachsene Person in einem schwarzen Hoodie, wie ich sie schon mal bei uns im Haus gesehen habe.

Ian? Er muss es sein.

Panik überkommt mich, denn hier im Dunkeln habe ich das Gefühl, mich gegen alles wappnen zu müssen, wenn Ian mir auflauert.

Ich eile zu unserem Haus und gebe den Code ein. 4–3–7–1.

Das Licht bleibt rot. Noch mal tippe ich.

Das Schloss öffnet sich nicht, und ich habe einen Blackout. Keine Ahnung, ob es die richtige Zahlenreihenfolge ist oder ob ich mich vertippt habe. Ich weiß nur noch, dass Ian auf mich zugeht. Dass er näher kommt. Und was auch immer er vorhat: Es sieht nicht so aus, als würde er nur reden wollen.

Ich laufe zum Fenster, doch dahinter liegt alles im Dunkeln. Amar und Grayson sind nicht mehr zu sehen. Sicher sind sie inzwischen auch ins Bett gegangen. Trotzdem klopfe ich hektisch gegen das Fenster, in der Hoffnung, dass mich jemand hört und reinlässt. Ich warte einige Sekunden, in denen Ian immer näher kommt, doch nichts passiert.

»Was willst du, Ian?«, frage ich und hasse es, wie sehr meine Stimme zittert. Irgendetwas an diesem Auftritt sagt mir, dass ich wirklich Angst vor ihm haben sollte. Dass er es auf mich abgesehen hat. Vielleicht hat er rausgefunden, dass ich das mit den Geschichts-Essays war, und will sich nun rächen. Ich kann es ihm nicht mal verübeln.

Die Panik überfällt mich nun vollständig. Sie bringt mich dazu, nach hinten zu taumeln und loszulaufen – weg von unserem Haus und hin zum Haupthaus, weil die Tunnel das Einzige sind, was mir einfällt, um noch ins Innere zu gelangen. Ich finde den Zugang, den Jacob in der Bibliothek entdeckt hat, auf Anhieb, und es ist kein Schulterblick nötig, um zu wissen, dass Ian mir folgt. Keine Ahnung, ob er mir wirklich etwas tun oder mir nur Angst einjagen will, aber es wirkt. Es wirkt definitiv. Mein Hals schnürt sich bereits zu, als ich die Tür zum Tunnel öffne und hineinlaufe. Ich habe nicht mal eine Lampe, sondern stolpere einfach vorwärts, während ich das Gefühl habe, dass die Luft hier immer schwerer wird.

Und dann höre ich die Schritte. Sie hallen von den Wänden wider und ergeben ein undurchdringliches, angsteinflößendes Echo.

Meine Beine sind wie Pudding, und trotzdem renne ich weiter. Ian folgt mir. Ich höre seinen schweren Atem. Mich umzudrehen und zu überprüfen, wie nah er mir wirklich ist, wage ich nicht. Es fühlt sich an, als würden seine Fingerkuppen bereits meinen Rücken berühren. Als würde er mich jeden Moment packen.

Bei jeder Biegung, jeder Weggabelung, versuche ich, ihn irgendwie abzuschütteln oder endlich eine Tür zu finden, die mich an die Oberfläche und damit in Sicherheit bringt, aber ich habe jegliche Orientierung verloren, bin gefangen in der Dunkelheit und weiß nicht mehr, wo es zu unserem Haus geht. Weiß nicht, wo ich gerade bin.

Vor mir liegt eine Kreuzung, ich entscheide mich für rechts und biege dann noch mal nach rechts. Endlich stoße ich auf eine Tür, doch sie lässt sich nicht öffnen.

»Verdammte Scheiße«, murmle ich.

Ich höre Ian nicht mehr, aber er wird mich sicher gleich finden. Eingepfercht in eine Ecke, weil sich diese blöde Tür nicht öffnen lässt.

Mir bleibt nichts anders übrig, als umzukehren und den linken Weg zu nehmen. Alles in mir sträubt sich dagegen, aber welche Wahl habe ich? Um dem Tunnelsystem und Ian zu entfliehen, bleibt nur diese eine Möglichkeit.

So schnell ich kann, drehe ich um und husche durch die Gänge. Ich sehe hinter mich, versuche Ian in der Dunkelheit auszumachen, aber ich kann nichts erkennen. Nichts hören, außer mein eigenes, viel zu hektisches Keuchen. Nur wenige Sekunden später pralle ich in jemanden hinein. Jemand, der mich am Arm packt. Mein Schrei ist schrill und laut, als der Griff ein wenig stärker wird.

KAPITEL 27
VADA

Mein eigener Schrei hallt von den Wänden wider und lässt mich frösteln. Pure Angst kriecht über meine Haut, nimmt mich gefangen.

»Vada!«

Ian rüttelt an meinem Ärmel, aber es ist weniger aggressiv, als ich erwartet habe.

»Vada! Was ist los?«

Ich sehe auf und blinzle in das Licht einer Taschenlampe. Kein Kapuzenpulli, nur ein schwarzes Poloshirt und ein breites Kreuz.

»Grayson?« Meine Stimme ist voller Zweifel und Erschöpfung.

»Was ist los?«, fragt er noch mal, und so langsam dämmert mir, dass ich in Sicherheit bin. Fürs Erste.

»Ian war hinter mir her.« Mein Blick verschwimmt vor aufsteigenden Tränen. »Ich denke zumindest, dass er es war. Er hat mir Angst eingejagt.«

»Hat er dir etwas getan?«

Ich schüttle den Kopf. »Nur eingeschüchtert.«

»Verdammtes Arschloch.« Graysons Griff wird vor Wut fester, dann merkt er es scheinbar und lässt meinen Arm los. »Wir bringen dich erst mal hier raus, okay?«

»Ich weiß nicht, wo wir sind.«

»Da geht's lang.« Grayson zeigt in die Richtung, aus der ich gekommen bin. Es widerstrebt mir, Ian womöglich wieder in die Arme zu laufen, aber Grayson geht direkt neben mir und legt schützend einen Arm um mich. Nun fühlt sich auch der Tunnel direkt weniger bedrohlich und die

Luft sofort wieder etwas klarer an. Die Kühle des Tunnels lässt mich nicht mehr frösteln, sondern erfrischt mich eher. Wie eine eiskalte Dusche nach einem schrecklichen Albtraum. Sie wischt die Angst hinfort. Mit Grayson an meiner Seite wird es Ian nicht wagen, mich noch mal anzugreifen. Er wäre töricht, wenn er es doch versuchen würde. Ian mag groß und breit sein, doch Grayson ist ihm ebenbürtig, und das weiß er.

»Wieso bist *du* eigentlich im Tunnel?«, frage ich Grayson.

»Ich habe dein Klopfen gehört und noch gesehen, wie du zum Haupthaus gelaufen bist und dich jemand verfolgt hat.«

»Da habe ich wirklich Glück gehabt«, murmle ich. Nicht auszudenken, was passiert wäre, wenn Grayson mich nicht gefunden hätte. »Ich hatte diesen dämlichen Code fürs Haus vergessen.«

Grayson führt mich sicher durch den Tunnel, bis wir an die mir bekannte Kreuzung kommen, die zu beiden Gruppenhäusern führt. Ian ist nirgends zu sehen. Entweder hat er aufgegeben und ist zurück zu den Roses gegangen, oder er hat sich in einen der Schatten verzogen und ist von unserem Lichtkegel nicht zu erfassen. Das bohrende Gefühl, beobachtet zu werden, bleibt aus, also halte ich es für unwahrscheinlich. Trotzdem bin ich erleichtert, als wir endlich unser Haus erreichen. Erschöpft lasse ich mich auf einen der Sessel im Gruppenraum fallen. Erst jetzt kann ich richtig begreifen, was da eben passiert ist. Wie knapp ich Ian entkommen bin.

»Hey.« Grayson kniet sich neben mich und sieht mich sorgenvoll an. »Er kann dir nichts mehr tun. Ich passe auf dich auf.«

Schniefend nicke ich, doch auch seine Worte können

nicht verhindern, dass alles auf mich einprasselt und ich mich klein und verletzlich fühle. Es war einfach so verdammt knapp. Die Frage, was passiert wäre, wenn Grayson nicht gekommen wäre, lässt mich nicht los. Gerade würde ich Ian alles zutrauen.

»Komm, ich mache uns einen Tee«, schlägt Grayson vor und holt mich damit zurück ins Hier und Jetzt. Ich sehe ihm dabei zu, wie er den Wasserkocher anschaltet und mir einen Kräutertee zubereitet. In der Zwischenzeit versuche ich, meinen Herzschlag wieder zu normalisieren und das letzte bisschen Angst wegzudrängen.

»Der beruhigt die Nerven.« Grayson reicht mir eine dampfende Tasse Tee. Die Wärme hat etwas Tröstendes.

»Danke, dass du mir geholfen hast.«

Grayson lächelt sanft. »Das war doch selbstverständlich … und einfach nur gutes Timing. Ich wäre gerne noch früher gekommen, bevor er dir so eine Angst einjagen konnte.« Ich nicke betrübt, er mustert mich. »Wie geht es dir jetzt?«

»So, dass ich eigentlich nicht über das nachdenken will, was passiert ist. Ich muss das erst mal verdauen. Aber schlafen kann ich jetzt sicher auch nicht.«

»Dann sollten wir dich wohl auf andere Gedanken bringen«, erwidert Grayson mit einem verschwörerischen Lächeln. »Erzähl mir von deinen Juraplänen.«

Die Aussicht, mit ihm, der mein Interesse teilt, über Jura zu sprechen, sorgt tatsächlich dafür, dass sich meine Stimmung aufhellt. »Ich möchte ins Jugendstrafrecht und dabei helfen, Angeklagten eine Zukunft zu ermöglichen.«

»Lobenswert«, sagt er nur. Ein Lächeln, das sonst bei seinen Worten mitschwingt, bleibt aus.

»Wieso klingst du dann so skeptisch?«

»Du hast die Geschichte von deinem Bruder im Kopf:

dem jungen Mann, der eine zu harte Strafe bekommen hat. Du kennst und vertraust ihm, immerhin ist er dein Bruder. Aber im Strafrecht wirst du es auch mit Leuten zu tun bekommen, die andere in die Pfanne hauen, um ihren eigenen Arsch zu retten. Auch die wirst du verteidigen müssen.« Er mustert mich ein wenig zu eindringlich.

»Du denkst, dass ich das nicht schaffe?«, frage ich trotzig.

Er nippt an seinem Tee und sieht mich über die Tasse hinweg an. »Ich bin mir nur nicht sicher, ob dir klar ist, wie viele Verbrechen da draußen jeden Tag begangen werden. Und wie hart es sein muss, die Menschen, die so etwas gemacht haben, zu verteidigen. Du bekommst nicht immer Leute wie deinen Bruder.«

»Keine Sorge. Ich glaube nicht an eine Glitzerwelt voller Einhörner und Regenbogen, in denen alle, die Straftaten begangen haben, einen Freispruch und eine zweite Chance verdienen. Ich bin nicht naiv, ich weiß sehr wohl, dass es da draußen Leute gibt, die ein gewisses Strafmaß verdienen. Auch mein Bruder gehört dazu. Es war notwendig, ihn zu bestrafen.« Mein Mundwinkel zuckt unsicher. »Ich denke nur, dass jeder das Recht darauf hat, angehört zu werden. Nicht nur von den Anwälten, sondern auch vor Gericht. Im Falle meines Bruders hätten sein versuchter Notruf und seine Aussage berücksichtigt werden müssen. Es braucht ein System, das zuhört. Denn nur so können Fakten geschaffen werden und Strafen gerechter ausfallen und die richtigen Menschen Chancen erhalten.«

Grayson legt den Kopf schräg, als würde er über meine Worte nachdenken. Dann schleicht sich ein Lächeln auf seine Lippen. »Diese Menschen können von Glück sprechen, dich als Anwältin zu bekommen.«

»Mir gefällt das *Wenn,* das da mitschwingt – die meisten

hätten wohl *falls* gesagt.« Vor allem, da ich noch nicht mal mit dem Studium begonnen habe.

»Ach.« Grayson zuckt mit den Schultern. »Dieses Stipendium bekommen wir schon, und dann kannst du es allen beweisen. Auch mir.«

Graysons Blick wird verheißungsvoll, so sehr, dass ich schlucken muss.

Es fühlt sich wie ein Flirt an. Oder macht er es nur, um mich von den Geschehnissen abzulenken? Wenn ja, dann funktioniert es.

Mein Grinsen wird echter, mein Herzschlag beruhigt sich – aber genau das ist es, was mich wiederum zum Nachdenken bringt. Grayson mag mit mir flirten, und es mag mir zu einem gewissen Grad gefallen, aber mein Herz ist dabei ganz ruhig. Kein Prickeln, keine kribbelnde Vorfreude auf das, was kommen könnte. Macy stiehlt sich in meine Gedanken. Macy und ihre blauen Augen und die Art, wie jeder Satz von ihr diese eine, besondere Wirkung auf mich hat. Das ist es, was Flirten ausmacht, und dabei war das zwischen uns viel subtiler. Mehr wie ein Flüstern in der Stille, das einen einnimmt und einen mitten ins Herz trifft.

Auf Graysons Lippen steht noch immer ein ziemlich eindeutiges Lächeln. Ich überspiele den Moment, indem ich einen Schluck Tee nehme, auch wenn er mir noch viel zu heiß ist.

Sein Lächeln verebbt. »Alles okay?«

»Ich bin nur ziemlich k. o.« Es ist nicht mal eine Lüge. »Es war ziemlich viel heute.«

»Klar. Das verstehe ich«, erwidert Grayson, auch wenn ich etwas wie Bedauern in seinen Augen lesen kann. Vielleicht weil er ahnt, dass ich diese Unterhaltung gleich abbrechen werde.

»Ich denke, wir sollten schlafen gehen.« Ich stelle die Teetasse ab und stehe auf. »Danke. Die Ablenkung und der Tee haben geholfen.«

»Jederzeit wieder.«

Ich drehe mich um und will zur Tür gehen, als Grayson mir hinterherruft. »Ich lasse nicht zu, dass Ian dir etwas antut. Du musst keine Angst vor ihm haben.«

KAPITEL 28
MACY

Die Stimmung am Morgen ist aufgeladen wie ein heißer Sommertag, wenn sich ein gewaltiges Gewitter nähert und die Luft vorher undurchdringlich und dick wird. Beim Frühstück raubt sie mir meinen Appetit und bringt mich dazu, lustlos und überfordert in meinem Porridge zu rühren. Ich sitze mitten in der Gewitterfront und habe Angst, dass mich gleich der Blitz treffen wird.

Jacob und Grayson betreten den Frühstückssaal und plustern sich auf, als sie Ian sehen. Es sieht so aus, als würde nicht viel fehlen, damit sie sich auf ihn stürzen. Ian nimmt diese stumme Kampfansage mit Freuden an und bleckt geradezu die Zähne. Zwischen Jacob und Ian ist das definitiv nichts Neues, nur Graysons Rolle darin verstehe ich noch nicht.

Dann tritt er einen Schritt zur Seite, und ich sehe Vada. Verwirrt setze ich mich ein wenig auf, während Grayson einen Arm um Vada legt und sie zum Büfett begleitet.

Das Porridge tropft von meinem Löffel, aber es könnte mir nicht gleichgültiger sein. Verzweifelt versuche ich, diese ganze Stimmung und die Szene vor mir zu analysieren, aber ich habe das Gefühl, dass mir ein gewaltiges Puzzleteil fehlt, sodass mir das Gesamtbild verwehrt bleibt. Ein verdammt blödes Gefühl.

Vada holt sich in Begleitung von Jacob und Grayson ein paar Eier und Baked Beans. Als sie sich umdreht, sehe ich ihre aschfahle Haut und dunkle Augenringe.

Sie setzt sich an den Tisch und nimmt ein wenig von dem Rührei, dann schaut sie in meine Richtung. Ich wünschte, ich könnte das warme Braun ihrer Augen sehen, um darin zu erkennen, wie es ihr wirklich geht, aber sie sitzt zu weit weg.

Toilette, forme ich mit meinen Lippen. Kurz bin ich mir nicht sicher, ob sie mich verstanden hat. Ich sage den anderen, dass ich etwas in meinem Zimmer vergessen habe und schleiche mich auf die Toilette, in der Hoffnung, dass Vada kommt.

Mir erklärt, was los ist.

Ich warte sieben Minuten und elf Sekunden, ehe Vada den Waschraum betritt. Um uns herum sind die Wände in vornehmem cremefarbenem Marmor gefliest. Es riecht nach zitronigem Putzmittel. Die Umgebung ist definitiv nicht so stimmungsvoll wie bei unseren sonstigen Treffen, aber das ist egal. Alles ist egal, als ich sie sehe. Sie und ihren wirren Pony und ihre braunen Augen, die heute müde und traurig wirken. Die mir nun die Bestätigung geben, dass *wirklich* etwas vorgefallen ist.

»Was ist los?«, frage ich. »Was ist passiert?«

Sie sieht mich zweifelnd an. Zweifel, die mir suggerieren, dass sie sich nicht sicher ist, ob sie mich einweihen soll. Vielleicht wegen unseres Pakts?

Ich trete einen Schritt vor, stehe nun genau vor ihr. Sie riecht wieder nach Blumen, und der Duft hüllt mich ein. Unwillkürlich nehme ich ihre Hand.

Jetzt bin ich ihr so nah, dass ich sogar die hellbraunen Sprenkel in ihren Iriden sehen kann. Vada lehnt mit dem Rücken gegen die Fliesenwand, ihre Hüfte beugt sie vor zu mir. Es sind nur Zentimeter, die noch zwischen uns liegen. Zentimeter, die ich gerade um jeden Preis überwinden möchte. Hier, umgeben von ihren schnellen Atemzügen, als stünde sie gerade ebenso unter Strom wie ich. Von der vorherigen Erschöpfung kaum noch eine Spur. Die Energie im

Raum ist geradezu greifbar, sie flirrt in meinen Nervenenden und lässt mich schlucken.

Ich streichle ihr eine Ponysträhne aus dem Gesicht, um ihr tiefer in die Augen sehen zu können.

»Du kannst es mir erzählen, egal, was es ist.«

»Unser Pakt«, flüstert Vada. Ihr Atem kitzelt mich auf der Haut, ihre Lippen sind ganz leicht geöffnet.

»Der ist scheißegal, wenn es dir schlecht geht. Dann muss ich wissen, was los ist.«

»Es war nichts, nur eine schlechte Nacht.«

Ich weiß, dass das nicht die Wahrheit ist und sie mich und uns nur schützen möchte. Weil es sich zwischen uns stellen könnte, wenn ich es weiß. Schwer zu sagen, ob ich deswegen verärgert oder dankbar sein soll.

»Tut mir leid, dass ich gestern zu spät gekommen bin«, sagt Vada, obwohl das gerade gar keine Rolle spielt. »Ich bin eingeschlafen.«

»Das ist doch nicht wichtig.« Mein Daumen streicht über ihren. »Kann ich irgendetwas tun? Damit es dir besser geht?«

Unwillkürlich kommen wir uns noch ein Stück näher, überwinden Zentimeter für Zentimeter. Vadas Finger gleiten meinen Arm hoch und hinterlassen dort eine Gänsehaut. Ich will mich der Anziehung hingeben. Ich könnte sie jetzt einfach küssen, sie gegen diese cremefarbenen Fliesen pressen und mich in meinen Gefühlen verlieren.

»Versprich mir noch mal, dass dieser Wettbewerb nicht darüber entscheidet, wie das mit uns ausgeht«, flüstert sie, und die Sehnsucht in meinem Herzen nimmt überhand. Wird schmerzvoller.

»Ich verspreche es.« Ich würde es ihr immer wieder versprechen.

Vada sieht mich beinahe gequält an, als wäre meine Antwort eine schwere Last und gleichzeitig die Erlösung. Vermutlich ist es beides. Schwere und Leichtigkeit. Ihre Lippen öffnen sich, sie zieht mich enger an sich, sodass ihr Becken sich gegen meins presst. Wir sind uns so nah wie noch nie. Die Nähe lässt mich alles andere ausblenden, lässt mich in ihrem Duft versinken. Als ich diesmal daran denke, sie zu küssen, hat der Gedanke nichts Zaghaftes mehr. Da sind nur rohe Gefühle, die sich ausbreiten. Sich anfühlen, als würden wir hier gerade zusammen ertrinken und gleichzeitig einen erlösenden Atemzug machen. Uns annehmen.

Meine Lippen sind kurz vor ihren … gleich werde ich sie endlich küssen. Mich dieser Sehnsucht ein für alle Mal hingeben.

Dann ruft jemand Vadas Namen.

Wir springen förmlich auseinander. Vadas Wangen sind verräterisch gerötet, als die Tür aufschwingt und Charlotte hereinkommt. Ich drehe mich um und tue so, als würde ich mir die Hände waschen. Dabei versuche ich, mir nichts anmerken zu lassen. Nicht die Leidenschaft, die noch immer durch meine Adern fließt und mich unbefriedigt und aufgewühlt zurücklässt. Nicht meine Enttäuschung darüber, dass unser magischer Moment zerstört wurde. Auch nicht das dumpfe Gefühl in mir, als Charlotte erzählt, dass Grayson sich Sorgen gemacht habe und draußen warten würde. Allein dieser Satz ist mir ein Dorn im Auge. Ich weiß nicht, ob es daran liegt, dass ich Grayson nicht traue, oder daran, dass er haben kann, was ich mir in diesem Moment um jeden Preis wünsche: einfach da rausgehen können und mich neben Vada setzen. Mit ihr reden und ihr nah sein.

»Ich komme sofort. Ich wasche mir nur noch schnell die Hände.«

Charlotte tritt an den Spiegel und richtet ihren Dutt, aus dem sich einige Haarsträhnen gelöst haben.

Vada und ich greifen gleichzeitig nach den Papierhandtüchern, unsere Finger berühren sich. Selten hat sich etwas so intim angefühlt.

»Später?«, flüstert Vada mir zu. Sie spricht so leise, dass ich sie kaum verstehen kann. »An den Klippen? Diesmal komme ich wirklich.«

Alles in mir schreit *Ja,* aber ich traue mich nicht, etwas zu sagen, also nicke ich nur.

»Fertig«, sagt Vada mit einem verschmitzten Grinsen und dreht sich zu Charlotte.

Ich lächle sanft, auch wenn das Gefühl, als Vada mit Charlotte die Toilette verlässt, bittersüß ist. Sie lässt mich mit einer Mischung aus Ratlosigkeit und Vorfreude zurück. Mit einem Kribbeln und einem aufgewühlten Herzen, das sich mit diesem Arrangement nicht ganz zufriedengibt. Ich war nie jemand, der Erlebnisse und Freude offen rausposaunen musste. Ich habe immer lieber für mich selbst genossen. Aber diesmal ist da dieser Teil in mir, der gerne allen zeigen würde, was ich hier gefunden habe. Dass ich nicht so allein bin, wie alle immer denken. Wie ich selbst manchmal gedacht habe.

KAPITEL 29
VADA

Das Meer ist heute stürmisch. Mein Herz ist es auch, während ich darauf warte, dass Macy kommt. Ich starre in die Ferne und höre, wie die Wellen immer wieder mit voller Wucht gegen die Felsen peitschen. Heute sind sie noch lauter als sonst. Meine Finger gleiten über den Ledereinband meines Tagebuchs, in dem ich eben noch geschrieben habe, bevor es zu dunkel wurde. Ein Versuch, all das Chaos in mir zu ordnen.

Macys Ankunft wird nur durch das Knirschen ihrer Schuhe angekündigt. Ansonsten bewegt sie sich vollkommen lautlos, wie der Schatten, als den sie sich einst bezeichnet hat.

»Da bist du ja.« Mit einem Handgriff verstaue ich mein Tagebuch in meiner Umhängetasche. »Ich konnte es kaum erwarten.«

Macy setzt sich dicht neben mich. Sofort durchrinnt mich ein Gefühl von Geborgenheit, und dennoch spüre ich, dass irgendetwas nicht stimmt. Sie wirkt noch nachdenklicher als sonst. So, wie sie manchmal im Beisein von anderen ist, aber in meiner Gegenwart nie war. Wenn wir sonst zusammen schweigen, dann fühlt es sich immer rein an. Wohltuend. Diesmal ist es wie ein Dorn in der Nagelhaut. Ich habe das dringende Bedürfnis, ihn sofort zu entfernen.

»Ist etwas nicht in Ordnung?«, frage ich vorsichtig.

»Es war nur ein langer Tag.« Ich glaube ihr nicht. Da spricht keine Müdigkeit aus ihr. Nur Kraftlosigkeit, die ich nicht nachempfinden kann. Heute Morgen schien noch alles gut zu sein.

»Macy, was –« Ich komme nicht dazu, weiterzusprechen. Ein Grollen lässt die Welt förmlich beben. Direkt vor uns, über den Weiten des Meeres, blitzt es hell und bedrohlich. Regentropfen prasseln plötzlich auf uns herab. So schnell und unaufhaltsam, wie es nur in der Nähe des Meeres möglich ist.

Macy und ich springen auf. Die Tropfen sind kühl und schwer und durchnässen uns innerhalb von Sekunden. Ich packe meine Lampe, ehe wir loslaufen – weg von den Klippen, hin zu den Häusern, die ruhig daliegen. Nirgendwo brennt Licht, weil alle wohl schon schlafen, und doch frage ich mich in diesem Moment, ob vielleicht jemand vom Gewitter wach geworden ist und gerade aus dem Fenster blicken und uns entdecken könnte.

»Komm mit.« Ich schalte meine Lampe aus, dann nehme ich unvermittelt Macys Hand.

»Was hast du vor? Wohin gehen wir?«

Dahin, wo uns niemand sehen kann. Dahin, wo das Treffen noch nicht vorbei ist und ich herausfinden kann, was mit Macy los ist. Ich kann diesen Abend nicht so abrupt enden lassen.

»Vertrau mir einfach.«

Wir stolpern über die Wege bis zum Haupthaus. Die Blitze, die immer wieder über den Himmel zucken, machen mir Angst, aber sie helfen mir auch, die Orientierung nicht zu verlieren, während Macy und ich weiter Hand und Hand durch den Regen laufen. Wasser tropft von meinem Pony und läuft mir in meine Strickjacke. Aber all das ist nicht wichtig.

Wir öffnen die schwere Eingangstür und betreten das Haupthaus. Unsere Schritte werden von den Läufern auf dem Boden gedämpft. Nichts außer dem Gewitter ist zu hören, wir sind, wie es scheint, vollkommen allein im Haus. In der Bibliothek schalten wir eine Lampe an, diesmal ohne Angst, gesehen zu werden. Die hohen Bücherregale geben uns Sichtschutz.

»Wir tropfen alles voll«, lacht Macy.

Ihre schwarzen Locken fallen ihr nass ins Gesicht, und ihre strahlend blauen Augen zeigen nun wieder etwas mehr Freude. Trotzdem ist diese Erschöpfung, die ich eben noch gesehen habe, nicht weg. Nicht hundertprozentig.

Mein Daumen streicht über ihren Handrücken. Wir haben uns noch nicht losgelassen, obwohl wir unser Ziel längst erreicht haben. Als würden wir einfach da anknüpfen können, wo wir heute Morgen aufgehört haben. Ich beiße mir auf die Lippen, als ich einen Schritt auf Macy zugehe. Macy scheint den Stimmungsumschwung zu merken, denn ihr Mund öffnet sich erwartungsvoll.

»Was war eben los?«, frage ich. »Dich beschäftigt doch etwas.«

Macy starrt nur auf unsere ineinander verschlungenen Hände.

»Es ist vielleicht blöd.«

»Da es aus deinem Mund kommt, kann ich mir das kaum vorstellen.«

»Es macht mich einfach fertig«, sprudelt es plötzlich aus ihr heraus, »dass wir uns immer nur heimlich sehen können und dass wir tagsüber nicht einfach an einem Tisch sitzen und reden können, obwohl es so viel gibt, was ich dir gerne sagen würde, und obwohl du hier die Einzige bist, bei der ich im Gespräch aufrichtig und echt sein kann.« Mein Herz beginnt zu rasen, während ich ihren Worten lausche. Noch nie habe ich sie so impulsiv sprechen hören. Als würden diese Worte aus dem Tiefsten ihrer Seele kommen und damit meine berühren. Weil ich diese Sehnsucht verstehe und so unendlich gut nachempfinden kann.

»Aber wir wussten doch, worauf wir uns einlassen«, gebe ich zu bedenken. Immerhin war uns dieses Versteckspiel von Anfang an klar. »Heißt das, du willst unsere Treffen nicht mehr?« Ein grauenvoller Gedanke. Allein die Vorstellung, Macy könnte sich zurückziehen, schmerzt mehr, als ich zuzugeben bereit bin.

»Nein!« Sie sieht mich nun endlich wieder an. In ihren blauen Augen sind keine Zweifel an dieser Aussage, nur viel Unsicherheit. »Ich kann das nicht aufgeben. Aber ich hätte auch nie gedacht, dass es mir so schwerfallen würde, Abstand von dir zu halten. Und dann sehe ich, wie nah du bei Grayson stehst und wie er einen Arm um dich legt, und dann habe ich das Gefühl, dich zu verlieren.« Nun ist sie es, die einen kleinen Schritt auf mich zugeht. Wassertropfen perlen von ihrer Haut, auf der sich eine Gänsehaut ausbreitet. Es fällt mir schwer, meinen Blick davon zu lösen, aber ich muss ihr in die Augen sehen. Ihre Worte verstehen. Sie *richtig* verstehen.

»Du bist eifersüchtig auf Grayson?« Meine Stimme zittert leicht, weil diese Tatsache eine gewaltige Kraft mit sich bringt. Einen Sog, in dem ich mich eigentlich schon längst befinde und der mir erst in diesem Moment richtig bewusst wird. Diesmal strahlt sie keine Ruhe aus, während ich sie ansehe. Sie wirkt eher wild und ungestüm wie das Gewitter, das nach wie vor über die Küste von Nordwales und damit über die Akademie zieht. Den Ort, der uns zusammengeführt hat.

»Grayson und ich sind nur Freunde.« Ich komme näher, meine Lippen streichen über ihre, bis sie sich öffnen. »Aber wir … wir sind alles.«

Ich bin sicher, Macy erschaudern zu sehen. Ich selbst spüre in diesem Moment eine beinahe schmerzvolle Sehnsucht. Ein brennendes Verlangen danach, ihr endlich zu zeigen, *wie* sehr ich das mit uns will.

Meine Lippen legen sich auf ihre, erst zaghaft und abschätzend. Ich warte auf ihre Reaktion. Sie presst sich ein wenig enger an mich, öffnet ihre Lippen weiter und lässt es zu. Lässt sich fallen. Es ist alles, was ich in den letzten Wochen wollte, und es überwältigt mich. Lässt mich erst jetzt richtig spüren, wie sehr mir Macy ans Herz gewachsen ist. Wie sehr ich mich danach gesehnt habe, mich meinen Gefühlen hinzugeben. Ein leises Seufzen dringt aus ihrer Kehle, als unser Kuss stürmischer wird. Als wir nach hinten gegen eines der Bücherregale stolpern und uns dadurch noch näher kommen. Macys Rücken ist gegen das Regal gepresst, ich gegen ihren Körper. Ein Körper, der sich – obwohl wir beide völlig durchnässt sind und die Feuchtigkeit durch unsere Kleidung dringt – überhitzt anfühlt. Meine Hände versinken in Macys nassen Locken und streichen sie behutsam aus ihrem Gesicht.

Fiebrig streife ich meine Strickjacke von meinen Schultern, die zusammen mit meiner Umhängetasche auf dem Boden landet. Macys Finger kreisen über mein Schulterblatt und krallen sich hinein, als meine eigenen Finger ihre Brust berühren. Das alles hier ist so viel intensiver, als ich es je für möglich gehalten habe. Es ist geradezu berauschend, ihren Duft wahrzunehmen, ihr leises Stöhnen zu hören und mich einfach in diesem Kuss zu verlieren.

Ich greife nach dem Saum ihres Sweatshirts. Sie hebt die Arme und hilft mir dabei, es loszuwerden. In ihrem weißen BH steht sie vor mir, und ich kann nicht anders, als diesen Anblick in mich aufzusaugen. Zu genießen, wie sie sanft lächelt und sich eine der nassen Locken hinters Ohr streicht, als wüsste sie nicht, mit so viel Aufmerksamkeit umzugehen. Aber alles daran gefällt mir. Alles daran zeigt mir mit einer Intensität, die mir etwas Angst macht, dass das hier verdammt echt ist.

Ich halte ihren Blickkontakt, als ich mein Top über meinen Kopf streife und nun ebenfalls im BH vor ihr stehe. Vorsichtig gleiten Macys Finger über den Stoff, einer meiner schwarzen Träger rutscht von meiner Schulter. Ich ziehe die Luft ein und sehe Macy unter aufgeschlagenen Augen an, während sie meine Haut berührt.

»Das hier ist kein Traum, oder?«, haucht sie. »Das passiert wirklich?«

»Wenn es ein Traum wäre, dann ein ziemlich perfekter.«

Ich lege meine Hand um Macys Hüfte. Ihre Haut ist feucht und zart und ihr Blick so einnehmend, dass ich kein Wort mehr herausbringe. Ich kann nur noch daran denken, wie sehr ich diese blauen Augen mag. Wie sehr ich das hier genieße.

Wieder drücke ich sie gegen das Regal und streiche ihr ein paar Locken weg, um sie am Hals zu küssen. Genießerisch reckt sie ihn mir entgegen, während ihre Hand meine Brust umfasst. Sie spielt mit meinem BH und raubt mir schier den Verstand. Wie konnte ich die letzten Treffen aushalten, ohne sie zu küssen?

Ihr Hals schmeckt nach Salz und Regen. Nach mehr …

Dann wird es plötzlich hell in der Bibliothek. Heller als mit jeder Lampe. Wir schrecken auf und sehen noch den gewaltigen Blitz am Horizont und hören einen lauten Knall. In derselben Sekunde ist es stockdunkel. Mit keuchendem Atem lasse ich Macy los. Ich taumle nach hinten und stolpere über meine Umhängetasche.

»Was war das?«, flüstert Macy. »Ein Blitzeinschlag?«

»Ich weiß nicht. Aber wir haben definitiv Stromausfall.« Die Deckenlampen funktionieren nicht mehr.

»Du weißt, was das heißt, oder?«

»Das wird die anderen aufgeweckt haben«, spreche ich Macys Gedanken aus und sehe aus dem Fenster.

»Wir sollten uns anziehen«, sage ich, auch wenn alles in mir sich dagegen sträubt, diesen wundervollen Moment zu beenden und mich wieder der Realität zu stellen. Weil ich es ebenfalls leid bin, das alles nur im Verborgenen zu tun. Immer aufpassen zu müssen, sie nicht zu lange anzusehen, obwohl ich es einfach genießen will. Es einfach tun will, ohne nachzudenken. Ohne mich schlecht zu fühlen.

KAPITEL 30
VADA

Macy reicht mir meine Strickjacke und meine Tasche. In der Dunkelheit sehe ich nur ihre Silhouette. Die Akkulampen, die überall in der Akademie zu finden sind, würden uns helfen, doch wir wissen beide, dass wir es nur schlimmer machen würden, wenn in der Bibliothek Licht zu erkennen wäre.

Gemeinsam tasten wir uns durch die Dunkelheit. Auf dem Weg durch die Bibliothek stoße ich mir zweimal meinen Zeh. Macy stolpert gegen eines der Regale und bringt damit irgendein Buch zu Fall, aber wir kümmern uns nicht darum, sondern gehen einfach weiter.

Ein paar Minuten später stehen wir wieder vor der Eingangstür des Haupthauses. Der Regen ist weniger geworden und tröpfelt nur noch vom Himmel. Das Gewitter zieht weiter.

»Dann sollten wir uns hier trennen«, flüstert Macy, und mein Herz wird eine Spur schwerer. Es ist nur ein kleines Wort – *trennen*. Ich weiß, dass wir uns morgen wiedersehen, und doch bin ich nicht bereit für den Abschied.

»Aber nicht für lange«, seufze ich und lege kurz meine Stirn an ihre.

Macy zieht mich ein wenig näher zu sich. Diesmal ist es ein zarter, vorsichtiger Kuss, und doch setzt er erneut einen Sturm in mir frei. Wünsche, Träume, Lust. Das Bedürfnis, mich jetzt und hier wieder mit ihr zurückzuziehen und da weiterzumachen, wo wir eben aufgehört haben.

Macy lässt meine Hand los, dann verschwindet sie und ist bald nicht mehr auszumachen. Ich warte einige Minuten, die ich mit einer Gänsehaut ausharre, weil meine Kleidung immer noch nass ist und das Gewitter einem kühlen Wind gewichen ist. Dann gehe ich auf das Haus der Clovers zu und versuche, das verräterische Klopfen meines Herzens zu beruhigen.

Ich hänge Tasche und Jacke zum Trocknen an die Garderobe im Flur und mache mich innerlich auf den Fragenhagel der anderen gefasst. Doch als ich den Gemeinschaftsraum betrete, finde ich nur Ruby und Jacob vor, die so in einen Kuss vertieft sind, dass sie vielleicht mitbekommen, dass ich hereinkomme, sich jedoch nicht weiter darum kümmern. Ich schleiche einfach an ihnen vorbei und betrete den Schlafsaal.

Charlotte setzt sich auf, als ich eintrete.

»Hey. Wo warst du denn?«

»Ich habe noch in der Hauptbibliothek gelernt, als der Strom ausgefallen ist.«

»Der Blitz muss irgendwo in der Akademie eingeschlagen haben. Ich bin vor Schreck aus dem Bett gefallen und hab mir den Ellbogen an der Kommode angestoßen.«

»Und die anderen sind nicht wach geworden?«

»Doch, aber die meisten haben sich sofort wieder schlafen gelegt, als klar war, dass es sich um ein Gewitter handelt. Nur ich wälze mich seitdem herum und bin viel zu wach.«

»Jacob und Ruby wirkten auch noch recht beschäftigt.«

Charlottes Bettdecke raschelt. »Erzähl!«

»Sagen wir so …« Ich schäle mich aus meiner nassen Kleidung. »Die beiden haben sich wohl gesucht und gefunden.« *Wie Macy und ich.* Am liebsten würde ich Charlotte von uns erzählen. Sie ist mir in den letzten Wochen zu einer Freundin geworden, und es schmerzt mich, sie nicht einweihen zu können. Vielleicht würde sie es ja sogar verstehen, sich für mich freuen. Aber genau dieses *Vielleicht* hindert mich daran. Ebenso wie meine Erfahrungen, dass Freundschaften schnell wieder verpuffen können.

»Da geht also was«, sagt Charlotte vergnügt und holt mich damit wieder zurück zu Jacob und Ruby. »Die erste Akademie-Romanze. Aufregend.«

»Die beiden stehen sich in Sachen Gerissenheit in nichts nach. Das passt schon mal.« Ich ziehe mir meinen Pyjama an und lege mich hin. »Aber wir sollten schlafen. Es ist schon viel zu spät.«

»Da sagst du was. Ich wünschte nur, mein Körper würde das auch so sehen. Ich fühle mich, als hätte ich zehn Liter Kaffee intus.«

»Bei deinem Konsum müsstest du gegen Koffein doch fast immun sein«, ziehe ich sie auf und handle mir einen Schlag mit einem Kissen ein. »Thomas hat früher immer Schäfchen gezählt, wenn er nicht einschlafen konnte. Einen Versuch ist es vielleicht wert?«

»Also schön«, erwidert Charlotte seufzend. »Wobei mir das Zählen von Katzenbabys lieber wäre.«

»Vielleicht funktioniert das ja genauso gut.«

»Ich werde dir morgen früh berichten«, verspricht Charlotte. »Dann schlaf gut.«

»Du auch.«

Ich lege mich hin und vergrabe meinen Arm unter meinem Kopfkissen. Doch in Gedanken bin ich noch in der Bibliothek. Meine Hände spüren beinahe noch immer Macys Hüfte und ihre zarte Haut. In meinen Ohren hallt noch immer ihr Seufzen nach. Und mein Herz … mein Herz ist vollkommen gefangen von all diesen Eindrücken.

»Vada. Wach auf!«

Murrend drehe ich mich um und drücke mein Gesicht ins Kissen. Es kommt mir vor, als wäre ich erst vor ein oder zwei

Stunden eingeschlafen. Definitiv war es zu wenig Schlaf, um mich ausgeruht zu fühlen.

Jemand rüttelt an meinem Arm. »Du musst aufwachen. Es ist was passiert!«

Sofort schlage ich die Augen auf. Wir haben offenbar wieder Strom, denn das Licht ist eingeschaltet.

Charlotte steht vor meinem Bett, ihre Haare sind nun offen und gekämmt, die Lippen jedoch noch nicht geschminkt. Offenbar ist es wirklich noch früh am Morgen, draußen hat gerade einmal die Dämmerung eingesetzt.

»Was ist denn?« Ich setze mich ruckartig auf. »Wieder ein Erpresserbrief? Waren die Roses im Haus?«

Sie sieht mich mit bleicher Miene an. »Schlimmer.« Ihre Hand zittert, als sie mir etwas entgegenstreckt. Stirnrunzelnd nehme ich das Papier an mich, betrachte es und erstarre, als ich meine eigene Schrift erkenne. Mit geschwungener, enger Handschrift schreibe ich von meinen Gefühlen für Macy. Es ist keine zwei Tage her, dass ich diesen Eintrag verfasst habe.

»Das ist aus meinem Tagebuch.« Ich schlucke schwer. »Woher hast du das?«

»Das Gemeinschaftszimmer ist quasi damit tapeziert.«

»Nein!« Ich schlage die Decke zur Seite und verheddere mich beim Versuch, schnell aus dem Bett zu steigen. Charlotte fängt mich auf, bevor ich falle. Sie sieht mich an – ein wenig neugierig und definitiv betroffen, aber immerhin nicht anklagend.

»Die anderen dürfen das nicht sehen.« Ich will bereits zur Tür laufen, aber Charlotte hält mich am Arm fest. Sie übt sanften Druck aus, bei dem ich genau weiß, was sie mir sagen will.

»Die anderen wissen längst Bescheid«, schlussfolgere ich, denn ich sehe es in ihrem Gesicht. Es wäre auch nur logisch, immerhin sind Ruby und Penelope nicht mit uns im Zimmer.

Charlotte nickt vorsichtig. Tränen schießen mir in die Augen. Nicht nur aus Angst vor den Reaktionen, auch aus Scham. Das sind meine Gefühle, meine Gedanken – das Intimste, was ich habe –, und jetzt wurden sie von jedem gelesen? Ohne, dass ich die Kontrolle darüber hatte? Wieso immer ich?

»Wie konnte das passieren?«, flüstere ich und lasse mich wieder auf mein Bett sinken. Da rauszugehen und mich den anderen zu stellen, schaffe ich noch nicht. Ich bin jetzt schon heillos überfordert.

Charlotte setzt sich neben mich. Sie legt den Zettel zur Seite, dann sieht sie sanft zu mir. »Dann ist es wahr? Du bist in Macy verliebt? Du hast dich heimlich mit ihr getroffen?«

Gerne würde ich es leugnen, aber welchen Sinn hat es? Es ist verdammt offensichtlich, dass diese Treffen stattgefunden haben.

»Ja, es stimmt. Ich habe mich in sie verliebt.«

Charlotte nickt nur nachdenklich. »Du hast Macy kennengelernt«, versuche ich mich zu erklären. »Sie ist nicht wie die anderen Roses. Wenn du mich fragst, macht Ian Alleingänge, von denen die Roses nicht mal etwas ahnen.«

»Die anderen sind stinkwütend wegen der Sache. Ich konnte sie gerade so davon abhalten, den Schlafsaal zu stürmen, aber ich denke, wenn du nicht gleich rauskommst, werden sie es tun. Sie haben Fragen.«

»Deren Antworten ihnen nicht gefallen werden.« Ich wusste es vom ersten Treffen an, dass sie es niemals verstehen und niemals akzeptieren würden. Weil sie Macy nicht kennen – nicht so wie ich. Weil sie in ihr nur eine der Roses sehen, eine Konkurrentin.

»Du solltest dich ihnen stellen. Am besten, du machst es wie beim Pflasterabreißen: Augen zu und durch.«

»Ich war eigentlich schon immer jemand, der Pflaster ganz vorsichtig abzieht.« Von der Hauruckmethode habe ich noch nie etwas gehalten. Aber mir bleibt wohl keine andere Wahl.

Aufgewühlt ziehe ich mir Jeans und Sweatshirt an und richte meine Haare, bevor ich mich mit Charlotte an der Seite in die Höhle der Löwen begebe.

Charlotte hat nicht übertrieben. Der Gemeinschaftssaal ist voll mit Ausdrucken meines Tagebucheintrags. Überall liegen und hängen die Zettel. Hunderte, wie es mir scheint.

Ich verstehe das nicht. Verstehe nicht, wie jemand an mein Tagebuch gekommen ist, wo ich es doch immer sorgsam verstecke.

Ruby zeigt auf mich, kaum, dass ich den Gemeinschaftsraum betreten habe. Die Clovers stehen, teilweise noch in Schlafanzügen, vor mir und sehen mich enttäuscht an.

»Ist das wahr?«, poltert Jacob los.

»Hast du dich wirklich hinter unserem Rücken mit einer der Roses getroffen?« Amars Stimme trieft vor Enttäuschung, und das ist sehr viel schwerer auszuhalten als Jacobs oder Rubys offenkundige Wut.

»Ja«, gebe ich zu.

Einige schnappen hörbar nach Luft, Ruby murmelt ein »Ich glaub's einfach nicht«.

Jacobs Kiefer mahlt, als er vortritt. »Ich dachte, du wärst an Bord. Nach allem, was die Roses schon getan haben – nach allem, was du dir von Ian gefallen lassen musstet –, dachte ich, du hättest es kapiert!«

Erneut verschwimmt meine Sicht, aber ich will nicht weinen. Nicht hier, nicht jetzt.

»Macy ist nicht wie Ian. Das wüsstet ihr, wenn ihr sie besser kennen würdet. Sie hat mit ihm nichts am Hut. Sie macht bei all den Spielchen nicht mit.« *Anders als ich.*

»Das weißt du nicht.« Graysons Lippen sind schmerzvoll verzogen, als hätte ich ihn persönlich verraten.

»Ich vertraue darauf«, erwidere ich schlicht.

Ruby schnaubt. »Du bist so naiv.«

»Sie kann doch nichts für ihre Gefühle«, versucht Charlotte mir beizustehen.

Jacob ist mir plötzlich viel zu nah. »Was hast du ihr erzählt? Welche Informationen hast du ihr über uns gegeben?«

»Keine.«

»Aber ihr habt euch oft getroffen.« Sein Blick fällt auf die Zettel, die am Wandteppich hängen.

Erst jetzt wird mir bewusst, dass nicht überall derselbe Tagebucheintrag hängt. Es sind verschiedene Einträge von verschiedenen Tagen, die ich nach den Treffen mit Macy verfasst habe. Es fühlt sich an, als würde ich nun nackt im Raum stehen und keine Möglichkeit haben, mich zu verdecken. Diese Einträge waren nie für andere bestimmt. Es waren doch nur meine ganz persönlichen Erinnerungen. Sie waren nur für mich. Um jeden Moment und jeden Gedanken an Macy festzuhalten, lebendig zu halten – egal, wie das Ganze hier für uns beide ausgeht. Egal, ob das mit uns von Dauer ist oder nur in dieser Akademie bestehen kann.

»Macy und ich haben nie über die Roses oder die Clovers geredet. Wirklich nicht. Es ging kaum um die Akademie. Wir haben über Bücher geredet … über zu Hause, unsere Familien. Solche Sachen.«

»Eure Familien?«, fragt Grayson spitz. »Wussten die Roses also dadurch von Thomas? Du hast uns alle in dem Glauben gelassen, die Roses hätten irgendein Gerät versteckt oder Lennox hätte dich verraten, dabei war es Macy, die ihnen alle Informationen geliefert hat.«

»Hat sie nicht«, widerspreche ich sofort.

Es ist schwer, die Worte nicht an mich heranzulassen. Aber ich weiß, dass Macy es nicht gewesen ist. Auch wenn ich mit ihr über Thomas geredet habe, wusste sie nichts von den Umständen seiner Tat.

»Ich glaube ihr nicht«, murmelt Ruby.

»Ich schon«, sagt Charlotte.

Penelope, die mich bis eben auch noch skeptisch angesehen hat, nickt zu meiner Erleichterung. »Ich finde es doof, dass diese Treffen hinter unserem Rücken stattgefunden haben, aber ich glaube dir, dass du ihr keine Informationen gegeben hast.«

Jacob macht sich größer, geht einen Schritt auf mich zu. »Du darfst dich nicht weiter mit ihr treffen.«

»Und du kannst es mir nicht verbieten.« Ich wirke selbstbewusster, als ich mich fühle. Aber ich meine es genauso, wie ich es sage. »Ich habe bewiesen, dass ich auf eurer Seite stehe. Ich will das Stipendium genauso sehr wie ihr, und daran ändern auch meine Gefühle für Macy nichts. Ich werde an die Cliffworth gehen!« Meine Stimme hallt von den Wänden wider. Es klingt beeindruckend und beschert mir selbst eine Gänsehaut. »Ich werde weiterhin alles dafür geben.« Jacob mustert mich abschätzig. »Aber meine Gefühle für Macy kann ich nun mal nicht abstellen.«

Ich gehe zu den Wänden und reiße jeden einzelnen Zettel herunter. Bei jedem schäumt Wut in mir auf. Dass ich überhaupt in diese demütigende Lage gekommen bin. Ich bin auch wütend auf das Universum, weil es nach einem so unglaublichen Abend mit Macy wieder alles ins Wanken bringt.

Trotzig sehe ich in die Runde. »Diese Einträge waren privat, das heißt, der Inhalt geht euch nichts an.«

Jacob sieht mich an, als wären wir noch lange nicht fertig. Doch er sagt nichts mehr, sondern presst nur seine Lippen aufeinander. Ruby seufzt genervt und verdreht die Augen, als wäre ich ein bockiges Kind. Grayson wirkt, als habe er Zahnschmerzen.

Dann räuspert sich plötzlich Amar. »Ich verstehe nur nicht, wie es dazu kommen konnte.«

»Wozu genau? Zu meinen Gefühlen?«

»Nein.« Seine Augen werden etwas größer. »Wer die Einträge öffentlich gemacht hat. Und wie.« Verdutzt sehe ich ihn an. »Wenn dir dein Tagebuch so wichtig war, wirst du es doch gut versteckt haben, oder?«

»Es war immer in meinem Kopfkissenbezug«, sage ich stirnrunzelnd. »Aber die Roses sind doch nicht wieder in unserem Haus gewesen, oder?«

»Wann hast du das Tagebuch das letzte Mal gesehen?«, fragt Grayson. »Dieser eine Eintrag hier«, er nimmt eines der Papiere in die Hand, »der ist doch von gestern, oder?«

Die Kälte nimmt zu und lässt mich zittern.

»Gestern Abend habe ich auf den Klippen darin geschrieben«, erkläre ich roboterhaft. »Bevor es dunkel wurde. Bevor …«

»Bevor *was?*«, blafft Jacob.

»Vor ihrem Treffen mit Macy.« Ruby zieht die Augenbraue hoch. »*Das* wollte sie sagen.«

Ich kann nichts darauf erwidern, weil ich mich nicht traue, es zu bejahen. Muss ich auch gar nicht, die anderen werden sofort wieder unruhig.

»Das Tagebuch war in meiner Umhängetasche, aber ich habe die Tasche nicht aus den Augen gelassen. Also, was immer ihr da andeutet: Sie war es nicht.«

»Nicht aus den Augen gelassen, hm?«, murmelt Ruby und sieht mich forsch an. »Du bist erst nach dem Blitzeinschlag zurückgekommen. Was ist also während des Stromausfalls passiert? Hatte sie da Gelegenheit, sich unbemerkt an deiner Tasche zu schaffen zu machen?«

Bilder vom gestrigen Abend laufen vor meinem inneren Auge ab. Macy und ich in der Bibliothek, Körper an Körper. Die Tasche gleitet zu Boden und landet neben meiner Strickjacke. Macy, wie sie im Dunkeln nach der Tasche tastet und sie mir reicht. Habe ich danach noch mal reingesehen? Das Tagebuch gefühlt? Habe ich nicht. Ich habe keinen Gedanken daran verschwendet. Ich weiß nicht, ob es danach noch da war.

»Sieht so aus, als wäre dein Vertrauen vielleicht missbraucht worden.« Rubys Tonfall ist viel zu selbstgefällig.

Die Kälte in meinem Innersten wird zur Eislawine, die mich mit sich reißt. Ich will diese Worte nicht glauben. Trotzdem frage ich mich in diesem Moment, ob ich naiv war. Und mein Herz ein Narr.

KAPITEL 31
VADA

Sie war es nicht.« Ich versuche mich selbst davon zu überzeugen. Ich vertraue Macy. »Wieso sollte sie so etwas tun? Diese Einträge würden sie doch auch in Schwierigkeiten bringen, denn sie will auch nicht, dass die Roses von uns erfahren.«

Penelopes Skepsis ist zurück. »Das hat sie zumindest behauptet. Vielleicht hat sie dich von vornherein ausgenutzt, um dich während der Akademie abzulenken.«

»Oder sie wollen, dass wir uns wegen Macy und dir zerstreiten«, überlegt Ruby. »Darauf läuft es doch die ganze Zeit hinaus, oder? Sie wollen, dass wir unkonzentriert werden und nicht mehr zusammenhalten, weil sie es dann leichter hätten.«

»Macy ist nicht der Typ für so was. Wenn jemand das Tagebuch geklaut hat, muss es Ian gewesen sein. Er hat doch schon mal versucht, mich einzuschüchtern. *Er* ist derjenige, der hier rumschleicht – da sind wir uns doch einig, oder?«

Alle nicken.

Penelope verzieht den Mund. »Aber wie soll Ian an das Buch gekommen sein, wenn du es bei eurem Treffen mit Macy dabeihattest?«

Fieberhaft denke ich nach und versuche, irgendwelche plausiblen Erklärungen zu finden. Irgendetwas, das mich von den nagenden Zweifeln ablenkt, die mein Innerstes befallen wie Parasiten.

»Die Tasche!«, fällt mir ein. »Gestern war ich nach dem Unwetter so nass, dass ich sie mit meiner Jacke zusammen an den Ständer da hinten gehängt habe.« Ich eile zum Ständer und finde die Umhängetasche. Das Tagebuch ist nicht drin. »Ian muss heute Nacht in unser Haus eingedrungen sein und das Tagebuch herausgeholt haben.«

Einige nicken, doch Grayson schüttelt skeptisch den Kopf. »Ganz ehrlich, Vada? Ich verstehe, dass du an Macys Unschuld festhalten willst. Aber es passt nicht zusammen. Sie *muss* ihre Finger im Spiel gehabt haben.«

»Muss sie das?«, fragt Charlotte. Sie sieht aus, als würde sie meinen Unschuldsbekundungen unbedingt glauben wollen. Als würde sie sich ein Happy End für Macy und mich wünschen, wo alle anderen uns entzweit sehen wollen. In diesem Moment weiß ich, dass sie eine echte Freundin ist. Jemand, auf den man sich verlassen kann. Eine Freundin, die Fakten sammelt, ehe sie urteilt, und selbst in dem Irrsinn um uns herum an das Gute im Menschen glaubt. Das war auch schon immer mein Ansatz. Mein Ansporn. Im Zweifel für den Angeklagten, in diesem Fall für Macy.

»Woher soll Ian von dem Tagebuch gewusst haben?«, gibt Grayson zu bedenken. »Und woher wusste er, dass es sich in der Tasche befand? Es war nicht dein übliches Versteck, hast du gesagt. Es konnte also nur Macy wissen, dass du es bei eurem Treffen dabeihattest und in die Tasche gesteckt hast.«

Da sind sie wieder: die Zweifel, die nach mir rufen und sich in mich bohren. Weil ich Graysons Argumente nicht entkräften und nicht ignorieren kann. Weil ich auch nicht verstehe, wie Ian an das Tagebuch gelangen konnte. Durch Zufall? Hatte er einfach verfluchtes Glück? Oder hat Macy es ihm wirklich gesagt? Hat sie ihm das Tagebuch vielleicht sogar gebracht, nach unserem Kuss während des Stromausfalls?

Aber es wäre mir doch aufgefallen. Wir haben uns zum Abschied geküsst, sie hatte nur ein dünnes Shirt an. Niemals hätte sie das Tagebuch darunter verstecken können. Es sei denn …

Das heruntergefallene Buch! Macy hat auf dem Rückweg ein Regal gestreift, dabei ist ein Buch heruntergefallen. Was, wenn sie in Wahrheit das Tagebuch hat fallen lassen, damit Ian oder einer der anderen Roses es schließlich über den Tunnel holen konnte? Das würde sie nicht tun. Unsere Gefühle sind echt.

Das sind sie doch. Oder?

Mir wird übel. Schnell und unaufhaltsam.

»Ich muss an die Luft«, murmle ich und stürze aus dem Haus.

Die Kälte, die das Unwetter hinterlassen hat, trifft mich durch mein dünnes Sweatshirt. Aber es ist mir egal. Ich stolpere durch die Dämmerung. Erst jetzt wird mir klar, dass es wirklich erst einige Stunden her ist, seit Macy und ich uns voneinander verabschiedet haben. Seit unserem Kuss. Diesem perfekten Moment, der nun bitter schmeckt.

Salziger Wind peitscht mir ins Gesicht. Normalerweise fegt er meinen Kopf frei, aber heute funktioniert es nicht. Ich stehe an den Klippen, auf denen die Cliffworth Academy erbaut wurde, und fühle mich, als wäre ich kurz davor, in den Abgrund zu stürzen.

KAPITEL 32
MACY

Ich bin so spät dran, dass alle anderen bereits beim Frühstück sind, als ich mich gerade erst auf den Weg mache. Die Nacht war viel zu kurz. Als ich endlich eingeschlafen bin, ging die Sonne bereits auf, weil meine Gedanken sich immerzu im Kreis gedreht haben. Dort habe ich immer wieder diesen unglaublichen Kuss durchgespielt und mich in der Sehnsucht verloren.

Ich eile den Weg entlang zum Haupthaus. Die Zeit sitzt mir im Nacken, bald wird der Unterricht beginnen, und bis dahin muss ich wenigstens irgendetwas gefrühstückt haben.

Der Speisesaal leert sich bereits, als ich endlich ankomme. Am Tisch der Roses sitzt nur noch Poppy, während bei den Clovers noch mehr Stühle besetzt sind. Sofort erkenne ich Vadas haselnussbraunes Haar, ihr Gesicht wird jedoch verdeckt, während Charlotte mit ihr redet. Ich wünschte, Vada würde mich ansehen, aber sie scheint mich noch nicht bemerkt zu haben. Ob sie nach gestern genauso glücklich ist wie ich? Verliebt. Ich denke, das ist das passende Wort. Die Schmetterlinge, die sich entgegen der allgemeinen Redewendung nicht nur in meinem Bauch, sondern in meinem ganzen Körper befinden und jede einzelne Zelle zum Flirren bringen, sehen das jedenfalls so.

Ich nehme mir etwas Laverbread, Bohnen und Grapefruitsaft und setze mich neben Poppy, die aber schon ihre Sachen packt, um vor dem Unterricht noch kurz Luft zu schnappen. Auch am Tisch der Clovers lichtet es sich. Die Sicht auf Vada wird freier, doch sie hält den Blick gesenkt. Kurz darauf verlässt sie mit Charlotte den Raum, ohne auch nur einmal zu unserem Tisch zu sehen. Die Schmetterlinge geraten ins Taumeln, aber ich versuche, nicht zu viel in ihr Verhalten hineinzuinterpretieren. Sie war so in ihr Gespräch mit Charlotte vertieft, dass sie mich bestimmt nicht bemerkt hat.

In Windeseile schaufle ich mein Frühstück in mich hinein und spüle es mit Grapefruitsaft hinunter. Nach nur fünf Minuten nehme ich einen letzten Schluck Saft und sehe schließlich auf.

Nur noch Jacob ist mit mir im Saal.

Als ich mich erhebe und er es mir nachtut, weiß ich, dass Ärger droht. Seine Augen sind noch dunkler als sonst und seine Fäuste geballt, als wäre er voller Angriffslust. Ich starre stumm geradeaus. Ich muss möglichst unsichtbar sein, wie es sonst meine Superkraft ist. Doch heute klappt es nicht. Jacob holt mich ein und stellt sich direkt vor mich. Er ist mir viel zu nah und hat längst meine persönliche Sicherheitszone, in die ich kaum Menschen lasse, überschritten.

Ich rieche sein Aftershave und kann einen ausgedrückten Pickel auf der Wange sehen.

»Büchermädchen«, spuckt er förmlich aus. Aus dem Mund von Grayson klang der Spitzname am ersten Tag eher verspielt, bei ihm trieft er voller Hohn.

»Lass mich durch, Jacob.« Meine Stimme ist nicht so laut, wie ich mir wünschen würde, aber immerhin zittert sie nicht. »Wir müssen beide zum Unterricht, schon vergessen?«

»Ich wollte vorher nur klarstellen, dass du dich von Vada fernhalten solltest.«

Was auch immer ich erwartet habe: Dieser Satz war es nicht. »Keine geheimen Treffen mehr, klar?«

Er weiß es also.

Am liebsten würde ich ihm ins Gesicht schleudern, dass

er mir nichts verbieten kann, und Vada und ich tun und lassen, was wir für richtig halten, aber ich möchte ihn nicht provozieren und Vada nicht in Schwierigkeiten bringen. Schwierigkeiten, die ohnehin schon da sind, wenn Jacob wirklich weiß, dass wir uns treffen.

Ob es gestern nach dem Blitzeinschlag aufgefallen ist? Haben sie Vada mit Fragen gelöchert, bis sie es zugegeben hat? Oder haben sie unseren Kuss vor der Haustür gesehen?

»Woher?«, frage ich trocken.

Jacob schnaubt verächtlich. »Tu nicht so naiv. Du weißt genau, woher ich die Info habe.«

Ich habe keine Ahnung, wovon er spricht.

Plötzlich geht er noch einen Schritt auf mich zu. Würde er mich nicht um zwei Köpfe überragen, würden wir jetzt sicher Nasenspitze an Nasenspitze dastehen. Stattdessen sieht er abfällig auf mich herab. »Betrachte das hier einfach als Warnung.« Er schreit nicht, sondern bleibt ganz ruhig, aber genau das ist es, was ich in diesem Moment als bedrohlich empfinde. Als würde er bereits in Ruhe planen, was passieren wird, wenn ich seiner Aufforderung nicht nachkomme.

Endlich löst er sich von mir. Es dauert zwei Sekunden, in denen ich versuche, diesen Schauer, den seine Präsenz in mir ausgelöst hat, abzuschütteln. Dann eile ich ihm hinterher.

Tatsächlich ist Mrs Walsh bereits im Flur, als ich ihr entgegenkomme, eine Entschuldigung murmle und mich, kurz vor ihr, im Unterrichtssaal einfinde. Vada starrt auf ihre Füße, als wären ihre schwarzen Lackschuhe äußerst interessant. Dafür bohrt sich Jacobs Blick in meinen Rücken. Grimmig sitzt er in der letzten Reihe, als würde er von dort das Geschehen überwachen. Ich nehme meinen üblichen Platz neben Poppy ein.

Mrs Walsh beginnt mit dem Unterricht und erinnert uns

noch mal daran, dass morgen die Gruppenreferate fällig sind, dann folgt ein einstündiger Monolog über Ethik, der meinen Kopf überfordert. Nach der Auseinandersetzung mit Jacob schreit alles in mir nach einer Pause. Ich brauche Luft und Raum zum Nachdenken, keinen überfüllten und stickigen Unterrichtssaal.

»Ich werde jetzt mit einem Körbchen herumgehen, aus dem Sie bitte jeder ein Los ziehen.«

Der Reihe nach ziehen und öffnen wir die kleinen Zettelchen. Auf meinem Los steht die Zahl Vier.

»Bitte teilen Sie sich entsprechend der Nummern ein. Alle mit den Zahlen Eins bis Sieben stellen sich in die linke Ecke des Raumes, diejenigen mit den Zahlen Acht bis Vierzehn versammeln sich in der rechten Ecke.«

Es folgt Stühlerücken. Ich finde mich bei Lennox, Amar, Grayson und Ruby ein, die in meiner Gruppe sind. Kurz darauf gesellen sich Charlotte und Vada zu uns. Diesmal sieht Vada mich an. Kurz zuckt ihr Mundwinkel, ehe sie sich wieder um einen neutralen Gesichtsausdruck bemüht. Trotzdem habe ich das Gefühl, danach von Grayson und Charlotte gemustert zu werden. Auf zwei denkbar unterschiedliche Weisen. Charlotte wirkt neugierig, Grayson eher forsch.

»Schön«, verkündet Mrs Walsh, nachdem sich alle eingefunden haben. »Folgen Sie mir.«

Wir kommen in den ersten Gruppenraum, vor dessen rundem Tisch heute eine Leinwand mit Beamer aufgestellt ist. Charlotte hält Vada den Platz neben sich frei, ich hingegen orientiere mich an Lennox, was dazu führt, dass ich neben Vada lande. Ohne dass ich es geplant hätte. Ein schöner Zufall, doch die Freude darüber lasse ich mir nicht anmerken. Ihr Duft umhüllt mich und lässt mein Herz schneller schlagen, weil nun so viele Erinnerungen daran geknüpft sind. Der Geschmack ihrer Lippen. Der Klang ihres Seufzens.

»Ich möchte Sie darauf hinweisen, dass die Unterrichtseinheit heute gefilmt und von mir ausgewertet wird«, ertönt Mrs Walshs Stimme aus einem Lautsprecher. »In der nächsten Stunde möchte ich, dass Sie über eine von mir gestellte Ethikthese diskutieren. Sie müssen am Ende nicht zu einem Ergebnis oder Konsens kommen. Es geht mir darum, dass Sie sich mit allen Facetten der These auseinandersetzen und sich einbringen.« Ein paar von uns nicken der unsichtbaren Mrs Walsh zu, ich selbst schlucke eher. Das klingt so gar nicht nach einer Aufgabe nach meinem Geschmack.

»Die These lautet: *Manche Menschen sind von Natur aus gut, andere von Natur aus schlecht.*«

Die Aufgabenstellung erscheint auf der Leinwand, danach breitet sich Schweigen im Raum aus. Niemand scheint den Anfang machen zu wollen. Dabei will Mrs Walsh sicher herausfinden, wer mutig genug ist, sich frei zu positionieren.

Es wundert mich nicht, dass Grayson der Erste ist, der sich schließlich räuspert. »Wissenschaftler in Schweden haben Straftäter analysiert und angeblich Gene gefunden, die zur Gewaltbereitschaft beitragen sollen«, wirft er ein. Ein interessanter Start in das Gespräch. Viel sachlicher, als ich es von ihm erwartet hätte.

»Klingt für mich nicht nach der besten Studie.« Lennox blickt skeptisch in die Runde. »Das würde ja bedeuten, dass Kriminelle keine Wahl haben.« Röte zeichnet sich auf seinen Wangen ab, denn auch ihm fällt es schwer, sich zu Wort zu melden. Doch in Anbetracht der Tatsache, dass wir Roses hier am Tisch deutlich in der Unterzahl sind, müssen wir hervorstechen. Also auch ich. Es führt kein Weg dran vorbei.

»Meiner Meinung nach hat man immer eine Wahl«, erwidert Charlotte. »Der Genpool verwandelt uns doch nicht in Zombies. Etwas komplexer ist die Angelegenheit schon.« Einige nicken, ich ebenfalls.

»Gene mögen das eine sein«, traue ich mich zu sagen. »Aber es gibt andere wichtige Faktoren, die ebenso auf die Entwicklung eines Menschen Einfluss haben: das soziale Umfeld, Erfahrungen oder Lebensumstände.«

»Das mit dem Umfeld sehe ich auch so.« Vadas Stimme klingt dünner als sonst. Ihr Daumen streift nervös über den Ärmelsaum ihrer Bluse. Das ist neu, bislang hat sie sich immer sehr souverän zu Wort gemeldet. Denkt sie gerade an ihren Bruder und daran, dass er auf die schiefe Bahn geraten konnte, obwohl er eigentlich kein schlechter Mensch war? »Ich vermute, dass jeder Mensch ein gewisses Risiko hat, gegen Werte und Normen zu verstoßen«, spricht sie weiter und bestätigt damit meine Gedanken.

»Der Autor Brian Masters hat Biografien über mehrere Massenmörder geschrieben«, nehme ich den Faden auf. »Er sagt, dass jeder Mensch die Fähigkeit hat, Verbrechen zu begehen, und denkt, dass die Gesellschaft dazu da ist, das Böse im Menschen einzudämmen – aber manchmal eben auch versagt.«

»Dann wäre deine These, dass alle Menschen einen Hang zum Bösen haben?«, fragt Ruby mit hochgezogener Augenbraue. In der Art, wie sie mich bei ihren Worten ansieht, liegt etwas Persönliches, auch wenn ich keine Ahnung habe, woher dieser Angriff kommen könnte. Vom ersten Tag an hatte ich keinen Kontakt zu ihr. Allerdings ist mir auch nicht entgangen, dass sie Jacobs Schatten ist, und dieser hat ja scheinbar ganz eigene Probleme mit mir.

»Das ist nicht *meine* These, sondern die von Brian Masters.«

»Ganz schön düstere Prognose«, murmelt Amar.

»Ich kenne seine Texte«, sagt Charlotte zu meiner Überraschung. Dass sie sich für derart komplexe Themen interessiert, zeigt, dass ich sie komplett unterschätzt habe. »Er sagt auch, dass wir einen Menschen niemals als völlig böse darstellen sollten, weil das bedeuten würde, die Verantwortung für Handlungen abzugeben.«

»Das bedeutet im Umkehrschluss, jeder hätte theoretisch die Veranlagung dazu, böse zu sein, aber nicht jeder lässt sich von dieser Veranlagung leiten?«, fragt Grayson.

»Nur mit dem Unterschied, dass ich nicht von *dem Bösen* rede«, antwortet Charlotte. »So klingt es ja nach einer übermenschlichen Kraft, die uns befällt. Böse zu sein ist kein Substantiv.«

»Schön.« Ruby klingt beinahe genervt von unserer Diskussion. »Aber was unterscheidet dann die Menschen, die böse Taten begehen, von denen, die es nicht tun, wenn alle eine gewisse Veranlagung dazu haben? Welche Erfahrungen können dazu führen?«

»Bindungsstörungen vielleicht«, überlegt Grayson. »Wenn das Urvertrauen in den ersten Lebensmonaten gestört wird, hat das sicher langfristige Auswirkungen auf die gesamte Entwicklung.« Seine Worte sind wie ein Stich in eine nicht verheilte Wunde. Ich versuche wirklich, mich nicht angesprochen zu fühlen, doch es ist nicht leicht. Das klaffende Loch, das die Adoption in mir hinterlassen hat, ist nicht komplett zu ignorieren, egal, wie sehr ich meine Eltern liebe. Immerhin war ich in den ersten Lebensmonaten in einer Pflegefamilie, bevor Mum und Dad mich gefunden haben. Zugegebenermaßen erinnere ich mich nicht mehr an diese Pflegefamilie, aber wenn gerade die ersten Monate so prägend sind, war es sicherlich nicht förderlich für mich, dass ich in so kurzer Zeit unterschiedliche Bezugspersonen hatte.

»Ich denke, die Entwicklung von Empathie ist wichtig«, sage ich, hauptsächlich, um mich abzulenken. Theodora Price darf gerade keinen Platz in meinen Gedanken einnehmen. Nicht, wenn Mrs Walsh jede unserer Aussagen und Gefühlsregungen aufnimmt. »Wer ein ausgeprägtes Einfühlungsvermögen hat, sollte weniger Gefahr laufen, Menschen oder Tieren Leid anzutun, oder?«

»Die Erziehung spielt sicherlich auch eine Rolle«, antwortet mir Amar.

Vada versteift sich. Man braucht nicht viel Menschenkenntnis, um ihr anzusehen, dass der Finger diesmal in *ihrer* Wunde bohrt. Sicherlich kommt es bei ihr so an, als würde Amar gerade ihrer Mutter die Schuld an Thomas' Verfehlungen geben.

»Zum sozialen Umfeld gehört aber weit mehr als nur das Elternhaus«, sage ich, um ihr beizustehen. »Falsche Freunde und negative Erfahrungen können sicher genauso viel Einfluss haben – je nach Alter vielleicht sogar mehr.«

Vadas kleiner Finger berührt kurz meinen. Nur drei Wimpernschläge lang liegen unsere Finger unterm Tisch ineinander.

Sie reckt ihr Kinn. »Ich denke auch, dass das soziale Umfeld in einem gewissen Alter einen entsprechend hohen Einfluss hat.«

»Reden wir jetzt wieder von deinem Bruder?«, fragt Ruby. »Er ist immerhin nur ein Beispiel, aber damit sicherlich kein Beweis für alle Thesen.«

»Trotzdem ist es wichtig, jemanden anzuhören, der einen persönlichen Bezug zu der These hat.« Das hier klang forscher, als man es von mir gewohnt ist. »Wir anderen haben immerhin keine Erfahrungen vorzuweisen, oder? Daher finde ich es interessant, Vadas Standpunkte zu hören.«

Rubys Augen werden zu Schlitzen, die im völligen Kontrast stehen zu ihrem süßlichen Lächeln, das sie mir in diesem Moment zuwirft. »Natürlich siehst du das so.«

Lennox runzelt die Stirn. »Was soll diese Anspielung?«

»Was denn, dann weißt du's noch nicht?«, fragt Ruby spitz.

»Konzentrieren wir uns wieder auf unsere These«, bittet Charlotte. Grayson nickt.

»Passt doch dazu«, meint Ruby. »Selbst die, die unschuldig tun, können Böses im Schilde führen, oder, Macy?«

»Keine Ahnung, wovon du redest.« Ihre Aussage hinterlässt ein nervöses Pulsieren meiner Nervenenden. Erst Jacob, dann Ruby. Was ist hier eigentlich los? Wieso benehmen sich alle, als wäre ich eine Schwerverbrecherin?

Mein Finger tastet unterm Tisch nach Vadas. Ich brauche noch so eine kleine Berührung, die all dieses Chaos an diesem Morgen abmildert. Doch diesmal nähert sich ihr kleiner Finger meinem nicht. Vada starrt nur auf die Tischplatte, und ich wage es nicht, sie stumm anzuflehen. Ich wage es ja kaum zu atmen, während ich das Gefühl habe, dass hier irgendetwas aus dem Ruder läuft.

Die anderen beginnen wieder, über die These zu sprechen, aber ich höre nur noch mit halbem Ohr zu und beteilige mich nicht mehr. Mein Kopf rauscht. Alles in mir ruft nach Ruhe und Antworten. Vada wird mir beides geben können. Es ist so unfair, dass sie nur ein paar Zentimeter von mir entfernt sitzt und doch so weit weg erscheint, weil ich diese Distanz nicht einfach überwinden kann. Weil ich auch ihr Verhalten heute nicht deuten kann. Dabei fiel es mir bisher immer leicht, Vada zu lesen.

Meine Finger spielen mit einem meiner Stifte, während die Diskussionen langsam abflachen. Es ist fast alles gesagt und die Zeit bald um. Ich treffe blitzschnell eine Entscheidung, nehme meinen Stift unter den Tisch und schreibe auf meine Handfläche.

Was ist los?

Der Satz ist krakelig und verschmiert, aber lesbar. Ich tippe Vada heimlich an, drehe ihr meine Handfläche zu und lasse sie lesen. Sehe ich ihre Haut ein wenig erblassen? Ich habe es mir nicht nur eingebildet. Irgendetwas stimmt nicht.

»Ihre Zeit ist um«, dringt es aus den Lautsprechern. »Vielen Dank für diese interessante Diskussion. Neben den Gruppenreferaten möchte ich, dass Sie mir bis morgen früh auch einen fünfseitigen Essay schreiben, in dem Sie die These nochmals beleuchten und ein persönliches Fazit ziehen. Nutzen Sie den restlichen Unterrichtstag dafür.«

Einige stehen auf und sorgen für Unruhe, die ich sofort ausnutze.

Heute Abend?

Vada schielt auf meine Hand, während alle anderen sich langsam erheben. Ihre Antwort kommt mit einem verstohlenen Kopfnicken.

Ich sollte erleichtert sein. Erleichtert, weil ich heute Abend verstehen werde, was in den letzten zwölf Stunden geschehen ist und wieso sich alle so seltsam benehmen. Aber ich bin es nicht. Außer diesem Kopfnicken bekomme ich nichts. Kein angedeutetes Lächeln, keine Berührung, keinen liebevollen Blick. Vada dreht sich einfach zu Charlotte um und unterhält sich mit ihr über den Essay. Kurz darauf verlässt sie mit den anderen Clovers den Raum. Die verschmierte Schrift auf meiner Hand brennt in diesem Augenblick wie Feuer.

Im Speisesaal ist es zugig. Der Wind scheint durch jede Ritze der Steinmauern zu dringen. Zu den Essenszeiten wird diese Kälte durch die Menge an Leuten abgemildert, doch diesmal fröstle ich. Draußen wäre es sicher angenehmer, denn immerhin scheint die Sonne, aber das schöne Wetter passt nicht zu meiner Stimmung.

Nachdem ich meine letzten Energiereserven aufgebraucht habe, um den fünfseitigen Essay zu schreiben, bin ich zu so gut wie nichts mehr zu gebrauchen. Ich wollte zeichnen, um mich von Vada abzulenken, und bin geradewegs bei meiner leiblichen Mutter gelandet. Ich habe es nicht kommen sehen, jetzt fühle ich mich nur noch schwermütiger. Der Stift in meiner Hand bebt, während ich die dunkle Silhouette betrachte, die ich gezeichnet habe. Eine Frau mit einer Maske. Ein Phantom.

Plötzlich geht die Tür zur Küche auf. Mrs Bell, wie gewohnt mit einer Schürze und einem warmen Lächeln, kommt auf mich zu. In der Hand hält sie einen Besen, mit dem sie wohl vorhat, den Marmorboden zu fegen. Als sie mich sieht, hält sie inne.

»Macy«, sagt sie überrascht. »Wieso sitzt du bei dem schönen Wetter denn hier drin?«

»In der Bibliothek waren schon Leute, und so war das der einzige Ort, der mir einfiel, an dem ich ungestört sein kann.«

»Und dann komme ich und störe diese Ruhe.« Mrs Bell schüttelt den Kopf. »Tut mir leid. Aber es gibt noch einiges zu tun vor dem Abendessen.«

»Ihre Anwesenheit stört mich nicht. Ich wollte eher den anderen aus dem Weg gehen.«

Sie mustert mich vorsichtig. »Gibt es Probleme?«

»Nicht mehr als sonst auch«, antworte ich, und doch ist es nur ein Teil der Wahrheit. Bisher hat mich nie jemand einzuschüchtern versucht.

Mrs Bell scheint mir diese kleine Unwahrheit anzumerken. Sie lächelt nachsichtig, dann schiebt sie sich einen Stuhl zurecht und setzt sich neben mich.

»Dieser Wettbewerb ist nie leicht, und ganz gewiss bist du nicht die Erste an der Akademie, die dabei ins Straucheln gerät.«

»Was, wenn ich sage, dass es eher die Umstände sind, die es schwer machen, und der Wettbewerb selbst gar kein großes Ding für mich ist? Mit Druck kam ich schon immer gut klar.«

»Und womit nicht?« Ihre Frage wirkt nicht forsch, eher mütterlich.

Unwillkürlich fällt mein Blick auf meine Zeichnung. Mrs Bell entgeht es nicht.

»Ziemlich düsteres Bild. Eine Frau so ganz ohne Gesicht. Wer ist sie?«

»Nur eine Frau, die mich sozusagen hier zur Akademie geführt hat.«

Mrs Bells Mundwinkel zuckt leicht. »Deine Theodora Price? Nach der du mich schon mal gefragt hast?«

»Ja. Sie ist jemand, mit dem mich viel verbindet«, flüstere ich. Es fühlt sich seltsam an, die Worte zuzulassen. »Und gleichzeitig weiß ich nicht, ob es wirklich eine Verbindung gibt.«

»Aber du bist hier, um das herauszufinden?« Es scheint, als habe Mrs Bell ein gutes Gespür, was mich nicht weiter verwundert. Sie hatte von Beginn an etwas Vertrauenerweckendes.

»Ich bin wegen des Stipendiums hier«, sage ich. Keinesfalls soll sie Mrs Walsh mitteilen, dass eine ihrer Teilnehmerinnen nur halbherzig dabei ist, denn das stimmt nicht. Die Motivation, die mich zur Cliffworth drängt, mag eine andere als bei meinen Mitstreitern sein, aber sie ist dadurch nicht weniger ernst gemeint. Ich will an dieser Uni studieren – meine leibliche Mutter hin oder her.

»Und doch scheint dir diese Frau sehr wichtig zu sein«, mutmaßt Mrs Bell.

»Wie kommen Sie darauf?«, frage ich leicht trotzig. Meist verstecke ich diesen Wunsch nach ihr hinter einem riesigen Schutzwall aus Stolz und Unsicherheit. Ein Schutzwall, der so lange gehalten hat, dass ich die Risse, die durch diesen blöden Brief letztes Jahr entstanden sind, kaum aushalten kann. Sie sind wie ein Schandfleck, vor dem ich noch gerne die Augen verschließe.

»Wenn es dir nicht wichtig wäre, würdest du sie nicht zeichnen.« Mrs Bell trifft damit einen wunden Punkt. »Sie scheint in deinen Gedanken zu sein.«

»Ich schätze, das stimmt.«

»Hast du Mrs Walsh nach ihr gefragt?«

»Nein. Sie ist nicht gerade eine Person, mit der man gut reden kann.«

»Vielleicht überrascht sie dich ja.«

»Vielleicht«, murmle ich. »Aber ich kann nicht mit ihr darüber sprechen. Irgendwie muss ich einen anderen Weg finden, um meine Fragen zu beantworten. Sie war schließlich an der Uni, irgendwelche Spuren muss sie hinterlassen haben.«

»Ich verstehe«, erwidert Mrs Bell, auch wenn ich mir nicht sicher bin, ob sie wirklich versteht, oder ob es nur eine dieser Floskeln ist, um den anderen sich besser fühlen zu lassen. Sie erhebt sich und schiebt den Stuhl zurecht. Dann legt sie eine Hand auf meine Schulter.

»Auch ohne Gesicht hat sie auf der Zeichnung ziemliche Ähnlichkeit mit dir«, sagt sie sanft und überrascht mich erneut mit ihrer Auffassungsgabe. »Ich wünschte wirklich, ich könnte mich an sie erinnern und dir deine Fragen beantworten. Es muss quälend sein, nichts zu wissen. Aber ich bin sicher, dass sie stolz darauf wäre, dass du es wie sie an die Akademie geschafft hast.«

Tränen beißen in meinen Augen.

»Danke«, flüstere ich und sehe Mrs Bell an. Mitgefühl

zeichnet sich in ihrem Gesicht ab, während sie mich mustert. Dann, schneller als ich es der älteren Dame zugetraut hätte, beugt sie sich zu mir vor. Ihre Lippen sind nah an meinem Ohr. Sie riecht nach Zitronen.

»Ich brauche ihn zum Ende der Akademie zurück«, flüstert sie mir in die Ohrmuschel und verwirrt mich. »Damit kommst du in ihr Büro, da findest du Fotos von allen Ehemaligen. Aber ich verlange absolute Diskretion von dir, okay? Kein Wort zu niemandem. Ich riskiere hier gerade meinen Job.«

Sie drückt meine Hand, und ich spüre etwas Kühles, dann eilt sie wieder in die Küche, ohne auch nur einmal den Besen in ihrer Hand geschwungen zu haben. Irritiert sehe ich ihr nach, dann wandert mein Blick zu meiner Hand. Ein goldener Schlüssel liegt darin. Ich erstarre. Nervosität und Angst machen sich in mir breit, dicht gefolgt von Verwirrung und Aufregung. Wenn es das ist, was ich denke – wenn es wirklich der Schlüssel ist, mit dem ich in Mrs Walshs Büro und damit an diese Fotos komme –, kann ich Theodora Price suchen. Sie sehen. Zum ersten Mal wäre sie kein Phantom mehr, sondern jemand mit einem richtigen Gesicht.

Plötzlich gibt es keine Ausreden mehr. Hiermit habe ich es selbst in der Hand, aktiv etwas zu tun, um meinen Fehler von letztem Jahr wiedergutzumachen. Die Frage ist nur, ob es mir wirklich wichtig genug ist, um meine gesamte Zukunft an der Akademie zu riskieren?

KAPITEL 33
MACY

Entscheidungen sind mir schon immer schwergefallen. Ich brauche Pro- und Kontralisten, Gespräche mit meiner Mum, Zeit zum Nachdenken und manchmal auch einen warmen Kakao, der der Seele dabei hilft, herauszufinden, was man sich wirklich wünscht. Mein Problem ist, dass weder Kakao noch meine Mum zur Verfügung stehen und ich streng genommen auch keine Zeit habe, um zu überlegen, was ich mit dem Schlüssel anfangen will. Die Zeiger bewegen sich unaufhörlich Richtung Ende der Akademie. Vorher ausgiebig meine Gefühle zu Theodora Price zu sortieren und diese dann gegen meine Zukunftswünsche abzuwägen, erscheint mir unmöglich, vor allem, weil mein Innerstes gerade viel zu sehr damit beschäftigt ist, noch die Situation mit Vada zu sondieren. Ich sitze bereits auf unserem Platz und spiele mit einer meiner Locken, die sich aus meinem Pferdeschwanz gelöst hat, beim Versuch, nicht zu viel nachzudenken. Doch mit jeder Minute des Wartens frage ich mich einmal mehr, was zum Teufel eigentlich passiert ist. Woher Jacob von uns wusste. Wieso Vada so distanziert wirkte.

Mein Kopf will mir gerade weismachen, dass Vada nicht mehr kommen wird, als ich endlich Schritte vernehme.

Erst als Vada vor mir steht, macht sie ihre kleine mobile Lampe an und stellt sie auf einem Felsvorsprung ab. Ich stehe auf, um sie zu begrüßen – am liebsten würde ich sie sofort an mich ziehen, ihre Hand halten und sie küssen –, doch ihr Gesicht spricht eine ganz andere Sprache.

»Was ist denn nur los?«, platzt es aus mir heraus. Ich kann mir einfach keinen Reim auf ihr Verhalten machen.

»Setzen wir uns lieber.« Vadas Stimme klingt ganz fremd. Darin ist keine Leichtigkeit, eher eisige Kälte, die meine Sorgen nur verstärkt.

Schließlich sitzen wir einige Zentimeter voneinander entfernt, obwohl gestern noch kein Papier mehr zwischen unsere Körper gepasst hat.

»Die anderen Clovers wissen von uns, oder?«, beginne ich. Sie sieht mich nicht an. »Bitte«, flüstere ich fast. »Jetzt sag doch endlich, was los ist. Dein Verhalten verunsichert mich.«

»Ja. Die anderen wissen von uns. Und Ian auch.«

»Was? Er hat nichts gesagt.«

Ihre Lippen werden schmaler. »Ich bin mir ziemlich sicher.«

Es dauert einige Sekunden, bis ich diese Informationen verdaut habe. Immerhin rückt es die Geschehnisse des heutigen Tages ins rechte Licht, nur dass Vadas Verhalten nicht dazu passt. Hat Jacob auch versucht, sie einzuschüchtern und ihr unseren Kontakt zu verbieten?

»Woher wissen sie es? Haben sie uns zusammen gesehen?«

Endlich sieht sie mich an, doch ihr Blick ist ganz anders als sonst.

»Du weißt es nicht?«, fragt sie unterkühlt.

Irritiert schüttle ich den Kopf. »Ich verstehe die Frage nicht.«

»Dann lass sie mich klarer formulieren. Hast du gewusst, dass ich gestern bei unserem Treffen mein Tagebuch dabeihatte?«

»Ja. Du hast es eingesteckt, als ich gekommen bin.«

»Und als du mir während des Stromausfalls meine Tasche gereicht hast, hast du es dir da genommen?«

»Was? Nein, wieso sollte ich so was tun?«

»Hast du es in der Bibliothek gelassen, damit Ian oder einer der anderen Roses es holen und die Inhalte verbreiten konnte?«

Mein Herz rast bei ihren Worten. Die Puzzleteile brechen wieder auseinander. Das Gesamtbild wird zu einer verschwommenen Masse aus Formen und Farben, weil ich nichts verstehe. Absolut nichts von dem, was hier gerade passiert.

»Vada«, sage ich betont und greife nach ihrer Hand. »Du glaubst doch nicht ernsthaft, dass ich so was tun würde?«

»Stell keine Gegenfragen.« Sie entzieht sich meiner Hand und rückt weg von mir.

Sie glaubt wirklich, dass ich ihr Tagebuch nehmen würde?

»Keine Ahnung, wie du auf so was kommst. Ich würde so was nie tun. Weder würde ich Ian, diesem Widerling, irgendetwas zuspielen, noch würde ich deine Privatsphäre missachten.« Ich schlucke schwer. »Ist es das, was passiert ist? Hat jemand dein Tagebuch genommen und es öffentlich gemacht? Wieso?«

»Um uns Clovers zu schwächen?«, rät Vada erschöpft. »Um uns gegeneinander aufzubringen? Weil sie nun wissen, dass ich sie hintergangen und mich mit einer von den Roses getroffen habe.«

»Wenn Ian irgendetwas damit zu tun hat, dann macht er es im Alleingang. Ich würde ihm niemals dabei helfen. Habe ich nie und werde ich nie. Das musst du mir glauben.«

»Hast du jemandem von dem Tagebuch erzählt?«

»Nein, natürlich nicht.« Ungläubig starre ich sie an. Das alles hier kommt mir wie ein Scherz vor. Ein unglaublich blöder, verletzender Scherz. Wir haben uns einander anvertraut, sind uns nahegekommen. Wir haben uns geküsst! Wie kann sie mich in einem Moment küssen und im nächsten glauben, dass ich zu solchen Taten fähig wäre, als würde sie mich gar nicht kennen? Als wäre ich nur irgendeine Fremde.

Ich springe auf und entferne mich ein paar Schritte von ihr. Die Bewegung hilft dabei, mich in dieser Enttäuschung nicht vollends zu verlieren, aber sie lässt mich frieren.

»Wie kannst du auch nur eine Sekunde lang denken, dass ich dich so hintergehen würde? Nach allem, was war.« Meine Stimme bricht. Am liebsten würde ich mich abwenden, aber sie soll ruhig meine aufsteigenden Tränen sehen. Sie soll sehen, was ihre Anschuldigungen in mir auslösen. Ich habe ihr alles von mir gegeben, und jetzt fühlt es sich an, als hätte sie all das mit den Füßen getreten.

»Ganz ehrlich? Ich weiß gar nichts mehr.« Fahrig streicht Vada sich ihren Pony aus den Augen. »Ich weiß langsam nicht mehr, wem ich hier glauben oder trauen soll. Da sind die Roses, und da sind die Clovers, und all das hier steht zwischen mir und meinem Traum. Und Leute tun eben Dinge, um diese Träume für sich zu verwirklichen. Darin kann man sich verlieren. Man macht eben Dinge, um sich einen Vorteil zu verschaffen.«

»Redest du da von dir selbst?«, frage ich forsch. »Denn mich kannst du ganz sicher nicht meinen. Ich folge meinen eigenen moralischen Prinzipien. Kein Stipendium der Welt wäre es wert, das Vertrauen anderer Menschen zu missbrauchen.«

Vada schluckt hörbar.

»Keine Ahnung, was du von mir hältst. Nach gestern Abend dachte ich wohl … Ich dachte, du würdest dasselbe für mich empfinden wie ich für dich. Aber wenn das so wäre, würdest du mir so etwas niemals unterstellen!«

Vada beißt sich auf die Lippe, dann kommt sie einen Schritt auf mich zu. Ein Teil von mir sehnt sich nach ihrer Nähe, will diesen blöden Streit vergessen und wieder glücklich sein. Verliebt. Der andere Teil in mir möchte eigentlich wieder Abstand zu ihr, denn diese Gefühle passen nicht zu der Enttäuschung in meiner Brust.

»Ich will dir glauben«, sagt sie, aber da sind noch immer Unsicherheiten in ihrer Stimme. »Ich will dich küssen, und ich will diese Treffen, und ich will dabei ganz sicher nicht daran zweifeln, ob das hier echt ist.«

»Wieso tust du es dann?«

»Weil ich mir inzwischen ja kaum noch selbst traue!« Pure Verzweiflung schwingt in ihren Worten mit. »Weil ich gefangen bin in einem Dickicht aus Lügen und Bedrohungen und Erpresserbriefen, konfrontiert mit Zweifeln, Schuldgefühlen und Siegeswillen, und ich weiß nicht, ob es uns nicht allen so geht. Ob wir uns nicht alle etwas vormachen, wenn wir glauben, über diesem Wettbewerb zu stehen, obwohl er uns längst mitreißt!«

»Was für Erpresserbriefe? Was für Schuldgefühle?« Ich starre sie an. »Wo hast du dich mit reinziehen lassen?«

»Ich muss wissen, ob ich dir einhundertprozentig vertrauen kann«, umgeht sie meine Frage.

»Das kannst du«, erwidere ich mit Nachdruck.

»Dann würdest du mich nie anlügen? Du warst in den Wochen hier immer absolut ehrlich zu mir und würdest mir nie – wirklich nie – etwas verheimlichen oder vorenthalten?«

Ein klares *Ja* liegt mir auf der Zunge, doch ein *Nein* macht sich in meinem Kopf breit. Mir ist das Gewicht des Schlüssels in meiner Tasche mehr als bewusst. Der Schlüssel, den ich mich nicht getraut habe, irgendwo zu verstecken, sondern an meinem Körper tragen will, um sicherzugehen, dass ihn niemand findet, der ihn missbrauchen könnte. Ich kann nicht vollends aufrichtig sein, ohne Mrs Bell oder mich in Schwierigkeiten zu bringen. Es ist nichts, was diesen Wettbewerb oder meine Beziehung mit Vada betrifft. Es ist meine eigene Entscheidung, die ich zu treffen habe. Mein eigenes Dilemma.

Vada mustert mich immer noch unsicher, aber es schwingt auch wieder Hoffnung mit. Sie *will* mir vertrauen, will mir glauben, und das kann sie. Weil ich ihr niemals schaden würde! Weil ich die Roses nie über sie stellen würde … nicht mal mein Stipendium. Ihr Traum ist mir in diesem Moment beinahe wichtiger als mein eigener.

»Du kannst mir vertrauen.«

Die Frage, ob ich es, nach dem, was ich eben gehört habe, auch bei ihr kann, schleicht sich in meinen Kopf. Doch ich dränge sie weg. Egal, was Vada in diesem Wettbewerb schon getan hat: Ich kann ihr verzeihen, weil ich weiß, wie schwer die Bürde ihrer Familie ist. Es ist okay. Genauso okay wie die kleine Lüge aus meinem Mund, die sie nur schützen soll. Sie, mich und Mrs Bell und irgendwie auch meine leibliche Mutter.

KAPITEL 34
VADA

Ich flüchte regelrecht in Macys Arme. Ich will ihr glauben, will diesem Gefühl trauen, das mir von Anfang an gesagt hat, dass sie nichts mit dem Tagebuch zu tun hatte, und das instinktiv weiß, dass Macy mir mit ihren Gefühlen nie etwas vorgemacht hat. Sie würde mir nie etwas vorspielen.

Ich will mich in diesem Kuss verlieren, den Macy mir auf die Lippen haucht. Ihre Lippen sind genauso weich wie gestern und ihr Seufzen genauso süß und durchdringend.

Ich will die Zweifel in mir loslassen, sie ins Meer werfen und ihnen beim Untergehen zusehen.

Doch so sehr ich mich auch bemühe, sie sind in meinem Kopf. Nicht wegen des Tagebuchs, nicht, weil ich denke, dass Macy mich wirklich verraten hat. Sondern weil sie vorhin nicht die Wahrheit gesagt hat. Nicht vollständig. Weil sie nur gesagt hat, dass ich ihr vertrauen kann, aber nicht verneint hat, dass sie keine Geheimnisse hat, mich nie anlügen würde.

Sie mag gut darin sein, Dinge zu beobachten, aber ihr gelingt es nicht, ihre Unsicherheiten zu verstecken. Sie sitzen in ihren blauen Augen, die während ihrer Antwort kurz glasig wurden. Ich habe eindeutig Schmerz und Schuld darin gesehen, nur weiß ich nicht, warum.

Warum hat sie gelogen?

Irgendetwas verheimlicht sie vor mir, und ich weiß in diesem Moment, in dem der Wind mit unseren Haaren spielt und Macys Hände sich ein wenig enger um meine Hüfte legen, dass ich dieses Wissen nicht ignorieren kann. Nicht nach allem, was in den letzten Wochen war. Nicht nach den letzten Jahren, in denen Freunde zu Feinden wurden.

Ich muss sichergehen, dass ich mich nicht verrenne. Dass ich wirklich weiß, was ich hier tue, denn nur so kann ich die Kontrolle wieder erlangen, bevor mein Traum mir entgleitet und mitsamt den Gefühlen für diese Frau untergeht.

KAPITEL 35
MACY

Die letzte Unterrichtseinheit in der Ethikwoche ist beendet, und die meisten von uns haben sich auf dem Innenhof versammelt, um sich den Kopf durchpusten zu lassen und die Wartezeit bis zum Abendessen zu überbrücken. Auch ich sitze mit dem Rücken gegen eine der Steinmauern gelehnt auf der Wiese, aber Entspannung will sich nicht einstellen. Die letzte Nacht steckt mir noch in den Knochen. Ich habe von dem Brief geträumt. Immer und immer wieder musste ich dabei zusehen, wie er in Flammen aufgeht, musste den Moment jedes Mal aufs Neue durchleben. Das hasse ich an Träumen: Sie zwingen einen dazu, sich der Realität zu stellen.

Ich weiß, dass ich Antworten für mich brauche. Dass ich Schuld abladen muss, weil sie tief in meinem Herzen sitzt und viel zu häufig an die Oberfläche kommt, auch wenn ich selbst hier an der Akademie versucht habe, sie wegzudrängen.

Und mittendrin in diesen Überlegungen ist da plötzlich noch Ian und die Frage, ob ich ihn auf Vadas Vorwürfe ansprechen soll, weil sie mir genauso im Kopf rumspuken wie meine leibliche Mutter. Wenn er wirklich irgendwelche Alleingänge macht und gegen die Clovers schießt, müssen die anderen davon wissen. Es würde aber auch bedeuten, meine Quelle offenzulegen und damit die Treffen mit Vada. Und wir beide wissen, wie das bei den Clovers angekommen ist.

Seufzend lehne ich meinen Kopf gegen die Wand und sehe zum Himmel. Die Sonne wird gerade von ein paar Wolken verdeckt, aber ansonsten sieht noch alles nach gutem

Wetter aus. Vielleicht sollte ich mir einfach ein Buch holen, mich auf die Klippen zurückziehen und lesen.

Ich stehe also auf, betrete unser Haus und gehe zu meinem Nachttisch, auf dem sich noch einige Bücher stapeln. George R. R. Martin scheint mir eine gute Wahl zu sein.

Ich will gerade nach dem Buch greifen, als ich auf meinem Kopfkissen einen zusammengefalteten Zettel entdecke. Heute Morgen, als ich zum Frühstück aufgebrochen bin, lag er definitiv noch nicht dort, dabei war ich doch die Letzte beim Frühstück. War danach noch mal jemand hier?

Ich lasse mich auf der harten Matratze nieder, nehme den Zettel und lese ihn. Bis das Papier in meiner Hand zu beben beginnt.

Ich weiß von deinem Geheimnis. Spiel mit offenen Karten, sonst mache ich es. Du hast 48 Stunden!

Schlagartig wird mir kalt. Der Schlüssel von Mrs Bell, der sich heute in der Innentasche meines Rocks befindet, scheint Tonnen zu wiegen. Wie könnte jemand wissen, dass ich ihn habe? Und wer?

Immer wieder gehe ich gedanklich den Tag durch, als ich den Schlüssel bekommen habe. Hat uns jemand belauscht? War ich so auf meine Gedankenspirale und das Gespräch mit Mrs Bell fokussiert, dass mir das entgangen ist?

Achtundvierzig Stunden, bis Mrs Walsh davon erfahren wird. Das bedeutet dann vermutlich mein Aus an der Akademie, so kurz vor der Zielgeraden. Was es für die hilfsbereite Mrs Bell bedeutet, die hier seit zwanzig Jahren arbeitet und die ihren Job zu lieben scheint, will ich mir gar nicht vorstellen.

Ich könnte sagen, dass ich den Schlüssel geklaut habe, damit würde ich Mrs Bell hoffentlich entlasten. Es wäre der einzige Trost. Doch eine andere Sorge bleibt. Ich muss mich jetzt entscheiden, ob ich wirklich etwas über Theodora Price herausfinden will oder nicht. Muss mich jetzt entscheiden, ob ich wirklich dazu bereit bin, mich meinen Gefühlen zu ihr zu stellen. Die letzten Stunden habe ich diesen Schlüssel oft angesehen und mich gedanklich im Kreis gedreht. Ich habe die Entscheidung aufgeschoben, weil ich dachte, noch Zeit zu haben. Doch nun zerrinnt sie wie Sand zwischen meinen Fingern. So schnell, dass der Gedanke, die Akademie verlassen zu müssen, ohne Theodoras Bild gesehen oder es wenigstens versucht zu haben, unerträglich ist.

Verbissen sehe ich auf den Zettel in meinen Händen. Keine Ahnung, wer ihn verfasst hat. Vielleicht wurde mir damit ein Gefallen getan, denn in diesem Moment weiß ich, dass ich den Schlüssel in den nächsten achtundvierzig Stunden nutzen werde. Wenn ich deswegen schon von der Akademie ausgeschlossen werde, muss es sich wenigstens lohnen.

Ich sitze im Speisesaal, während Mrs Bell mit ihrem Servierwagen aus der Küche tritt und das Abendessen bringt. Ich weiche ihr aus und will stattdessen herausfinden, wer den Brief geschrieben haben mag. Ich scanne den Raum ab und versuche zu erkennen, ob Mrs Bell oder ich verdächtig angesehen werden, doch die meisten beachten uns gar nicht.

Heute gibt es Kartoffelpüree und Glamorgan Sausages. Beim Essen redet heute kaum jemand, alle sehen nur immer wieder zur Leinwand, als könnten sie damit bewirken, dass die Wochenergebnisse schneller erscheinen.

Als das Essen schließlich vorbei ist und die Präsentation der Ergebnisse beginnt, ist es für einen Augenblick totenstill im Saal.

Woche 4: Ethik

Clovers: 70 Punkte
Roses: 69 Punkte

Einige der Clovers bringen einen Jubelschrei hervor, bei uns Roses herrscht eher betroffenes Schweigen.

»Wenn ihr mich fragt, haben wir die Stipendien schon in der Tasche«, sagt Jacob laut.

»Tön du nur rum«, meldet sich Owen zu Wort. »Aber wenn du mich fragst, hast du dich nicht gerade mit Ruhm bekleckert. Mir ist nicht entgangen, dass du einer von denen warst, der bei der letzten Gruppenaufgabe am wenigsten gesagt hat.«

»Mrs Walsh muss mein Auftreten trotzdem gefallen haben.«

»Dann hat sie wohl noch nicht erkannt, was für ein riesen…«

Wir erfahren nicht mehr, was Owen sagen will, denn Mrs Bell kommt zurück in den Raum. »Das Abendessen ist vorbei.« Ihre Stimme ist gewohnt freundlich und mitfühlend. »Mrs Walsh bittet darum, Gespräche draußen weiterzuführen, da wir den Saal vorbereiten müssen.«

Jacob sieht aus, als würde er zu gerne widersprechen, doch niemand von uns wagt es.

»Dann eben draußen«, zischt Jacob und steht ruckartig auf. Ian und Owen tun es ihm gleich.

In zwei Gruppen strömen wir aus dem Speisesaal und dem Hauptgebäude. Ich wünschte, die Worte der beiden wären nur heiße Luft und der Streit würde einfach verpuffen, doch er wabert wie eine dunkle Wolke über unseren Köpfen, als wir uns nicht unweit vom Hauptgebäude auf dem Innenhof versammeln.

»Wenn du was zu sagen hast, dann sag es, *Murray*.« Die Art, wie Ian Jacobs Nachnamen ausspuckt, reicht bereits als Kampfansage.

»Ihr fühlt euch überlegen, weil ihr in der ersten Woche ein paar Punkte mehr geholt habt, aber vergesst nicht, dass wir in Führung sind.« Jacobs Stimme ist wie ein Bass, sie geht durch Mark und Bein. »Es wäre doch bestimmt leicht, jemanden von euch dazu zu bringen, aufzugeben. Vielleicht Lennox? Oder Alfie, was ist mit dir?«

Alfie neben mir erstarrt. Andere wirken ebenso blass und überfordert wegen dieses eskalierenden Streits.

»Du drohst uns?«, fragt Ian.

Ich habe es nicht für möglich gehalten, doch er rückt noch ein wenig näher an Jacob heran. Er überragt ihn um gerade mal wenige Zentimeter, was sonst kaum ins Gewicht fallen würde, doch in dieser Situation wirkt es bedrohlich.

»Ich tue nichts, was du nicht auch schon getan hast«, knurrt Jacob. Beide ballen die Fäuste. »Wird Zeit, dass euch Roses mal jemand eine Lektion erteilt. Wir waren in den letzten Wochen viel zu nachgiebig mit euch. Aber damit ist jetzt Schluss!«

»Denkst du wirklich, dass ich Angst vor dir habe? Mach dich nicht lächerlich!«

»Du hältst dich wohl für unantastbar, was?«, mischt sich Grayson nun ein.

In diesem Moment wirkt es tatsächlich so, als wäre Grayson Ian eher gewachsen als Jacob. Als hätte Ian seinen ebenbürtigen Gegner gefunden. Einen Augenblick lang huscht zumindest so etwas wie Unsicherheit über Ians Gesicht. Aber kurz darauf setzt er bereits wieder seine überhebliche Miene auf, als würde er über all den Dingen hier stehen.

»Das macht die Sache schon etwas interessanter.«

»Dann lass uns das hier ein für alle Mal klären.«

Ian zieht eine Augenbraue hoch. »Und wie? Indem du mir eine Abreibung verpasst … oder es zumindest versuchst?« Dieses süffisante Grinsen wird Ian sicherlich gleich vergehen. Jacob zu provozieren ist das eine, aber Grayson wird nicht unüberlegt handeln.

»Wettschwimmen, heute Nacht«, stößt Grayson aus. »Du und ich, einmal bis zu der Klippe dort hinten und wieder zurück.«

»Nur wenn wir das Ganze etwas interessanter machen«, erwidert Ian. »Der Verlierer verzichtet darauf, seinen nächsten Essay abzugeben.«

Einige schnappen nach Luft.

Charlotte tritt vor. »Das kannst du nicht machen«, sagt sie zu Grayson. »Das betrifft uns auch. Denk an die Punkte, die wir dadurch verlieren könnten. Und Mrs Bell hat heute Morgen gesagt, dass es später stürmen soll. Das ist viel zu gefährlich.«

Ian bleckt die Zähne. Offenbar hält er das Ganze für ziemlich genial. Dass das uns anderen Punkte kosten könnte, ist ihm egal. Die Proteste hört er nicht mal richtig. Aber was seine Impulskontrolle angeht, wirkte er auf mich ja auch schon immer eher wie ein Höhlenmensch. Wenig Verstand, instinktgetrieben und ständig im Jagdmodus.

Einige Sekunden lang sagt niemand mehr etwas. Nur das Rauschen der Wellen ist zu hören und untermalt diesen unglaublich bescheuerten Pakt.

Ein Pakt, der besiegelt wird, als Ian Graysons Hand nimmt.

»Um Mitternacht«, spuckt er aus.

KAPITEL 36
VADA

Ian wirft Grayson einen letzten, verächtlichen Blick zu, ehe er mit den anderen Roses in Richtung ihres Hauses abzieht. Macy wirkt überfordert, während sie unschlüssig von den Roses zu mir sieht, doch wir Clovers stehen noch zusammen, daher wagt sie es wohl nicht, sich mir zu nähern. Nach dem, was eben passiert ist, ist es vielleicht auch besser. Es gibt gerade wichtigere Dinge zu klären. Grayson und diese bescheuerte Wette zum Beispiel.

Die anderen reden bereits auf ihn ein. Einige sind besorgt wegen des Wetteinsatzes und den möglichen Konsequenzen für die Gruppe. Andere, darunter Jacob und Ruby, klopfen ihm stolz auf die Schultern, als hätte Grayson für seinen Einsatz einen Orden verdient. Sie reden davon, dass er Ian fertigmachen wird und die Roses untergehen werden. *Ich* frage mich eher, ob das wortwörtlich gemeint ist, wenn Mrs Bell mit der Sturmwarnung recht hat. Bisher wirkt das Wetter mild, es herrscht nur ein etwas stärkerer Wind als sonst, doch das Wetter an der Küste ist unberechenbar.

»Wir sollten uns zurückziehen«, meint Ruby. »Grayson muss Kraft tanken, wenn er Ian schlagen will.«

Ohnehin steht die Sonne bereits so tief am Himmel, dass sie gleich vom Meer verschluckt wird. Nur noch vier Stunden bis zu besagtem Wettschwimmen.

Die anderen setzen sich in Bewegung, ich passe jedoch Grayson ab. Überrascht sieht er mich an.

Sein linker Mundwinkel zuckt. »Ist das jetzt der Moment, in dem du mir den Kopf waschen willst?«

»Im Tunnel hast du mich gerettet. Lass mich das für dich auch machen.«

»Nur dass ich nicht gerettet werden muss.«

Die anderen ziehen an uns vorbei, und wir sind allein. Wir setzen uns auf eine der Wiesen, auch wenn ich mich frage, ob ich nicht lieber mit ihm zur Klippe gehen sollte, um ihm die Gewalt des Meeres bewusster zu machen. Aber er scheint ohnehin wild entschlossen, das Wettschwimmen durchzuziehen.

»Du musst das nicht tun«, sage ich dennoch.

»Wenn ich es aber will?«

»Wie kannst du dich freiwillig in Gefahr bringen wollen?«

»Ian sollte schon längst mal in seine Schranken gewiesen werden, nach seinen ganzen Aktionen. Wie der Sache im Tunnel.«

»Ich will ganz sicher nicht, dass du den Racheengel spielst. Nicht so. Heute Nacht ist es viel zu gefährlich, schwimmen zu gehen. Die Klippen sind auch an guten Tagen nicht zu unterschätzen.«

Grayson rückt etwas näher zu mir und stupst mich an. »Ich bin ein richtig guter Schwimmer. Aber es ehrt mich, dass du dir solche Sorgen um mich machst.«

»Natürlich mache ich das.«

Graysons Augen werden eine Nuance dunkler, während er mich ansieht. Plötzlich schlägt die Stimmung um. Etwas liegt in der Luft, aber bevor ich ergründen kann, was es ist, hat Grayson sich bereits zu mir vorgebeugt. Ich rieche die Pfefferminze in seinem Atem, als seine Lippen sich meinen nähern. Mein Herzschlag beschleunigt sich, und ich weiche zurück.

»Das geht nicht.«

Grayson sieht aus, als habe ich ihn geschlagen. »Sag nicht, es ist wegen dem Büchermädchen.«

Ich kaue auf meiner Unterlippe und versuche, die richtigen Worte zu finden. »Wir zwei, du und ich«, beginne ich vorsichtig, »wir sind Freunde … mehr aber nicht.«

»Du kannst doch nicht ernsthaft behaupten, dass da zwischen uns nichts ist.«

»Da ist eine gewisse Chemie«, gebe ich zu. »Wir haben denselben Traum und interessieren uns beide für Jura. So was verbindet.«

»Und was verbindet dich mit Macy? Sie passt nicht zu dir.«

»Das werde ich wohl selbst entscheiden dürfen«, erwidere ich säuerlich. Egal, wie verletzt er ist, Macy derart schlechtzureden, ist unfair.

»Ich verstehe es nicht. Wie kannst du nicht sehen, was wir alle anderen längst wissen? Sie meint es nicht ernst. Und du verzichtest auf etwas Echtes, nur um einer Illusion nachzulaufen?«

Ich will so viel auf seine anmaßenden Worte erwidern. Will ihm an den Kopf werfen, dass er nichts für *echt* halten kann, was einseitig ist. Ich will ihm voller Inbrunst sagen, dass ich Macy absolut vertraue, aber eine kleine Stimme in meinem Kopf hält mich zurück. Diese kleine Stimme, die ich schon seit der Sache mit dem Tagebuch mit mir rumschleppe. Seit ich weiß, dass sie mir irgendetwas verheimlicht.

Doch nichts davon spreche ich aus. Ich bekomme ohnehin keine Gelegenheit dazu. Meine Gefühle sind mir wohl ins Gesicht geschrieben, denn Grayson stöhnt frustriert auf. Seine Faust rammt sich in den Rasen, die Knöchel treten rot hervor.

»Dein Pech. Aber dann heul mir auch nicht vor, wie wichtig ich dir bin und dass du nicht willst, dass mir etwas passiert.« Grayson springt auf. Er wirkt richtig fremd auf mich, ganz anders als der Kerl, den ich in den letzten Wochen kennengelernt und mit dem ich gerne Zeit verbracht habe. Er wirkte immer gelassen und gewissenhaft, cool und bodenständig. Jetzt ist er wie ein bockiges Kind, das keinen Nachtisch bekommt.

»Ich muss mich jetzt auf das Schwimmen vorbereiten«, brummt er, dann verschwindet er ohne ein weiteres Wort und lässt mich einfach sitzen. Mit meiner Verwirrung, meinen Zweifeln an Macys Aufrichtigkeit und meiner Angst vor diesem Wettschwimmen, die – auch wenn Grayson sich wie ein Arschloch benimmt – nicht kleiner geworden ist. Irgendetwas sagt mir, dass diese Nacht unheilvoll werden wird.

Am Strand warten bereits die Roses auf uns. Zu gerne würde ich zu Macy gehen, doch die Clovers positionieren sich rechts von den Roses. Sie halten Abstand und machen den Konflikt, der hier und heute ausgetragen werden soll, umso deutlicher.

Das Meer ist wie schwarze, tobende Tinte, deren Wellen unsere Füße umspülen.

»Grayson«, versuche ich es ein letztes Mal. »Tu es nicht. Niemand würde schlecht von dir denken, wenn du jetzt kneifst.«

»Ich selbst schon.« Er sieht dabei nicht zu mir, sondern raus in die Ferne, wo die Klippe, zu der die Jungs schwimmen sollen, kaum zu erkennen ist. Jacob scheint meine Gedanken zu lesen, denn er richtet seine Taschenlampe in die Richtung. Ein paar andere tun es ihm nach, bis die Umrisse besser zu erkennen sind. Imposant ragt die Klippe aus dem Meer. Das Wasser bricht sich in hohen Wellen daran und lässt erahnen, welche Kräfte dort wirken und welchem Sog Ian und Grayson gleich ausgesetzt sein werden.

»Legen wir los«, verkündet Ian.

Er und Grayson legen ihre Shirts ab, bis sie nur noch in ihren Badeshorts vor uns stehen. Sie frieren wahrscheinlich schon jetzt. Ich jedenfalls habe in diesem Moment eine ausgeprägte Gänsehaut. Wegen des kalten Windes, und auch wegen der Angst, gleich dabei zusehen zu müssen, wie einer von ihnen ertrinkt.

Jacob stellt sich neben Owen, die beiden sollen dafür sorgen, dass der Wettkampf fair abläuft.

»Auf unser Kommando geht's los.«

Grayson und Ian treten näher ans Meer heran. Bis auf die sechs Taschenlampen, die die Klippe anstrahlen, sind alle anderen Lichter in diesem Moment auf die beiden Wettkämpfer gerichtet.

»Drei«, zählt Owen.

Grayson atmet tief durch.

»Zwei.«

Ian dreht sich grinsend zu den Roses, die ihm gut zureden.

»Eins.«

Auch Grayson dreht sich um. Der Schmerz und die Enttäuschung, die ich bei unserem Gespräch gesehen habe, flackern wieder auf. Es sind nur Sekunden, die mein Herz erschweren. Es sind die völlig falschen Voraussetzungen für das Wettschwimmen. Er darf nicht mit solchen Emotionen in diesen Wettkampf gehen, sondern muss konzentriert bei der Sache sein, um überhaupt eine Chance zu haben. Er muss an sich glauben und gewiss sein, dass wir alle hinter ihm stehen – egal, was wir davon halten mögen.

»Du schaffst es!«, rufe ich und löse damit ein leichtes Grinsen aus.

»Los!«, brüllen Owen und Jacob gleichzeitig.

Ian ist als Erster im Wasser. Er stolpert regelrecht hinein

und springt dann in die Wellen. Grayson ist kurz hinter ihm, er wirkt etwas eleganter in seinen Bewegungen. Beide beginnen zu kraulen. Sie kämpfen sichtbar gegen die Wellen, die sie im Griff zu haben scheinen.

»Ich kann da nicht hinsehen«, wispert Charlotte. Sie kaut auf ihren Lippen herum und verdeckt ihre Augen. Ich dagegen kann meine Augen nicht abwenden, obwohl alles in mir *Gefahr* schreit. Vor allem dann, wenn der salzige Wind in mein Gesicht peitscht. Wenn eine Welle für einige kurze Sekunden einen der Jungs verschluckt und ich mich frage, ob sie wieder auftauchen werden. Aber sie arbeiten sich weiter vor. Sie kraulen wortwörtlich um ihr Leben, während das Meer um sie herum immer tosender wird.

Die Roses und die Clovers machen jede Menge Lärm. Sie feuern Ian und Grayson an, so laut, dass ich sicher bin, dass Mrs Walsh es hören muss. Wobei ich gar nicht weiß, ob sie sich überhaupt nachts auf dem Gelände der Cliffworth Academy aufhält. Insgeheim hoffe ich, dass sie hier auftauchen wird, um dieses Spektakel zu beenden.

Grayson und Ian werden von der Dunkelheit verschluckt, wir haben sie aus den Augen verloren. Stille legt sich plötzlich über den Strand. Einige scheinen den Atem anzuhalten, während wir angestrengt irgendwas zu erkennen versuchen. Sechs Herzschläge lang passiert nichts. Nichts, außer dass der Wind weiter zunimmt und meine Angst unerträglich macht.

»Wo sind sie?« Obwohl Ruby sonst so abgeklärt wirkt, klingt ihre Stimme nun nervös.

»Da vorne!«, ruft plötzlich Lennox und zeigt in die Ferne. Jemand taucht kurz vor den Klippen auf und wird vom Lichtkegel der Taschenlampen erfasst. Aus der Entfernung ist es unmöglich zu erkennen, ob es sich um Grayson oder Ian handelt. Wer immer es ist, ballt eine Faust in die Höhe.

Nur eine Sekunde des Triumphs, als er siegessicher die Klippe ansteuert. Die Abmachung lautet, dass sie sie berühren und dann zurückschwimmen. Wer zuerst zurück am Strand ist, hat gewonnen. Noch ist der Sieg also nicht sicher, doch wo ist der andere? Sie waren eben noch gleichauf.

Wellen brechen sich an der Klippe. Die Gewalt, die genau an dieser Stelle wütet, ist absolut zerstörerisch.

Person eins streckt den Arm aus, um die Klippe zu berühren. Von der Haarlänge her glaube ich, dass es Ian ist. In wenigen Sekunden kann er die Felsen berühren und ist damit der Favorit in diesem Rennen.

Doch plötzlich strauchelt er.

»Hat er einen Krampf?«, ruft Penelope schrill.

Es sieht tatsächlich so aus, als würde ihn etwas nach unten ziehen. Als hinge etwas an seinen Beinen. Vielleicht ist es auch der Sog, der dort an den Klippen herrscht.

Einige kreischen auf. Dahlia und Lennox halten sich an den Händen, während sie das Schauspiel beobachten. Für einige Sekunden verschwindet Ian. Er wird einfach verschluckt von den Wellen – genau wie Grayson.

Sind beide längst in den Überlebenskrampf verwickelt, vor dem wir sie von Anfang an gewarnt haben? Haben sie ihr Leben wirklich für diesen Wettkampf aufs Spiel gesetzt und müssen nun die Konsequenzen tragen, während wir alle nur tatenlos zusehen können?

Owen sieht aus, als wäre er kurz davor, selbst reinzuspringen und zu helfen, aber wir wissen alle, dass das nicht möglich ist. Wir würden uns nur selbst in Gefahr bringen.

»Da!«, ruft auf einmal Amar und zeigt wieder in die Ferne. Genau an der Stelle, an der Ian abgetaucht ist, taucht wieder eine Person auf.

»Es ist Ian!«, ruft Owen. »Er berührt endlich die Klippe!«

Bei uns Clovers herrscht angespannte Stille. Niemand

rührt sich, wir suchen weiter das Meer ab. Suchen nach einem Zeichen von Grayson. Ian stößt sich bereits von der Klippe ab, um umzukehren. Wenn er jetzt Vollgas gibt, könnte er das Wettschwimmen für sich entscheiden. Vor allem, wenn Grayson nicht langsam auftaucht. Doch dann, ganz plötzlich, wird Ian wieder nach unten gezogen. Hilfe suchend schlägt er mit den Armen um sich.

»Ist er am Ertrinken?«, ruft Lennox entsetzt.

»Ian!«, schreit Poppy. »Wir müssen irgendwas tun!«

»Was denn?«, fragt Dahlia panisch.

Ian scheint noch immer mit einer unsichtbaren Kraft zu kämpfen, während Grayson in den Tiefen des Meeres verschwunden ist. Und was tun wir? Einfach rumstehen? Zusehen?

»Sie wussten, worauf sie sich einlassen«, sagt Jacob bestimmt, auch wenn er ebenfalls nervös wirkt.

Ian geht erneut unter und ist für einige Sekunden nicht mehr zu erkennen. Dahlia ruft nach ihm. Die meisten anderen von uns sind in Schockstarre. Und dann, innerhalb eines Wimpernschlags, taucht plötzlich Grayson auf. Genau an der Stelle, an der wir Ian aus den Augen verloren haben. Er berührt den Felsen und kehrt mit einer dynamischen Bewegung um.

Die unheimliche Stille weicht Jubelschreien der Clovers.

»Komm schon, Grayson«, murmle ich.

»Aber was ist mit Ian?«, fragt Poppy.

Von ihm ist noch immer nichts zu sehen. Keine Spur, kein Handzeichen mehr.

Wie lange kann er die Luft anhalten?

Grayson würde ihn doch nicht allein da draußen lassen, wenn die Lage wirklich so ernst wäre, oder?

Mein Blick schweift zu Poppy, Penelope und Lennox, die sich umklammern und Ian flüsternd anfeuern. Und dann sehe ich zu Macy. Sie war die ganze Zeit ruhig, hat ganz hinten gestanden und das Spektakel stumm verfolgt. Unmöglich zu sagen, ob sie ängstlich oder nervös ist. Ich will mich gerade wieder nach Ian und Grayson umzusehen, als Macy tief durchatmet und plötzlich ein paar Schritte rückwärts geht. Sie hält ihre Lampe mit der Hand zu und ist eindeutig dabei, den Strand zu verlassen. Mir wird schwummrig – auf eine ganz andere Art als wegen dieses Wettschwimmens. Diesmal ist es sich anbahnender Verrat, der sich um mein Herz schließt und zudrückt. Drückt und drückt, bis ich das Gefühl habe, nicht atmen zu können. Wieso sollte Macy sich gerade jetzt wegschleichen, als würde sie hoffen, dass niemand ihren Weggang bemerkt? Wieso versucht sie, unsichtbar zu sein?

Ian taucht auf. In welchem Zustand, kann ich nicht sagen, aber ich nutze das erleichterte Jubeln der Roses aus und ziehe mich ebenfalls zurück. Es fühlt sich falsch an, jetzt zu gehen, aber ich muss Macy folgen.

Der Lichtkegel, den sie nun nicht mehr verdeckt, hüpft bei jedem ihrer Schritte, die sich eindeutig auf das Hauptgebäude zubewegen. Ich schleiche ihr hinterher, meine eigene Lampe ausgeschaltet, um unbemerkt zu bleiben. Adrenalin rauscht durch meine Adern, und gleichzeitig fühle ich mich schmutzig, weil es Macy ist, die ich verfolge. Doch sie gibt mir auch allen Grund dazu, ihr zu misstrauen.

Ich kauere hinter einer der niedrigen Steinmauern und beobachte, wie Macy die Eingangstür öffnet und im Gebäude verschwindet. Mit etwas Abstand tue ich es ihr nach und hoffe, dass sie nur in die Bibliothek möchte. Vielleicht will sie einfach der Aufregung da draußen am Strand entkommen? Das klingt so sehr nach Macy, dass mein Herz bereits erleichtert sein möchte. Vielleicht erhalte ich nun den Beweis dafür, dass dieses dumpfe Gefühl des Misstrauens nicht gerechtfertigt ist. Dass ich einfach nur gefangen bin zwischen Lügen und Intrigen – so sehr, dass ich wahre Aufrichtigkeit nicht mehr erkennen kann. Ich hoffe es sehr. Lieber bin ich von Schuld zerfressen als von Verrat durchbohrt.

Meine Hoffnung fällt wie eine Sandburg in sich zusammen, als Macy vor dem Büro von Mrs Walsh anhält, einen Schlüssel aus ihrer Tasche zieht und die Tür aufschließt. Ich habe vieles erwartet. Zum Beispiel, dass ich sie dabei erwische, wie sie in unser Haus einbricht, um dort einen dieser Erpresserbriefe zu hinterlassen. Ich hatte vermutet, dass sie vielleicht nichts mit dem Tagebuch, aber sehr wohl mit den anderen Aktionen gegen uns Clovers zu tun hatte und nicht so unschuldig in diesem ganzen Gruppenkampf ist, wie sie mich glauben machen wollte.

Darauf, dass sie aus irgendwelchen Gründen Zutritt zum Büro der Akademieleiterin hat, wäre ich nie gekommen. Und ich verstehe es nicht. Die wildesten Theorien schießen mir durch den Kopf, während ich dabei zusehe, wie Macy in das Büro schlüpft. Ist sie irgendwie mit Mrs Walsh verwandt? Ist sie eigentlich keine Stipendiumsbewerberin, sondern eine Spionin der Akademieleitung?

Ich muss es wissen. Ich muss wissen, welches Spiel hier gespielt wird und welche Rolle ich dabei habe. Jetzt gerade bin ich nur noch verwirrter und unsicherer als vor dieser Entdeckung.

Ich trete ebenfalls in das Büro und stelle mich direkt hinter der Tür auf. Macy hat eine Stehlampe angemacht und geht auf den Schreibtisch zu.

»Was tust du hier?« Ich wage es nicht, laut zu sprechen.

Das Atmen fällt mir schwer, und ich kann Mrs Walshs Präsenz spüren, obwohl sie nicht im Raum ist. Der Respekt, den ich vor ihr habe, lässt mich erzittern. Vielleicht ist es aber auch nur meine Gefühlsachterbahn, die ich in den letzten Stunden durchlebt habe – angefangen von der Punktevergabe bis hin zu Graysons und Ians Wette, und nun das hier.

Macy schnellt herum. »Bist du mir gefolgt?« Auch sie flüstert und blickt sich hektisch um, als würde sie erwarten, noch jemanden hier zu sehen. Sie wirkt ertappt. Auf der Hut.

Erst da wird mir klar, dass meine Theorien über eine Verbindung zu ihr und Mrs Walsh falsch sind. Sie darf nicht hier sein, das ist offensichtlich. So offensichtlich, dass ich Angst bekomme. Denn wenn Macy gerade wirklich dieses Büro mit einem Schlüssel geöffnet hat, den sie gar nicht haben darf, steckt sie in großen Schwierigkeiten … und ich wurde gerade mit hineingezogen.

KAPITEL 37
MACY

Die Panik, die Vadas Eintreten in mir ausgelöst hat, flacht nur langsam ab. Mein Puls rast so schnell, dass mir schwindelig wird. Niemals hätte ich damit gerechnet, erwischt zu werden. Offensichtlich war ich nicht so unauffällig, wie ich dachte.

Vada sieht mich genauso an wie nach der Sache mit dem Tagebuch, als sie sich nicht sicher war, wer gerade vor ihr steht. Ich kann es ihr nicht verübeln. In diesem Moment in Mrs Walshs Büro weiß ich selbst nicht genau, wer Macy Moore eigentlich ist. Ob ich noch jemand bin, auf den ich stolz sein kann. Oder meine Mum. Ob sie an so was gedacht hat, als sie mich auf die Spuren von Theodora Price geschickt hat? Lügen und nächtliche Einbrüche in Büros?

Vadas Mund steht ein wenig offen, während sie mich mustert.

»Was tust du hier?«

»Wieso bist du mir gefolgt?«, frage ich, anstatt ihr zu antworten. »Das hättest du nicht tun sollen.«

»Hätte ich vielleicht wirklich nicht. Ich will ganz sicher nicht von der Akademie fliegen, weil du hier irgendetwas Illegales abziehst.« Mein Herz, irgendwo zwischen Nervosität und Zuneigung, rutscht eine Etage tiefer. Weil sie recht hat. Ich habe nicht nur mich selbst in die Schusslinie gebracht, sondern auch Vada.

»Ich hatte keine Wahl. Jemand weiß ohnehin schon, dass ich diesen Schlüssel habe, und ist kurz davor, mich zu verraten.« Meine Stimme klingt brüchiger, als ich erwartet hätte. »Mir bleiben noch weniger als achtundvierzig Stunden, bevor ich ohnehin Farbe bekennen muss, verstehst du?«

Vada starrt mich an und blinzelt perplex. »*Das* ist dein Geheimnis? Dass du irgendwie in den Besitz dieses Schlüssels gelangt bist?«

Es sind nicht die Fragen, mit denen ich gerechnet habe. Ganz und gar nicht. Ich dachte eher an: *Woher hast du den Schlüssel? Hast du ihn dir unerlaubt genommen? Was suchst du? Wer weiß davon?*

»Ja.«

Verwirrt beobachte ich, wie innerhalb von Sekunden eine Vielzahl an Emotionen über Vadas Gesichts huscht. Ich erkenne Erleichterung gepaart mit etwas, das ich nicht recht greifen kann. Sie beißt sich auf die Unterlippe, als sie noch einen Schritt auf mich zugeht.

»Dann hast du nichts mit den Aktionen gegen die Clovers zu tun?«

»Welche Aktionen? Was haben die anderen getan?«

»Du weißt es wirklich nicht«, flüstert Vada entgeistert. »Dann war es wohl wirklich nur Ian …«

»Und du traust mir immer noch nicht?«

»Ich habe einfach gespürt, dass du mir etwas verheimlichst. Als ich dich gefragt habe, ob du immer ehrlich zu mir bist, hast du nicht die Wahrheit gesagt. Und ich … ich musste doch sichergehen, dass das mit uns wirklich echt ist und dass diese Geheimniskrämerei nichts mit mir zu tun hat.«

Beim letzten Mal war ihr Misstrauen ein Stich ins Herz, diesmal gleicht es eher einem Axthieb. Ich keuche leise auf, als ich zu verstehen beginne. Ich traue mich kaum, diesen Gedanken zu Ende zu führen, aber er drängt sich auf und wird immer präsenter in meinem Kopf. Ihre braunen Augen sind sonst immer so warm, so einnehmend. Heute sind sie voller Schmerz und … Schuld.

»Du warst es.« Keine Frage, sondern eine Erkenntnis. Tief in meinem Innern bin ich mir sicher, dass ich recht habe. »*Du* hast mir diesen Drohbrief aufs Bett gelegt.«

Mein Herz krampft sich bereits zusammen, als Vada mich stumm ansieht. Dann nickt sie langsam. Alles rückt in den Hintergrund: dieser Ort, meine Mission, die anderen und dieses verdammte Wettschwimmen da draußen. Meine Beziehung, die letzten Wochen mit Vada, alles spielt sich vor meinem inneren Auge noch einmal ab, und ich suche verzweifelt den Moment, in dem wir falsch abgebogen sind. Wann hat sie angefangen, mich nicht mehr als ihre Vertraute, sondern als potenzielle Feindin zu sehen? Wie konnte sie nur? Nach allem, was wir geteilt haben? Nach allem, was ich ihr erzählt habe? Nachdem wir uns so nah waren. Ich ihr so viel von mir gezeigt habe wie noch niemandem zuvor. Und das ist nun das Ergebnis?

»Es tut mir leid«, flüstert Vada. »Ich wusste nicht, was ich denken sollte. Ich wollte mich doch nur schützen. Mich und meine Gefühle, weil ich es nicht verkraften könnte, wenn du mich verraten würdest. Verstehst du?«

»Also hast du stattdessen beschlossen, lieber *mich* zu verraten?«, frage ich verletzt. »Du hast gedacht, mich zu erpressen und unter Druck zu setzen, würde uns wieder näher zueinanderbringen, anstatt uns zu zerstören? Ist es das, was du erreichen wolltest? Dann hast du hervorragende Arbeit geleistet.«

Ich drehe mich weg, denn ich kann ihr nicht mehr in die Augen blicken. Es ist zu viel. Ich fühle mich wie ein Karton in einer Pressmaschine. Als hätte ich etwas Wundervolles verloren, von dem ich nie geglaubt hätte, es wirklich zu finden. So kostbar, echt und rein in meiner Fantasie, dabei ist es genauso von Dunkelheit durchflutet wie dieser Ort hier.

Vadas Hand legt sich auf meine Schulter. »Es tut mir leid,

dass ich das gemacht habe, anstatt mit dir zu reden«, schluchzt sie auf. Als ich mich wieder zu ihr umdrehe, laufen ihr Tränen über die Wangen.

Trotz all der Enttäuschung und Wut verspüre ich den Wunsch, zu ihr zu gehen und ihr diese Tränen wegzuwischen. Sie weinen zu sehen ist, als würde sich mein eigener Schmerz Bahn brechen und mich endgültig mit in die Tiefe reißen.

»Aber ich hatte recht, du hattest Geheimnisse vor mir. Auch wenn es nicht das ist, was ich erwartet hatte.«

»Dann ist es meine Schuld? Ich habe dich dazu veranlasst, dass du zu solchen Maßnahmen greifst, anstatt mit mir zu reden? «

»Das habe ich!«, erwidert Vada, und ich komme nicht umhin, ihr insgeheim recht zu geben. Sie hat sich Offenheit gewünscht, sie wollte keine Geheimnisse und Lügen, und ich war nicht komplett ehrlich zu ihr. Nicht in Bezug auf Theodora Price und diesen Schlüssel.

»Ich hatte doch nur Angst«, redet Vada weiter. »Diese Akademie bringt so viel Schlechtes in den Menschen hervor, dass ich wohl befürchtet habe, das einzige wirklich Gute hier könnte nicht echt sein.«

Meine Wut wandelt sich allmählich in Erschöpfung. »Aber ich war immer echt, Vada. Hast du das denn nicht gesehen?«

»Doch«, erwidert sie sofort. »Aber ich habe in der Vergangenheit wirklich schlechte Erfahrungen gemacht. Menschen, die plötzlich ihre Masken abnehmen und jemand ganz anderes sind, obwohl man in all den Jahren der Freundschaft und selbst in Beziehungen dachte, diese Menschen zu kennen. Nach allem, was wir beide in den letzten Wochen erlebt haben und wie nah wir uns gekommen sind, hatte ich wohl einfach Bedenken, dass ich erneut zu naiv sein könnte.

Ich konnte den Gedanken nicht ertragen, wieder einen Menschen an mich heranzulassen und dann weggestoßen zu werden.« Ihre Worte klingen so aufrichtig, dass sie mich dazu bringen, wieder einen Schritt auf sie zuzugehen. »Dabei wusste ich, dass es bei dir ohnehin schon zu spät ist.«

»Wie meinst du das?«, frage ich zögerlich.

»Ich bin schon viel zu tief drin. Es wäre zu spät gewesen, es hätte mich bereits sehr verletzt. Das hat die Angst nur umso größer gemacht.« Sie sieht mich auf eine derart verheißungsvolle Art und Weise an, dass mir eine Gänsehaut über den Körper jagt. »Ich wollte doch nur sichergehen, dass ich es nicht bereue, mich ich dich verliebt zu haben.«

Kurz stockt mir der Atem, während ihre Worte in meinem Kopf nachhallen. Während ich versuche, alles hier zu analysieren, wie ich es sonst immer tue. Noch nie habe ich die Fakten so offensichtlich präsentiert bekommen, doch es braucht erstaunlich lange, bis ich die Bedeutung ihres Geständnisses wirklich erfassen kann.

Mein Mund steht ein wenig offen, während sie unsicher versucht, ihren Pony hinters Ohr zu streichen, obwohl er ohnehin störrisch in alle Richtungen absteht, wie er es immer tut. Wie ich es mag.

Plötzlich ist nichts mehr wichtig. Keine Briefe, keine Erpressungen. Nicht für den Moment. Für den Moment zählt nur das aufgeregte Schlagen meines Herzens für diese Frau mit den braunen Augen, die mich nervös ansieht, als wüsste sie nicht, wie ich reagieren würde.

Den einen Schritt, den Vada von mir entfernt steht, überwinde ich innerhalb einer Millisekunde. Meine Hand legt sich auf ihre nassen Wangen, mein Daumen wischt die Tränen weg. Vada sieht mich überrascht an, auch wenn ich eine letzte Frage darin lesen kann: *Was hast du vor?* Als würde sie es noch nicht wagen, zu hoffen.

Mein Blick wandert zu ihren erwartungsvoll geöffneten Lippen und ihrer kleinen Zahnlücke. Es ist der Moment, in dem ich mich wirklich in meine Gefühle fallen lasse. *Wirklich, wirklich.* Ich lege meine Lippen auf ihre. Wir stolpern rückwärts, während unsere Zungen sich willkommen heißen und unser Kuss immer hungriger wird. Er schmeckt nach Begierde, nach Verletzung und Wiedergutmachung. Er schmeckt echt. Nach den Höhen und Tiefen des Lebens. Und mittendrin Vada und ich.

Ihre Hände vergraben sich in meine Locken, während wir gegen den Schreibtisch drängen. Ich will sie packen, hochheben und auf diesen Tisch setzen. Zwischen ihre Beine gleiten, um ihr noch näher zu sein. Ich möchte sie spüren und dieses Feuerwerk, das in meinem Innern brennt, auskosten. Ich will mich und all meine Unsicherheiten vergessen und mich dieser Leidenschaft hingeben. Hier und jetzt.

Gerade als ich mit meinen Fingern unter Vadas Shirt gleite, hören wir einen lauten Rums. Vada und ich schnellen herum.

Die Tür, die eben noch einen Spalt weit offen stand, ist zugefallen.

»Sicher nur der Wind«, sagt Vada atemlos.

Im selben Moment hören wir, wie sich ein Schlüssel im Schloss umdreht. *Der* Schlüssel! Ich habe ihn stecken lassen.

Ich renne zur Tür und rüttle am Knauf, stemme mich sogar gegen das Holz, doch nichts passiert. Wir sitzen fest.

KAPITEL 38
VADA

Ich starre auf die Tür, die sich trotz Macys Bemühungen nicht rührt. Ich wusste schon ab dem Moment, in dem sich der Schlüssel umgedreht hat, dass wir hier nicht rauskommen werden.

Macy sieht mich gequält an. »Wieso habe ich denn nur diesen blöden Schlüssel stecken lassen?«

Panisch scanne ich den Raum ab. Hinter Mrs Walshs Schreibtisch befindet sich ein Fenster, doch es hat Gitterstäbe, sodass wir unmöglich hindurchpassen.

»Du musst mir sagen, wo du den Schlüssel herhattest.« Ich muss jedes Detail der Situation, in die ich mich hineinmanövriert habe, wissen.

Macy knabbert nur an ihrer Unterlippe.

»Bitte. Ich weiß, dass ich dir mit meinem Brief allen Grund gegeben habe, mir zu misstrauen, aber du musst es mir verraten. Ich stecke mit in dem Schlamassel. Ich finde, ich habe ein Recht darauf zu erfahren, wieso wir eigentlich hier sind.«

»Ich bin wegen meiner leiblichen Mutter hier. Ich wollte ein Foto von ihr sehen.«

Damit habe ich nicht gerechnet.

»Du wolltest hier danach suchen? Im Büro von Mrs Walsh? Woher hattest du den Schlüssel?«

»Geliehen bekommen.«

»Das hier ist nicht gut«, murmele ich und gehe somit erst mal nicht auf Macys ausweichende Antwort ein. Fürs Erste gibt es wichtigere Dinge. »Wer zum Teufel könnte uns eingesperrt haben?«, spreche ich eines davon an. »Um diese Uhrzeit? Die anderen sollten doch eigentlich noch beim Wettschwimmen sein.«

»Ist uns jemand gefolgt? Hast du etwas bemerkt?«

»Nichts.«

Ich zermartere mir das Hirn, wie es zu dieser Situation gekommen sein könnte, aber mir fällt nichts ein, und für den Moment belassen wir es dabei, denn uns rennt die Zeit davon.

Wer auch immer die Tür zugesperrt hat, ist sicher gerade auf dem Weg zu Mrs Walsh, und dann haben wir ganz andere Probleme.

»Ich wollte dich nicht mit hier reinziehen«, sagt Macy leise. »Ich war hin- und hergerissen und wusste nur die ganze Zeit nicht, wie nah ich meine leibliche Mutter überhaupt an mich heranlassen will. Doch dann habe ich diesen Brief von dir bekommen und dachte, ich hätte keine Zeit mehr, um das für mich herauszufinden, und das hat mir plötzlich Angst gemacht. Ich wollte, dass die Akademie sich lohnt, selbst wenn ich es nicht auf die Uni schaffe, wollte ich wenigstens Gewissheit. Diesmal wollte ich keinen Fehler machen. Nicht ein zweites Mal.«

Ich weiß nicht, auf welchen Fehler sie anspielt, weil es da gerade noch so vieles gibt, was ich nicht verstehe und was sie mir offensichtlich verheimlicht hat.

»Wir reden in Ruhe darüber«, verspreche ich. »Aber nicht jetzt. Wenn uns hier jemand erwischt, dann war's das für uns. Dann können wir direkt unsere Koffer packen und die Akademie verlassen. Dann können wir froh sein, wenn sich das nicht rumspricht und wir überhaupt noch eine Chance bei irgendeiner guten Uni haben!«

»Es tut mir leid«, murmelt Macy.

Ich spüre, wie die Panik sich weiter in meinem Körper ausbreiten möchte, aber ich dränge sie so gut es geht zurück.

Stattdessen versuche ich, einen kühlen Kopf zu bewahren, und nehme Macys Hand.

»Dass wir hier sind, ist nicht nur deine Schuld. Hätte ich diesen Brief nicht geschrieben, wärst du vielleicht nie hier gelandet.«

»Vielleicht hat Mrs Walsh ja noch irgendwo einen Ersatzschlüssel deponiert.« Macy sieht sich hektisch um. Sie eilt zum Schreibtisch und kramt in den Schubladen. Wenn Mrs Walsh genau jetzt hereinkommt und merkt, dass wir an ihren Sachen waren, machen wir die Situation nur noch schlimmer, aber es ist die einzige Option, die uns bleibt. Wie lange ist es her, dass wir eingeschlossen wurden? Fünf Minuten? Zehn? Uns muss schnell etwas einfallen.

»Ich gucke in dem Regal dort hinten«, entscheide ich und gehe zu einer der Regalwände, in der neben unzähligen Büchern auch zwei Schatullen stehen, in denen sich ein Schlüssel befinden könnte.

Macy reißt eine Schublade nach der anderen auf und wird dabei immer hektischer. Jedes Mal, wenn sie keinen Schlüssel findet, wird ihr leises Murmeln, das sie bei ihrer Suche von sich gibt, energischer. Ich selbst habe die Schatullen inzwischen aufgegeben und suche in dem Schrank daneben, in dem sich Schubladen befinden, doch auch hier finde ich nur Dokumente, bei denen ich es nicht wage, einen genaueren Blick darauf zu werfen. Ich will nichts sehen, was meine Misere noch größer machen könnte. Ich will einfach nur hier raus.

Das Ticken der Wanduhr wird immer lauter. Sechs Minuten, zehn, elf.

Ich lasse von den Schubladen ab. Fiebrig scanne ich erneut den Raum ab, doch hier befindet sich nichts als ein Schreibtisch mit Stehlampe, zwei hohe Regale, die ich schon durchsucht habe, ein kleiner Aktenschrank und zwei große, eher hässliche Ölgemälde. Die gemalte Frau mit der eulenhaften Brille scheint mich vorwurfsvoll anzusehen, als wüsste sie genau, dass ich hier nichts verloren habe und gerade meine gesamte Zukunft aufs Spiel setze. Ich starre aus Verzweiflung zurück. Der goldene Rahmen des Gemäldes glänzt im Licht der Stehlampe, genau wie der Knauf daneben.

»Eine Tür«, murmle ich. Macy dreht sich verwundert zu mir um, als ich bereits dabei bin, auf das Gemälde zuzugehen. »Eine Tür zum Tunnel.« Es muss so sein, die Tür sieht genauso aus wie die anderen – nur von diesem Gemälde verhangen.

»Was denn für ein Tunnel?« In Macys Stimme liegt absolutes Erstaunen, als habe sie noch nie etwas davon gehört.

Ein hysterisches Lachen will sich in meiner Kehle nach oben kämpfen. Wie konnte ich nur jemals an ihr zweifeln?

»Ich bring uns hier raus.«

Wir beseitigen in Windeseile unsere Spuren. Die Tür zum Tunnel wird durch einen kleinen Haken blockiert, doch ich kann ihn schnell lösen, und so öffnet sich die Tür schließlich mit einem leisen Knarzen, als wäre sie lange nicht benutzt worden. Wir schließen sie hinter uns und leuchten mit unseren Lampen in die Dunkelheit. Der muffige Geruch des Tunnels strömt uns entgegen. Das Licht wird von den Wänden zurückgeworfen und bildet ein unheimliches Muster aus Licht und Schatten.

»Was ist das hier?«, fragt Macy staunend. »Woher wusstest du davon?«

»Der Tunnel ist Teil eines riesigen Systems, das sich unter der Akademie erstreckt. Möglicherweise führen einige sogar bis zur Uni. Es gibt Dutzende von diesen Türen und Gängen. Es wird schnell zu einem Labyrinth, wenn man sich nicht konzentriert.«

»Wow«, flüstert Macy leise.

Ich streiche ihr liebevoll eine Locke aus dem Gesicht. »Dann haben dir die anderen nichts davon erzählt?«

»Du meinst die Roses? Sie wissen davon? Mir hat niemand etwas gesagt.«

»Sie haben den Tunnel genutzt, um uns Erpresserbriefe zu hinterlassen, auch wenn ich die Vermutung habe, dass im Grunde nur Ian dahintersteckt.«

»Ich hatte wirklich keine Ahnung.« Ihr Händedruck wird kurz stärker. »Ich denke, jetzt verstehe ich, wieso du misstrauisch warst, als ich dir nicht alles gesagt habe.«

»Aber ich hätte es besser wissen müssen«, erwidere ich und ziehe sie zu mir, bis sich ihr Körper an meinen schmiegt. Der Kuss, der darauf folgt, ist wilder als zuvor. Macy drängt mich gegen die Wand des Tunnels. Kalter, feuchter Stein presst sich gegen meine Kleidung.

»Sehen wir zu, dass wir aus der Gefahrenzone kommen«, murmle ich an Macys Lippen. »Ich will das hier wirklich fortsetzen … aber nicht so nah an Mrs Walshs Büro.«

»Gute Idee«, flüstert Macy, knabbert jedoch erneut an meiner Unterlippe und setzt damit ein Kribbeln auf meiner Haut frei. Alles in mir steht unter Strom, alles in mir ruft nach mehr.

»Nichts wie weg.« Ich ziehe sie sanft mit mir.

Im Laufschritt durchqueren wir den Tunnel und entfernen uns so immer weiter vom Büro. Macy hat ein breites Grinsen auf den Lippen. Vielleicht ist sie ebenso vollgepumpt von Lust, Adrenalin und Erleichterung wie ich. Auch wenn wir noch herausfinden müssen, wer uns eingeschlossen hat, bedeutet unsere Flucht, dass niemand einen direkten Beweis dafür hat, dass wir wirklich im Büro waren. Was auch immer hier gespielt wird, stellt gerade keine akute Gefahr für unseren Traum dar. Und das ist für den Moment ein sehr berauschendes Gefühl.

Als wir eine Weggabelung erreichen, versuche ich mich zu orientieren und entscheide mich für rechts. Ich bin sicher, dass wir nun auf direktem Weg zur Hauptbibliothek und damit aus der Gefahrenzone sind. Von da aus kann ich uns zu den Gruppenhäusern führen.

Nach rund drei Minuten betreten wir die Bibliothek. Der ledrige Geruch der Bücher trifft uns gleichsam mit der Ruhe der Nacht. Niemand ist hier, wir zwei sind allein. Allein und doch zusammen in diesem Rausch der Gefühle.

»Unfassbar, dass wir es echt da rausgeschafft haben«, sage ich überschwänglich und spiele mit Macys Fingern.

»Du bist unglaublich.« Ihre hellblauen Augen stechen selbst in dem trüben Licht unserer Lampe wie zwei Eiskristalle hervor.

Macy verringert die Distanz zwischen uns. Sie steht nun genau vor mir. Nasenspitze an Nasenspitze. Atem mischt sich mit Atem. Herzschlag mit Herzschlag. »Dass du mich gefunden hast …« Ich weiß, dass sie nicht von dem heutigen Abend spricht. Nicht nur.

Innerhalb einer Sekunde küssen wir uns wieder. Ungestüm drängt Macy mit dem Rücken gegen eines der Bücherregale. Es ist genau wie bei unserem ersten Kuss, und doch ist alles anders. Es ist derselbe Ort, dieselbe Position, und doch fühle ich so viel mehr. Ich fühle, wie endlich sämtliche Zweifel und sämtliche Barrikaden fallen und nur noch wir beide übrig bleiben. Roh und ungefiltert, wild und hemmungslos. Unsere Oberteile landen auf dem Boden. Unsere Hände sind überall, während unsere Zungen sich necken. Während wieder dieses wundervolle Seufzen über Macys Lippen kommt, genau in dem Moment, als meine Fingerspitzen über ihren BH tanzen und ihre Brüste umschließen. Sie passen perfekt in meine Hand. Ihre Brustwarzen ziehen sich unter dem dünnen Baumwollstoff ihres BHs zusammen. Als mein Daumen darüberstreicht und Macy erneut seufzt, lodert in meinem Innersten eine Flamme auf. Wir pressen uns noch enger aneinander, dicht an das Regal gelehnt. Macys Kopf knallt kurz gegen das Holz, doch wir unterbrechen unseren Kuss nicht. Wir denken nicht mal daran, uns voneinander zu lösen. Macys Finger legen sich an den hohen Bund meiner Hose, streichen darüber und ziehen sich wieder zurück. Ein Spiel, um die ungeduldige Lust in mir noch weiter anzufachen, obwohl ich doch schon längst zerfließe.

Macys BH-Träger gleitet von ihrer Schulter. Die Haut darunter ist zart wie Seide. Ich beuge mich zu ihrem Dekolleté und benetze ihre weiche Haut mit meinen Küssen. Meine Finger schieben die Spitze ihres BHs zur Seite. Ihr Kopf sinkt gegen das Regal, als sie die Augen schließt. Ich habe sie nie schöner gesehen als in diesem Augenblick, in dem sie sich mir voll und ganz hingibt. Ihre Lippen sind ein wenig geöffnet und der Rücken im genießerischen Hohlkreuz, während die Locken ihr Gesicht umrahmen. Engelhaft und wild zugleich.

Plötzlich macht sie die Augen auf. Die Intensität ihres Blicks offenbart dieselbe Lust, die auch in mir wächst. Dasselbe heiße, unstillbare Verlangen. Ehe ich michs versehe, beugt sie sich zu mir. Flinker, als ich es habe kommen sehen, greift sie erneut in den Bund meiner Hose. Diesmal spielt sie nicht damit, sie zieht sich nicht zurück. Sie sieht mich nur an. Hellblaue Augen, die in Flammen stehen, während sie den Knopf meiner Hose öffnet und sie in einer quälend langsamen Bewegung herunterzieht. Ich schlucke nur, zu mehr bin ich nicht imstande. Noch weniger, als sie mir erneut einen hungrigen Kuss auf die Lippen drückt und sich schließlich hinkniet. Ihr Kopf liegt nun zwischen meinen Beinen, direkt auf Höhe meines dunkelblauen Slips, der sich inzwischen feucht anfühlt. Ich würde ihn mit Freuden loswerden, am liebsten sofort, aber ich überlasse Macy das Kommando. Ihr Daumen streichelt über den Stoff. Sanft trifft sie auf meine feuchte Mitte, berührt meinen Kitzler und lässt mich keuchen. Ein Geräusch, das ihr offenbar ebenso gut gefällt wie mir ihr Seufzen, denn als ich zu ihr hinunterschaue, sieht sie mich unter einem Lächeln an.

Da sind Fragen in ihren Augen. Fragen wie *Darf ich weitermachen?*, also nicke ich. Als sie die Augen schließt, sie meinen Slip herunterzieht und ich plötzlich ihre Lippen spüre, bebt mein gesamter Körper. Ich kralle mich an das Bücherregal, um nicht den Halt zu verlieren. Macys Lippen – ihre wunderbaren, vollen Lippen – erkunden mich, und ich kann nicht klar denken. Kann nichts sagen. Ich kann mich nur fallen lassen in diesen Moment, den ich für immer festhalten möchte. Zusammen mit diesem Kribbeln, das durch meinen Körper jagt. Mit diesem Feuerwerk, dem rasenden Herzen, meinem animalischen Aufstöhnen und dem Pulsieren meines Unterleibs.

Meine Finger suchen Macys Locken und spielen mit ihnen. Eventuell krallen sie sich sogar darin fest, aber ich kann es nicht genau sagen, weil ich kaum noch etwas wahrnehme. Einen Augenblick lang glaube ich abzuheben. Da sind nur sie und ich und Macys Lippen und dieses *Glück, Glück, Glück*.

Als ein letztes Beben durch meinen Körper zuckt, ziehe ich Macy hoch zu mir. Ich streiche ihr eine der verschwitzten Locken aus dem Gesicht und küsse sie. Auch wenn mein Hunger etwas gestillt ist, bin ich immer noch voller Appetit. Ich möchte ihr dieses Glück ebenfalls ermöglichen.

Ich streife ihre Locken zur Seite und knabbere an ihrem Ohrläppchen. Dann, ebenso aus einem Impuls heraus wie Macy zuvor, drehe ich sie mit dem Rücken zu mir und genieße die Aussicht auf ihre geschwungene Hüfte. Sie lehnt sich gegen das Regal und sieht mich über die Schulter an. Flehend. Gequält. Es ist eindeutig, dass auch sie sich endlich Erlösung wünscht. Auch sie braucht endlich diesen puren Glücksmoment, der all das hier zwischen uns noch perfekter macht. Also dränge ich mich von hinten gegen sie und küsse ihren Hals. Fiebrig finden meine Finger Macys Rock und schieben ihn hoch, ihren Slip herunter. Finger auf warmer, feuchter Haut. Sie hat die Augen geschlossen, ihre Lippen jedoch genießerisch geöffnet. Sanft streife ich ihren Venushügel und lausche dem entzückenden Seufzen aus ihrem Mund. Dann finde ich ihren Kitzler und übe sanften Druck aus, ähnlich wie ich es bei mir selbst am schönsten finde. Macys Seufzen wird kehliger, sie drückt den Rücken durch und drängt sich mir entgegen. Ich hätte nie gedacht, dass es noch anziehender sein kann, jemanden zum Orgasmus zu bringen, als selbst einen zu erleben, aber sie so zu sehen – wie sie sich fallen lässt, direkt in meine Arme und mir vertraut –, ist unglaublich. Meine Lippen legen sich erneut auf ihren Hals, küssen sie im Rhythmus meiner Finger. Sie seufzt leise, ihr Körper bäumt sich auf … sie lässt los. Und ich mache es auch: Lasse meine Zweifel und meine Ängste ebenso fallen wie die Strapazen dieses Wettbewerbs, der alles von mir abverlangt. Denn wenn ich irgendwann zurückblicke, wird das hier bedeutsamer sein. Sie und ich und diese unglaublichen Glücksgefühle.

KAPITEL 39
VADA

Wir sitzen Hand in Hand und noch immer außer Atem da. Ich habe jegliches Zeitgefühl verloren, aber ich bin mir sicher, dass der Morgen bald anbricht.

»Das war ziemlich perfekt«, flüstert Macy. »Und ganz bestimmt nicht das, was ich heute Abend erwartet habe.«

Nachdenklich blicke ich auf unsere ineinander verschlungenen Finger. Ich schwanke zwischen den Fragen, die sich nun, wo die Lust abebbt, wieder in meinem Kopf sammeln, und dem Wunsch, diesen reinen, wundervollen Moment nicht zu zerstören. Nur wäre das ganze Chaos vielleicht nicht entstanden, wenn wir von vornherein offen miteinander geredet und keine Themen ausgeklammert hätten. Unsere Vereinbarung, nicht über diesen Konkurrenzkampf zu sprechen, hat sich wie ein Rettungsanker angefühlt, aber eigentlich hat sie uns nur zusammen in die Tiefe gezogen.

»Meinst du, wir sollten uns Sorgen machen? Weil uns jemand eingesperrt hat?«, fragt Macy. »Das bedeutet, dass wir im Büro gesehen wurden. Wenn Mrs Walsh davon erfährt …«

»Dann gibt es keine Beweise, oder?« Forsch sehe ich sie an. »Es sei denn, die Art und Weise, wie du an den Schlüssel gekommen bist, bietet irgendwelche Indizien?«

»Nicht so richtig. Denke ich.«

Es ist nicht gerade die Antwort, die ich gerne hören würde. Aber Mrs Walsh wirkt nicht wie eine Frau, die nur auf Basis von Vermutungen irgendwelche Entscheidungen fällt. Sie würde Beweise haben wollen, da bin ich mir sicher. Die dringendere Frage für mich ist, wer ein Motiv hatte, uns einzusperren. Denn wer auch immer es war, hat damit in Kauf genommen, auch jemanden aus seiner eigenen Gruppe in Schwierigkeiten zu bringen, und das ist ein Umstand, der mir eine ziemliche Gänsehaut verursacht. Mir fallen hier an der Akademie nur drei Leute ein, denen ich solche Skrupellosigkeit zutrauen würde: Jacob, Ruby und Ian.

»Macy?«, frage ich sanft. »Was hast du in Bezug auf deine leibliche Mutter erwartet? Was genau steckt hinter dieser Sache mit dem Foto?«

Macy schluckt, und ich weiß genau, dass die Leichtigkeit, die wir eben noch verspürt haben, verebbt. Fast fühle ich mich schuldig, sie wieder damit zu konfrontieren, aber ich muss diese ganze Sache einfach besser greifen können, denn in meinem Kopf sind noch viel zu viele Fragezeichen. »Du hast erzählt, dass du nichts über sie weißt, außer dass sie hier studiert hat.«

»Das stimmt.« Macys Stimme ist fast ein Flüstern. »Jahrelang habe ich mich auch dagegen gesträubt, mehr über sie erfahren zu wollen. Die Tatsache, dass sie mich abgegeben hat, hat für mich eigentlich schon alles ausgesagt, was ich wissen wollte. Ich habe mir immer eingeredet, dass mich der Rest nicht interessiert, weil ich zu einhundert Prozent weiß, dass es richtig war, wie alles gekommen ist. Vielleicht hatte ich dadurch keinen leichten Start in mein Leben, und ich bin sicher, dass die ersten Monate in den Pflegefamilien mich auf die eine oder andere Weise geprägt haben, aber es gab das beste Happy End, das ich mir hätte vorstellen können. Ich liebe meine Eltern, sie haben mir ein großartiges Zuhause gegeben und mich mit so viel Geborgenheit aufgezogen. Das ist es doch, was zählt, oder? Warum sollte mich da die Frau interessieren, die mich geboren und zur Adoption freigegeben hat?«

Es ist klar, dass gleich ein *Aber* folgt.

»Aber wenn ich ehrlich zu mir bin, war ich trotzdem verletzt und wütend, wenn ich an sie gedacht habe. Dann habe ich mich immer gefragt, wieso sie mich nicht genug lieben konnte.«

Ich drücke ihre Hand. »Ich denke nicht, dass solche Entscheidungen leichtfertig getroffen werden. Du kennst ihre Lebensumstände nicht. Sie hatte bestimmt ihre Gründe, aber zu wenig Liebe war es sicher nicht.«

Tränen schimmern in Macys Augen, und es zerreißt mir das Herz.

»Weißt du, wieso ich in diesem Büro war? Wieso es mir plötzlich so wichtig war, dieses Foto von ihr zu sehen und ein Gesicht zu dem Namen zu haben? Zu wissen, ob wir uns ähnlich sehen?«

»Wieso?«, frage ich vorsichtig.

Tränen laufen nun ungebremst über ihre Wangen, ihre Schultern beben. Es erschreckt mich, genau wie die Intensität ihrer Stimme. »Weil es zu spät ist, es auf anderem Wege herauszufinden.« Es sind Worte, die offenbar so lange darauf gewartet haben, laut ausgesprochen zu werden, dass sie nun aus ihr herausbrechen. »Sie ist tot, Vada.« Ein Schauer läuft mir über die Arme, als ich den Schmerz in diesen vier Worten höre. »Aber ich wusste nicht, dass sie krank war. Sie hat mir aus heiterem Himmel einen Brief geschrieben – einfach so, nach siebzehn Jahren. Meine Eltern haben ihn mir gegeben und mir angeboten, ihn mit mir zu lesen, aber ich war so wütend, dass ich nichts davon wissen wollte. Denn wenn sie mir diesen Brief schicken konnte, dann heißt das, dass sie die ganze Zeit wusste, wo ich war, oder? Sie wusste, wo meine Eltern wohnen. Sie hätte mich ganz einfach besuchen können.«

»Vielleicht ist genau das Liebe«, flüstere ich, weil ich Angst habe, das Falsche zu sagen. »Zu wissen, wann es das Beste ist, sich zurückzuhalten, obwohl es einen innerlich zerreißt.«

»Wie … wie meinst du das?«

»Dass sie genau wusste, wo du bist, heißt doch, dass du ihr nicht egal warst. Aber dann war ihr sicher auch klar, in welch schönem Zuhause du gelandet bist. Vielleicht wollte sie diese glückliche Welt nicht zerstören, dich nicht aufwühlen.«

»Wenn sie mich nicht aufwühlen wollte, wieso hat sie dann trotzdem diesen Brief geschrieben? Das widerspricht sich doch.«

»Ich weiß nicht. Vielleicht ist der Drang, doch noch Kontakt zu dir aufzunehmen, angesichts ihres Todes stärker geworden.« Sachte sehe ich zu ihr. »Dann weißt du nicht, was drinstand?«

Macys Schluchzen ist Antwort genug.

»Ich war so verdammt wütend. Ich habe nicht nachgedacht, nur gehandelt. Sonst bin ich nicht so impulsiv und durchdenke immer alles. Aber da sind mir die Sicherungen durchgebrannt. Ich habe den Brief genommen und ihn im Garten verbrannt. Einfach so, innerhalb von Sekunden war er nur ein Häufchen Asche, und im ersten Moment habe ich mich unglaublich stark gefühlt.« Sie sieht mich mit traurigen Augen an, wirkt in diesem Moment unglaublich erschöpft. »Und dann kam das schlechte Gewissen. Die Erkenntnis. Die Frage, was sie mir wohl hatte mitteilen wollen, hat mich plötzlich total aus der Bahn geworfen. Meine Eltern haben in dem Krankenhaus angerufen, aus dem der Brief abgeschickt wurde, aber sie war schon verstorben. Keine Chance mehr auf Antworten, keine Chance herauszufinden, was sie mir noch hatte sagen wollen. Ich hab's verkackt.«

Ich nehme sie in den Arm, streichle ihr über die Haare. »Du wusstest es doch nicht. Du hattest ein Recht auf diese Wut. Auf deine Gefühle. Das war doch nur menschlich«, versuche ich sie zu trösten, auch wenn es mir an ihrer Stelle vermutlich nicht anders gehen würde. Ich weiß, wie es ist, wenn Entscheidungen gefällt werden, die nicht rückgängig gemacht werden können. Kenne das Gefühl der Ohnmacht, das darauf folgt. Aber ich weiß auch, dass man sich daraus befreien und sich davon lösen kann.

»Früher habe ich kaum an sie gedacht«, erklärt Macy. »Als es um die Wahl der Unis ging, wollte ich die Cliffworth sogar erst von der Liste streichen, weil ich nichts haben wollte, was mich mit dieser Frau verbindet. Egal, wie attraktiv ich das Studienangebot auch fand. Ich war zu verbittert. Und dann kam dieser Brief, und damit hat sie sich unwiderruflich in meine Gedanken geschlichen. Plötzlich war da nicht nur Verbitterung, sondern auch Neugier. Und natürlich mein schlechtes Gewissen. Mein Kopf war so voll von alldem. Also habe ich mich doch für die Cliffworth Academy beworben. Es sollte eine Chance sein, um doch noch meinen Frieden mit der ganzen Sache machen zu können.«

»Klappt es denn? Hilft es dir, hier zu sein?«

»Kann ich nicht so genau sagen.« Macy beißt sich auf die Lippe, wirkt kurz sehr weit weg auf mich. »Im einen Moment ist sie mir sehr präsent, und ich denke viel an sie, im anderen Augenblick verdränge ich das alles. Ich weiß zumindest, dass mich diese Gefühle nicht abhalten sollten, an die Cliffworth zu gehen. Sie sollten aber auch nicht meine Hauptmotivation sein.« Sie seufzt. »Ich dachte schon, ich würde einfach ohne neue Erkenntnisse aus dieser Akademie gehen, doch als ich dann die Chance hatte, in Mrs Walshs Büro zu kommen und mir ein Foto von ihr anzusehen, hatte ich plötzlich ein Bedürfnis danach. Ich wollte nicht noch mal zurückblicken und denken, alles falsch gemacht zu haben. Ich wollte nicht wieder eine Chance verpassen und mich deswegen schlecht fühlen.«

»Das verstehe ich gut. Nichts ist schlimmer als das quälende Gewissen, das einem einzureden versucht, man habe in der Vergangenheit Fehler begangen.« Diesmal bin ich es, die schwer seufzt. »Ich denke, ich habe in den letzten Tagen verstanden, dass man niemals vor der Vergangenheit davonrennen kann – egal, wie sehr man es versucht. Es holt einen immer wieder ein, solange man sich nicht damit auseinandersetzt und sich seinen Gefühlen stellt.«

»Und wie schlägst du dich dabei?«, fragt Macy vorsichtig.

»Wenn ich mir das Chaos von heute so ansehe, bin ich wohl noch mitten im Prozess«, gebe ich zu. »Ich habe wirklich gedacht, der Umzug nach Wales würde einen kompletten Neuanfang bedeuten und ich könnte endlich diese aufgestaute Wut ablegen. Aber es holt mich immer wieder ein: sowohl Thomas' Taten als auch all die Unsicherheiten und all meine Verbissenheit, die dadurch entstanden sind. Anders kann ich mir nicht erklären, wieso ich so ängstlich war, noch mal verletzt zu werden. Wieso ich manche Dinge hier an der Akademie getan habe.« Brennende Schamesröte breitet sich auf meinen Wangen aus, aber es ist okay. Weil ich nur so daraus lernen kann. Lernen, dass weder meine Mum noch ich so tun können, als hätte es die letzten Jahre nicht gegeben. Mums Depression wird sich genauso wenig in Luft auflösen wie die Verletzungen, die die Menschen mit ihrem Verhalten in uns ausgelöst haben. Ich kann wohl nur lernen, mit den Narben umzugehen. Neues Vertrauen aufzubauen und wieder zu leben.

»Vielleicht geht es darum, sich einzugestehen, dass wir nicht mehr die sind, die wir einmal waren«, sagt Macy nun. »Dass uns manche Dinge einfach prägen und formen.«

»Ich weiß nur nicht, ob ich immer mag, wer ich geworden bin«, sinniere ich. »Wenn Ehrgeiz zu Erfolgsdruck wird und Unsicherheit zu Misstrauen führt.«

»Was ist mit der Vada, die sich gegen die Clovers stellt und stattdessen Zeit mit dem Büchermädchen verbringt?

Oder der Vada, die hier nicht nur für sich selbst, sondern auch für ein modifiziertes Rechtssystem kämpft? Die finde ich sehr beeindruckend.« Ihre Worte bringen mich tatsächlich zum Lächeln, auch wenn ich mich gegen einen Hauch Melancholie nicht wehren kann.

»Das mit dem Erpresserbrief tut mir so leid.« Die Umrisse der Bibliothek verschwimmen vor meinen Augen. »Ich wollte es doch nie so weit kommen lassen. Und ganz sicher wollte ich dich nicht verletzen.«

»Ich weiß«, sagt Macy sanft. »Und ich hätte dir früher von der Sache mit meiner Mutter erzählen sollen. Ich wollte es auch, aber, na ja …«

»Du konntest dir nicht eingestehen, wie groß deine Sehnsucht nach ihr ist?«, rate ich. »Vielleicht sollte es mit dem Brief so sein. Weil du erst in dem Moment, wo du ihn verbrannt hast, deine wahren Gefühle zulassen konntest. Es war der erste Schritt, um dich mit ihr auseinanderzusetzen, meinst du nicht?«

Macy lächelt, auch wenn ihre Mundwinkel zittern. »Ich wünschte nur, es wäre kein so endgültiger Schritt gewesen.«

»Lebe den Moment«, erinnere ich sie. »Weißt du nicht mehr? Du hast gesagt, es geht darum, innezuhalten und eins mit sich und der eigenen Welt zu sein.«

»Ich weiß nur nicht, ob mir das momentan so gut gelingt«, murmelt Macy. »Wie soll ich denn nur damit leben, dass ich nie mehr herausfinden kann, was meine leibliche Mutter mir zu sagen hatte? Wie soll ich das Hier und Jetzt genießen, ohne ständig an diesen Brief zu denken?«

»Indem du dir klarmachst, dass nichts hätte darin stehen können, was deine Gefühle ändert, oder?«, frage ich vorsichtig, denn keinesfalls will ich ihr irgendwie den Eindruck vermitteln, ich würde ihre Situation komplett nachempfinden können. »Welche Emotionen kommen in dir hoch, wenn du an sie denkst?«

»Wut«, antwortet sie sofort. »Weil sie mich weggegeben hat. Und dann ist da auch Dankbarkeit.«

»Wieso Dankbarkeit?«

»Weil sie mich weggegeben hat«, flüstert sie, ihre Lippen kräuseln sich. »Macht das irgendwie Sinn?«

»Macht es denn für dich Sinn?«, frage ich stattdessen.

»Irgendwie schon. Weil ich nur so zu meinen Eltern gekommen bin. Und gerade meine Mum ist das Beste, was mir passieren konnte. Sie versteht mich. Unterstützt mich in allem, was ich tue. Und die beiden sind einfach – ich weiß nicht – mein Sicherheitsnetz. Wann immer ich falle.«

»Hätte irgendetwas, was in diesem Brief stand, etwas daran geändert? An der Dankbarkeit? Diesem Wissen, dass du wegen der Adoption verletzt bist und gleichzeitig weißt, dass es so kommen sollte? Dass es dein Schicksal war?«

Macy schluckt schwer. »Nein. Aber es hätte vielleicht die Wut geschmälert, wenn ich eine Erklärung für die Adoption bekommen hätte. Oder eine Erklärung dafür, warum sie sich nie bei mir gemeldet hat.«

»Das stimmt, aber vielleicht wäre die Wut auch nur größer geworden. Wir wissen nicht, ob es dir geholfen hätte, ihre Worte zu lesen.«

Sie schielt zu mir. In ihren Augen liegt noch so viel Traurigkeit, aber ich erkenne auch deutlich dieses kleine Blitzen darin. Die Leichtigkeit von eben tanzt direkt dahinter, sie ist nur ein wenig versteckt.

»Vielleicht haben unsere Leben beide die Farbe Rot«, ziehe ich sie auf, um sie ein wenig zum Lächeln zu bringen. »Die Wut passt schon mal. Und die Leidenschaft von eben auch, wenn du mich fragst.«

Da ist das Lächeln, das ihre Augen ein wenig heller erscheinen lässt und die Melancholie wegwischt. Zumindest für den Moment.

»Ich will nicht mehr wütend sein.« Ihre Stimme bebt leicht, als würde sie diese Erkenntnis Kraft kosten. »Weder auf Theodora Price noch auf mich selbst.«

»Ich will auch nicht mehr so wütend sein«, erwidere ich leise. Auch ich spüre das Beben meiner Stimme, spüre, wie schwer es ist, sich davon zu lösen. Wut ist so unglaublich machtvoll. Sie war lange Zeit mein innerer Motor, aber wenn ich wirklich diesen Neuanfang in Wales will und wieder mehr Vertrauen in meine Umgebung aufbauen möchte, geht es nicht mit dem alten Ballast. Ich muss mich davon lösen, egal, wie lange es auch dauern mag.

Macy streicht sich eine Locke aus dem Gesicht. Sie sieht so wunderschön aus, selbst dann, wenn sie irgendwo zwischen Traurigkeit und Entschlossenheit schwankt. Vielleicht finde ich sie jetzt nur noch umso schöner, wo ich weiß, womit sie zu kämpfen hat. Weil ich nicht die Einzige bin, die von den Dämonen ihrer Vergangenheit heimgesucht wird und viel zu lange im Kreis gelaufen ist, ohne sie abzuschütteln. Vielleicht müssen wir uns ihnen einfach beide stellen. Am besten zusammen, Hand in Hand, als eine Front.

»Wir können uns gegenseitig helfen«, schlage ich vor.

Macy lächelt, diesmal zittert es nicht. »Das fände ich wirklich schön.«

»Ich glaube, es war ein Fehler, dass wir diesen Pakt geschlossen und hier an der Akademie nicht über alles geredet haben. Für den Moment erschien es richtig, vielleicht hat es uns auch ein Stück dabei geholfen, dass wir uns kennenlernen konnten, aber wir haben dabei zu viel Raum für Interpretationen und Misstrauen geschaffen. Und ganz ehrlich? Ich bin diese ganzen Spielchen leid. Die Konkurrenz, die

Streitigkeiten, die Lügen und Intrigen. Ich will darauf nicht länger meine Zukunft aufbauen.«

»Was genau willst du damit sagen?«

Mein Herz macht einen Hüpfer, während ich Macys Finger beobachte, die langsam über meinen Handrücken gleiten. Mir Zeit lassen, meine Gedanken zu sortieren, obwohl sie in diesem Moment ganz klar sind. Stark und rein, genau wie die Entschlossenheit dahinter. »Vielleicht ist es an der Zeit, dass wir uns zeigen«, spreche ich sie aus.

»Schluss mit dem Versteckspiel?«, fragt Macy rau.

»Wieso klingst du ein bisschen ängstlich bei der Vorstellung?« Keinesfalls möchte ich etwas tun, zu dem Macy nicht bereit ist. Nur weil ich für mich entscheide, dass ich offen zu ihr stehen will, heißt das nicht, dass sie für sich genauso entscheiden muss.

»Jacob hat mir unmissverständlich klargemacht, dass ich mich von dir fernhalten soll«, sagt sie zu meiner Überraschung. Dann sieht sie zu ihrer Bluse, deren Knöpfe noch nicht alle geschlossen sind, und schmunzelt. »Nicht so erfolgreich, wie es mir scheint.«

»Offenbar nicht«, erwidere ich lächelnd, bevor ich wieder ernster werden. »Hast du Angst vor ihm?«

»Respekt trifft es wohl eher.«

»Er ist ziemlich verschlagen«, bestätige ich.

»Du sagst, dass Ian dein Tagebuch verbreitet hat und die Clovers deswegen schon von uns wissen? Ian hat nichts gesagt – ich denke, auch nicht zu den anderen Roses.«

»Sie wissen also noch nichts von uns. O Mann, wir würden also für ziemliche Unruhe sorgen«, murmle ich. Nach der ganzen Anspannung in den letzten Tagen und dem eskalierenden Streit zwischen Ian und Grayson ist es vielleicht keine gute Idee. Aber gleichzeitig würde es sich auch absolut richtig anfühlen, mir endlich meine Gefühle einzugestehen.

Wenn ich irgendwann an die Akademie zurückdenke, möchte ich in den Spiegel schauen uns sagen können, dass ich alles darangesetzt habe, einen Neuanfang zu machen. Mit Mut und innerer Freiheit.

»Wir machen es«, sagt Macy plötzlich, als habe sie gerade dieselben Gedanken gehabt. Ihre Lippen legen sich auf meine Wange und hinterlassen ein Kribbeln. »Wie auch immer diese Akademie ausgeht: So können wir beide wenigstens sagen, dass wir unsere gemeinsame Zeit, so gut es ging, genutzt haben.«

»Elf Tage bleiben uns noch«, sage ich nachdenklich und bereue es sofort. Der Gedanke, dass einer von uns beiden mit einer Niete aus diesem Wettbewerb geht, ist in Anbetracht dieser gemeinsamen Nacht immer schwerer auszuhalten. Zu wissen, dass eine von uns ihren Traum aufgeben muss, damit die andere ihn leben kann.

KAPITEL 40
MACY

Ich habe Erfahrung damit, mich in Gegenwart von anderen manchmal verquer zu fühlen, aber noch nie hat sich meine Empfindung so sehr von der der Allgemeinheit unterschieden wie heute. Ich selbst will einfach nur lächeln, will am liebsten Lieder trällern und allen erzählen, wie verknallt ich bin, obwohl das sonst gar nicht meine Art ist. Die Stimmung im Frühstückssaal hingegen gleicht einer Beerdigung. Zumindest am Tisch der Roses. Es hat mich nicht viel Zeit gekostet, um herauszufinden, wie das Wettschwimmen gestern Abend noch verlaufen ist. Während Grayson unversehrt am Ziel angekommen ist, hat sich Ian den Kopf am Felsen verletzt und wäre fast ertrunken. Nur mit letzter Kraft hat er es in Strandnähe geschafft, wo Owen ihn aus dem Wasser gezogen hat. Die anderen hatten keine andere Wahl, als Mrs Walsh zu informieren, damit Ian ärztlich versorgt wird. Nun sitzt er mit Kopfverband und dunklen Augenringen bei uns am Tisch.

Vada und ich waren noch lange in der Bibliothek und haben geredet und darüber nachgedacht, wer uns im Büro eingeschlossen haben könnte, kamen aber zu keinem Fazit. Angesichts der Ereignisse beim Wettschwimmen will ich glauben, dass es weder Ian noch Grayson waren, aber sicher sein kann ich nicht. So, wie die Dinge stehen, hätten sowohl Vada als auch ich der Kollateralschaden sein können, auch wenn diejenige, um die ich mir am meisten Sorgen mache, Mrs Bell ist. Die Frau, die mir doch nur einen Gefallen tun wollte und die niemals Probleme bekommen sollte. Nicht meinetwegen. Ich muss dringend mit ihr reden, doch zunächst betreten Vada und Charlotte den Speisesaal.

Vada murmelt Charlotte etwas zu, dann umrundet sie den Tisch der Clovers. Es dauert ein wenig, bis die anderen im Saal bemerken, dass Vada auf den Tisch der Roses – besser gesagt, auf mich – zusteuert. Auf ihren Lippen liegt ein Lächeln. Köpfe heben sich, verwirrte Stimmen werden laut, als Vada vor mir stehen bleibt und mir einen Kuss auf den Mund gibt. Dahlia entfährt ein überraschter Ton. Lennox neben mir murmelt etwas davon, nie etwas mitzubekommen.

»Guten Morgen.« Vada lächelt mich schüchtern an.

Während die Clovers keinesfalls überrascht wirken, sind an meinem Tisch alle Blicke auf uns gerichtet. Selbst Ian sieht überraschend verwirrt aus.

»Was soll das denn?«, fragt Ruby lautstark.

Vada zuckt nur unbekümmert mit den Schultern, raunt mir ein »Bis später« zu und geht zu ihrem Tisch, wo die anderen sofort eine Diskussion starten. Charlotte nicht, sie grinst Vada eher an. Ein Pluspunkt für sie.

»Da läuft was zwischen euch?«, fragt Dahlia irritiert. »Seit wann?«

»Offiziell … seit gerade«, entgegne ich ein wenig verlegen.

»Ich freue mich für euch. Aber meinst du, das ist so gut?«

»Weswegen? Weil sie meine Konkurrentin ist und es nur eine von uns an die Uni schafft?«, erwidere ich ein wenig zu patzig. »Darüber sind wir uns durchaus im Klaren.«

»Okay«, antwortet Dahlia trocken. »Und was ist mit …«

Ich erfahre nicht, was sie noch zu sagen hat, denn Mrs Walsh betritt den Saal und bringt uns, wie immer, dazu, Gespräche sofort einzustellen. Sie hatte noch nie ein besseres Timing. So gerne ich Dahlia inzwischen auch habe, kenne ich sie doch nicht gut genug, um mit ihr über mein Privatleben zu reden. Oder über Entscheidungen, die längst getroffen sind. Das mit Vada und mir ist besiegelt, es passt ohnehin nichts mehr dazwischen. Keine Zweifel von außen, keine Akademieregeln oder Stipendien. Auch wenn ich in sozialen Dingen vielleicht nicht immer den Durchblick habe, weiß ich zumindest, dass wir unseren Weg finden werden. Vada und ich, gemeinsam.

Mrs Walsh räuspert sich. Man muss keine ausgeprägte Beobachtungsgabe haben, um sehen zu können, dass sie noch steifer ist als sonst. »Ich muss wohl nicht betonen, wie enttäuscht ich von den Entwicklungen des gestrigen Abends bin. Mr Gordon und Mr Williams, Sie haben mit diesem nächtlichen Wettschwimmen unseren guten Ruf gefährdet. Was glauben Sie, was mit der Akademie passiert wäre, wenn dabei mehr als nur eine Platzwunde entstanden wäre?« Ian rutscht nervös auf seinem Stuhl hin und her. »Ihr Verhalten war absolut indiskutabel und ganz sicher nichts, was ich von Teilnehmern unserer Sommerakademie erwartet hätte.« Ein gewaltiger Kloß macht sich in meinem Hals breit. Das alles hier ist furchtbar beschämend. »Wenn es Ihre Strategie ist, um uns zu zeigen, wie weit Sie bereit sind, für diese Uni zu gehen, dann nur weiter so«, fährt sie müde fort. »Denn wenn Sie so viel Energie für persönliche Fehden haben, dann freut es Sie beide sicher, dass ich eine Extraaufgabe für Sie habe. Sie schreiben bis heute Abend einen fünfseitigen Essay darüber, was Sie aus diesem Vorfall gelernt haben. Und ich will dabei absolute Aufrichtigkeit. Der Essay geht in die Wochenbenotung ein. Überzeugen Sie mich nicht, schaden Sie damit also nicht nur sich selbst, sondern auch den anderen.«

Ian und Grayson vermeiden es, uns anzusehen.

»Ansonsten erwartet Sie Mr Roberts nun für die Einführung in die neue Woche zum Thema Politik.« Sie nickt uns zu und verlässt den Raum.

Einige springen sofort auf, um in den Unterrichtssaal zu gehen.

Vada schiebt ihr Frühstück unangerührt von sich und spricht mit Charlotte. Kurz darauf erheben sie sich, winken mir zu und gehen ebenfalls. Ein Teil von mir möchte ihr nachgehen, aber im Gegensatz zu ihr habe ich meinen Appetit durch die Ankündigung nicht verloren, also nehme ich mir noch die Zeit, mein Frühstück aufzuessen.

Es sind noch exakt acht Minuten bis zum Unterrichtsbeginn. Ich sitze noch immer am Frühstückstisch, auch wenn ich längst aufgegessen habe und der übrige Saal leer gefegt ist. Vor mir liegt mein Buch: *Dorothy Parker für unterwegs.*

Die Tür geht auf, und Mrs Bell kommt in den Raum.

»Noch nicht bei den anderen im Unterricht?«

»Ich hatte gehofft, Sie hier zu treffen.«

»Ach ja?« Sie kommt näher, ihre Augen sind so mütterlich warm wie eh und je. Weiß sie denn noch gar nicht, dass ich quasi erwischt wurde?

»Ich denke, ich habe Mist gebaut.«

Mrs Bell setzt sich zu mir. Sie faltet ihre Hände ineinander, während sie mich aufmerksam mustert. »Welche Art von Mist?«

»Die Art von Mist, bei der ich Sie vielleicht mit ins Verderben gezogen habe«, entgegne ich und erzähle ihr, dass ich den Schlüssel benutzt und stecken gelassen habe. Gestehe ihr alles, bis auf die Tatsache, dass Vada die ganze Zeit bei mir war. Ich vertraue Mrs Bell, aber es ist besser, wenn Vada außen vor bleibt. Durch unsere Flucht haben wir ihren Kopf aus der Schlinge bekommen, und ich möchte nicht, dass er wieder darin landet. Wenn ich wegen dieser Geschichte hänge, dann besser allein.

»Ich habe dir doch gesagt, dass du diskret sein musst.«

Die Frustration aus ihrer Stimme herauszuhören, ist wie ein Schlag in die Magengrube. »Meine Arbeitsstelle steht hier auf dem Spiel, meine Lebensgrundlage. Ich bin ein Risiko eingegangen, als ich dir den Schlüssel anvertraut habe, aber ich dachte, dass du gewissenhaft damit umgehst.«

Ich neige den Kopf und sehe zu dem Gesicht von Dorothy Parker, die mich vom Cover ebenso vorwurfsvoll anzusehen scheint. »Es tut mir leid. Es war nie meine Absicht, Sie in Schwierigkeiten zu bringen.«

»Weißt du, wer die Tür abgeschlossen hat?«

»Nein. Ich habe nicht mal eine Vermutung. Es könnte jeder gewesen sein. Die Stimmung ist recht rau.«

»Ist mir nicht entgangen.« Mrs Bell schürzt die Lippen. »Du hast Glück. Ich habe heute Morgen noch vor Mrs Walsh meinen Rundgang gemacht und den Schlüssel noch an der Tür stecken gesehen und wieder mitgenommen.«

»Sie – Sie wussten es? Dass ich gestern in dem Büro war?«

»Ich wollte, dass du es mir selbst sagst.«

»Verstehe«, murmle ich schuldbewusst. Leute zu enttäuschen, die gut zu mir waren, ist wie eine kalte Dusche. Eisige Kälte kriecht durch meine Adern. Nur der Funken Hoffnung, den ihre letzten Worte ausgelöst haben, lässt mir ein wenig Restwärme. »Dann weiß Mrs Walsh nichts?«

»Ich weiß nur, dass ich den Schlüssel wieder an mich genommen habe. Aber wer auch immer ihn benutzt hat, um dich einzusperren, hätte leichtes Spiel, die Akademie zu informieren, sofern das noch nicht geschehen ist.«

Ich blicke zur Uhr. Noch zwei Minuten. Ich muss langsam aufbrechen.

»Falls Mrs Walsh mich zur Rede stellt, halte ich Sie da raus«, verspreche ich. »Ich habe Ihnen diesen Schlüssel entwendet, okay?«

Sie tätschelt meine Hand. »Hoffen wir, dass es nicht dazu kommt.« Ihr Lächeln zittert.

Dorothy Parker für unterwegs landet in meiner Umhängetasche, Mrs Bell beginnt derweil, den Tisch abzudecken. Noch eineinhalb Minuten.

»Macy?«, hält sie mich auf. »Hast du gefunden, was du gesucht hast?«

Ich weiß genau, dass sie auf Theodora Price und das Foto anspielt. Aber in meinem Kopf ist sofort Vada. Nur wegen gestern trauen wir uns endlich, richtig ehrlich miteinander zu sein und uns nicht mehr zu verstecken. Und ich fühle bereits, dass die Last, die ich mir mit dem Verbrennen dieses Briefs aufgeladen habe, etwas schwindet.

»Irgendwie schon«, antworte ich Mrs Bell lächelnd. »Nur ein wenig anders, als ich dachte.«

KAPITEL 41
MACY

Der Politikunterricht von Mr Roberts ist genauso gestaltet wie die Woche in Geschichte. Während des Frontalunterrichts setzt er auf unfreiwillige Teilnahme und überrascht einen gerne in den Momenten, in denen man gedanklich abdriftet. Auch diesmal bin ich kein Fan davon, aber es stört mich nicht mehr so sehr wie in der Geschichtswoche, denn die ersten vier Stunden spüre ich kribbelnde Wärme, immer dann, wenn ich zu Vadas Hinterkopf sehe und daran denke, dass wir uns jetzt nicht mehr verstecken müssen. Dass ich gleich einfach zu ihr gehen und die Mittagspause mit ihr verbringen könnte. Keine geheimen Treffen mehr in der Dunkelheit. Nie wieder Eifersucht, weil andere ihr nah sein können, während ich auf Distanz bleiben muss.

In der Mittagspause holen Vada und ich uns schließlich Sandwiches und setzen uns auf die Wiese im Innenhof, um ein bisschen die Sonne zu genießen. Dahlia und Poppy sitzen ein paar Meter entfernt und beobachten uns neugierig. Es ist deutlich, dass sie über uns reden, aber es wirkt nicht feindselig, nur nachdenklich, also versuche ich mich nicht daran zu stören. Vermutlich brauchen sie einfach einen Moment, um sich an uns zu gewöhnen.

Ich will Vada gerade einen kleinen Kuss geben, als sich jemand vor uns aufbaut und die Sonne abschirmt.

»Vada, das kannst du nicht machen.« Jacob. Wer sonst?

»Lass gut sein«, sagt Vada seufzend. »Das hier geht dich nichts an.«

»Es geht mich nichts an? Habe ich irgendwie einen Zeitsprung in die Vergangenheit verpasst? Diskutieren wir schon wieder darüber, dass die Roses unsere Feinde sind?«

»Na hör mal.« Poppy steht auf und kommt auf uns zu. »Wir haben nie etwas getan, das uns zu euren Feinden macht.«

»Ach bitte, spar dir die Unschuldsnummer«, meint Jacob herablassend.

»Es stimmt aber«, mische ich mich ein und stehe nun ebenfalls auf. »Wenn jemand gegen die Clovers intrigiert hat, dann waren das einzelne Personen. Wir als Gruppe haben das nie beschlossen.«

Vada verschränkt ihre Arme und baut sich vor Jacob auf. »Wir beide wissen, dass ich den Wettbewerb sehr ernst genommen habe. Aber mit wem ich welche Beziehung führe, werde ich hier nicht diskutieren. Es liegen nicht mehr viele Unterrichtstage vor uns, und ich werde weiterhin abliefern, so gut ich kann, weil ich noch immer an meinen Traum glaube. Aber was nützen diese Streitigkeiten? Am Ende entscheiden ohnehin Mrs McDaniels, Mrs Walsh und Mr Roberts, wer das Rennen macht.«

Poppy nickt vehement. »Sehe ich auch so. Wir geben hier alle unser Bestes und müssen nun einfach abwarten, ob es reicht.«

Charlotte kommt ebenfalls auf den Innenhof und mustert Poppy eingehend, dann streckt sie ihr plötzlich die Hand entgegen. »Klingt vernünftig.«

Jacob sieht sich Hilfe suchend um, so als würde er von irgendwem erwarten, nun endlich ein Machtwort zu sprechen. Als nichts kommt, zieht er mit einem letzten, giftigen Blick ab.

»Und … was nun?«, fragt Poppy etwas unbeholfen.

»Die Mittagspause genießen?«, fragt Vada und zuckt mit den Schultern. Ihr Blick wandert zu der Mauer, die zu den

Klippen führt. Fragend hebt sie eine Augenbraue, ich nicke nur knapp. »Ich glaube, Macy und ich kennen einen guten Ort dafür.«

Poppy und Dahlia schließen sich uns an, und so gehen wir zu fünft an die Stelle, die zuvor nur Vada und mir gehört hat. Es ist seltsam, sie nun zu teilen, aber irgendwie gefällt mir auch die Pointe, dass dieser Ort zwei Konkurrentinnen zusammengebracht hat, die nun dafür sorgen, dass auch die anderen ihre Streitigkeiten vergessen. Wenigstens ein paar von ihnen.

Charlotte kommt auf mich zu. »Macy?«, fragt sie vorsichtig. »Ich wollte mich bei dir entschuldigen.«

Perplex sehe ich sie an. »Wieso?«

»Nach der Sache mit Vadas Tagebuch habe ich geglaubt, dass du etwas damit zu tun hattest.«

»Und das glaubst du jetzt nicht mehr?«

»Nein. Vada hat mir gesagt, dass du es sicher nicht warst, und ich denke, sie hat eine gute Intuition. Besser als meine jedenfalls.« Sie zuckt mit den Schultern. »Außerdem wirkt es wirklich so, als hättet ihr zwei euch gefunden, und ich betrachte Vada als meine Freundin. Also freue ich mich für euch zwei. Auch wenn die Umstände, na ja …«

»Nicht optimal sind?«, führe ich aus.

»Ja. So ungefähr.«

»Danke für deine Entschuldigung. Keine Ahnung, ob sie wirklich nötig war, aber ich weiß sie zu schätzen.«

Charlotte nickt mir lächelnd zu. Dann reihen wir uns alle an der Klippe auf und sehen raus aufs Meer. Vadas Hand liegt in meiner, mein Kopf ruht an ihrer Schulter. Es ist keine ausgelassene Mittagspause, eher eine stille Übereinkunft, den ganzen Streit hinter sich zu lassen und uns auf die Zukunft zu konzentrieren. Ich bin mir nur nicht sicher, auf welche Zukunft ich hoffen soll. Denn eigentlich möchte ich es genau so haben wie jetzt, in diesem Moment. Vada und ich zusammen, ohne Versteckspiel. Mit Leuten an unserer Seite, die zu uns halten und bei denen ich mir – zumindest bei der einen oder anderen – vorstellen könnte, dass ich mich ihnen genug öffne, um mich mit ihnen anzufreunden.

Doch beides ist uns nicht vergönnt. Die Entscheidung über die Stipendienvergabe rückt unaufhaltsam näher.

KAPITEL 42
VADA

Die fünfte Woche verfliegt schneller als alle anderen. Ich denke, es liegt daran, dass ich meine Energie nicht mehr mit Versteckspielen verbringe, sondern mich einfach traue, mich von meinen Gefühlen leiten zu lassen. Allein die Mittagspause, die Macy und ich nun gemeinsam verbringen, sorgt dafür, dass sich der Unterrichtstag leichter anfühlt, und das, obwohl Mr Roberts viel fordert. An Tag zwei und drei der Politikwoche müssen wir uns mit einem fiktiven Krieg zwischen zwei Ländern beschäftigen und jeweils ein Lager einnehmen und versuchen, Lösungen zu erarbeiten. Es ist eine gute Übung, in der wir Diplomatie und Geschick beweisen müssen, die jedoch auch viel Energie fordert.

Als wir uns am Samstag schließlich zum Abendessen und zur letzten Punktevergabe vor der Auswertungswoche zusammenfinden, ist die Stimmung noch angespannter als sonst. Es ist unmöglich herauszufinden, wer in dieser Woche die Nase vorn hatte, denn beide Gruppen waren stark. Dass Ian seine Wettschulden eingelöst und seinen Essay in der Politikwoche nicht abgegeben hat, sollte uns einen Vorteil verschaffen. Bleibt noch die Frage, wie die Strafarbeiten von Ian und Grayson bewertet werden.

In jedem Fall wird sich nun schon abzeichnen, wer die Stipendien gewinnen wird, und dieser Umstand liegt wie Blei in meinem Körper.

Charlotte spielt mit einem goldenen Armband an ihrem Handgelenk, während wir darauf warten, dass die Leinwand endlich die Ergebnisse zeigt. Es dauert heute quälend lange.

»Da«, bringt Amar hervor und zeigt nach vorne, wo sich tatsächlich etwas tut.

Woche 5: Politik

Clovers: 59 Punkte
Roses: 48 Punkte

Strafarbeit: 5 Punkte an die Roses

»Wir haben drei von vier Wochen für uns entschieden«, flüstert Penelope euphorisch. »Heißt das, wir bekommen die Stipendien?«

Auch am Tisch der Roses wird geflüstert und spekuliert, doch die Beamer-Anzeige liefert uns keine Antworten auf diese Frage. Die Punkte verschwinden einfach wieder, als wären sie nie da gewesen. Eine neue Anzeige kommt nicht.

»Wir müssen gewonnen haben«, meint Ruby. »Richtig?«

»Eigentlich schon«, antwortet Grayson, verzieht jedoch das Gesicht. »Es sei denn, sie zählen noch alle Punkte zusammen, und es wird danach entschieden, wer insgesamt die meisten Punkte erzielt hat? Wir hätten uns die Ergebnisse der jeweiligen Wochen aufschreiben sollen.«

»Vielleicht ist es gut, dass wir es erst nächste Woche erfahren«, meint Charlotte. »Weil wir so wenigstens noch unseren freien Tag morgen genießen können.«

»Sprich da nur für dich«, meint Penelope. »Gerade fühle ich mich nicht, als würde ich irgendetwas genießen können, solange ich nicht weiß, wer die Sieger sind.«

Ich kann es ihr nachempfinden, denn auch ich spüre diesen Drang nach Antworten, bin aber gleichzeitig froh, noch diesen einen unbeschwerten freien Tag zu haben, ehe wir in die Auswertungstage gehen.

Macy, Penelope, Charlotte, Poppy, Dahlia und ich entscheiden uns dazu, unseren letzten freien Tag gemeinsam zu verbringen. Die Promenade von Colwyn Bay besticht mit einem langen Sandstrand. Das Meer wirkt hier viel heller als bei den Klippen. Menschen tummeln sich auf dem Sand und genießen das sonnige Wetter, während wir über die Promenade schlendern, uns ein Eis kaufen und einfach genießen, dass wir uns gerade keine Gedanken über Essays oder Referate machen müssen, auch wenn ich die Unruhe von uns allen spüre. Die Tatsache, dass wir nun darauf warten, dass eine Entscheidung über das Stipendium gefällt wird, lässt sich nicht so leicht ausblenden. Trotzdem versuchen wir, das Beste aus unserem Tag zu machen, und gehen schließlich schwimmen. Diesmal ist das Wasser ein wenig von der Sonne aufgeheizt und einfach nur herrlich. Zudem löst es eine elektrisierende Erinnerung an mein Vollmondschwimmen mit Macy aus, als sie sich grinsend nähert und mich mit Wasser vollspritzt. Diesmal bin ich nicht so zögerlich, sondern ziehe sie sofort in meine Arme. Ihr nasser Körper schmiegt sich an meinen, während wir uns küssen und ich wünschte, es würde immer so bleiben.

Doch der Montagmorgen kommt unaufhaltsam. Als Mrs Walsh, Mr Roberts und Mrs McDaniels sich schließlich im Speisesaal aufstellen, ist jegliche Leichtigkeit des freien Tages verflogen.

»Willkommen in der Auswertungswoche«, beginnt Mr Roberts und tritt zur Seite, damit wir freie Sicht auf die Leinwand haben, auf der gerade noch mal alle Wochenergebnisse zusammengefasst werden.

Clovers
Woche 2: 61 Punkte
Woche 3: 57 Punkte
Woche 4: 70 Punkte
Woche 5: 59 Punkte

Roses
Woche 2:70 Punkte
Woche 3: 50 Punkte
Woche 4: 69 Punkte
Woche 5: 48 Punkte
Strafarbeit: 5 Punkte

»Die Clovers haben in den letzten Wochen insgesamt 247 Punkte erreicht«, verkündet Mrs McDaniels. »Die Roses 242.«

»Heißt das, wir haben gewonnen?«, flüstert Penelope aufgeregt.

Mein Herz macht einen Hüpfer, aber ich will noch nicht zu viel hoffen. Die Auswertungswoche ist mit drei Tagen angesetzt, wer weiß also, was noch kommen wird.

Angestrengt starren wir zu Mrs McDaniels, Mr Roberts und Mrs Walsh und warten darauf, dass es weitergeht.

Als Mrs Walsh einen Schritt nach vorne tritt, halte ich unwillkürlich den Atem an.

»Aufregende Wochen liegen hinter uns«, beginnt sie. »Sie alle haben mir bewiesen, dass Sie klug, belesen und ehrgeizig sind. Aber um eine finale Entscheidung über die Stipendien zu treffen, fehlt noch eine letzte Sache.«

»Doch noch eine Gruppenaufgabe?«, flüstert Penelope. Ruby ermahnt sie sofort zur Ruhe, wirkt jedoch nicht weniger verwirrt.

Mrs Walsh tritt wieder zur Seite und gibt die Sicht auf die Leinwand hinter ihr frei, auf der nun ein Video startet.

Aufnahmen aus dem Unterrichtssaal, aus denen hervorgeht, wie wir uns beteiligen. Mir war nicht klar, dass die Stunden festgehalten wurden, aber so kann man immerhin sicher sein, dass die Bemühungen gesehen wurden, und sie haben schließlich am ersten Tag angekündigt, dass sie videogestützte Auswertungen durchführen.

Doch es bleibt nicht bei Aufnahmen aus dem Unterrichtssaal. Das Bild verändert sich, die Qualität wird schlechter, und nur Sekunden später sehen wir Ian, der mit zwei Briefen in der Hand durch den Tunnel geht. Er war es also wirklich! Er hat mir diesen hässlichen Brief wegen Thomas geschrieben. Mir war nur nicht klar, dass im Tunnel Kameras angebracht sind. Wieso ist das niemandem von uns aufgefallen?

»Was tust du denn da?«, fragt Alfie verwirrt. Auch die anderen Roses wirken irritiert. Ein Beweis mehr, dass Ian im Alleingang gehandelt hat, genau wie Macy es vermutet hatte.

Es ist eine kleine Genugtuung, dass seine Taten von einer Kamera festgehalten wurden. Wenn dort zu sehen ist, wie er diese Briefe zu uns bringt, dann muss auch aufgezeichnet worden sein, wie er mich durch den Tunnel verfolgt hat.

Tatsächlich schwenkt das Bild genau in diesem Moment um. Ich knibble an meinen Fingernägeln, während ich mich selbst auf dem Bildschirm sehe. Es ist, als wäre ich wieder unten im dunklen Tunnel und würde meine Orientierung verlieren. Als würde ich wieder von der Gestalt im Kapuzenpulli verfolgt werden. Ian war mir *so* dicht auf den Fersen. Mein Gefühl hat sich nicht getäuscht, einmal hätte er mich fast zu fassen bekommen. Ich habe es gerade noch geschafft, ihn abzuhängen.

Ich biege um die Ecke, sicher sind es die Momente, bevor ich vor verschlossener Tür stand. Doch anstatt mich weiterzuverfolgen, bleibt Ian stehen. Irritiert sehe ich dabei zu, wie er sich umsieht und dann die Kapuze abnimmt.

Charlotte und ich keuchen gleichzeitig auf. Mein Herz rast, während mein Kopf zu verstehen versucht, was ich da gerade sehe.

Nicht Ian versteckt gerade seinen Pullover in einer Ecke des Tunnels. Nicht er hat mich verfolgt. Er war es nie. Ich sollte es wohl nur glauben.

»Grayson«, flüstere ich entgeistert.

Unwillkürlich rücke ich ein wenig von ihm ab. Er sitzt neben mir und hat die ganze Zeit so getan, als wäre er mein Freund. Wieso hat er mich im Tunnel verfolgt, nur um mich danach zu trösten und mich in Sicherheit zu wiegen? Wieso diese Lügen? Wie konnte ich schon wieder auf eine falsche Freundschaft reinfallen?

»Was hast du gemacht?«, fragt Ruby schrill. Roses wie Clovers wenden sich alle zu Grayson herum, der sich sichtlich unwohl am Hinterkopf kratzt.

Wir erhalten keine Antwort, stattdessen geht der Film weiter. Eine weitere Sequenz, in der Grayson diesen Kapuzenpulli trägt – diesmal steht er im Bürotrakt des Hauptgebäudes, holt mein Tagebuch aus seiner Tasche und fertigt Kopien davon an. Er, nicht Macy oder einer der Roses. Er war es! Er allein.

Mir wird übel, als das Bild sich noch mal ändert und diesmal wieder ich zu sehen bin: Gemeinsam mit Ruby, Grayson und Jacob eile ich durch den Tunnel. In meiner Hand liegt einer von Charlottes Lippenstiften.

Ich höre Lennox' leises, vorwurfsvolles Schluchzen, als ihm klar wird, dass *wir* an dem Tag seinen Essay zerstört haben, und es treibt mir die Galle nach oben. In den letzten Tagen war Lennox oft bei unseren Treffen dabei. Er wirkte nett, auch wenn ich ihm gegenüber noch misstrauisch war. Immerhin muss Ian irgendwie an die Informationen über Thomas gekommen sein.

Ich starre weiter auf den Bildschirm, doch diesmal wird die Übelkeit zu einem Gefühl der Ohnmacht. Dort erscheine wieder ich, diesmal jedoch an der Seite von Macy und damit beschäftigt, Mrs Walshs Büro zu durchsuchen. Auch dort war eine Kamera?

Angst und Panik übermannen mich.

Ich falle, falle, falle, bis die Bilder vor meinen Augen verschwimmen und mir bewusst wird, dass meine Zukunft gerade an einem seidenen Faden hängt, der angesichts dieses Films zu reißen droht.

»Was hast du gemacht?«, flüstert Charlotte. Der Klang ihrer Stimme spricht Bände. Wir beide wissen, dass alles vorher irgendwie verzeihbar war. Vielleicht sogar die Sache mit dem Essay. Aber dass ich das Büro der Leiterin durchsucht habe? Das wird mich meinen Traum kosten. Ich spüre es. Weiß es. Und dieses Wissen schmerzt noch mehr als die Tatsache, dass ich von Grayson verraten wurde. Dieses Wissen ist wie ein Tentakel, der mich zum tiefsten Meeresgrund zieht, sodass ich keine Luft mehr bekomme.

Werde ich so kurz vor der Zielgeraden doch noch aus dem Rennen geworfen?

KAPITEL 43
MACY

Der Film endet und hinterlässt eine allumfassende Stille. Niemand rührt sich, niemand sagt etwas. Der Schock darüber, dass alles, was in den letzten Wochen passiert ist, von Kameras eingefangen und von der Leiterin gesehen wurde, wird nur von dem Umstand getoppt, dass wir nun wissen, wem wir vertrauen können und wem nicht. Vadas Haut tritt bläulich blass hervor, wobei ich nicht weiß, ob es an Graysons Verrat oder dem Beweis unseres Büroeinbruchs liegt, der mir selbst auch den Magen umgedreht hat. Nur die Anwesenheit von Mrs McDaniels, Mrs Walsh und Mr Roberts hält mich davon ab, jetzt zu ihr zu gehen. Sie in den Arm zu nehmen und zu sagen, dass alles gut gehen wird, auch wenn ich das nicht weiß. In Bezug auf die Akademie weiß ich nichts mehr. Ich, diejenige, die immer meint, alles so gut im Blick zu haben, hatte jedenfalls keine Ahnung, dass wir in diesem Moment im Büro gefilmt wurden.

Hätte ich den Schlüssel benutzt mit dem Wissen, dass Vada mir folgen würde? Vermutlich nicht. Ihre Zukunft auf dem Gewissen zu haben, ist ein unerträglicher Gedanke. Vada hat doch nur versucht, mich aufzuhalten. Ich muss mit Mrs Walsh reden und alle Schuld auf mich nehmen.

Sie tritt vor die Leinwand. »Wie ich Ihnen zu Beginn der Akademie mitgeteilt habe, haben wir sieben Plätze für ein Vollstipendium an der Cliffworth University zu vergeben«, führt sie ihre Ansprache fort, als wäre sie gerade nicht von einem dreißigminütigen Video unterbrochen worden. Als habe sie nicht gerade ein ganzes Arsenal an Bomben platzen lassen. »Dabei ist uns neben Ihrem Willen, Ihrer Intelligenz und Ihrem Fachwissen eines ganz wichtig: Ihre Persönlichkeit. Wir suchen Menschen, die wissen, wer sie sind, und sich nicht so schnell verbiegen lassen, egal, wie sehr der Druck auch steigen mag. Wir wollen Menschen, die auch in Stresssituationen sozial und fair miteinander umgehen. Menschen, die wir in unsere Gemeinschaft an der Cliffworth University aufnehmen und auf deren Loyalität wir setzen können.« Einige beginnen, unruhig auf ihren Stühlen herumzurutschen. »Sicher haben Sie sich zu Beginn der Akademie gefragt, wieso wir Sie in zwei Gruppen unterteilt haben. Sehen Sie es als Experiment an.«

Ein Experiment? Das alles hier war nur ein Plan, um den größtmöglichen Druck aufzubauen? Um unseren wahren Charakter zu zeigen?

»Es war nie geplant, die sieben Stipendien nur einer Gruppe zuteilwerden zu lassen.«

Diesmal durchbrechen gemurmelte Reaktionen die Stille. Einige sehen gerade ihre Chancen auf das Stipendium wachsen, andere – wie Grayson – wirken plötzlich alles andere als selbstsicher.

»Natürlich werden die gesamten Bepunktungen in die Entscheidung miteinfließen«, fährt Mrs Walsh fort. »Warten Sie hierfür bitte vor dem Haupthaus. Ich werde Sie dann einzeln aufrufen.«

Sie nickt uns zu, ehe sie mit den anderen Lehrkräften aus dem Saal eilt. Poppy und Dahlia fragen mich sofort über meine Aktion im Büro aus. Ich entschuldige mich nur bei ihnen und gehe zu Vada, die blass und apathisch am Tisch sitzt, während alle anderen langsam ihre Plätze verlassen.

Mir liegt die Frage auf der Zunge, wie es Vada geht, aber es ist offensichtlich, also nehme ich nur ihre Hand.

»Komm«, sage ich sanft. »Wir müssen nach draußen und abwarten. Etwas anderes bleibt uns nicht übrig.«

Sie nickt erschöpft.

Neben mir erhebt sich Grayson, er wird jedoch sofort von Ruby und Jacob aufgehalten.

Bedrohlich bauen sie sich vor ihm auf, obwohl er einen halben Kopf größer ist als Jacob.

Grayson wirkt müde und kein bisschen bereit, Streit anzuzetteln.

»Was sollte der Scheiß?«, knurrt Jacob. »Wieso hast du gegen uns gearbeitet?«

»Das habe ich nicht.« Grayson seufzt. »Ich habe nur …«

»Was?«, fragt nun Vada und starrt ihn an. »Mich aus Spaß bedroht und so getan, als wäre es Ian gewesen? Hat es dir gefallen, den großen Retter zu spielen, obwohl du es warst, der mich verfolgt hat?«

»Und diese Sache mit dem Tagebuch?«, fragt Ruby und schubst Grayson. Er taumelt gegen den Tisch, Gläser klirren. »Wieso hast du diese Einträge verbreitet und so getan, als wären es die Roses gewesen?«

»Weil man eben nur so gewinnt!« Arroganz tritt in sein Gesicht, diesmal nicht mehr verborgen hinter einem falschen Lächeln. Da ist er also: der echte Grayson. »Habt ihr euch in den ersten Tagen mal zugehört? *Die Roses sind nicht unsere Feinde*«, äfft er die anderen nach. »Ich habe euch allen einen verdammten Gefallen getan und euch dazu gebracht, diesen Wettbewerb ernst zu nehmen! *Das* habe ich getan! Durch mich konntet ihr euer Bestes geben.«

Charlotte tritt neben uns und funkelt ihn an. »Dazu brauchte es keine hinterhältigen Aktionen. Und ganz sicher musstest du dafür nicht auf Vada losgehen. Es hätte andere Möglichkeiten gegeben, um das zu klären.«

»Hätte es nicht«, erwidert Grayson trocken und sieht verächtlich zu Vada. »Sie hat sich die ganze Zeit rausgeschlichen und uns hintergangen. Die ganze Zeit über wusste ich es und habe zugesehen, wie sie sich Nacht für Nacht mit Macy getroffen hat.«

Grayson wirkt wütend, aber ich höre einen unterschwelligen Schmerz in seiner Stimme. Enttäuschung? Sie scheint auch Charlotte nicht zu entgehen, denn sie schnaubt entrüstet.

»Du warst eifersüchtig«, bringt sie meine Gedanken auf den Punkt. »Weil Vada sich in Macy verliebt hat und nicht in dich!«

»Schwachsinn«, spuckt Grayson aus, aber wir alle erkennen die Wahrheit.

Vada sieht ihn mit großen Augen an. Sie mustert ihn, als würde sie ihn jetzt erst im richtigen Licht sehen. »Deswegen hast du dich als glorreicher Retter aufgespielt. Weil du dachtest, du könntest damit bei mir punkten? Und als das nicht geklappt hat, hast du mein Tagebuch genommen und es so hingestellt, als wäre Macy es gewesen?«

Grayson erwidert nichts drauf, aber sein aufeinandergepresster Kiefer ist Antwort genug. Genauso ist es abgelaufen.

»Du Arsch.« Charlotte will sich zu ihm durchdrängen, doch Vada hält sie zurück. »Du Verräter.«

»Lass ihn«, bittet Vada. »Er ist es nicht wert.«

»Wir können das doch nicht auf sich beruhen lassen«, sagt nun auch Penelope.

»Wir können es. Aber Mrs Walsh wird es ganz sicher nicht.«

Jacob schüttelt Grayson einmal, dann lässt er ihn los. Grayson richtet sofort sein Poloshirt.

»Keiner von uns hat sich wirklich mit Ruhm bekleckert.« Vadas Stimme klingt wieder schwächer, als habe sie sich gerade erst daran erinnert, dass auch ihr Fehlverhalten publik wurde. »Aber wir werden ja sehen, wie sich das alles auf die

Stipendien auswirkt. Das muss dann Strafe genug sein. Für jeden von uns.«

»Lasst uns rausgehen.« Penelope sieht angewidert zu Grayson. »Ich will nicht im selben Raum mit ihm sein.«

»Gute Idee«, erwidert Charlotte.

Wir drehen uns von Grayson weg. Jacob redet weiter auf ihn ein, offenbar ist er noch nicht fertig mit ihm, doch wir verlassen den Speisesaal. Poppy, Dahlia und Lennox, die das Spektakel vom Tisch der Roses aus beobachtet haben, schließen sich uns an.

»Alles in Ordnung?«, fragt Poppy Vada. »Die Bilder mit dir und Grayson im Tunnel sahen gruselig aus.«

»Wieso wartet ihr auf uns?« Charlottes Frage klingt eher neugierig als feindselig. »Solltet ihr nach allem, was ihr eben gesehen habt, nicht eigentlich sauer auf uns sein?«

»*Ich* bin stinksauer«, sagt Lennox und sieht anklagend zu Vada. »Warst du das mit meinem Essay?«

Ihre Augen füllen sich sofort mit Tränen. »Es tut mir leid. Wirklich. Ich habe in der Nacht einen Erpresserbrief von Ian bekommen. Es ging um meinen Bruder.« Überrascht sehe ich sie an. Von den Details wusste ich noch gar nichts. »Er wusste etwas zu meinem Bruder, was er nur über eine Internetrecherche hätte erfahren können. Oder durch einen Insider. Jemand aus Irland.« Sie hebt eine Augenbraue.

Lennox wird blasser, obwohl ich dachte, dass das gar nicht mehr möglich wäre. Seine Augen werden glasig, während er seine strenge Körperhaltung aufgibt und beginnt, an seiner Nagelhaut zu knibbeln. Es ist offensichtlich, dass er weiß, wovon Vada spricht.

»Ja«, krächzt er. »Ich wusste, wer dein Bruder ist und was er getan hat. Ich komme aus Lisburn, und der Fall hat auch dort für ziemlichen Wirbel gesorgt. Er war andauernd in den Nachrichten. Ich habe ihn in deinem Video direkt erkannt.«

»Und hast Ian alles brühwarm erzählt?«

»Nein, so war es nicht. Ich wollte niemandem davon erzählen, wirklich nicht. Aber dann hat Jacob mich bedroht, und Ian hat auf mich eingeredet, dass wir ein Druckmittel brauchen, um euch in die Schranken zu weisen. Ich hatte Angst vor Jacob. Ich wollte doch nur, dass er aufhört, mich zu schikanieren, und habe Ian vertraut. Also habe ich ihm erzählt, was ich weiß.«

»Habe ich mir gedacht«, murmelt Vada trocken.

»Es tut mir leid.«

»Und Amar? Woher hatte er Infos über ihn?«, fragt Penelope.

»Keine Ahnung, davon weiß ich nichts.«

»Wir haben nichts davon mitbekommen, dass Ian diese Briefe geschrieben hat«, erklärt Dahlia.

Lennox geht einen Schritt auf Vada zu und streckt ihr die Hand hin. »Ich verzeihe dir wegen meines Essays. Wenn du mir auch verzeihst?«

Für einige Sekunden denke ich, Vada würde ablehnen. Da ist noch immer so viel Schmerz in ihren Augen. Doch dann geht sie ebenfalls auf Lennox zu und schlägt bei ihm ein. »Okay, ist vergessen.« Trotz ihrer Worte klingt sie noch immer ein wenig überfordert. Nach all den Enthüllungen kann ich es ihr nicht verdenken.

»Dann ist zwischen uns alles geklärt?«, fragt Vada unsicher in die Runde. »Zwischen uns allen?«

Poppy, Lennox und Dahlia tauschen Blicke.

»Ja«, sagt Poppy schließlich. »Ihr mögt Fehler gemacht haben, aber ihr habt gewisse Grenzen nicht überschritten. Nicht wie Ian, Ruby, Grayson oder Jacob.«

Wir gehen nach draußen. Ein azurblauer Himmel und

wärmende Sonnenstrahlen begrüßen uns. So blau und sonnig wie jetzt war es in den gesamten sechs Wochen nicht. Als wüsste selbst die Natur um uns herum, dass wir eine Aufmunterung und ein wenig Idylle brauchen. Etwas, das uns nach all der Düsterheit und der Konkurrenz wieder erdet und zusammenbringt.

Als hätten die anderen meine Gedanken gehört, lassen sie sich auf einer der Wiesen nieder. Meine Hand findet automatisch Vadas, mein Daumen streicht über ihren Handrücken. Diese Berührung lässt sie für einen kurzen Moment lächeln, ehe sie wieder nachdenklicher wird. Aber sie weiß ja auch noch nicht, dass ich für die Sache im Büro geradestehen werde. Ich allein. Auch wenn das bedeutet, dass ich die Chance, zusammen mit ihr auf die Uni zu gehen, damit verspiele. Ein schmerzlicher Gedanke, doch lieber gebe ich diesen Traum auf, als zuzulassen, dass Vada für mein Fehlverhalten büßen muss.

Penelope seufzt schwer. »Ich wünschte, wir könnten die Zeit zurückdrehen. Nur mit dem Wissen, das wir jetzt haben.«

Eine quietschende Tür lenkt uns ab. Mrs Walsh tritt heraus, wie am ersten Tag hält sie ihr Klemmbrett in der Hand und sieht sich um.

»Macy Moore.«

Ich bin also die Erste. Wenigstens kommt das meinem Vorhaben, Vadas Mitschuld zu entkräften, entgegen. Trotzdem schlucke ich hart.

»Sieht aus, als wäre es für deinen Wunsch zu spät«, wende ich mich an Penelope und stehe auf.

Obwohl ich mich mit meinem Schicksal und damit dem Ende meiner Akademiezeit schon abgefunden habe, sind meine Hände schweißnass. Mrs Walshs Autorität hat seit dem Video noch zugenommen, denn immerhin hat sie ihre Macht präsentiert, und das ist verdammt einschüchternd. Ich erwarte einen vorwurfsvollen Blick, aber ihr Gesichtsausdruck ist neutral wie immer, als wir in ihr Büro treten. Meine eigene Mimik entgleitet mir sicher in diesem Augenblick. An dem Ort zu sein, den ich durchwühlt habe, ist unglaublich unangenehm.

»Ms Moore«, beginnt Mrs Walsh und bringt mich so dazu, sie anzusehen, auch wenn ich den Blickkontakt lieber meiden würde. »Sie sind ein kluger Kopf. Intelligent, belesen und ein wenig eigensinnig.« Ich nicke perplex. Nicht gerade die Einleitung, die ich erwartet hatte. Das *Aber* würde sicher noch folgen. »In den Essays haben Sie sehr gut abgeschnitten. Bei den meisten davon waren Sie im oberen Drittel des Rankings. Im Unterricht sind Sie jedoch eher zurückhaltend gewesen. Woran lag das?«

»Ich spreche nicht so gerne vor vielen Menschen.« Keine Ahnung, wieso das überhaupt noch eine Rolle spielt. »Manchmal schaffe ich es, mich auch in Gruppen zu öffnen, aber diese ganze Konkurrenzsituation hat es mir nicht leicht gemacht.«

Mrs Walsh macht sich ein paar Notizen, dann sieht sie mich forsch an. »Und doch haben Sie sich mit Ms McGowen angefreundet …«

»Ja.«

»Sich gegen Gruppenregeln aufzulehnen, ist mutig. Das schaffen nicht viele.«

Meine Finger spielen mit dem Saum meines Cardigans. Das Gespräch geht in eine sehr surreale Richtung. Wieso all diese Fragen? Fast kommt es mir vor, als wäre noch keine Entscheidung gefällt worden.

»Ich habe es nicht als sehr mutig empfunden. Es ging nie um eine Auflehnung, sondern immer nur um Vada.«

»Verstehe. Nun, Sie sind loyal und folgen Ihrer Intuition. Das sind durchaus Eigenschaften, die ich zu schätzen weiß.«

»Vielen Dank.«

»Was ich nicht zu schätzen weiß, ist die Missachtung von Grenzen.« Ihre Stimme wird augenblicklich härter, meine Hände feuchter. Jetzt kommen wir also doch noch zum Punkt. »Ich erwarte nun absolute Ehrlichkeit von Ihnen. Wieso waren Sie in meinem Büro?«

»Es war nicht richtig von mir, mir einfach Zutritt zu verschaffen«, umgehe ich ihre Frage. »Glauben Sie mir, wenn ich sage, dass so etwas nie geplant war.«

Mrs Walsh sieht mich über ihre Brille hinweg an und legt ihre Hände ineinander.

»Sie haben nach einem Foto Ihrer Mutter gesucht.«

Verblüfft starre ich sie an. Auf ihrem Gesicht zeigt sich keine Regung. Da ist nur dieser Fakt, der nun ausgesprochen in diesem Raum schwebt und von den Wänden widerzuhallen scheint.

»Sie wussten davon?«, frage ich leise.

»Mrs Bell ist ebenso loyal wie Sie, Ms Moore. Sie mag einen schwachen Moment gehabt haben, als sie Ihnen den Schlüssel ausgehändigt hat, aber sie hat mir danach davon berichtet.«

»Und Sie haben mich nicht aufgehalten?«, frage ich irritiert.

»Ich musste schließlich herausfinden, ob Sie ihn benutzen würden.« Diesmal liegt ein verstohlenes Lächeln auf ihren Lippen. »Auch wenn nicht geplant war, dass Mr Williams Sie beide hier einschließt, obwohl er sich eigentlich darum kümmern sollte, mich wegen Mr Gordons Verletzung zu informieren. Dieser kleine Umweg zu meinem Büro hätte schlimm ausgehen können, er kann froh sein, dass er mich über das Notfalltelefon so schnell erreichen konnte.«

Es war also Grayson. Auch hier hatte er seine Finger im Spiel.

Mein Kopf hämmert, so sehr versuche ich, alle Informationen zu verdauen und diesen ganzen Tag irgendwie zu verarbeiten.

»Dann wissen Sie, dass das mit dem Foto alles allein *meine* Mission war. Vada hatte nichts damit zu tun. Sie hat mich nur hier erwischt und mich zur Rede gestellt. Sie wollte mir nie helfen, sie ist einfach nur durch eine Verkettung unglücklicher Umstände mit hineingezogen worden. Das wissen Sie, oder?«

Mrs Walsh nickt.

»Gut. Denn ich möchte nicht, dass Vada die Konsequenzen für meine Taten tragen muss. Das wäre nicht fair. Und Sie haben doch gesagt, dass Ihnen Fairness sehr wichtig ist.«

Wieder dieser forschende Blick. »Denken Sie, dass Sie ein Stipendium verdient haben?«

Mein Herz hüpft voller Hoffnung, auch wenn es vielleicht nur eine Fangfrage ist.

»Ja.« Ich halte ihrem Blick stand. »Denn bis auf meine Verfehlung mit Ihrem Büroschlüssel bin ich mir in den letzten Wochen treu geblieben und habe vieles über mich selbst herausgefunden. Ich bin über mich hinausgewachsen und habe mein Bestes gegeben. Ich denke schon, dass das honoriert werden sollte.« Ich schlucke. »Auch wenn ich mich in Bezug auf meine leibliche Mutter zu sehr von irrationalen Gefühlen habe lenken lassen.«

»Ist die Sehnsucht nach Ihrer leiblichen Mutter denn wirklich so irrational?«

Perplex blinzle ich. »Vermutlich nicht.«

Sie nickt. »Ich werde Sie morgen darüber in Kenntnis setzen, ob Sie eins der Stipendien erhalten oder nicht.«

Morgen also, nicht heute. Nicht sofort. Aber das heißt,

dass wir alle noch die Chance bekommen, unsere Taten zu erklären. Vielleicht können wir so ein bisschen von dem, was auf dem Videomaterial zu sehen war, relativieren. Ich hoffe jedenfalls, dass ich es für Vada geschafft habe. Und natürlich auch für mich selbst.

»Nun gut.« Mrs Walsh lehnt sich zurück, offenbar ist es das Ende des Gesprächs, und ich muss Platz für die Nächsten machen. Ich will mich gerade erheben, um den Raum zu verlassen, als Mrs Walsh mir einen Umschlag zuschiebt.

»Auch wenn es noch keine Entscheidung darüber gibt, ob Sie ein Stipendium verdienen«, auf ihren Lippen liegt ein irritierend schelmisches Lächeln, »verdienen Sie es, mehr über Ihre Mutter zu erfahren.«

Verwirrt sehe ich auf den DIN-A4-Umschlag, den sie noch ein wenig näher zu mir schiebt.

»Nehmen Sie das mit, wonach Sie gesucht haben.« Sie klingt dabei ungewohnt warmherzig. »Ihre Mutter war eine tolle Frau. Es hat mich sehr bestürzt, als ich von ihrem frühen Tod erfahren habe.«

Meine Finger beben, als ich nach dem Umschlag greife. Angesichts der metaphorischen Schwere habe ich wohl erwartet, dass er entsprechend viel wiegen würde, aber in Wirklichkeit ist der Umschlag federleicht. Fast wie Luft. Und doch so bedeutungsvoll.

»Vielen Dank«, sage ich mit zitternder Stimme. Wie kann etwas erleichternd und angsteinflößend zugleich sein? »Das bedeutet mir viel.«

KAPITEL 44
VADA

Macy und ich schlendern gemeinsam über den Innenhof. Es ist inzwischen später Abend, doch in den Häusern brennt noch Licht, weil heute keiner wirklich zur Ruhe kommt.

»Ich kann nicht fassen, dass es morgen vorbei ist«, flüstert Macy fast.

Unser Händedruck wird stärker, als würde die Angst vor einer räumlichen Trennung uns dazu bringen, uns aneinanderklammern zu wollen. Ich jedenfalls will es. Mich an ihr festhalten. Mit aller Kraft.

»Ich habe Angst«, gebe ich zu.

»Davor, dass du nicht genommen wirst?«

»Auch«, erwidere ich. »Und ich habe Angst davor, dass es vielleicht wirklich nur eine von uns schafft.« Gemeinsam setzen wir uns an die Klippe, sind vielleicht ein letztes Mal zusammen an unserem Platz. »Ich weiß, dass uns dieser Umstand immer präsent war. Aber in dem Moment, als verkündet wurde, dass die Gruppen doch nichts über die Stipendienvergabe aussagen, habe ich uns beide an der Uni gesehen. Jeden Tag zusammen, so wie jetzt.«

»Ja. Das habe ich mir auch vorgestellt.« Macy seufzt. »Aber an unserem Plan ändert das nichts, oder? Wir freuen uns füreinander, egal, wie die Sache ausgeht. Und wir versuchen, den Kontakt zu halten und es zu schaffen. Auch über die Distanz hinweg. Richtig?«

»Das tun wir«, sage ich voller Überzeugung. Ich bin mir bewusst, dass es kein leichtes Vorhaben ist. Aber ich will sehen, wohin uns unsere Gefühle füreinander führen. Will herausfinden, ob das Verliebtsein zu Liebe werden kann.

»Bleibt nur die Frage, was ich hiermit mache.« Macy schielt zu dem Umschlag in ihrer Tasche.

»Dann weißt du immer noch nicht, ob du ihn öffnen willst? Nachdem du für dieses Foto extra so ein Risiko eingegangen bist?«

»Ich will es. Aber ich habe auch Angst davor.«

»Du musst dich noch nicht entscheiden. Du kannst diesen Umschlag auch einfach aufbewahren – für den richtigen Moment. Oder du öffnest ihn zu Hause, an der Seite deiner Eltern.«

»Der Gedanke gefällt mir.« Trotzdem sieht sie mich unsicher an. »Oder an deiner Seite?«

Ich lächle sanft. »Wenn es das ist, was du möchtest.«

»Du warst in den letzten Wochen immer bei mir. Es würde sich richtig anfühlen.« Sie berührt damit mein Herz. Dann atmet sie tief durch, schiebt die Lampe, die wir aufgestellt haben, näher zu uns, holt den Umschlag hervor, öffnet das Kuvert und zieht Papiere heraus. Neugierig will ich einen verstohlenen Blick darauf werfen, aber ich konzentriere mich aufs Meer. Macy wird etwas dazu sagen, wenn sie bereit ist. Dann werde ich da sein.

Es dauert eine Weile. Das Rauschen des Meeres und das Rascheln der Papiere werden zu einer melancholischen Melodie. Ich habe keine Ahnung, was in Macy vorgeht, was sie denkt, fühlt, durchmacht. Gerade frage ich mich, ob es die falsche Entscheidung war, den Umschlag heute zu öffnen, da schluckt sie hörbar, was mich dazu bewegt, sie wieder anzusehen. Tränen schimmern in ihren Augen, das Papier zwischen ihren Fingern bebt.

»Sie sieht aus wie ich«, flüstert Macy.

Sie schiebt mir die Unterlagen zu. Es ist ein Steckbrief.

Theodora Price, geb. am 16.01.1986 in Cookstown, Nordwales
Stipendium: Psychologie
Akademie: 2004
Universitätsabschluss: 2008

Daneben befindet sich das Foto einer jungen Frau mit schulterlangen schwarzen Locken, die mit einem blauen Haarband aus dem Gesicht gehalten werden. Einen Moment lang verschlägt es mir schier die Sprache. Ihre Gesichtszüge sind ganz anders als Macys – ein wenig fülliger in den Wangen, mit schmaleren Lippen und einer runderen Nase. Die Haut wirkt noch ein wenig dunkler. Aber das Hellblau der Augen und diese besondere Anziehung, die davon ausgeht, kommen mir eindeutig bekannt vor.

»Sie sieht wunderschön aus«, flüstere ich.

»Sie sieht nett aus. Findest du nicht?«

Ich höre die Traurigkeit aus Macys Frage heraus. Als würde der Umstand, dass es sich bei ihrer leiblichen Mutter um einen vermeintlich guten Menschen gehandelt hat, in starkem Kontrast dazu stehen, dass sie Macy nicht aufziehen wollte.

»Ja. Definitiv«, erwidere ich. Alles andere wäre gelogen. »Wie fühlst du dich?«

»Schuldig«, murmelt sie. »Und irgendwie freier. Die ganze Zeit habe ich mich gefragt, wie sie wohl aussah, und jetzt habe ich meine Antwort. Ich muss nicht mehr in den Spiegel gucken und mir vorstellen, was ich von ihr vererbt bekommen habe, denn es ist offensichtlich. Aber ja, es schmerzt.« Ihre Stimme zittert. Ich nehme ihre Hand. Rücke ein wenig näher zu ihr. »Es schmerzt, dass ich zu verbittert und verletzt war, um mir diesen Brief durchzulesen. Und es schmerzt, dass ich nie mehr mit ihr sprechen kann. Nie herausfinden werde, was sie dazu bewogen hat, Psychologie zu studieren, oder wie es war, in Cookstown zu leben. Es fühlt sich unfair an, dass ich nun noch neugieriger auf den Menschen auf diesem Foto bin und niemals Antworten darauf bekommen werde.«

»Ihr seid euch jetzt trotzdem näher als vor deiner Reise hierher«, flüstere ich ihr zu, während ich sie in eine Umarmung ziehe. »Jetzt hast du ein Gesicht vor Augen, wenn du an sie denkst. Das ist etwas Gutes.«

Macy löst sich von mir und blinzelt, eine einzelne Träne läuft über ihre Wange, und ich fange sie mit dem Daumen auf.

»Und ohne diesen Brief wäre ich vermutlich nie hergekommen. Wäre nie zur selben Zeit wie du zu dieser Klippe gekommen …«

»Ich bin wirklich froh, dass du dich damals so entschieden hast«, erwidere ich leise und bringe Macy damit zum Lächeln. »Weil diese Begegnung in der Dunkelheit wirklich das Beste war, was mir seit Langem passiert ist.«

Macy sieht mich unter einem Augenaufschlag an. Da ist kein Kummer mehr, nur noch pures Feuer. Leidenschaft und Verlangen, das ich erwidere. Als wir uns küssen, ist es trotzdem nicht stürmisch, sondern sanft und voller Hingabe, als würden wir gegenseitig Halt suchen, während die Entscheidung über unsere Zukunft uns den Boden unter den Füßen wegzuziehen droht. Diese schicksalhafte Zusammenführung wankt unter dem Stundenzeiger, der immer mehr Richtung Stipendium rückt.

KAPITEL 45
VADA

Die Tische im Speisesaal sind wieder zu einer langen Tafel geworden, und so sitze ich neben Macy und Charlotte, während wir dabei zusehen, wie Mrs Walsh, Mrs McDaniels und Mr Roberts sich vor uns aufstellen. Sie tragen dunkelblaue Blazer mit dem Wappen der Cliffworth Academy. Die goldenen Fäden darin glitzern im Licht der Deckenlampen, und es könnte ein erhabener Anblick sein, aber ich bin so nervös, dass er eher Übelkeit auslöst.

»Sie alle haben uns gezeigt, dass Sie zu Recht in die engere Auswahl für die Stipendien gekommen sind«, beginnt Mrs Walsh ihre Rede, und ich versuche nicht durchzudrehen, obwohl alles sich in mir zusammenzieht. »Und ich bedanke mich bei allen für das unermüdliche Engagement und den Mut, sich allen Aufgaben zu stellen. Aber irgendwann ist der Punkt gekommen, an dem wir eine Entscheidung fällen müssen, und wir wollen Sie nicht länger auf die Folter spannen. Deswegen ist es nun endlich Zeit für die Stipendienvergabe.«

Mrs McDaniels verteilt uns der Reihe nach dunkelblaue Umschläge. Auf jedem einzelnen steht ein Name. Ich nehme meinen entgegen und sehe ehrfürchtig auf den Schriftzug. Ich bin nicht bereit, herauszufinden, wie ich abgeschnitten habe und wie sich dies nun auf meine Zukunft auswirken wird. Ich bin nicht bereit zu erfahren, ob Macy und ich bald am selben Ort studieren dürfen oder uns räumlich trennen müssen. Ich bin nicht bereit. Einfach nicht bereit.

»Öffnen Sie bitte die Umschläge«, sagt Mrs Walsh und nimmt dabei keinerlei Rücksicht auf das Chaos in mir.

Die ersten Umschläge rascheln. Die erste hörbare Reaktion ist ein aufgeregtes Quietschen neben mir.

»Ich habe eins«, bringt Charlotte hervor. »Ein Stipendium. Ich wurde ausgewählt.«

Obgleich ich mich für meine Freundin freue, komme ich nicht dazu, etwas zu erwidern. Nicht nur, weil mein eigener Umschlag in meiner Hand bebt und ich noch immer nicht den Mut finde, hineinzusehen, sondern auch, weil immer mehr Reaktionen zu hören sind. Lennox gibt ein unterdrücktes Fiepen von sich, das eindeutig als Freudenton zu interpretieren ist, während Penelope zu weinen beginnt. Ihr Traum ist geplatzt.

Und meiner?

Mit zitternden Fingern öffne ich meinen Umschlag und ziehe eine Karte heraus. Diesmal sind keine Symbole darauf, sondern nur ein einzelnes Wort in schwarzen Buchstaben. Ich blinzle und versuche herauszufinden, ob diese Buchstaben tatsächlich da sind und auf diesem Umschlag *wahrhaftig* mein Name steht.

Macy stupst mich an. Völlig von Sinnen sehe ich zu ihr.

»Und?«, haucht sie.

Ich schaffe es, mir ein Lächeln abzuringen, auch wenn es sich steif anfühlt.

»Du hast das Stipendium?«, flüstert Macy aufgeregt. So hoch wie in diesem Moment habe ich ihre Stimme noch nie gehört.

»Ich habe es geschafft«, bringe ich hervor. Ich kann nicht fassen, dass ich trotz meiner Fehltritte überzeugen konnte. Dass Mrs Walsh mir diese Chance gegeben hat.

Macy grinst plötzlich. »*Wir* haben es geschafft.«

»Was?«, presse ich hervor. »Du hast auch ein Stipendium? Wir gehen an die Uni? Zusammen?«

Macy dreht ihre Karte herum, auf der ebenfalls das Wort

Stipendium gedruckt ist. Mein Herz beginnt vor Freude zu rasen. Ich falle Macy um den Hals und drücke sie an mich. Küsse ihre Wange, ihre Lippen. Dann erst löse ich mich wieder von ihr und drehe mich zu den anderen. Charlotte strahlt mich an. Tränen der Erleichterung laufen ihr über die Wangen, während sie ihre Karte an sich presst.

»Sieht so aus, als würden wir zusammen studieren.« Ich umarme sie ebenso schwungvoll wie Macy. Auch Charlotte gehört an diese Uni. Ich könnte mir keine bessere Freundin an meiner Seite vorstellen.

Ich sehe zu den anderen, und mein Herz wird wieder schwerer. Penelope und Dahlia weinen, ihre Zettel sind leer. Poppy dagegen hat ebenso wie Macy, Charlotte und ich eine Zusage. Genau wie Lennox.

»Fünf«, zählt Charlotte. »Wer sind die anderen beiden?«

Wir lassen unseren Blick über die Tafel schweifen. Jacobs Kiefer ist aufeinandergepresst, er wirkt teilnahmslos – genau wie Ruby, deren Wangen gerötet sind. Sicher keine Zusagen. Grayson hingegen lässt sich nichts anmerken.

Macy folgt meinem Blick. »Er hat kein Stipendium.«

»Woher weißt du das?«

»Eben saß er noch ganz gerade auf dem Stuhl, jetzt ist er eingesunken, als wäre er niedergeschlagen und wolle es nicht richtig zeigen. Außerdem wirkt sein Lächeln noch gekünstelter als sonst. Es sind Owen und Amar.«

Tatsächlich hat Owen ein breites Grinsen auf den Lippen.

»Owen überrascht mich nicht«, meint Charlotte. »Er war im Unterricht und bei den Referaten immer einer von den Starken.«

Ich sehe zu Amar. Er wirkt absolut neutral. »Und wie kommst du auf ihn?«, frage ich Macy.

»Weil Ruby und Jacob ihn ansehen, als würden sie ihn am liebsten zum Nachtisch verspeisen und dann mit seiner Karte abhauen.« Tatsächlich sind einige neidvolle, fast feindselige Blicke auf Amar gerichtet.

Sieben Stipendien, alle vergeben. Mein Hirn verarbeitet diese Information erstaunlich langsam.

»Herzlichen Glückwunsch an die Auserwählten«, meldet sich Mrs Walsh wieder zu Wort. »Ich bin gespannt, herauszufinden, wie Sie sich an der Cliffworth University machen werden.«

Die Worte sickern in mein Bewusstsein. Jetzt erst kommt die Tatsache, dass ich bald von Leuten wie Franklin Gust unterrichtet werde, bei mir an. Ich werde wirklich Jura an einer Eliteuniversität studieren, ohne dass wir etwas dafür zahlen müssen.

»Alle, die kein Stipendium erhalten haben, bitte ich nun zu packen. Mrs Bell wird Ihnen Ihre Geräte aushändigen. Für die, die ohne Stipendium nicht an unsere Uni gehen werden, bleibt mir nur, Ihnen alles Gute für Ihre Zukunft zu wünschen.« Dahlia weint erneut, Poppy legt tröstend einen Arm um sie. »Die anderen erwarte ich heute Abend wieder hier«, spricht Mrs Walsh unbeirrt weiter, »zur offiziellen Abschlussfeier und Stipendienvergabe. Bis dahin genießen Sie das schöne Wetter und Ihren Erfolg.«

Eine Stunde später verlassen Dahlia und Penelope als Letzte die Akademie. Wir Übriggebliebenen – Owen, Lennox, Amar, Charlotte, Poppy, Macy und ich – sehen uns ein wenig ratlos an. Auch wenn wir alle darauf hingefiebert haben, diesen Tag und dieses Glück zu erleben, fühlt es sich nun seltsam fremd an, die Akademie für uns zu haben.

»Und nun?«, fragt Poppy. »Was machen wir jetzt?«

»Wir könnten an den Strand gehen«, überlegt Owen. »Eine Runde schwimmen und das gute Wetter ausnutzen.«

»Wäre eine Möglichkeit«, murmle ich.

»Schwimmen wäre schon eine Idee.« Charlotte sieht aber nicht zum Strand. Ihr Blick ist nach rechts geheftet, wo die Mauern der Universität sich auftürmen. »Aber irgendwie finde ich, wir brauchen mehr als das.«

»Was hast du vor?«, frage ich sofort. Da ist ein Ausdruck in Charlottes Augen, den ich noch nie zuvor bei ihr wahrgenommen habe.

»Wir haben uns einen Blick in die Zukunft verdient, findet ihr nicht?« Sie deutet auf die Universitätsmauern. Auch mich scheinen sie magisch anzuziehen und meinen Namen zu rufen.

»Meint ihr, das geht?«, flüstert Poppy ehrfürchtig.

Owen zuckt mit den Schultern. »Wir haben es geschafft, richtig? Wir gehören jetzt dorthin.«

»Ein Blick schadet nicht«, meint auch Macy.

Entlang der Mauer lassen wir das Meer und die Akademiegebäude hinter uns, bis wir zu einem schwarzen, gusseisernen Tor kommen. Es scheint ein Seiteneingang zu sein. Ein kleiner Trampelpfad führt von hier hinter das Hauptgebäude der Akademie, vielleicht, damit Leute wie Mrs Walsh und Mrs Bell regelmäßig nach dem Rechten sehen können. Ich habe keine Ahnung, ob und wie die Räumlichkeiten außerhalb der Akademie genutzt werden. Für Studierende, die sich zurückziehen wollen? Für Mitarbeiter?

Owen hat am Tor gerüttelt und es einen Spaltbreit bewegt. Offen präsentiert sich der Weg in unsere Zukunft, und trotzdem bleiben wir alle noch vor dem Tor stehen, können unser Glück immer noch nicht so recht fassen.

Charlotte ist die Erste, die hindurchschlüpft. Dann folgen Lennox, Amar, Owen und Poppy. Auch Macy ist einen kleinen Schritt aufs Tor zugegangen und sieht über die Schulter hinweg zu mir.

»Was ist?«, fragt sie. »Du hast doch keine Angst, oder?«

Ein Lächeln huscht über meine Lippen, als ich nach ihrer Hand greife, die sie mir hinstreckt.

»Niemals«, erwidere ich und trete mit ihr zusammen durch das Tor.

Der Campus ist wie eine Filmkulisse. Hinter alten knorrigen Bäumen und Sitzbänken aus Stein liegen Gebäude aus dem sechzehnten Jahrhundert, in denen gelernt und gelebt wird. Der Turm, den wir schon von der Akademie aus bewundert haben, ragt in den Himmel. Wir sehen nur einen Bruchteil des Geländes, und doch spüre ich bereits die Magie. Diese Ehre, bald ein Teil davon zu sein.

»Wie still es hier ist.« Owens Stimme ist weich wie nie.

»Es sind Ferien, die meisten sind sicher nach Hause gefahren«, überlegt Macy.

Poppys Augen werden immer größer, während sie die Eindrücke in sich aufnimmt. »Es ist krass. Ich kann's kaum erwarten, hier anzufangen.«

»Was meinst du?«, flüstert Macy mir zu. »Du und ich, auf diesem Campus?«

»Auf den Steinbänken sitzen und lesen?«, ergänze ich.

»Dates auf den Klippen, diesmal bei Tageslicht«, sinniert Macy und sieht mich an. Sieht mich *richtig* an, als wären wir in diesem Augenblick allein. Sie streicht mir eine Haarsträhne hinters Ohr und hinterlässt eine Gänsehaut. »Und noch mehr Burgen, die ich mit der Elfenprinzessin erkunden kann.«

Mein Mundwinkel zuckt, und gleichzeitig pulsiert Sehnsucht durch meinen Körper. Sehnsucht nach diesen gemeinsamen Momenten und der weiteren Erkundung unserer Gefühle. Der Erkenntnis, dass wir beide uns nicht mehr hinter Vergangenem verstecken, sondern gemeinsam in die Zukunft blicken und uns dabei gegenseitig stärken. Dass wir wirklich eins werden können, wenn wir es nur zulassen.

Die anderen sind weitergegangen, um sich noch ein wenig mehr umzusehen, aber Macy und ich bleiben einfach stehen. Nehmen uns diesen Moment für uns, den wir nach all den Strapazen verdient haben. Nachdem wir so lange dachten, diese Zeit nicht gemeinsam erleben zu können, müssen wir die Chancen, die nun vor uns liegen, ergreifen.

Ich gehe einen kleinen Schritt auf sie zu, überbrücke die letzte Distanz zwischen uns und lege meine Hand unter ihr Kinn. Hebe es leicht an, damit ich in ihre wunderschönen Augen sehen kann. Ich könnte mich wirklich darin verlieren. Und in dieser Ruhe, die sie jedes Mal ausstrahlt, wenn sie bei mir ist.

»Ich will das alles.« Meine Lippen streicheln ihre, sie zieht hörbar die Luft ein. Ein Laut, den ich mir gerne immer und immer wieder anhören würde. Er löst einen regelrechten Sturm in mir aus. »Ich will *dich*.«

»Du *hast* mich.« Ihre Stimme ist glockenhell und gleichzeitig ganz leise, weil diese Worte nur für mich bestimmt sind. Für uns.

»Du hattest mich von Anfang an.«

DANKSAGUNG

Die Idee zur Cliffworth Academy hat mich geradezu überfallen, aber die Geschichte zu schreiben, war nicht immer leicht. Selten war ein Prozess so sehr von Leidenschaft und Zweifeln geprägt. Als hätten sich Vadas Feuer und Macys Unsicherheit auf mich übertragen und mich in einen Strudel gezogen. Dass dabei ein Buch entstanden ist, habe ich diesmal definitiv nicht nur aus eigener Kraft, sondern nur mit Unterstützung an allen Ecken und Enden geschafft.

Zum einen wäre da natürlich Droemer Knaur. Mein wundervoller Verlag, bei dem ich mich inzwischen sehr zu Hause fühle.

Ich bin Sabine Ley immer noch so unendlich dankbar dafür, mich als Autorin auserwählt zu haben. Aber auch für den grandiosen Input zu meinen Ideen und Manuskripten. Du hast den Durchblick, wenn ich keinen mehr habe.

Besonders hervorheben will ich auch Jess Czerner aus dem Social-Media-Team, die ganz viel Frohsinn versprüht und mir dadurch meine erste Signierstunde auf der Buchmesse erleichtert hat.

Ich danke auch meiner Lektorin Michelle Stöger, mit der ich nun zum dritten Mal zusammenarbeiten durfte und die wieder einen tollen Blick für die kleinen und großen Baustellen in meinem Text hatte. Ohne sie hättet ihr wohl beim Lesen gedacht, an der Cliffworth Academy würde ein Magenvirus umgehen, weil sowohl Vada als auch Macy andauernd so ein »Ziehen im Magen« verspürt haben, wenn die jeweils andere im Raum war.

Mein Dank gilt wie immer auch meiner Agentin Franziska Tometschek von der Günter Berg Literary Agency, die sofort Feuer und Flamme für Macy und Vada war und das alles hier erst möglich gemacht hat.

Aber es gibt noch mehr Leute hinter den Kulissen, denen ich danken möchte. Denen, die mir in den letzten Monaten bei jeder kleinen und großen Krise beigestanden (und es waren dann doch eher große Krisen) und dafür gesorgt haben, dass ich an meinem Traum festhalte, egal, wie übermächtig er sich manchmal auch angefühlt hat:

Niklas, der mich manchmal täglich ermutigen musste, dass ich das alles schaffe und meinen Weg gehen werde. Ohne dich hätte ich mich dabei sicher schon verirrt.

Danke auch an meine Familie – an meine Mama und meine beiden Schwestern. Und an meinen Papa. Dir schicke ich einen Dank in den Himmel. Deinen Zuspruch und deine Liebe habe ich auch jeden Tag gespürt.

Danke an meine Schreibbuddys Mira, Becca, Nina, Laura, Julia, Mareike, Christin und Isabelle: für die Schreibdates mit euch, die Motivation und den Austausch. Leute zu haben, die dieselbe Leidenschaft teilen, ist so unglaublich wertvoll!

Und jetzt kommen die wohl wichtigsten Menschen: ihr. Die Buchblogger*innen und Leser*innen, die mich in den letzten Wochen und Monaten begleitet haben. Die mir geschrieben haben, wie sehr sie sich auf die Cliffworth Academy freuen oder wie wohl sie sich an der Lullaby University gefühlt haben. Die Menschen, die diesen Roman hier unter all den Neuerscheinungen ausgewählt und gelesen haben.

Dieses Buch in den Händen zu halten ist mein Traum, aber erst ihr füllt diesen Traum richtig mit Leben.

Schreibt mir gerne auf Social Media, ich freue mich immer über eure Nachrichten und Fotos. Und ich hoffe, dass ihr im März 2024 wieder mit dabei seid, wenn Charlotte mit den anderen ihr Stipendium antritt und es ein Wiedersehen in Nordwales gibt.

LISTE SENSIBLER INHALTE / CONTENT NOTES

- Adoption
- Gewaltverbrechen
- Erpressung

Nachtschichten, Herzklopfen und heimliche Träume:
Die St.-Alex-Reihe von Anne Lück

DAS ST. ALEX
NACHTLEUCHTEN

Samira, die als Krankenschwester auf der Kinder-Palliativstation des Berliner St.-Alex-Krankenhauses arbeitet, hat eigentlich keine Zeit für die Liebe. Doch dann kommen sie und der junge Arzt Louis bei einer gemeinsamen Nachtschicht dem seltsamen Fall einer jungen Patientin auf die Spur – und einander näher.

DAS ST. ALEX
TAGMOND

Tessa weiß genau, was sie will: nach der Ausbildung zur Krankenschwester ein Studium absolvieren, im Management Karriere machen und ihre Jugendliebe Martin heiraten. Länger als nötig auf der Kinderonkologie-Station zu bleiben, gehört nicht zu Tessas Plan. Und schon gar nicht Beck, der planlose Rettungsassistent mit dem großen Herzen …

DAS ST. ALEX
ABENDSTERN

Krankenschwester Maya hat großen Respekt vor ihrer Versetzung auf die Intensivstation. Zum Glück erfährt sie von allen Seiten Unterstützung. Besonders die stellvertretende Stationsleiterin Ella steht ihr zur Seite und geht ihr zunehmend unter die Haut. Doch dann erfährt Maya etwas, das die Schmetterlinge in ihrem Bauch ins Straucheln bringt …

Romantisch und mit einer Prise Sternenstaub:
Die queere Zodiac-Love-Reihe von
Own-Voice-Autor Andreas Dutter

ZODIAC LOVE
STARLIGHT IN OUR DREAMS

Der von Astrologie begeisterte Felix trifft am University College Cork auf den Studenten Owen, der den Sternen skeptisch gegenübersteht. Kurzerhand schließen sie eine Wette ab: Owen soll verschiedene Sternzeichen daten, und Felix sagt vorher, wie die Dates laufen. Die Wette gilt – dabei nimmt das Herzklopfen zwischen Owen und Felix zu …

ZODIAC LOVE
HOPE IN OUR UNIVERSE

Als Quinn von heute auf morgen den Herrenausstatterladen seines Vaters übernehmen muss, steht sein Leben kopf – vor allem, weil er es mit der bedrohlichen Geheimgesellschaft Emerald Druids zu tun bekommt. In dieser Situation stellt sich der Star-Astrologie-Kolumnist Takeru, der offensichtlich Interesse an Quinn hat, an seine Seite – was Quinn zwar noch weiter überfordert, aber irgendwie auch ziemlich freut …

ZODIAC LOVE
INFINITY IN OUR HEARTS

Erhältlich ab Winter 2023/2024: Second-Chance-Liebesgeschichte von Astrologie-Podcaster Brodie und Robin